Teresa Driscoll

Das Glück der hellen Tage

Roman

Aus dem
von Car

KNAUR

Die englische Originalausgabe erschien 2016 unter dem Titel »Last Kiss Goodnight« bei Bookouture, an imprint of StoryFire Ltd., Ickenham.

Besuchen Sie uns im Internet:
www.knaur.de

Wenn Ihnen dieser Roman gefallen hat und Sie auf der Suche sind nach ähnlichen Büchern, schreiben Sie uns unter Angabe des Titels »Das Glück der hellen Tage« an: frauen@droemer-knaur.de

FSC
www.fsc.org
MIX
Papier aus verantwortungsvollen Quellen
FSC® C083411

Deutsche Erstausgabe August 2016

Redaktion: Uta Rupprecht
Covergestaltung: ZERO Werbeagentur, München
Coverabbildung: FinePic®, München / Shutterstock
Bildnachweis: Alle Illustrationen im Innenteil von Shutterstock / Dvo außer S. 5: Shutterstock / Gulnara Khadeeva
Satz: Sandra Hacke
Druck und Bindung: CPI books GmbH, Leck
ISBN 978-3-426-65381-4

2 4 5 3 1

Für Peter, James und Edward

Erster Teil

Moskau
November 1960

Meine geliebte Martha,

auch heute schreibe ich dir, obwohl ich befürchte, dass diese Zeilen dich nie erreichen werden. Aber was sollte ich sonst tun? Drei Jahre lang habe ich nichts von dir gehört.
Meine Freunde sagen, ich soll aufhören, dir zu schreiben. Aber ich merke immer wieder, dass ich das nicht kann.
Daher werde ich dir weiter Briefe schicken, ich werde hoffen und beten, dass mein Traum in Erfüllung geht und du eines Tages einen dieser Briefe in Händen hältst. Dass du mir vielleicht gar nicht antworten willst, kann ich nicht glauben.
Ich hoffe inständig, dass dies nicht der Grund für dein Schweigen ist ...
Wenn du das hier liest, dann bitte glaube mir, dass ich dir schon viele Briefe an die Adresse deines Vaters geschickt habe. Und vor allem – denk nicht, es wäre zu spät.
Wenn ich dich nicht finde, dann komm bitte her und suche mich, Martha.
Ich liebe dich immer noch, und ich werde dich immer lieben. Das ist wahr, so wahr wie alles, was ich je zu dir gesagt habe, das schwöre ich. Denn tief in meinem Herzen tue ich auch heute noch alles in meinem Leben nur für dich.
Ich wäre damals nicht fortgegangen, wenn ich geahnt hätte, dass es so endet. Niemals hätte ich das getan.
Bitte, Martha, gib unsere Liebe nicht auf.

Dein Josef

1

Aylesborough-on-sea 1976

Ihr Verhalten ist lächerlich. Kate weiß das, aber sie kann nichts dagegen tun.

Noch während sie schnell einsteigt, um den vordersten Platz im Bus zu ergattern, beobachtet sie ihr eigenes Verhalten mit echter Besorgnis. Sie erkennt sich nicht mehr wieder in dieser seltsamen Frau, die ängstlich ihre drei Stofftaschen auf den Nebensitz stellt, damit niemand es wagt, sich dorthin zu setzen. Eine Frau, bei der man die typischen Anzeichen einer Zwangsstörung feststellen kann: Sie nimmt immer an den gleichen Tagen den gleichen Bus und kommt, obwohl kein Andrang herrscht, stets viel zu früh, um sicherzugehen, dass sie denselben Platz bekommt.

Natürlich sollte sie damit aufhören, sie sollte dieses Verhaltensmuster durchbrechen, solange sie noch kann. Aber Kate fühlt sich nur sicher, zumindest eine Zeit lang, wenn sie hier oben in der vordersten Reihe sitzt, hoch über dem Rest der Welt, die Meeresluft einatmet und das Kreischen der Möwen über sich hört.

Sie blickt auf ihre Armbanduhr – noch acht Minuten und achtundzwanzig, neunundzwanzig, dreißig Sekunden, bis der Bus abfährt. Sie schlägt die Lokalzeitung auf und seufzt leise.

Sobald der Bus losfährt, sobald knackend eine Stimme aus dem Lautsprecher ertönt, wird sie sich besser fühlen.

Dann kann sie entspannen. Ungeduldig wartet sie auf die vertrauten Bemerkungen, die einstudierten Witze.

Heute fährt Kate zum zehnten Mal mit der Open Top Tour Company. Die Fahrkarte hat sie günstiger bekommen, weil sie vorgegeben hat, für ein Buch zu recherchieren.

In ihrer ersten Woche in Aylesborough ist sie zwei Mal mit diesem Bus gefahren, am Montag und am Mittwoch. Inzwischen plant sie alle drei Touren des Winterfahrplans in ihre wöchentlichen Aktivitäten ein. So kann sie zwei angenehme Stunden außer Haus verbringen und muss weder mit jemandem sprechen noch irgendwohin laufen. Zwei Stunden lang ist sie weit weg von den Umzugskartons, weit weg von Toby.

Sie hat ihm diese neue Sucht verheimlicht, hat ihm etwas von Recherche in der Stadtbibliothek für irgendeinen Kurs an der Fernuniversität erzählt. Er hat gelächelt in der Hoffnung, dass ihr ein neues Projekt guttun wird. *Das ist toll, Kate, wenn du wieder aus dem Haus gehst. Das ist wirklich toll.* Aber so ist es nicht. Beschämt schließt Kate die Augen.

Es ist überhaupt nicht toll, alles nur eine Lüge.

»Sie können wohl überhaupt nicht auf die Tour verzichten, oder?«

Kate ist erleichtert, als sie Mikes Stimme erkennt. Von allen Touristenführern ist er am wenigsten aufdringlich. Er ist lang und dünn mit einer auffallend großen Nase und dunklen Haaren, und er überrascht Kate immer wieder. Alle Führer reden gern und haben die passenden Sprüche parat, alle erzählen weitgehend dasselbe, nur Mike fügt auf jeder Tour etwas Neues hinzu. Ein winziges Detail, auf das er gestoßen ist, oder eine zufällige Bemerkung, die er irgendwo aufgeschnappt hat.

Sie faltet die Zeitung zusammen und dreht sich lächelnd zu ihm um. Sie ist sicher, dass er nur schnell ihre Fahrkarte kontrollieren und keine weiteren Fragen stellen wird. Als der Dieselmotor tuckernd anspringt und der Bus losfährt, richtet sie den Blick wieder nach vorn auf die Straße. Ihre Atmung geht langsamer, ihr Herz schlägt ruhig und regelmäßig. Sie wartet auf die Gerüche: Erdnussbutter-Sandwiches wie auf den Busfahrten ihrer Kindheit, Fish and Chips von den Touristen aus dem unteren Deck. Dieselgestank und Abgase vorbeifahrender Autos, und schließlich die wunderbar salzige Meeresluft.

Kate schließt die Augen, um mit dem Schwimmen zu beginnen: ein Armzug, dann noch einer, langsam und zuversichtlich hält sie auf den Leuchtturm in der Ferne zu. Die Vorstellung, wie sie im sicheren Tageslicht Zug um Zug durch das klare, kalte Wasser auf den weiß-roten Turm zuschwimmt, beruhigt sie.

»Natürlich gibt es keinen Leuchtturmwärter mehr. Heutzutage werden die meisten Leuchttürme automatisch betrieben …« Mikes Stimme wird leiser, als sie weiter hinausschwimmt, immer schneller im kühlen Nass auf das Licht zuhält. Die Bewegung ihrer Arme ist gleichmäßig und kraftvoll. Zum Brummen des Motors und dem Rhythmus von Mikes Vortrag pflügt sie durch die Wellen.

»Wenn Sie jetzt bitte nach links schauen möchten, dort sehen Sie die Flügeltüren der alten Seilerei …«

Sie schwimmt immer weiter, träumt vor sich hin und lässt sich treiben. Ab und zu dreht sie sich auf den Rücken und atmet tief durch; einmal erhascht sie einen kurzen Blick über die Hecke auf einen jungen Mann, der draußen im Park im Musikpavillon schläft, dann dreht sie sich wieder auf den Bauch und schwimmt weiter. Linker Arm, rechter Arm, immer im Wechsel. Nachdem der Bus in die

Willow Street eingebogen ist, hält er plötzlich mit einem Ruck an.

Kate taucht aus ihren Tagträumen auf und öffnet die Augen, als Mike sich nach einer kurzen Pause bei den Fahrgästen für den Zwischenfall entschuldigt.

»Ein dämlicher BMW-Fahrer – bitte verzeihen Sie meine Ausdrucksweise.«

Der Fahrer versucht, sich in die letzte freie Parklücke am Kai zu quetschen. Kate beugt sich vor, um die Szene besser beobachten zu können. Der BMW steht noch halb auf der Straße, der Fahrer könnte jetzt den Rückwärtsgang einlegen und einparken, aber der Platz zum Rangieren wird von einem weißen Lieferwagen blockiert, der gerade aus einer Seitenstraße eingebogen ist und wegen der nachkommenden Fahrzeuge nicht mehr zurücksetzen kann.

Amüsiert beobachtet Kate, wie beide Fahrer, der des BMWs und der des Lieferwagens, aussteigen und anfangen, sich lauthals zu beschimpfen. Auf der Straße bildet sich eine Menschentraube, und Mike lenkt die Aufmerksamkeit der Fahrgäste auf den kleinen Laden zu ihrer Rechten.

»Minstrel's Place ist das einzige Gebäude in der ganzen Straße, das nicht bei den Luftangriffen der Deutschen im Zweiten Weltkrieg zerstört wurde.«

Aber Kate hört nicht länger hin. Minstrel's Place interessiert sie genauso wenig wie der lautstarke Streit der Autofahrer, sie hat etwas anderes erspäht.

Aber ein Mann, der gerade eine Pastete isst, versperrt ihr die Sicht, sie muss sich zurücklehnen, um besser sehen zu können. Sehr zu ihrem Ärger macht auch der Mann einen Schritt rückwärts, und jetzt ist sein dicker Bauch im Weg, deshalb beugt sie sich nach vorn. Endlich ist der

Blick frei. Dort auf der Parkbank am Hafen sitzt eine seltsame Frau, allein.

Sie strickt.

Behutsam wendet Kate den Kopf, während sie dieses Bild in sich aufnimmt – langsam zoomt sie heran und versucht zu verstehen, warum der Anblick sie so irritiert. Nicht nur das Stricken ist unpassend an diesem stürmischen Novembertag, das ganze Bild wirkt so fehl am Platz, als befände es sich im falschen Rahmen.

Die Frau sieht sehr gut aus – hohe Wangenknochen und eine hübsche, perfekt geformte Nase – und zugleich merkwürdig zerzaust, die ungekämmten Haare sind zu einem lockeren Pferdeschwanz gebunden. Sie hat einen viel zu großen Mantel an, der in der Taille von einem breiten schwarzen Gürtel gehalten wird, eindeutig ein Herrengürtel, der weder zu der Frau noch zu dem Mantel passt. An den Füßen trägt sie grüne Gummistiefel, und neben ihr auf der Bank liegen drei Plastiktüten.

Diese falsche Stadtstreicherin ist zu jung für ein Leben auf der Straße, aber am merkwürdigsten findet Kate die Strickarbeit in ihren Händen: Es sieht nach einem Babyjäckchen aus. Die Wolle, in einem wunderschönen Zitronengelb, hat sie auf die Tasche neben sich gelegt, damit sie nicht auf das nasse Pflaster fällt. Dieser Widerspruch – der Kontrast zwischen dem hellen Babygelb und der dunklen Schäbigkeit der Frau – ist Kate sofort ins Auge gestochen.

Einen Moment lang hält Kate inne, unentwegt blickt sie auf die klappernden Nadeln und versucht, ihre Reaktion zu analysieren. In ihrem Kopf flüstert ihr professionelles Ich eine erste Warnung: *Nein, Kate, tu das nicht.* Dann hört sie Toby, seine Stimme ist laut und angestrengt – *Du musst dich ausruhen, Kate; du solltest dich mehr schonen* –, und schließlich erkennt sie noch den vertrauten, missbilligenden Tonfall ihres Arztes. Doch Kate ignoriert alle inneren Stimmen, sie beißt sich auf die Lippe und trifft augenblicklich eine Entscheidung. In Windeseile hat sie die Zeitung in die Tasche gesteckt, ihre Sachen eingesammelt und rennt die Wendeltreppe hinunter. Von seinem Platz neben dem Busfahrer aus kommentiert Mike gerade den Blick aus dem Fenster.

»Falls es Sie interessiert: Inzwischen muss man zweieinhalb Jahre auf einen Liegeplatz im Jachthafen warten.«

Kate strebt auf die Tür zu, und Mike hebt die Augenbrauen. »Tut mir leid, ich muss gehen …« Dann steigt sie aus dem Bus, stolpert beinahe, gefolgt von den Blicken der sechs erstaunten Fahrgäste im unteren Deck.

Als sie auf der Straße steht und Mikes Stimme nur noch von fern zu hören ist, fühlt sie die vertraute Angst in sich aufsteigen, die ihr Leben in letzter Zeit so oft beherrscht. Sie atmet tief durch, um sich zu beruhigen, und nimmt alle Taschen in die linke Hand, um sich mit der rechten die wehenden Haare aus dem Gesicht hinters Ohr zu streichen.

In ihrem Beruf hat Kate jahrelang Erfahrung gesammelt, wie man auf fremde Menschen zugeht – auch (man könnte sogar sagen, insbesondere) sonderbare Menschen –, aber als sie sich der Gestalt nähert, die auf der Bank mit den Stricknadeln klappert, fühlt sie ihre Zuversicht schwinden. Befürchtungen steigen in ihr auf, und sie spürt einen unerklärlichen inneren Zwang, der sie tief verunsichert.

Die strickende Frau sieht nicht auf, und Kate beschließt, Tee für sie beide zu besorgen, um die Störung zu entschuldigen. Dann hat sie etwas, woran sie sich festhalten kann.

Am Kai steht ein Imbisswagen, der bei den Fischern sehr beliebt ist, dort stellt Kate sich an. Die ganze Zeit über beobachtet sie die Frau, die nur von ihrer Arbeit aufschaut, als eine Möwe vor ihr entlanghüpft und neben der Parkbank nach Essenskrümeln pickt.

Der Mann im Imbisswagen reicht ihr zwei angeschlagene Steingutbecher, entschuldigt sich damit, dass die Fischer keine Styroporbecher mögen, und bittet sie, die leeren Tassen wieder zurückzubringen. Mit dem Tee in der Hand geht Kate vorsichtig zu der Parkbank. Sie gibt sich Mühe, nichts zu verschütten, aber die Becher sind großzügig bis zum Rand gefüllt und das heiße Getränk schwappt über.

Die Frau hört auf zu stricken, sobald Kate sich hingesetzt hat, und wirft einen neugierigen Blick auf die Becher. Dann sieht sie sich nach der Person um, für die der zweite Tee bestimmt ist.

Kate fährt sich mit der Zunge über die Vorderzähne. »Ich habe mir gedacht, Sie mögen vielleicht eine Tasse Tee, um sich ein wenig aufzuwärmen. Hoffentlich haben Sie nichts dagegen.«

Ein vielsagender Ausdruck huscht über das Gesicht der Frau, bevor sie ihre Augen auf Kate richtet. Ihr Blick ist hart. »Eigentlich mag ich lieber Kaffee«, sagt sie vollkommen sachlich und wartet die Reaktion ihres Gegenübers ab. Kate wird rot vor Verlegenheit, dann ärgert sie sich, aber nicht über die offenkundige Undankbarkeit der Frau, sondern über ihre eigene plumpe Art. Ihr ungeschicktes Vorgehen ist ihr peinlich.

Doch plötzlich, während Kate immer mehr errötet und ihr Gesicht heiß wird, entspannen sich die Gesichtszüge der Frau auf der Bank.

»Leider kann ich Tee nur mit einer Riesenmenge Zucker trinken.« Der Tonfall ist jetzt anders. Sie wendet leicht den Kopf. »Albert vom Imbiss weiß das. Er hätte Zucker in den Tee getan, wenn er gewusst hätte, dass der für mich ist. Zwei gehäufte Löffel voll. Fürchterlich ungesund.«

Ist das ein Friedensangebot? Offenbar. Auf jeden Fall hat sich der Ton ihrer Stimme verändert. Die Frau streckt die Hand nach dem Tee aus, aber Kate hält beide Becher fest, nickt knapp und geht zurück zu dem Imbisswagen. Die zwei Becher balanciert sie in der Hand, die überschwappende heiße Flüssigkeit brennt auf ihrer Haut. Immer wieder wirft sie einen besorgten Blick zurück zur Parkbank, wo ihre Taschen liegen, als erwartete sie, die Frau würde damit fortlaufen. Vielleicht ist die Nummer mit dem Zucker nur ein Trick, den sie regelmäßig versucht.

Kurz darauf sitzt Kate wieder neben der Frau, die nun lächelnd an ihrem Tee nippt. Kates Taschen hat sie nicht angerührt.

»Also, Sie gehören zu diesen Predigern, stimmt's?«

»Wie bitte?«

»Na ja, normalerweise geht es immer um den großen Mann dort oben, wenn man auf einen Tee eingeladen wird. Sind Sie eine von denen?«

Die tiefe, volle Stimme überrascht Kate, dieser Akzent wurde an einer teuren Privatschule erworben. Unwillkürlich muss sie laut lachen. Ausgerechnet sie soll für Gott werben? Sie, Kate Mayhew, die an gar nichts mehr glaubt?

»Nein, tut mir leid. Mit dem Glauben kann ich nichts anfangen. Was ist mit Ihnen?«

Die Frau schüttelt den Kopf. Kate macht eine ungelenke Bewegung, stößt aus Versehen eine ihrer eigenen Taschen um, und ihr fällt auf, dass jetzt insgesamt sechs Taschen zwischen ihr und der Frau aufgereiht sind – drei Plastiktaschen und drei aus Stoff. Der Anblick ist so befremdlich, dass Kate wieder lachen muss, dann erzählt sie freimütig die Wahrheit. »Eigentlich bin ich Sozialarbeiterin. Aber nicht im Dienst. Um ehrlich zu sein, habe ich zurzeit nicht alle Tassen im Schrank, wenn man den Ärzten Glauben schenken will. *Für unbestimmte Zeit krankgeschrieben.*«

»Oh.« Die Frau stellt sich als Martha vor. Sie blickt Kate sehr ernst an, als hätte sie ihr gerade ein Verbrechen gestanden. Kate fragt sich, ob das an ihrem Job liegt oder ob Martha sie wegen ihres angeblichen Zusammenbruchs bemitleidet.

Tatsächlich geht es um etwas ganz anderes.

Denn Martha sieht etwas in Kates Gesicht, das sie nicht erwartet hat, sie spürt ein besonderes Band zwischen ihnen und überlegt, welche Frage Kate wohl als Nächstes stellen wird.

Wird Kate fragen, woran sie strickt?

Oder warum sie strickt?

2

In dem kleinen Musikpavillon im Park wecken die Vögel Matthew auf, ihr Gesang ist viel lauter als der tuckernde Bus.

Matthew hört den Stadtrundfahrtbus hinter der Hecke entlangfahren, nur das offene Oberdeck ist sichtbar. Sofort fällt ihm eine recht seltsame Frau auf, die dort oben in ihren Taschen herumwühlt. Matthew schließt die Augen, als der tuckernde Dieselmotor sich entfernt, und lauscht wieder den Vögeln. Er ist sehr froh, dass ihr Gezwitscher ihn aufgeweckt hat und sein erster Gedanke einer Melodie galt – und nicht der Kälte.

Wie um ihm einen Gefallen zu tun, wiederholen die Vögel ihren Ruf jetzt. Drei Töne, drei Mal nacheinander.

Matthew muss lächeln, als er sie erkennt – nicht die Vögel, sondern die Töne, die er sich auf ein Notenblatt gemalt vorstellt. Unwillkürlich bewegt er die Finger im Inneren des Schlafsacks, als wären dort Klaviertasten.

A – G – Es.

Noch einmal von vorn. A – G – Es. Die letzte Note wird lange gehalten und klingt weich.

Schon als kleines Kind konnte Matthew die Musiknoten nennen, sobald er Töne hörte. So wie die meisten Menschen Farben erkennen. Lange Zeit machte er sich keine Gedanken über diese Gabe und glaubte, alle Menschen könnten Töne so erfassen wie er. Für Matthew war es nicht mehr als eine Laune seiner Gene, so wie er lockige Haare hatte oder helle Augen. Unerklärlicherweise zuckte sein Vater bei seinem Anblick gelegentlich zusammen und wandte sich, wenn er sich nicht gesehen glaubte, sogar ab.

Erst im Alter von acht Jahren erfuhr Matthew, dass seine Fähigkeit einen Namen hatte.

Das absolute Gehör.

Und diese Gabe war selten.

Einer von zehntausend Menschen, erzählte ihm sein Musiklehrer an dem Tag, als er bei der Chorprobe Matthews absolutes Gehör entdeckte. »Weißt du überhaupt, was für ein Glück du hast? Was würde ich dafür geben …«

Matthew erinnerte sich an den Neid in der Stimme seines Lehrers, der ihn immer wieder endlose Notenfolgen benennen ließ, als ob er ihn beim Tricksen erwischen könnte. Als würde Matthew ihm nur einen Streich spielen.

Aber es war kein Trick. Matthew wusste nicht, warum er ohne jeglichen Anhaltspunkt die Noten benennen konnte. Er hatte keine Stimmgabel, niemand gab ihm Tipps. Er konnte es einfach.

Ein herzhaftes Gähnen vertreibt die lähmende Müdigkeit aus seinen Gliedern, dann blickt er auf das Gittermuster, das das von oben hereinfallende Licht durch das Holzgerüst des Musikpavillons auf ihn wirft. Es kommt ihm komisch vor, hier an diesem Ort etwas so Schönes zu sehen. Er erinnert sich an eine Ausstellung, die er einst mit seiner Mutter besucht hat – dort wurden Schwarzweißfotos von Bäumen, Stahl- und Telegrafenmasten und deren faszinierenden Schattenbildern gezeigt. Einige Schatten waren überlang, andere gedrungen und verzerrt. Matthew bewegt sich, damit sein eigener Schatten das helldunkle Geflecht verdeckt. Dann streckt er sich, um die Unannehmlichkeiten seines neuen Lebens loszuwerden – seine jungen Knochen üben schon für das Alter, nur seine Nase hat noch mit dem üblen Geruch zu kämpfen.

Matthew verzieht das Gesicht. Der betrunkene Mann fällt ihm wieder ein, der sich vorletzte Nacht direkt neben seinem Schlafsack erleichtert hat und lauthals an zu lachen fing, als Matthew sich über den Gestank entrüstete. Er ist noch neu auf der Straße und stört sich an dem Geruch. Und an der Abscheu in den Augen des Betrunkenen.

Nach dieser Nacht hatte Matthew beschlossen, nicht mehr auf dem Parkplatz zu schlafen. Er will nicht mehr mit den anderen an den üblichen Treffpunkten herumhängen, der Bushaltestelle, dem Durchgang beim Fish-and-Chips-Laden, er pfeift auf den Schutz der Gruppe.

Nach der ersten Nacht im Park ist ihm zwar kalt, aber in dem kleinen Musikpavillon ist er vor den heftigsten Windböen verschont geblieben. Er mag die Einsamkeit.

Und er mag die Vögel.

Matthew blickt sich um, er will sichergehen, dass er nicht beobachtet wird, dann langt er mit einer Hand in den Schlafsack nach seiner Brieftasche, die in der Gesäßtasche steckt. Er besitzt noch fünfunddreißig Pfund, das unterscheidet ihn von den anderen auf der Straße. Das Geld würde sogar noch reichen, um nach Hause zu fahren und nicht mehr auf der Straße herumzulungern. Aber es genügt nicht, um seine Entscheidung rückgängig zu machen.

Die Blätter an den Bäumen zittern im kalten Wind, dann sieht Matthew durch das Laubwerk die Augen seines Vaters, die ihn wütend anfunkeln. Seine Mutter steht einen Schritt hinter ihrem Mann – ihr Blick ist sanft, aber die Augen sind vom Weinen rot umrändert und schauen flehentlich.

»Du hast die Wahl, Matthew.« Sein Vater klingt sehr zornig. »Du und deine verdammte Musik. Wenn du gehst, dann hast du dich ein für alle Mal entschieden, Junge.«

Dann lösen sich ihre Gesichter in den Wolken an dem kalten blauen Himmel auf. Matthew setzt sich auf und legt die Arme um die an die Brust gezogenen Knie; immer noch in den warmen Schlafsack gekuschelt, lauscht er wieder dem Gesang der Vögel.

Zwanzig Jahre lang hat er mit dem absoluten Gehör gelebt und sich niemals gefragt, woher er diese Gabe hat. Aber jetzt liegen die Dinge anders. Und sein Vater hat nicht recht.

Denn Matthew hat keine Wahl.

3

»Du hast doch die Einladung heute Abend nicht vergessen?« Tobys Stimme klingt verzerrt, gefolgt von Gurgeln und Spucken.

Mist. Die Party. Kate schließt die Haustür hinter sich und wirft ihren Schlüsselbund auf den Tisch im Flur. Zu heftig. Hilflos sieht sie zu, wie der Bund über die glänzende Tischoberfläche saust und auf dem Teppich landet. Eigentlich wollte sie noch ihr Kleid für diesen Abend von der Reinigung holen. Durch die offen stehende Küchentür wirft sie einen Blick auf die Uhr. Es ist bereits siebzehn Uhr dreißig, die Reinigung hat geschlossen. In Gedanken geht sie ihren Kleiderschrank durch, als Toby, der mit dem Zähneputzen fertig ist und sich nun mit einem Handtuch die Haare trockenrubbelt, vom oberen Ende der Treppe zu ihr herabschaut.

»Wie war es denn in der Bibliothek?«

»Was?« Kate fühlt, wie sie genervt die Augenbrauen zusammenzieht, als sie sich vorbeugt, um den Schlüsselbund aufzuheben. Im Geist durchkämmt sie immer noch ihren Kleiderschrank.

»Die Bibliothek? Wie war's denn? Was macht deine Recherche?«

Die friedliche Stille der Seeluft entgleitet ihr, und die vertraute Angst nimmt ihren Platz ein. Sie atmet langsam ein und aus. »Ach, gut war's. Ich hab ziemlich viel geschafft heute.« Sie wird das rote Kleid anziehen. Das ist sauber und absolut passend für eine Party.

Toby trocknet sich weiter die Haare mit dem Handtuch.

»Ich dachte, du wolltest noch ein Kleid aus der Reinigung holen?«

Um seinem Blick auszuweichen, greift Kate nach dem Stapel Post, der neben ihrem Schlüsselbund auf dem Tisch liegt.

»Ich glaube, Schwarz ist zu förmlich. Ich ziehe das rote Kleid an.«

Die Briefe unter den Arm geklemmt, steuert sie jetzt auf die Küche zu und bahnt sich einen Weg an den drei Umzugskartons vorbei, die sich neben dem Treppenschrank stapeln.

»Ich habe versprochen, dass wir zeitig kommen. Ist das in Ordnung?« Tobys Stimme wird lauter, während er die Treppe herunterkommt und auf sie zugeht. »So um sieben. Soll ich dir ein Bad einlassen?«

»Ich werde duschen.«

Schwarz.

Weiß.

Ja.

Nein.

Toby sieht seine Frau an.

»Gut.«

Sie erwidert seinen Blick nicht. Stattdessen erinnert sie sich an eine längst vergangene Zeit, ein anderes Leben, als ein anderes Bett nach ihren Körpern roch, nach ihrem Schweiß und ihrer beider Sehnsucht. Sie denkt an diese andere Welt und wie er ihr, eng an sie geschmiegt, immer wieder von dem ersten Mal erzählte, als er sie angesehen hat.

Es war auf einer Party in ihrer Wohnung, er stand in einer Ecke und sah ihr fasziniert beim Tanzen zu. Auch ihr war er aufgefallen, und an diesem ersten Abend hatte sie immer wieder zu ihm hinübergeblickt und geglaubt, er bemerke sie nicht. Aber so war es nicht.

Denn vom anderen Ende des Raumes aus hatte er wie hypnotisiert ihre Bewegungen verfolgt – sie tanzte vollkommen in sich versunken mit einem Drink in der Hand und halb geschlossenen Augen, und so fielen ihr seine Blicke nicht auf. Er wusste noch genau, was sie an jenem Abend getragen hatte: dunkle Jeans und ein cremefarbenes Leinenoberteil, das vorne eine Knopfreihe hatte. Als er später mit ihr im Bett lag, fuhr er ihr mit dem Finger vom Hals bis zur Taille und erzählte ihr, wie er auf der Party diese lange Reihe winziger Knöpfe fixiert und davon geträumt hatte, ihren Körper zu berühren. Zugleich hatte er sich gefragt, ob man das Oberteil über den Kopf ziehen konnte oder ob man jeden einzelnen dieser Knöpfe aufmachen musste.

Er hatte nicht daran geglaubt, dass er die Chance bekommen würde, das herauszufinden.

Auf der Party bemerkte ein Freund, wie Toby die tanzende Kate anstarrte, und sagte ohne Umschweife zu ihm: »Die kannst du nicht kriegen.« Er beschrieb Kate als wählerisch und schwierig. In Wahrheit hatte Kate diesem Freund eine Abfuhr erteilt. Später mussten Toby und sie noch oft darüber lachen.

Kate konnte sich nur noch daran erinnern, dass sie überrascht war, wie wenig Leute sie auf der Party kannte – die meisten Gäste hatte ihre Mitbewohnerin eingeladen. Als sie hinausging, um frische Luft zu schnappen, fiel ihr der große, etwas schüchterne Mann mit den schönen Augen auf, der allein stand.

Später erzählte er ihr, sie erinnere ihn an ein Gemälde. Er schaute auf ihre Haare …

Sie fand ihr Haar kraus, er nannte es präraffaelitisch.

Kate, die Tobys Interesse an ihr nicht gleich bemerkt hatte, wollte eigentlich nur der Hitze in der Wohnung entkommen. Sie holte einen Drachen aus ihrem Zimmer und fragte ihn, ob er ihn mit ihr steigen lassen würde. Noch während sie das sagte, befürchtete sie, diese Frage könnte wie ein Vorwand klingen, dabei mochte sie Drachen wirklich und besaß vier oder fünf Stück. Es waren altmodische Modelle mit Holzrahmen und in leuchtenden Farben. Sie fügte hinzu, in der Nähe gebe es einen schönen Park und der Wind sei perfekt.

»Ich bin Kate.«

»Toby.«

Sie sahen einander an. Zum ersten Mal trafen sich ihre Blicke, und in jedem von ihnen begann Hoffnung zu keimen, dass sie beide gemeinsam …

Toby schaute auf die lange Knopfreihe ihres Oberteils.

Auch jetzt, auf dieser ganz anderen Party, kann sie seine Blicke spüren, auf sich in dem roten Kleid. Aber heute steht in seinen Augen kein Verlangen, sondern er schaut hilflos und besorgt. Inzwischen kennt sie diesen Blick gut, und sie verabscheut ihn.

Sie trinkt zwei, drei Gläser Champagner und weiß, es ist zu viel, denn ihr Lachen ist immer ein klein wenig zu laut.

Als sie ein paar Brocken von dem besorgten Getuschel auffängt, das Tobys Geschäftspartner Mark mit seiner Frau austauscht, holt sie sich ein Glas Wasser und flüchtet damit in den Flur. Erleichtert lehnt sie sich an die Wand und spürt sofort die frische Farbe an ihrer nackten Schulter. Sie streicht mit den Fingern über die Wand und fühlt die weiche, staubige Schicht. Ist das Kalkfarbe? Ja. Sie erkennt die Konsistenz wieder, sie hat selbst einmal in ihrem alten Zuhause mehrere Probeanstriche damit gemacht. Und das Zimmer niemals zu Ende gestrichen …

Sie glaubt sich allein und für einen Moment unbeobachtet. So wie oben im Bus mit den Möwen, dem Touristenführer und ihren vielen Stofftaschen.

Aber dann bemerkt sie Toby, der sie in einem Spiegel am anderen Ende des Flurs betrachtet, und sie hört seine Stimme, das Echo der letzten Nacht, als sie beide im Bett lagen, jeder gefangen in seiner eigenen Traurigkeit, im selben Bett, aber Hunderte Meilen voneinander entfernt.

»Kate, es bringt doch nichts, so zu tun, als wäre es nicht passiert.« Als sie seinen Gesichtsausdruck bemerkt, durchfährt sie ein unerträglicher Schmerz; es ist die Erkenntnis, dass er genau weiß, was sie tut. An diesem neuen Ort mit diesen neuen Menschen.

Er weiß, wie es ihr geht in dem schicken, neuen Haus mit den drei unausgepackten Kartons im Flur. Oder wenn sie sich auf den Busfahrten vorstellt, wie sie im Wasser schwimmt. Dass sie immer weiter sucht …

»Wir können nicht einfach so tun, als wäre es nicht passiert, Kate. So geht das nicht. Wir können die Vergangenheit nicht einfach wegschließen. Das funktioniert nicht.«

4

Auf dem Pappbecher mit Kaffee, den Matthew in der Hand hält, steht die Warnung, das Getränk könne sehr heiß sein.

Er schüttelt den Kopf über die Absurdität einer Welt, die sich mehr mit Rechtsstreitigkeiten beschäftigt als mit trinkbarem Kaffee. Dann vertieft er sich wieder in die Zeitung und spielt mit dem Leuchtstift in seiner linken Hand. Die Stellenanzeigen für Service-Personal sieht er zuerst durch. Ob er sich als Koch ausgeben kann? Wahrscheinlich nicht. Und als Kellner, kann er auf die klassische Weise servieren? Sicherlich nur mit Mühe und Not. Tellerwäscher? Das würde gehen. Matthew rahmt zwei aussichtsreiche Anzeigen ein und nimmt einen Schluck Kaffee.

Er muss sich waschen und etwas Sauberes anziehen. Bevor er sich irgendwo vorstellt, will er ins Schwimmbad gehen, um dort zu duschen. Der Gedanke muntert ihn auf. Im Augenblick braucht er schnell einen Job, wo man nicht allzu viele Fragen stellt, und eine Unterkunft muss er auch finden. In der Gastronomie hat er die besten Chancen, auch ein Zimmer gestellt zu bekommen, und sollte das nicht klappen, kann er versuchen, ein billiges Hostel zu finden. Er will nicht länger draußen schlafen, denn er kennt sich mit dem Leben auf der Straße weniger aus, als er dachte. Erst im Gespräch mit den Obdachlosen an der Bushaltestelle ist ihm klargeworden, dass der Park, wo er letzte Nacht geschlafen hat, ein stadtbekannter

Treffpunkt ist. Ein paar junge Männer sind dort neulich für Stricher gehalten und übel zugerichtet worden.

Nachdem er alle Stellenanzeigen durchgesehen hat, holt Matthew den Umgebungsplan hervor. Das Gelände hat er schnell gefunden: Das zurzeit leerstehende Millrose Mount Hospital – es soll demnächst in Millrose Mount Village umbenannt werden – liegt etwa zwei Meilen außerhalb des Orts.

Seine Mutter hat ihm nach dem großen Streit davon erzählt. *Sag bitte deinem Vater nichts davon. Er würde mich umbringen, Matthew. Ich habe ihm geschworen …*

Er starrt auf die Karte und versucht sich vorzustellen, wie früher die Patienten zum Millrose Mount Hospital gebracht wurden. Hat man ihnen Beruhigungsmittel gegeben und sie dann im Transporter dorthin gefahren? Hat man sie gar in Zwangsjacken gesteckt? Er malt sich die schlimmsten Dinge aus, denn er kann die Wahrheit immer noch nicht fassen: dass auch er, seine eigene Geschichte mit diesem Ort verbunden ist.

Matthew faltet die Karte zusammen und beschließt zu laufen, um das Geld für die Busfahrkarte zu sparen. Das Millrose Mount Hospital ist nicht schwer zu finden, es gibt nur einen Weg, der auf den Hügel führt. Während er die lange, steile Zufahrtsstraße hinaufgeht, denkt er nach über das, was er in der Stadtbibliothek über die Klinik gefunden hat. Darunter waren auch die Aufzeichnungen des Architekten, der diesen Komplex entworfen hat. Dann hebt Matthew den Blick und fragt sich, ob das monumentale Eingangsportal den Patienten damals so vorgekommen ist wie ihm jetzt: wie ein riesiger Mund.

Ein riesiger, schreiender Mund.

Gegenüber dem Millrose Mount Hospital entdeckt Matthew eine Telefonzelle. Er schaut auf seine Armbanduhr und geht kurz entschlossen hinein. Während er wartet, dass abgehoben wird, klopft er ungeduldig mit einem Fuß auf den Boden und hofft inständig, dass nicht sein Vater ans Telefon geht.

»Hallo, Mum, bist du das?«

»Matthew! Matthew, bist du es wirklich, Junge?«

Er hört, wie etwas klappernd zu Boden fällt, und denkt sofort an eine Flasche Möbelpolitur. Sicherlich hat sie auch ein Staubtuch in der Hand, denn sie wischt immer Staub …

Es piept laut. Das ungeduldige Telefon will mehr Geld – und zwar sofort. In der Aufregung fallen Matthew die Münzen aus der Hand. Beinahe wird die Verbindung unterbrochen, als er auf dem Boden kriechend nach dem Geld sucht, dann gelingt es ihm, eine Münze in den Schlitz zu werfen.

»Hallo? Hallo? Matthew … bist du noch da?«

»Ja, Mum. Alles in Ordnung. Hör zu, ich wollte dir nur kurz sagen, dass es mir gutgeht.«

Vom anderen Ende der Leitung hört Matthew ein Schniefen. Er kann sie sich genau vorstellen, wie sie sich mit der geballten linken Faust gegen das Kinn klopft.

»Liebling, kommst du nach Hause? Bitte. Komm nach Hause.« Er sieht sie vor sich, wie sie in der Hand ein Staubtuch zu einer kleinen, festen Kugel zusammenknüllt, während ihre Stimme immer schriller klingt.

Schon wieder ertönt der Piepton. Dieses Mal steckt Matthew drei Münzen in den Schlitz.

»Ist er da? Ist Dad zu Hause?«

»Nein, er ist weggegangen.«

»Hat er sich inzwischen beruhigt?«

Am anderen Ende der Leitung herrscht Schweigen.

»Er wird seine Meinung ändern, Matthew. Wenn du nur nach Hause kommst, Junge.«

Matthews Unterlippe zittert, er beißt sich auf die Unterlippe, so fest, dass es wehtut.

Er möchte immer noch wütend auf sie sein. Er will sie nicht so vermissen. Und er muss diese verdammte Angst loswerden.

»Sag mir, wo du bist, Liebling. Ich bin völlig verrückt gewesen vor Sorge. Wir holen dich ab, einverstanden?«

Matthew kann den Schmerz in ihrer Stimme kaum ertragen. Einen Augenblick lang steht sie direkt vor ihm, zieht ihm die Krawatte zurecht. Dann küsst sie ihn auf die Stirn und fährt mit den Fingern durch seine Locken. Seine Stirn ist feucht von ihrem Kuss, aber er wischt nicht drüber.

Er würde ihr gern erzählen, wie sich das anfühlt. Wenn man nicht weiß, wer man ist. Wenn man in den Spiegel blickt und sich unsichtbar fühlt, wie ein Geist. Er möchte sie gerne ganz offen fragen, wie sie das tun konnte.

Wie sie ihn die ganzen Jahre über anlügen konnte.

Es piept wieder. Matthew sieht den Ton vor sich, ein eingestrichenes C. Piep, piep, piep.

C. C. C.

»Ich melde mich wieder …«

Sie ist weg. Die Frau, die nicht seine Mutter ist. Nicht seine leibliche Mutter. Matthew weiß nicht, was er fühlen soll – die Note des Wähltons wird lange gehalten und klingt nun schrill.

Gis.

»Kann ich Ihnen behilflich sein?«

Als Matthew aus der Telefonzelle tritt und zum Baubüro hinübergeht, steht dort ein Mann in der Tür, die Hände auf die Hüften gestemmt. Er trägt einen weißen

Schutzhelm mit dem Logo von Millrose Mount Village, der ihm ganz offensichtlich nicht richtig passt. Der Helm sitzt zu hoch auf dem Kopf, und das sieht lächerlich aus. Sein gut geschnittener Anzug verrät, dass der Mann kein Bauarbeiter ist.

»Ich wollte mich nur mal umsehen, wenn das erlaubt ist.«

»Wie bitte?« Der Mann blickt ihn besorgt an. Matthew überlegt, ob er wohl schnell im Kopf nachrechnet und feststellt, dass sein Gegenüber zu jung ist. Zu jung, um ein früherer Patient zu sein.

»Meine Eltern möchten gern in diese Gegend ziehen. Ich komme bald aufs College. Wir haben uns gefragt …«

»Sie könnten also eventuell Interesse haben, hier etwas zu kaufen?« Schlagartig verändert sich der Gesichtsausdruck des Mannes. Jetzt sind sie die besten Freunde.

»Ja. Sie haben mich gebeten, Informationsmaterial zu besorgen.«

»Ach so, in Ordnung. Kommen Sie doch herein. Bitte sehr, kommen Sie nur.«

Der Mann im Anzug nimmt Matthew mit in sein Containerbüro und drückt ihm einen Hochglanzprospekt in die Hand. Er fragt nach der Adresse seiner Eltern, damit er ihnen sämtliche Informationen zu den Kaufobjekten zuschicken kann, sobald sie fertig gedruckt sind. »Sie müssten jetzt jeden Tag eintreffen.«

Matthew verspricht, dass seine Eltern persönlich vorbeikommen werden, und fragt, wie lange der Umbau noch dauern wird. Er blickt aus dem Fenster auf den Bauzaun und die Container. Ein Stück entfernt stehen zwei Bagger neben einem großen Kieshaufen.

»Es wird noch ein paar Jahre dauern, bis die gesamte Infrastruktur fertig ist, aber sicher wollen einige Käufer ihre Immobilie auch selbst gestalten, ihre eigenen Ideen verwirklichen. Da gibt es unzählige Möglichkeiten.«

»Und gibt es schon viele Interessenten? Stören sich die Leute nicht an der Geschichte dieses Orts? Wir haben uns gefragt, ob sich vielleicht manch einer bei dem Gedanken unbehaglich fühlt. Sie wissen schon, weil das früher einmal eine psychiatrische Klinik war.«

Der Mann grinst. »Glauben Sie mir, eines Tages wird das normal sein. Dann wird sich niemand mehr darüber den Kopf zerbrechen. Hier hat man die Chance, Erster zu sein und sich einzukaufen, bevor die Preise in die Höhe schnellen. In zehn oder zwanzig Jahren wird man überall im Land alte Gebäude wie dieses hier umbauen. Und eins ist sicher: Man findet nirgendwo einen so beeindruckenden Bau wie diesen hier. Diese Architektur war ihrer Zeit wirklich weit voraus.«

Matthew lächelt. Mit keiner Silbe verrät er, was er schon alles über das architektonische Erbe dieses Gebäudes weiß. Aber die Architektur interessiert ihn gar nicht. Er blättert die Broschüre durch. Nirgendwo könne man so viel Wohnraum für so wenig Geld erwerben, steht dort. Er überfliegt die Seiten auf der Suche nach mehr Informationen zu dem Gebäude, nach der wahren Geschichte des Millrose Mount Hospital. Den Tee, der ihm angeboten wird, lehnt er ab. Als er die letzte Seite umblättert, ist er kaum überrascht, dass er nichts Neues über die einstige psychiatrische Klinik erfahren hat.

Matthew blickt auf seine Armbanduhr.

»Meine Eltern werden sich auf jeden Fall sehr bald melden«, sagt er entschuldigend. Um keinen Verdacht aufkommen zu lassen, fügt er, als er schon in der Tür steht, hinzu: »Was ist denn eigentlich mit der Vergangenheit dieses Ortes? Ich nehme mal an, dazu gibt keine Unterlagen, oder? Haben Sie jemanden an der Hand, der hier früher einmal gearbeitet hat?«

Das Lächeln des Mannes verschwindet, er beißt sich auf die Unterlippe und mustert Matthew noch einmal eindringlich.

»Sie sind doch nicht etwa Journalist, oder?«

»Meine Güte, nein. Ich hab mir nur gedacht, das wäre doch vielleicht interessant. Wenn meine Eltern und ich eines Tages hier wohnen, meine ich.«

»Ich glaube, in der Stadtbibliothek findet man etwas über das Millrose Mount Hospital. Zumindest über den Architekten Samuel Cribbs. Soweit ich weiß, werden dort seine Tagebücher aufbewahrt. Die könnten Ihnen weiterhelfen.« Der Tonfall des Immobilienmaklers ist vorsichtiger, seine Hoffnung auf eine Provision wird geringer.

Matthew nickt dankend und versichert, dass er seinen Eltern die Broschüre und die Visitenkarte des Maklers geben wird.

»Ich werde dafür sorgen, dass sie Sie anrufen.«

Das gezwungene Lächeln des Mannes zeigt ihm, dass er seinen Worten nicht länger traut.

5

Martha lächelt, als Kate eilig das Café am Kai betritt – sie macht einen gehetzten Eindruck. Zwei Mal schon haben sie sich am Kiosk getroffen und draußen auf der Parkbank Tee und Kaffee getrunken. Sie können es sich nicht erklären, aber beide, sowohl Martha als auch Kate, sind insgeheim überrascht, wie gut sie sich verstehen. Heute hat Kate vorgeschlagen, sich im Café zu treffen. Sie möchte Martha zu einem ordentlichen Frühstück mit Eiern und Speck, Toast und Marmelade in gemütlicher Atmosphäre einladen.

»Martha, es tut mir so furchtbar leid. Hast du schon bestellt?«

Dann bemerkt Kate die frischen Eier- und Ketchup-Flecken und die Brotkrümel auf dem weißen Teller. Sie ärgert sich, dass sie den Verkehr nicht richtig eingeschätzt hat, denn sie wollte das Frühstück bezahlen. Schließlich ist es ihre Idee gewesen.

»Wirklich, es tut mir unendlich leid. Ich übernehme die Rechnung. Und ich hole uns noch Tee, einverstanden?«

Martha schüttelt den Kopf. »Mach dir keine Gedanken, Kate. Das ist alles schon geregelt. Du musst dir nur dein Frühstück besorgen.«

Kate schaut sie fragend an und runzelt die Stirn, als eine rundliche Frau hinter der Theke hervorkommt, sich an ihr vorbeidrängt und auf den Platz neben Martha plumpst. Fast gleichzeitig landet das Fotoalbum in ihrer Hand mit einem lauten Knall auf dem Tisch. Die Frau ist verschwitzt und ein wenig außer Atem, aber sie lächelt übers ganze Gesicht. Sie drückt Marthas Schulter und schlägt das Fotoalbum auf.

»Sieh nur, Martha. Die ist so wunderschön! Wie kann ich dir nur dafür danken?« Ihre Stimme ist warm und freundlich, genau wie ihre Augen, und sie spricht mit einem starken italienischen Akzent.

Kate beugt sich vor, um einen Blick auf die Fotos zu erhaschen, es sind Bilder einer Familie am Taufbecken, das Baby ist in eine lange weiße Decke gewickelt. Angesichts ihrer Einmischung kneift die Frau fragend die Augen zusammen.

»Oh, entschuldige bitte. Ich muss euch noch vorstellen.« Martha lächelt. »Das ist Kate, eine neue Freundin von mir. Kate, das ist Maria, eine sehr alte und liebe Freundin.«

Die beiden Frauen nicken sich höflich zu.

»Martha hat die Taufdecke meiner Enkelin gestrickt.« Maria dreht das Album herum, damit Kate die Bilder besser sehen kann. Eine wunderschöne, aufwendig gefertigte Arbeit, die einer Häkelei ähnelt. Plötzlich versteht Kate, warum Martha nicht für ihr Frühstück bezahlen muss.

»Gern geschehen, Maria. Ich bin froh, dass sie euch gefällt. Wie geht es dem Baby?« Martha strahlt über das ganze Gesicht.

»Die Kleine ist entzückend.« Maria legt eine Hand auf die Brust und stößt einen Seufzer aus. »Natürlich schläft sie nicht. Aber diese jungen Mütter heute, die erwarten einfach zu viel. *Dio mio!*« In diesem Moment bemerkt sie die lange Warteschlange an der Theke und drückt schnell noch einmal Marthas Schulter, bevor sie sich wieder um ihre Gäste kümmert.

Martha nimmt einen Schluck Tee, als Kate sich endlich hinsetzt.

»Dann bist du also Stammgast hier, Martha? Als du dieses Café vorgeschlagen hast, war mir nicht klar …«

Jetzt nimmt Kate Martha noch einmal in Augenschein. Sie trägt neue Kleider, die abgetragen, aber sauber sind. Ihre offenen Haare sind frisch gewaschen, was sie sehr viel jünger aussehen lässt. Kate wird klar, dass Martha nicht viel älter sein kann als sie, Ende dreißig, höchstens vierzig.

»Das stimmt. Maria und ich kennen uns schon eine Weile. Im Winter bin ich meistens hier in Aylesborough. Die Leute sind sehr freundlich zu mir und kümmern sich um mich.«

»Und du hast einen Platz zum Schlafen gefunden, ja?«

»Im Wohnheim, danke. So wie immer.« Sie zieht eine Grimasse und schaut schnell auf ihre Armbanduhr. »Mist.«

»Ist etwas?«

»Nichts Schlimmes, ich muss nur weg.« Sie trinkt ihren Tee aus. »Wenn du magst, kannst du mitkommen. Oder willst du lieber hierbleiben und in Ruhe frühstücken?«

»Nein, muss ich nicht. Ich esse später etwas.«

»Na, dann komm.« Martha zwinkert ihr verschmitzt zu.

Wenige Minuten später versteht Kate, warum Martha ihr Angebot, sie im Auto zu ihrer Verabredung zu fahren, lachend ausgeschlagen hat. Marthas Ziel, Wendys Wollladen, befindet sich nur zwei Häuser weiter. Von dem stilvollen Erkerfenster aus hat man einen beneidenswert schönen Blick auf den Hafen, und Kate findet die gesamte Innenausstattung einfach traumhaft.

Der Laden riecht nach Vergangenheit, als ob die Zeit angehalten worden wäre; es duftet nach Sorgfalt und Aufmerksamkeit. Bienenwachs, aber auch etwas Zitroniges.

Überall herrscht tadellose Ordnung. In den Regalen reihen sich Wollknäuel aneinander, nach Farbe und Garnstärke sortiert. Die Preise stehen gut lesbar in Schwarz auf kleinen weißen Karten.

»O Martha, wie schön, dich zu sehen! Wirklich schade, dass ich nicht da war, als du angekommen bist.« Martha und die Frau hinter der Verkaufstheke umarmen sich herzlich. »Ich wünschte so sehr, ich hätte noch ein Zimmer für dich übrig. Das weißt du doch, oder?«

»Das Wohnheim ist vollkommen in Ordnung. Mach dir keine Sorgen um mich.«

Dann tritt die Besitzerin des Wollladens einen Schritt zurück und hält Martha auf eine Armlänge Abstand, um ihre Kleidung zu begutachten. Kate bleibt mit einem verlegenen Lächeln auf den Lippen im Hintergrund.

»Von der Heilsarmee? Der Herrgott möge mir verzeihen, aber das können wir besser. Ich habe ein paar Sachen zur Seite getan, sie sind hinten.«

Martha gibt Kate ein Zeichen, zu ihr an die Theke zu kommen, und stellt sie, wie vorhin im Café Maria, nun Wendy vor.

»Dann bist du also neu hier in Aylesborough, Kate?«

Kate, die diese Frage schon kennt, antwortet genauso wie immer. Ihr Ehemann sei Architekt und habe sein Büro hierherverlegt, sie wollten schon lange ans Meer ziehen, das sei doch ruhiger und auch gesünder … Kate merkt, dass Wendy sich kaum auf ihre Worte konzentrieren kann, und sobald sie kurz innehält, wendet sich die Ladenbesitzerin wieder Martha zu. Mit einem breiten Lächeln eilt sie nach hinten und erscheint kurz darauf mit zwei großen Tüten in den Händen. In einer Tasche sind Wolle und Zettel mit Notizen, in der anderen verschiedene Kleidungsstücke. Eine Weile unterhalten sich die beiden

Frauen über gemeinsame Bekannte und darüber, welche Wolle gerade sehr gefragt ist und welche nicht.

»Ziemlich viele Bestellungen.« Wendy stöbert in der Tasche mit der Wolle und den Zetteln herum. »Mehrere Pullunder und Westen, tut mir leid.« Sie verzieht das Gesicht. »Die sind leider gerade groß in Mode. Sind immer knifflig, ich weiß, aber schau doch bitte mal, was du machen kannst. Die Aufträge sind nicht eilig.«

Dann treten zwei Kundinnen mit Mustern für Pullunder an die Theke. Wendy errötet und umarmt Martha noch einmal, die ihre Tüten eilig zur Seite nimmt, um Wendy zu den Kundinnen durchzulassen.

Sie überlassen Wendy ihrer Arbeit, aber in der Tür dreht sich Martha noch einmal zu Wendy um, und etwas von der heiteren Atmosphäre schwindet.

Wendys Stimme ist sehr leise, als sie sagt: »Martha, es tut mir leid, aber es sind keine Briefe gekommen. Ich habe überall für dich gefragt. Nichts.«

Dann sitzen Kate und Martha wieder auf der Parkbank, wo sie sich zum ersten Mal getroffen haben, und trinken Tee aus angeschlagenen Bechern. Kate ist ziemlich verwirrt.

»Du strickst also auf Bestellung, richtig?«

»Manchmal. Wendy überredet mich immer wieder, und es macht mir auch Spaß. Außerdem kann ich etwas Geld damit verdienen, wenn es gerade keine andere Arbeit für mich gibt.«

»Aber wirklich viel wirst du für das Stricken doch nicht bekommen, oder?« Sie hat den Satz noch nicht zu Ende gesprochen, da schämt sie sich schon für ihren Tonfall. »Entschuldige bitte. Das sollte nicht so herablassend klingen. Bitte verzeih mir.«

Martha nimmt einen Schluck Tee, und eine Weile lang

blicken die beiden aufs Wasser hinaus, wo ein Fischer auf seinem Boot die Netze reinigt, inmitten von aufmerksam kreisenden Möwen. Das Boot schaukelt sanft hin und her, und der Mann steht breitbeinig, um bei der Arbeit nicht das Gleichgewicht zu verlieren.

»Ich weiß, es geht mich nichts an, aber darf ich dich fragen, warum du jeden Winter hier verbringst, Martha? Warum kommst du jedes Jahr nach Aylesborough zurück?«

Im Grunde brennt sie darauf, Martha nach den Briefen zu fragen. Welche Briefe, Martha?

»Und darf ich dich dann auch anlügen, so wie du eben Wendy angelogen hast?« In Marthas Stimme schwingt kein Missfallen mit, nur eine Offenheit, die Kate überrascht, ihr aber auch guttut. Still sitzt sie da und überlegt, was sie sagen könnte. Soll sie zugeben, dass sie insgeheim froh ist, ertappt worden zu sein? Dass es sie freut, wenn Martha sie durchschaut?

Der Fischer wirft gerade ein paar Reste aus einem großen Eimer über Bord, und wild kreischend stürzen sich die Möwen darauf. Die beiden Frauen sehen sich einen Moment lang in die Augen; wieder spürt Kate dieses seltsame Einvernehmen, das sie noch nicht ganz begreift. Ihre Aufmerksamkeit wird von einem Mann abgelenkt, der vor sich hin murmelnd auf die Stadtbibliothek direkt neben dem Wollladen zugeht. Unter seinem Arm klemmt eine große schwarze Mappe, die das Logo des Bauprojekts oben auf dem Hügel trägt: Millrose Mount Village. Das Logo ist Kate schon öfter auf Werbeflächen aufgefallen, wo es manchmal mit witzigen, meist aber vulgären Graffiti übermalt war.

Kate beobachtet, wie der Mann in der Stadtbibliothek verschwindet. Sie will Martha gerade fragen, woher sie wusste, dass sie in Wendys Laden gelogen hat, aber Martha sieht so entspannt aus. Kate kann nicht den Anflug einer Schuldzuweisung erkennen und überlegt es sich anders.

Sie sagt gar nichts dazu.

Moskauer Staatsorchester
1960

Meine geliebte Martha,
immer wieder sage ich mir, dass dies mein letzter Versuch sein wird, mit dir in Kontakt zu treten. Aber dann ändere ich meinen Entschluss. Und schreibe erneut einen Brief an dich ...
Meine Freunde sagen mir oft, ich hätte schon vor langer Zeit aufhören sollen, dir zu schreiben.
Haben sie recht?
Ich bin immer noch in Moskau und probe für die nächste Tournee. Wir spielen die Cellosonate von Debussy, und ich finde dieses Stück immer so schwierig ... Erinnerst du dich noch, als ich sie im Haus deines Vaters das erste Mal für dich gespielt habe?
Ich werde das sicherlich niemals vergessen.
An manchen Tagen frage ich mich, ob diese Briefe Russland überhaupt je verlassen. Oder ich stelle mir vor, dass dein Vater die Briefe abfängt und vielleicht sogar vernichtet.
Wenn ich nachts wach im Bett liege, beschleicht mich der schlimmste Gedanke: Könnte es sein, dass meine Freunde recht haben und dir mein Verhalten heute nur noch peinlich ist?
Noch schlimmer ist nur noch die Ungewissheit.
Das ist wirklich die Hölle, Martha. Mit dieser Ungewissheit kann ich nicht leben. Ich denke an dich, und ich weiß nicht, ob du überhaupt jemals noch an mich denkst.

Dein Josef

6

Sein dritter Tag in Aylesborough. Matthew wirft einen Blick auf seine Armbanduhr und kratzt sich am Kopf. Es war keine gute Idee, sich mit dem Duschgel des Schwimmbads die Haare zu waschen. Obwohl er den Kopf lange unter fließendes Wasser gehalten hat, sind seine Haare matt und stumpf. Und die Kopfhaut juckt unerträglich. Er klopft sich die Schultern ab und dreht sich unwillkürlich zum nächsten Schaufenster, um nochmals sein Aussehen zu überprüfen. Jetzt hat er das Kinn angehoben und den Kopf zur Seite gedreht; in dem veränderten Winkel spiegelt die Scheibe nicht mehr, sondern er blickt durch das Glas hindurch.

Augenblicklich schließt Matthew die Augen. Nein, er glaubt nicht an Schicksal. Und er hat auch gar keine Zeit für so etwas.

Nein, Matthew.

Er hat ein Vorstellungsgespräch, und nun fordert er sein Glück geradezu heraus. Die Augen fest geschlossen, nimmt er vorsichtig den Rucksack von der Schulter und stellt ihn auf dem Boden ab. Währenddessen bemüht er sich mit aller Macht, die Musik in seinem Kopf zu ignorieren – genau wie die Bewegung seiner zuckenden Finger. So ein Instrument hat er nur einmal in seinem Leben spielen dürfen. Damals war er acht Jahre alt. Er erinnert sich an die kühlen Tasten und hat sofort wieder den kleinen Riss in der Taste des hohen C vor Augen, den er während der Forte-Passagen deutlich spüren konnte. Aber vor allem erinnert er sich an den Klang – diesen wunderbaren Klang, den er so nie wieder gehört hat. Und er weiß noch, wie sich sein Magen schmerzlich zusammenzog, als er den kalten, zugigen Prüfungsraum im Stadtmuseum wieder verlassen musste.

Jetzt öffnet Matthew die Augen und beugt sich vor, um den Flügel genau zu betrachten. Das Gehäuse ist aus Rosenholz mit einem rankenden Blumendekor an der Seite – ziemlich verspielt und sicher nicht jedermanns Geschmack, aber auf jeden Fall ist das Instrument ein Prachtstück. Matthew kann sich vorstellen, wie die Klavierbauer die einzelnen Teile zusammengesetzt und dabei die ganze Zeit stolz gelächelt haben. In Gedanken spielt er die Szene weiter durch und fragt sich, ob sie vielleicht sogar Deutsch gesprochen haben, ob der Flügel aus der New Yorker Fabrik oder aus Hamburg stammt.

Schützend hält Matthew die Hände über die Augen, um im Sonnenlicht besser sehen zu können. Er ist überrascht und gleichzeitig verlegen, als plötzlich ein Mann mit einem großen gelben Staubtuch in der Hand neben den Flügel tritt.

Matthew weicht zurück und steht kerzengerade da, bemüht, jeglichen Blickkontakt zu vermeiden. Aber dafür ist es zu spät. Der Mann strahlt bis über beide Ohren, und dann – oh, wie schrecklich! – winkt er ihm zu.

Matthew blickt hinter sich, dann dreht er sich stirnrunzelnd wieder um. Der Mann steht jetzt lachend in seinem Geschäft und winkt ihn nun ganz deutlich zu sich herein. Matthew wird rot, er ist wütend, dass er nicht gleich weitergegangen ist. Mit einem Finger tippt er auf seine Armbanduhr, um anzudeuten, dass er leider in Eile sei und keine Zeit habe. Aber der Mann will davon nichts wissen und lacht wieder, schwungvoll öffnet er die Tür, das Staubtuch noch in der Hand. Eine kleine Glocke klingelt ein eingestrichenes A, als er dort erwartungsvoll stehen bleibt. Matthew bleibt nichts anderes übrig, als hineinzugehen.

»Der ist gestern erst gekommen.« Der Mann ist atemlos vor Aufregung, er streift um das Instrument herum wie eine Raubkatze um ihre Beute, macht kleine, wohlüberlegte Schritte, als ob der Flügel bei einer plötzlichen Bewegung panikartig die Flucht ergreifen könnte. »Ich kann es auch noch nicht glauben.«

»Was haben Sie gesagt?« Mit dem Fuß schiebt Matthew seinen Rucksack neben einen Ständer mit Musiknoten.

»Entschuldigung. Aber ich habe Ihren sehnsuchtsvollen Blick gesehen.«

Matthew schließt seinen Mund, da ihm jetzt erst aufgeht, dass er ihn weit aufgerissen hatte, und schaut wieder auf seine Uhr. Das ist einfach lächerlich. Der Job im Hotel hört sich perfekt an, er würde sogar ein Zimmer bekommen. Er wäre verrückt, wenn er den Termin verpasst. Was soll das Ganze hier überhaupt? Der Mann hat einfach drauflosgeredet, offensichtlich ist er durchgeknallt.

»Ich weiß, es ist völliger Wahnsinn. Wenn man ein so kleines Geschäft hat wie ich, meine ich ... Es ist Wahnsinn, so viel Geld in ein einziges Instrument zu investieren. Aber es ist kein Risiko. Denn diese Flügel verkaufen sich von selbst, nicht wahr? Ich habe einen Freund, der hat ein Vermögen damit gemacht.«

Der Mann geht immer noch um das Klavier herum, als müsste er es aus jedem Blickwinkel betrachten.

»Er ist ein autorisierter Händler, in Bath. Kann mir Ersatzteile besorgen und Ratschläge geben. Und er hat guten Kontakt zur Klavierfabrik. Natürlich achten die sehr auf ihren Ruf, das ist ja auch verständlich. Aber wenn ich das gut mache, die Restaurierung, meine ich, dann …«

Matthew geht zu dem Flügel und streicht mit den Fingern über das Gehäuse – die Oberfläche ist glatt, bis auf einige wenige, winzige Risse dort, wo die Intarsien ausgebessert werden müssen.

»Ist er gestimmt?« Matthew schlägt das eingestrichene G an. Der Flügel klingt leicht verstimmt. Die Tonlage ist etwas tiefer als für ein Konzert.

»Anscheinend besteht jeder einzelne Flügel aus zwölftausend Teilen. Das ist doch wirklich erstaunlich, oder nicht?« Endlich hält der Mann inne und setzt sich abrupt auf einen Klavierhocker, der neben einem sehr viel schlichteren Klavier steht.

»Den ersten Monat werde ich darauf verwenden, mir einen Überblick über alle Einzelteile zu verschaffen. Ich werde ganz langsam machen. Zwar habe ich schon mehrere Klaviere neu aufgebaut, aber noch keinen Steinway, vor allem kein Steinway Grand Piano.«

Sie starren beide auf die Tasten, der Mann hat wieder angefangen zu grinsen.

»Nun machen Sie schon.«

Eilig stellt er einen zweiten Hocker vor den Flügel und bedeutet Matthew, sich dorthin zu setzen.

»Wie bitte?«

Dann lacht der Mann kurz auf, als hätte Matthew etwas furchtbar Komisches gesagt.

»Sie fragen sich, woher ich weiß, dass Sie Klavier spielen können?« Sein Tonfall ist etwas schrill, als wollte er ihn aufziehen, aber auf freundliche Weise, ohne jegliche Boshaftigkeit. »Junger Mann, ich arbeite schon mein ganzes Leben in dieser Branche. Niemand sieht ein Klavier so sehnsüchtig an wie Sie, wenn er nicht spielen kann.«

Matthew zieht seine rechte Augenbraue in die Höhe und hört im selben Moment die Stimme seines Vaters. *Zieh die Augenbrauen nicht so hoch. Das ist sehr unhöflich, Matthew. Du wirkst furchtbar überheblich.*

»Ich habe ganze Generationen durch dieses Schaufenster blicken sehen«, sagt der Mann lächelnd. »Glauben Sie mir, es gibt nur drei Arten, ein Klavier anzusehen. Der erste Blick, der ist von denen, die nicht spielen können. Sie sehen nur ein Möbelstück, dessen Ausmaße sie einzuschätzen versuchen, und überlegen, ob es zu ihrer Einrichtung zu Hause passt. Für sie ist die Farbe des Instruments wichtig, als ob es sich um ein Sofa oder einen Sessel handeln würde. Dann gibt es Leute, die sich wünschen, sie könnten spielen. Oder solche, die gern besser spielen würden. In ihren Augen spiegelt sich Bedauern.« Aus Mitleid mit diesen Menschen seufzt er auf. »Und dann gibt es noch eine dritte Gruppe. Sie sehen nicht mit den Augen, wie Sie ja bestimmt selbst wissen.«

Matthew ist etwas entnervt, dass man ihn so schnell durchschauen kann.

»Bitte.« Er winkt Matthew, sich hinzusetzen. »Spielen Sie, was Sie wollen. Ich bin nur noch ein mittelmäßiger Pianist. Wegen der Arthritis, leider. Ich würde sehr gern hören, wie der Flügel klingt, wenn jemand richtig darauf spielen kann.«

Gehorsam setzt Matthew sich endlich hin. Sein Magen schlägt Purzelbäume, aber nicht sein exzentrischer Zuhörer macht ihn nervös, sondern die Angst, enttäuscht zu werden, wie ein Kind, das fürchtet, das riesige Weihnachtsgeschenk könnte seine lang gehegten Hoffnungen nicht erfüllen.

Chopin oder lieber Debussy?

Matthew hält den Atem an und spreizt unentschlossen

die Finger, schlägt die ersten Noten an. Dann ändert er seine Meinung. Lieber Debussy. Er schließt die Augen und beginnt noch einmal von vorne. Langsam tastet er sich vor. Als der Ton seine höchsten Erwartungen übertrifft, lächelt er. Seine Schultern entspannen sich, während er noch ein paar Takte spielt, er strahlt übers ganze Gesicht. Seine Finger fliegen über die Tasten, und sein neuer Freund schaut ihm mit einem zufriedenen Grinsen zu.

Erst als das Stück zu Ende ist, wagen sie wieder, tief durchzuatmen und zu sprechen. Beide sind erstaunt, dass der Flügel trotz der noch anstehenden Restaurierungsarbeiten so wunderbar klingt. Als wäre pure Magie durch das Geschäft geströmt, hätte die Zeit angehalten und sie beide in einem seltsamen, faszinierenden Zauber eingehüllt.

»Tee.« Der Mann hustet, während er sich sammelt. Dann sagt er: »Ich werde uns Tee machen. Ich bin übrigens Geoffrey.«

Matthew blickt noch einmal auf die Uhr und gibt nach. Den Termin im Hotel hat er sowieso schon verpasst.

»Ich bin Matthew. Und Tee wäre jetzt ganz wunderbar, danke.«

Während er Mozart und noch andere leichtere Stücke spielt, erkennt Matthew, dass es an dem Flügel doch etliches zu restaurieren gibt. Einige Töne klingen gar nicht, andere Tasten klemmen. Und an den Pedalen muss auch einiges getan werden. Dennoch, alles in allem ist der Flügel ein Traum. Der Klang ist unvorstellbar schön.

Matthew spielt gerade »Chopsticks«, als Geoffrey mit drei Bechern in der Hand aus dem hinten gelegenen Büro kommt. Nachdem er Matthew Milch angeboten hat, erklärt er, warum er drei Becher Tee gemacht hat.

»Ich bringe den Becher schnell rüber zu Wendy in den

Wollladen. Morgens mache immer ich Tee, nachmittags ist sie dran. Bin gleich wieder da.«

Verblüfft hält Matthew inne, er kann es nicht fassen, dass dieser Mann ihm, einem Fremden, sein Geschäft anvertraut. Ein ehrloser Zeitgenosse könnte selbst in der kurzen Zeit, wenn Geoffrey den Tee hinüberbringt, in die Ladenkasse langen, sich einen Stapel Notenhefte greifen und sich auf und davon machen.

»Sie sollten Ihr Geschäft nicht einem Wildfremden anvertrauen.«

»Warum nicht? Und bitte nenn mich Geoffrey.«

Dann klingelt die Türglocke, und Geoffrey geht hinaus auf den Bürgersteig, wo er fast unmittelbar mit einem Mann zusammenstößt, der Matthew bekannt vorkommt. Es ist der Makler von dem Gelände der früheren Psychiatrie, unter dem Arm trägt er eine Mappe mit dem Logo des Bauprojekts: Millrose Mount Village.

»Sie Vollidiot!« Der Makler macht einen Satz nach hinten, als sich ein Schwall heißer Tee über seine Hose ergießt. »Was zum Teufel machen Sie da?«

Geoffrey richtet sich wieder auf und studiert sein Gegenüber eingehend, so wie er es gerade eben mit Matthew getan hat. Nur diesmal fällt sein Urteil weniger positiv aus. »Es tut mir leid. Sie müssen sehr in Eile sein.«

Der Makler schnaubt wütend und wirft schnell einen Blick in das Geschäft. Matthew dreht sich instinktiv zur Seite, denn er will auf keinen Fall wiedererkannt werden. Dann wendet sich der Mann zum Gehen und murmelt dabei vor sich hin, dass die Leute doch vorsichtiger sein und aufpassen sollten, wo sie hintreten.

Geoffrey gibt keine Antwort, aber er lächelt Matthew leicht zu, bevor er im Geschäft nebenan verschwindet. Einige Minuten später kehrt er etwas außer Atem zurück:

»Ein halber Becher ist besser als gar keiner. Mittwochs hat Wendy oft viel zu tun. Also, wo waren wir?«

Dann löchert er Matthew mit Fragen. Was er hier in Aylesborough-on-sea mache und wo er denn wohne. Als Matthew ihm gesteht, dass er im Freien übernachtet, bis er einen Job gefunden hat, zeigt Geoffrey ihm aufgeregt ein kleines, verblasstes Schild, das auf dem Tisch gegenüber dem Flügel steht, und Matthew liest überrascht: *Teilzeitkraft gesucht. Voraussetzung: musikalische Kenntnisse und Erfahrung.*

Eine halbe Stunde später haben sie alles vereinbart. Matthew beginnt mit einer Probezeit und arbeitet zunächst fünfundzwanzig Stunden pro Woche. Er kann im Geschäft Klavier spielen und Kunden bedienen, während Geoffrey sich um das Klavierstimmen zu Hause bei den Kunden kümmert. Im Augenblick muss er dafür jedes Mal das Geschäft schließen und verliert deshalb Einnahmen aus dem Verkauf von Notenblättern und anderem Musikbedarf.

Matthew meint, dass er doch sicherlich Empfehlungen vorlegen müsse, aber Geoffrey sieht ihn nur wieder so an wie zuvor, als er ohne zu fragen wusste, dass Matthew Klavier spielen kann. Jetzt erwidert Matthew nichts mehr, sonst würde er seinen neuen Arbeitgeber beleidigen.

7

Das nächste Mal treffen sich Kate und Martha am Strand.

»Genau deswegen trage ich Gummistiefel«, sagt Martha mit leichtem Spott in der Stimme, als Kate an einem Wasserlauf entlangtrippelt, unentschieden, wo sie ihn überqueren soll. Der Wasserlauf teilt den Strand in zwei Hälften, wird breiter und mündet schließlich in einem Felstümpel, in dem gerade drei Kinder mit Fischernetzen umherwaten.

Kate entscheidet sich zu springen, landet aber im Wasser. Martha muss bei dem Anblick der verwirrten Kate, die knöcheltief im Nassen steht, laut lachen.

»Ich weiß auch nicht, warum ich diese Leinenschuhe angezogen habe.« Kate hebt den rechten Fuß hoch und schüttelt das Wasser ab, es spritzt in alle Richtungen – ihre Schuhe und Socken sind pitschnass. »Du hast recht, das nächste Mal ziehe ich auch Gummistiefel an.«

Eine Weile laufen sie schweigend nebeneinanderher. Kate genießt es, dass sie mit Martha keinen Smalltalk machen muss. Als sie bei den Felsen am anderen Strandende angelangt sind, setzt Martha sich hin und nimmt eine Thermosflasche aus ihrem Rucksack. Dann holt sie eine weitere Tasse für Kate hervor, um ihr einen Becher Kaffee aus Marias Café anzubieten.

»O ja, bitte. Das wäre jetzt toll. Findest du es nicht auch seltsam, dass man sich in der Gegenwart von manchen Menschen sofort wohl fühlt, und mit anderen wird das nie so sein?« Dankend nimmt sie einen Keks entgegen, der ebenfalls von Maria stammt.

»Meine Güte, sind die lecker, Martha. Maria ist wirklich genial.«

»Das stimmt.«

Martha atmet tief durch, und einen Moment lang fürchtet Kate, dass sie etwas Falsches gesagt und eine Grenze überschritten hat, als sie ihr gutes Verhältnis zueinander erwähnte.

»Ich glaube, man kann es nicht erzwingen, mit wem man gut zusammenpasst.« Eingehend untersucht Martha ihren Keks. »Offen gestanden ist es wahrscheinlich klüger, das nicht zu hinterfragen. Man sollte einfach glücklich sein, wenn man auf eine verwandte Seele trifft.«

»Ja, da hast du sicherlich recht.« Kate wendet ihren Blick den fischenden Kindern zu. »Das habe ich früher mit meinem Vater auch gemacht, in Felstümpeln gefischt. Ehrlich gesagt glaube ich, dass er sich einen Sohn gewünscht hätte. Zu Hause wusste er nie, was er mit mir spielen sollte. Da gab's nur Puppen und lauter Zeug für Mädchen. Aber im Urlaub war er in seinem Element, da konnte er viel mehr mit mir anfangen. Wir haben oft in Felstümpeln gefischt oder Krabben gefangen. Das war wunderbar.«

»Hast du Geschwister, Kate?«

»Nein.«

Martha schweigt einen Moment lang und wischt sich Krümel vom Mantel. »Ich auch nicht.«

»Mich hat das aber nie gestört. Das mag vielleicht egoistisch klingen, aber mir gefiel es ganz gut, allein mit meinen Eltern zu sein.« Kate kneift die Augen zusammen. »Die Leute denken immer, dass man als Einzelkind einsam ist, aber ich hatte immer viele Freunde und fand das völlig in Ordnung so.«

Martha atmet noch einmal tief durch und schaut zu dem Hügel in der Ferne, wo sich die Umrisse eines großen Gebäudes abzeichnen, in dem Kate das Millrose Mount Hospital vermutet. Das Gelände ist von einem hässlichen Zaun umgeben, der das schöne Panorama verdirbt.

»Ich nehme mal an, der Zaun kommt wieder weg, wenn sie das Gebäude saniert haben?«

»Wie bitte?«

»Dort oben auf dem Hügel, das alte Krankenhaus. Das haben sie doch geschlossen wegen dieses Skandals, über den in einer Fernsehdokumentation berichtet wurde.«

Martha zuckt die Achseln.

»Alle Zeitungen haben darüber berichtet. Schreckliche Geschichte.«

»Das muss vor meiner Zeit gewesen sein. Vielleicht weiß Maria etwas davon.« Martha wirft einen hektischen Blick auf ihre Armbanduhr. »Apropos Maria. Ich muss jetzt wirklich wieder los, denn ich habe versprochen, im Café auszuhelfen.«

»Aber natürlich.« Kate ist ein wenig enttäuscht, dass sie heute nur so wenig Zeit füreinander haben, aber sie zwingt sich zu einem Lächeln. Sie will auf keinen Fall lästig sein. Martha liebt die Arbeit im Café, und es macht Kate Spaß, ihr und Maria zuzusehen. Vielleicht schaut sie später noch auf eine Tasse Tee und einen Plausch dort vorbei. Kate ist froh, dass ihr zumindest diese Möglichkeit noch bleibt. Ein Ort, wo sie hingehen und mit jemandem reden kann.

Eine Weile bleiben sie noch so nebeneinander sitzen, bevor sie denselben Weg zurück nehmen, den sie gekommen sind, nur dass Kate dieses Mal am Wasserlauf einen längeren Anlauf nimmt.

»Diese Busfahrten, Kate, machst du die noch?«

»Manchmal.« Kate kann sich nicht erinnern, dass sie Martha erzählt hat, wie oft sie auf dem offenen Oberdeck mitfährt.

»Ich habe dich ein paarmal im Bus gesehen. Bevor du mich entdeckt hast, meine ich. Du bist oben auf dem Deck gesessen. Deine Haare, daran kann man dich erkennen …«

»Ach ja, richtig. Ich habe für ein Projekt über Regionaltourismus recherchiert.« Augenblicklich bekommt Kate Gewissensbisse, Unbehagen breitet sich in ihr aus, und sie bleibt abrupt stehen. Auch Martha hält inne und wendet ihr das Gesicht zu.

»Offen gestanden, das stimmt nicht. Das war eine komplette Lüge, Martha. Ich bin mit dem Bus gefahren, um die Zeit totzuschlagen.«

Martha runzelt die Stirn.

»Zum ersten Mal in meinem Leben habe ich keinen Job mehr, wo ich morgens hingehe. Und meine Situation, diese monatelange Krankschreibung, hat mich total aus der Bahn geworfen.« Es tut gut, diese Tatsache endlich einmal laut auszusprechen, das hat sie noch nie getan. Sie ist selbst überrascht, doch Marthas Gegenwart verändert alles. Das ist immer noch seltsam und verwirrend, aber Kate spürt auch Erleichterung, so als gäbe Martha ihr die Erlaubnis, sie selbst zu sein. So wie neulich am Kai, als Martha sofort wusste, dass sie gelogen hatte.

Martha rührt sich nicht, sie sieht Kate nur an. Kate spürt das Salz in der Luft, schmeckt es auf den Lippen. Beide stehen jetzt still da und warten, dass Kate weiterspricht.

»Es ist so – wir sind hierhergezogen, damit alles wieder etwas einfacher wird. Ein Tapetenwechsel. Aber um ehrlich zu sein, ich weiß nicht, was ich mit meiner ganzen Zeit anfangen soll. Das ist ja kein Urlaub. Im Urlaub genießt man es, Zeit zu haben, weil man weiß, dass es zu

Hause wieder hektisch wird, aber meine Situation jetzt … das ist etwas total anderes.« Kate fühlt, wie ihr Herz zu rasen anfängt. Sie hat lange durchgehalten und sich nichts anmerken lassen. Immerzu hat sie bekräftigt, wie wunderbar es sei, so viel freie Zeit zu haben, wie glücklich sie sich schätze.

Martha dreht sich zur Seite, streckt die Hand nach Kates Arm aus. Kate rechnet mit einer flüchtigen Berührung, aber Martha legt ihre Hand sanft auf Kates Ellbogen und lässt sie dort liegen. Aus irgendeinem unerfindlichen Grund spendet diese Geste Kate mehr Trost als alles andere in den vergangenen Monaten.

»Wirklich, Martha, ich werde noch verrückt. Ich habe den ganzen Tag für mich, und ich habe keinen blassen Schimmer, was ich mit meiner Zeit anfangen soll.«

Moskauer Staatsorchester
1961

Meine geliebte Martha,
ich habe sehr wenig Zeit und kann dir nur schnell ein paar Zeilen schreiben. Sei nicht böse, dass dieser Brief kurz wird. Ein Freund von mir, der Tänzer ist, wird nach Frankreich reisen, um in der Kompagnie auszuhelfen, nachdem Nurejew nicht mehr nach Leningrad zurückgekehrt ist.
Dieser Freund hat schon früher Briefe für mich aufgegeben, er ist gewiss vertrauenswürdig. Ich adressiere dieses Schreiben an Margaret, eure Haushälterin, und hoffe, dass über sie meine Zeilen auch wirklich in deine Hände gelangen.
Seit Nurejew in den Westen übergelaufen ist, herrscht hier helle Aufregung. Viele Künstler aus unseren Kreisen sind sehr, sehr wütend auf ihn, denn sie fürchten Repressionen. Aber ich, Martha, ich bin überglücklich.
Jetzt glaube ich endlich daran, dass man fliehen kann.
Es gibt noch so vieles, was ich dir sagen möchte, aber mein Freund wartet ungeduldig vor der Tür, daher teile ich dir nur das hier mit …
Auch ich werde sehr bald auf Tournee gehen, nach Europa und Amerika. Die Theater- und Opernhäuser sind überall ausverkauft, daher hoffen wir inständig, dass die Tournee, auch ohne Nurejew, nicht abgesagt wird.
Wenn die Tournee also stattfindet, werde ich es tun, Martha, ich werde flüchten.
Ich werde im Westen bleiben … und ich werde dich finden.

Für immer und ewig

Dein Josef

8

»Das ist nicht dein Ernst.«

Kate steckt noch zwei weitere Handtücher in die Waschmaschine, obwohl sie weiß, dass sie die Maschine überlädt.

»Sag mir, dass du das nicht ernst meinst, Kate.«

»O Mann.« Sie stemmt sich mit der Kraft ihres ganzen Körpers gegen die Tür der Waschmaschine, doch selbst dann lässt sie sich nicht mehr schließen. Kate begreift, dass sie dabei ist, die Tür kaputt zu machen, und nimmt ein Handtuch heraus. Dann versucht sie es noch einmal. Ein triumphierendes Lächeln huscht über ihre Lippen, als sich die Tür endlich klickend schließt. »Sie hat keinen Ort, wo sie bleiben kann.«

»Das stimmt nicht, Kate, und das weißt du auch. Um Himmels willen, kannst du jetzt mal aufhören, mit der Wäsche herumzuhantieren? Bitte. Wir müssen in Ruhe über die Sache reden.«

»Es ist auch nicht für lange.«

»Woher willst du das wissen? Wenn Martha hier einziehen darf, welchen Grund hätte sie dann noch, unser Haus wieder zu verlassen? Wir hätten sie für immer am Hals.«

»Sie ist wirklich nett. Eine sehr interessante Person. Du wirst überrascht sein von ihr.«

»Kate, sie ist eine Stadtstreicherin.«

»Eigentlich ist sie eher eine Reisende.«

»Stadtstreicherin, Reisende, durchgeknallter Hippie … was auch immer. Wie oft hast du dich mit ihr getroffen?

Vier, höchstens fünf Mal, oder? Du weißt nichts von ihr, kennst ihre Vergangenheit nicht, und jetzt willst du, dass sie bei uns wohnt? Du musst doch einsehen, dass diese Idee vollkommen verrückt ist. Sie könnte eine Irre sein, die uns nachts im Schlaf umbringt. Verdammt, das ist hier doch nicht ›My Fair Lady‹!«

Mit schnellen Schritten geht Toby im Zimmer auf und ab, ein Zeichen dafür, dass er sehr aufgebracht ist. Sein Gang sieht komisch aus, wenn er so aufgeregt ist wie jetzt, und obwohl Kate ihn nicht verärgern will, amüsiert sie seine Reaktion doch auch ein wenig, besonders die Anspielung auf Eliza Doolittle.

Sie beißt sich auf die Unterlippe, um ihr Lächeln nicht zu zeigen, denn das könnte Toby falsch verstehen, und sie würden in heftigen Streit geraten. Entschlossen wendet sie sich dem Trockner zu, der auf der Waschmaschine steht, und fängt an, die getrocknete Wäsche zusammenzulegen und überflüssigerweise nach Farben zu stapeln. Weiße Wäsche, helle Farben, dunkle Farben.

»Wir kommen gut miteinander aus, Toby. Martha und ich, wir haben uns auf Anhieb verstanden. Und ich denke, es wird mir guttun, wenn sie hier wohnt.« Vielleicht ist es nicht richtig von ihr, diesen letzten Trumpf auszuspielen. Ist das ein Schlag unter die Gürtellinie? Aber wie so oft in letzter Zeit, kann sie ihre Gefühle nicht beherrschen und macht einfach weiter. »Und im Übrigen habe ich mich umgehört und Informationen über sie eingeholt. Sie trinkt nicht und nimmt auch keine Drogen. Sie ist auch nicht wirklich eine Stadtstreicherin. Wie ich schon gesagt habe, sie ist einfach nur unkonventionell, passt sich nicht an. Manchmal zieht sie im Wohnwagen über Land oder hilft bei der Obsternte in Frankreich, solche Dinge. Im Winter kommt sie jedes Jahr hierher nach Aylesborough.

Eine Menge Leute verbürgen sich für sie. Normalerweise bleibt sie in diesem Wohnheim, aber schön ist es dort nicht …«

»In Gottes Namen, es ist doch nicht normal, so zu leben. Oder etwa doch? Und es ist auch nicht normal, Leute aufzunehmen, nur weil …«

In diesem Augenblick bricht Toby mitten im Satz ab – offensichtlich hat er komplett den Faden verloren. Und auf einmal sieht er nicht mehr wütend, sondern nur noch traurig aus, nicht mehr Zorn, sondern Hilflosigkeit spiegelt sich in seinen Augen. Kate hasst diesen Gesichtsausdruck. Sie sagt kein Wort mehr, denn sie spürt schreckliche Schuldgefühle in sich aufsteigen.

Toby denkt immer noch, dass die Zeit ihre Wunden heilen kann, und etwas in Kate möchte ihm gern glauben. Er gibt sich solche Mühe mit ihr, und dafür liebt sie ihn. Aber tief in sich spürt sie eine Wahrheit, die alles andere verdrängt: So viel Zeit auch vergehen mag, für sie macht das keinen Unterschied.

Gerade hat sie Martha anvertraut, dass sie ohne ihren Job nichts mit sich anzufangen weiß. Warum sollte sie der neuen Freundin also nicht helfen, ihr etwas Gutes tun? Das würde sie selbst ablenken und ihre Tage, die ihr so schrecklich und so leer vorkommen, ausfüllen. Im Gegensatz zu ihr glaubt Toby daran, dass das Warten, der Lauf der Zeit, ihr Leben auf wundersame Weise ändern wird.

Kate faltet die Geschirrtücher einmal. Dann ein zweites Mal. Schweigend klopft sie mit dem Mittelfinger gegen die Innenseite des Daumens. Diesen Trick hat ihr die Psychologin gezeigt. *Drei, vier, fünf.* Sie hat ihr geraten, zu zählen oder zu klopfen, wenn ihre Gefühle zu stark werden – Hauptsache, die Bewegung ist rhythmisch und wirkt beruhigend.

»Könntest du nicht wenigstens darüber nachdenken, Toby?« *Neun, zehn …*

»Du musst dich immer noch ausruhen, Kate. Wir beide brauchen Freiraum. Ich weiß, du meinst es gut, das verstehe ich schon. Und ich liebe dich dafür, dass du jemand bist, der anderen helfen will. Aber jetzt ist nicht der richtige Zeitpunkt, um einen völlig fremden Menschen, eine Außenseiterin, hier bei uns aufzunehmen.«

Kate stellt den Wäschekorb auf das mittlere Bord eines Chromregals im Waschraum zurück und richtet sich dann etwas mühsam auf. Fieberhaft sucht sie nach einer Ausrede, um dem weiteren Gespräch zu entkommen. Sie wirft einen hastigen Blick auf die Uhr und täuscht Überraschung vor.

»Mein Gott, ich muss los, sonst ist es zu spät für die Bibliothek. Heute Abend reden wir in Ruhe, einverstanden? Ich weiß, dass das viel von dir verlangt ist. Das verstehe ich, Toby. Aber, ganz ehrlich, ich glaube, dass es für mich wirklich gut wäre, wenn Martha hier wohnen würde. Nur eine Zeit lang. Könntest du zumindest einmal darüber nachdenken? Bitte!«

Dann hält sie inne und sieht ihm in die Augen. Die seltene Begegnung ihrer Blicke überrascht sie beide so sehr, dass Kate buchstäblich zurückschreckt, als Toby sich nicht abwendet.

»Einverstanden, Kate. Was hältst du von folgendem Vorschlag? Ich denke darüber nach, ob Martha eine Weile bei uns wohnen kann, wenn du überlegst, was wir mit den Kartons im Flur machen.«

Sofort fühlt Kate die Anspannung in ihren Schultern. Aber er schaut immer noch nicht weg.

»Ich weiß, dass das schwer ist, Kate. Aber wir können die Kartons nicht einfach dort stehen lassen. Wir müssen uns entscheiden, was mit den Sachen passieren soll.«

Eine Weile sagt Kate kein Wort. Toby streckt die Hand aus und hält sie ganz sanft an ihre Wange. Die Geste ist so voller Zärtlichkeit, dass sie es kaum ertragen kann.

Auch Kate möchte sein Gesicht in ihren Händen halten. Sie wäre gern ein anderer Mensch. Sie möchte ihm sagen, wie leid es ihr tut, dass sie so schwierig ist, dass sie ihn immer noch liebt und dass zwischen ihnen alles wieder gut wird. Aber sie schafft es nicht. Sie kann nicht unaufrichtig sein. Über ihre Gefühle kann sie nicht lügen. Sie kann sich etwas über die Bibliothek und eine nicht existierende Recherche zusammenschwindeln, aber über ihr Innerstes …

»In Ordnung? Ich denke über Martha nach und du über die Kartons? Was wir mit den Sachen machen?«

Die Stimme in ihrem Kopf versichert, dass sie sich ernsthaft um die Kartons bemühen wird, aber in diesem Augenblick bringt sie keinen Ton heraus.

9

Matthew friert erbärmlich. Die Heizung in der Stadtbibliothek von Aylesborough wärmt gar nicht.

»Wir haben das schon gemeldet«, sagt die Bibliothekarin, als Matthew probehalber die Hand auf den Heizkörper legt, der nur lauwarm ist.

Er beschließt, den Mantel anzubehalten, und setzt sich an seinen gewohnten Platz. Vor sich hat er wieder eine Ausgabe von Samuel Cribbs' Tagebüchern. Das Original wird in großen Schaukästen aufbewahrt, es sieht beeindruckend aus. Die Kopie vor ihm hingegen ist so blass, dass er die Schrift kaum lesen kann, am Rand stehen hingekritzelte Bemerkungen der Gesellschaft für Stadtgeschichte.

Matthew hat diese Bemerkungen schon einmal durchgelesen, und auch Cribbs' Einleitung über seine Inspiration für das Gebäude, aber dann hatte er an jenem Tag keine Zeit mehr. Heute hofft er, mehr Hinweise über den Alltag im Millrose Mount Hospital zu finden. Enttäuscht muss er feststellen, dass es in der Bibliothek keine Informationen über die jüngste, kontroverse Geschichte der psychiatrischen Klinik gibt. Nur dieses Tagebuch.

Gebannt starrt Matthew auf die Zeichnung, die Cribbs für den Umschlag angefertigt hat, und unwillkürlich ballt sich seine Hand zur Faust. Er kann nicht glauben, dass sein Leben dort begonnen hat. An so einem Ort soll er geboren sein? Aus den Tagebüchern von Samuel Cribbs wird er nicht viel erfahren, das weiß er. Was er bisher gelesen hat, hilft ihm nicht weiter, aber da es keine aktuellen Informationen gibt, vertieft er sich wieder in Cribbs' Leben.

Matthew überfliegt die Seiten und findet die Stelle wieder, wo er letztes Mal zu lesen aufgehört hat, 14. September 1869. Dem Tagebuch zufolge war es ein für die Jahreszeit außergewöhnlich schöner Tag. Und es war ein besonderer Tag, weil Samuel Cribbs zum Millrose Mount Hospital zurückkehrte, um das einjährige Bestehen des Krankenhauses zu feiern.

Er musste einen Moment allein sein, weit weg von den anderen Gästen, schrieb der Architekt. Er wollte in Ruhe nachdenken, während er auf die Kupfertafel an der Wand neben dem Eingang des neuen Krankenhauses starrte, für das er bei der Einweihungsfeier vor einem Jahr so viel Applaus geerntet hatte. Er erinnerte sich daran, wie sich die Schnur verheddert hatte und der kleine Samtvorhang die Tafel mit der Inschrift nicht gleich freigab.

An diesem 14. September strahlte die Sonne vom Himmel und ließ die Kupfertafel glänzen. Ihm kam der Gedanke, dass man die Tafel eigens für seinen Besuch poliert hatte.

Millrose Mount Hospital, eröffnet von seinem Architekten Samuel M. Cribbs im September 1868. Leicht überempfindlich hatte er auf dem M in seinem Namen bestanden, denn er wurde öfters mit seinem Cousin Dr. Samuel J. Cribbs verwechselt, was ihn regelmäßig erzürnte.

Bei der Eröffnung vor einem Jahr war er nervös gewesen, und nun stellte er fest, dass der Grund dafür seine Eitelkeit gewesen war. Die Reaktionen auf das Bauprojekt waren voller Begeisterung gewesen, alle Begehungen waren so hoffnungsvoll verlaufen, dass er schon sicher war, die Eröffnung würde ein Erfolg werden. Wie er sich jetzt eingestand, hatte ihn nicht die Angst, zu scheitern oder Kritik seiner Kollegen zu ernten, umgetrieben. Er hatte sich vielmehr gefürchtet, dass er zu viel Beifall erwartete, dass sein Ego zu groß geworden war.

An diesem 14. September war er aus einem anderen Grund nervös. Denn heute würde er die Anstalt zum ersten Mal in Betrieb sehen. Er wollte es sich nicht eingestehen, aber es war der Gedanke an die Patienten, der ihn erschreckte.

Matthew hebt den Kopf und bemerkt, dass die junge Bibliothekarin ihn beobachtet. Als er lächelt, beginnt sie peinlich berührt, Schubladen aufzuziehen und die darin liegenden Buchkarten zu kontrollieren. Sie ist hübsch, hat auffallend schöne Augen, und Matthew lächelt ihr noch einmal zu, bevor er sich wieder seiner Lektüre widmet.

Beim Entwurf des Gebäudes, schrieb Samuel Cribbs, hatte er sich vorgenommen, voller Fürsorge und väterlichem Verständnis auf die Menschen zu schauen, die sich hier aufhalten würden. Er hatte alle ihre Bedürfnisse aufgelistet und an den praktischen Nutzen der Anlage gedacht. In weiser Voraussicht hatte er sogar einen zentralen Platz für Leibesübungen vorgesehen. Aber die Realität sah anders aus. In der Familie von Samuel Cribbs gab es glücklicherweise keine Fälle von Geistesschwäche, deshalb hatte er keine Erfahrung mit sogenannten »Schwachsinnigen«. Er wusste nichts über die unglücklichen – manche meinten gar, unnützen – Menschen, deren Schicksal durch Komplikationen bei der Geburt besiegelt worden war.

Eigentlich wusste Cribbs nicht, was er von dem heutigen Tag erwarten sollte. Während er in sicherer Entfernung von der Besuchergruppe stehen blieb, die sich für den Besichtigungsrundgang versammelt hatte, spürte er Angst in sich aufsteigen.

Die meisten Gäste bei den Feierlichkeiten des einjährigen Bestehens waren Mediziner und Ärzte und kannten sich dementsprechend mit Krankenhäusern aus. Samuel Cribbs hingegen war sehr wohl überrascht von dem, was ihn im Inneren des Gebäudes empfing.

Die Besucher wurden zunächst in die Küchenräume geführt, die, wie Cribbs feststellte, genauso hervorragend funktionierten, wie er es sich erhofft hatte. Der Platz wurde überall perfekt genutzt. Natürlich war es sehr laut, Pfannen, Töpfe, Geschirr und Ofentüren schepperten, ständig wurden Anweisungen gerufen, während das zahlreiche Personal eilig hin und her rannte. Aber alles in allem herrschte in der Küche eine bemerkenswerte, fast militärische Ordnung. Die größte Überraschung aber erlebte Samuel Cribbs im Gespräch mit dem Vorsteher, der ihn darüber aufklärte, dass die Hälfte des Küchenpersonals Patienten der Irrenanstalt waren.

Verwundert blickte Cribbs sich um und versuchte, zwischen Patienten und bezahlten Kräften zu unterscheiden. Als er keinen Unterschied erkannte, begann er zu lächeln. Entspannt gratulierte er sich selbst, dazu seinen Beitrag geleistet zu haben. Er hatte die richtige Umgebung für eine heilsame Betätigung dieser Menschen geschaffen, die zu Hause sicher nicht mal den Wasserkessel auf den Herd stellen durften.

Die Speisen wurden in großen Schüsseln an Leute weitergereicht, die mit Rollwagen in einer langen Schlange im Korridor warteten, um das Essen auf die Krankenstationen zu bringen. Aufgrund der buntgemischten Kleidung war es schwer zu erkennen, ob auch sie Insassen waren.

Der Vorsteher führte die Besuchergruppe dann von der Küche ins Backhaus. Auch hier, so wurde nochmals hervorgehoben, bedienten Patienten die Knetmaschine und formten aus dem Teig fachmännisch Brotlaibe, die dann in die Öfen geschoben wurden. Auf Cribbs' Frage hin wurde ihm versichert, dass es keine nennenswerten Unfälle gegeben habe. Die Anstalt war insgesamt sehr stolz auf ihre guten Sicherheitsvorkehrungen.

Anschließend wurden die Besucher auf eine Station geführt. Dort besichtigten sie zuerst den Tagesraum, wo bereits vier Tische für je zwanzig Personen zum Essen gedeckt waren, und danach die Schlafquartiere. In jedem Saal hatten zwei Krankenpfleger oder Schwestern die Aufsicht über dreißig Patienten. Während die Besuchergruppe durch breite Korridore und über zahlreiche Treppen ging, bestätigte der Vorsteher Cribbs, dass der allergrößte Teil der Arbeit im gesamten Gebäude von den Insassen erledigt wurde. Mit seiner Arbeit als Architekt hatte er nicht nur zum Bau eines Hauses beigetragen, sondern auch zur Entstehung einer autarken Gemeinschaft.

Wieder blieb Samuel Cribbs im Gang stehen, während seine Gruppe die Haupttreppe hinauf zu den Empfangsräumen geleitet wurde, wo es vermutlich einen Aperitif und anschließend ein Essen geben würde. Als er an dem Entwurf gearbeitet hatte, war er gebeten worden, im Westflügel »besondere Räumlichkeiten« für die Kränksten unter den Patienten einzurichten, für diejenigen, die nicht nur sich selbst, sondern auch ihre Mitpatienten verletzen konnten. Einen Augenblick lang überlegte er, ob er um Erlaubnis fragen sollte, sich diesen Bereich anzusehen, aber als Mr. Smitherleigh noch einmal nach ihm rief, ob es ein Problem gebe, entschied er sich dagegen.

Er lächelte in sich hinein und folgte dann den anderen Besuchern, um mit ihnen zusammen das einzige Mittagessen seines Lebens einzunehmen, das von sogenannten Irren zubereitet worden war.

Matthew ist ziemlich enttäuscht von diesen Beschreibungen, ungeduldig blättert er weiter und stellt fest, dass die Tagebucheintragungen sehr plötzlich am 18. März 1871 enden.

Er widmet sich jetzt den letzten Seiten der Ausgabe, die von dem Direktor der Gesellschaft für Stadtgeschichte verfasst sind. Samuel Cribbs wurde umgebracht, steht dort, der Mörder hatte ihm die Kehle durchgeschnitten. Die Haushälterin fand seine Leiche im Arbeitszimmer, und auf seinem Gesicht lag, wie die Zeitungen in jenen Tagen schrieben, ein Ausdruck vollkommener Überraschung.

Zunächst ging das Gerücht um, Cribbs habe Selbstmord begangen, weil er von der Irrenanstalt so besessen gewesen sei, dass er den Verstand verloren habe. Aber dann wurde von der Flucht eines Insassen berichtet. Ein Patient, der schon seit seiner Jugend im Millrose Mount Hospital eingesperrt war, entkam mit dem Wäschetransport, für den Cribbs eigens einen Tunnel hatte bauen lassen. Der Mann versteckte sich in einem der Wäschewagen, die täglich nach draußen, außerhalb des Krankenhausgeländes, befördert wurden.

Dieser Patient litt an einer schweren Persönlichkeitsstörung. Da Cribbs während seiner Besuche in der Anstalt sehr freundlich mit den Patienten umging und großes Interesse an ihrer Arbeit zeigte, entwickelte der Mann eine Fixierung auf den Architekten, die bald zu einer regelrechten Obsession wurde. Schließlich machte Cribbs einen harmlosen, aber verhängnisvollen Fehler: Er lobte die Geschicklichkeit des Patienten beim Brotbacken. Diese warmen Worte verstand der Mann anscheinend als einen Beweis für Cribbs' Zuneigung zu ihm. Zum ersten Mal erkannte er etwas Gutes in seinem Leben. Bis Cribbs bei seinen späteren Besuchen im Millrose Mount Hospital den Küchentrakt ausließ. Der Patient empfand das als Zurückweisung, seine unerwiderte Liebe wandelte sich in Hass. Diese Gefühle waren zu viel für seinen aufgewühlten, kranken Verstand.

Der junge Mann hatte sich in einer Seitenstraße in der Nähe von Cribbs' Haus versteckt, bis es dunkel wurde, und sich dann durch die Hintertür ins Haus geschlichen.

Matthew läuft ein Schauer über den Rücken, die Temperatur in der Bibliothek ist nochmals gesunken. Er schlägt das Buch zu.

»Sind Sie für heute fertig?« Die Bibliothekarin lächelt ihn freundlich an, als er mit dem Stuhl über den Boden scharrt. Der Lärm ist ihm sofort peinlich, obwohl niemand da ist, den er stören könnte. Die Bibliothek von Aylesborough ist zu klein, zu schäbig und vor allem ist es dort zu kalt, um viel Publikum anzuziehen.

Die junge Frau bemerkt, wie er sich umschaut. »Es heißt, wir bekämen ein neues Bibliotheksgebäude. Aber das glaube ich erst, wenn ich es sehe«, sagt sie seufzend.

In der Ecke sind einige Plakate aufgehängt, für eine Veranstaltung, um Kinder fürs Lesen zu begeistern, und die Ankündigung eines Lesezirkels, aber die Angebote sind alle nicht mehr aktuell. Matthew hat hier bisher nur ein paar Rentner gesehen, die sich meist für die Bücher in Großdruck auf den drei Regalbrettern direkt neben dem Ausleihschalter interessierten.

Die Bibliothek ist wirklich ein trauriger Ort, trostlos und enttäuschend. Matthew will gerade gehen, als er vom Eingang her Stimmen hört. Drei Männer in Begleitung des Maklers vom Millrose Mount Village klappen, in eine lautstarke Unterhaltung vertieft, ihre Regenschirme zu und betreten dann den Raum.

Alle Männer tragen Anzüge in verschiedenen Grautönen. Sie sehen aus, als könnten sie dem Stadtrat angehören. Die Bibliothekarin beginnt sofort, geschäftig hinter dem Schalter zu hantieren, bestimmt sind das ihre Arbeitgeber.

»Wir haben uns gedacht …« Der größte Mann geht ein paar Schritte voraus zum Fenster. »Wir haben uns gedacht, dass man hier den schönen Ausblick genießen könnte. Eine große Fensterfront wäre ideal, ein bisschen wie ein Wintergarten. Und dann wünschen wir uns noch einen Ausstellungsbereich, vielleicht hier drüben. Es sollte auch Sitzgelegenheiten geben, für Lesungen und Autorengespräche.«

Die anderen Männer nicken eifrig, während der Makler des Millrose Mount Village sich Notizen macht. Matthew schiebt seine Ausgabe der Tagebücher von Samuel Cribbs der Bibliothekarin über die Theke hinweg zu und wartet darauf, seinen Bibliotheksausweis zurückzubekommen. Er ist froh, als er endlich wieder draußen im Freien steht. In der salzigen Meeresluft, umgeben von kreischenden Möwen, kann er neue Energie tanken.

10

Kate wartet, bis sie Toby mit dem Auto wegfahren hört, bevor sie sich die Gummihandschuhe überstreift, um alles für Marthas Ankunft vorzubereiten. Im Grunde weiß sie, dass ihr Haus nicht geputzt werden muss. Toby weiß das auch, und es hätte ihn sicherlich nur wieder aufgeregt, wenn er mitbekommen hätte, wie sie das neue Paar Gummihandschuhe auspackt. Nervös wäre er im Zimmer auf und ab gelaufen und hätte sich Sorgen gemacht, dass sie es mit dem Putzen übertreibt. Aber heute geht es gar nicht darum, was das Haus braucht, und deshalb macht es Spaß.

Kate hat herausgefunden, dass Saubermachen ein bisschen wie Dekorieren ist. Erst wenn man angefangen hat, ein Zimmer gründlich zu reinigen, fällt einem auf, wie schmutzig der Rest des Hauses ist. Vielleicht nicht wirklich schmutzig – sogar Kate sieht ein, dass ihr Haus nicht schmutzig ist –, aber sobald sie mit dem Saubermachen beginnt, findet sie immer noch etwas zum Nachbessern. Die Oberflächen könnten noch mehr glänzen, die Bücher in den Regalen ordentlich in einer Reihe stehen.

Kate liebt nicht so sehr den Vorgang selbst als das Gefühl, wenn sie das Putzen erledigt hat. Wenn sie sich umschaut und nichts mehr entdeckt, was sie noch verbessern könnte – selbst wenn das nicht lange anhält.

Kate zieht die Handschuhe gerade. Wo soll sie anfangen? Am besten mit den Arbeitsflächen in der Küche, sie hat extra eine Zahnbürste für die Reinigung der Wasserhähne beiseitegelegt. Sie schaltet das Radio an. Ein Blick zur Küchenuhr sagt ihr, dass das Hörspiel am Nachmittag gleich beginnt. Dann legt sie los.

Zufällig hört man zu Beginn des Hörspiels Wasser laufen, genau in dem Moment, als auch Kate ihren Eimer füllt. Ein Mann singt in der Badewanne den Entchen etwas vor. Das Stück ist kurios, man muss genau zuhören, und Kate ist nicht sicher, ob sie in der richtigen Stimmung dafür ist. Sie wischt die Arbeitsflächen ab, stellt alle Gläser und Küchengeräte ordentlich zur Seite, damit sie auch ja alle Krümel aus dem Toaster erwischt. Der Mann wird von seiner Frau beim Baden unterbrochen, die ihm mitteilt, dass ein Vertreter für Enzyklopädien an der Haustür steht. Kate sucht einen anderen Sender, findet schließlich klassische Musik, die mehr ihrer Stimmung entspricht. Rasch fährt sie mit dem Wischtuch über das Radio und sieht auf ihre Armbanduhr. Auf keinen Fall will sie die Talkshow mit Josef Karpati verpassen, die später im Fernsehen läuft.

Sie seufzt. Der Cellist ist ihr absoluter Lieblingsmusiker.

Aus irgendeinem Grund fällt ihr das Puppenhaus ihrer Kindheit ein. Das hatte eine hübsche kleine Küche – einen echten Herd, bei dem man die Ofentür öffnen konnte, und winzige Töpfe in drei verschiedenen Größen. Kate liebte es, die Möbel umzustellen, und richtete die Zimmer jede Woche neu ein. Manchmal schob sie das Sofa an die hintere Wand, aber dann fiel ihr auf, dass die Bewohner den Fernseher nicht sehen konnten, der an eine Wand gemalt war und sehr zu ihrem Ärger nicht verrückt werden konnte.

Sie drückt das Wischtuch im Wasser aus und fragt sich, was Martha von ihrem Heim halten wird, ob die klinische

Reinheit sie abschreckt oder gar, wie es bei Toby der Fall ist, beunruhigt.

Bitte, Kate, du musst mit dieser Putzerei aufhören. Bitte.

Einen Augenblick lang stellt sie sich ihn und sich selbst in ihrem Puppenhaus vor, eng in einem Einzelbett aneinandergekuschelt. Der Geruch von Sex und Schweiß hängt in der Luft. Gegenüber vom Bett glimmt eine alte Gasheizung, in einer Ecke steht ein schmutziger Kochtopf, auf der Kochplatte eine leere Dose gebackene Bohnen. Sowohl ihre als auch seine Kleidung liegen auf dem Boden. Wie konnten sie jemals so zusammen in einer Studentenwohnung leben?

Kate füllt erneut den Eimer mit Wasser, und während Blasen aufsteigen, langt sie schnell in den Eckschrank nach dem Mop. Dann holt sie die alte Zahnbürste unter der Spüle hervor und beginnt die Wasserhähne zu säubern, bevor sie sie mit Küchenpapier trocken reibt. Sie kann ihr verzerrtes Spiegelbild in dem blanken Chrom sehen, beugt sich vor und zurück, so dass ihr Gesicht breiter und wieder schmäler wird. Dann widmet sie sich dem Fußboden.

Die ganze Küche riecht jetzt nach Zitrone, und Kate ist zufrieden. Sie ist hungrig und bedauert es, nichts zu Mittag gegessen zu haben, aber jetzt will sie keine Unordnung mehr machen, es sieht alles so schön sauber aus. Sie wischt fertig und geht dann, solange der Boden trocknet, ins Wohnzimmer.

Eine Stunde später ist sie regelrecht glücklich. Gestern schon hat sie das Gästezimmer hergerichtet und heute Morgen nochmals alles kontrolliert. Neben dem Bett stehen verschiedene Bücher, von Thomas Hardy, Agatha Christie, einer von Tobys Spionageromanen und natürlich auch ein Roman von Jane Austen. Auf dem Bett liegen zwei Handtücher und eine Papiertücherbox. Alles ist bereit.

Letztendlich hat Toby Kate ihren Wunsch erfüllt und eingewilligt, dass Martha probeweise zu ihnen zieht. Aber Toby hat Bedingungen an sein Einverständnis geknüpft. Martha soll nicht länger als einen Monat bleiben, und Kate muss sich wieder in ärztliche Behandlung begeben. Sollte es irgendwelche Anzeichen geben, dass Marthas Anwesenheit zu viel Stress für sie bedeutet, müsste die neue Freundin ausziehen.

Kate starrt aus dem Fenster in den Garten und bohrt ihre Fingernägel in die Handfläche, um das Bild aus ihrem Kopf zu vertreiben. Eine Weile lang beobachtet sie die Vögel, die das trockene Brot aufpicken, das sie dort draußen für sie hingelegt hat. Um sich abzulenken, geht sie noch einmal in die Waschküche, stellt das Bügelbrett auf, steckt das Eisen ein und nimmt drei von Tobys Hemden aus dem Wäschekorb. Zwei sind seine Lieblingshemden, Freizeitlook, die trägt er am liebsten auch zur Arbeit, zumindest wenn er keine Termine mit Kunden hat. Architektur, behauptet Toby gern, habe etwas mit Kreativität zu tun, und Menschen, die eine kreative Leistung in Auftrag gegeben haben, dürften nicht jemanden in Anzug und Krawatte erwarten. Das ist diese Fertighaus-Mentalität, beklagt er sich oft und bindet sich widerwillig eine Krawatte um, wenn er sich um eine öffentliche Ausschreibung bewirbt.

Für Toby ist es wirklich gut, denkt Kate, dass er jetzt mit Mark zusammenarbeitet. Mark war schon immer ein Stratege, der Toby im Zweifelsfall von einem Projekt überzeugen konnte. Er weiß genau, was in Toby vorgeht. Besser als ich, fährt es ihr durch den Kopf. Etwas zu heftig drückt sie einen Knopf am Bügeleisen und lässt Dampf aufsteigen.

Ihre Mutter hat ihr beigebracht, ein Herrenhemd richtig zu bügeln, erst den Kragen, dann die Manschetten, danach den Rücken. Toby hätte nichts dagegen, wenn sie die Hemden nach dem Waschen und Trocknen einfach in den Schrank hängen würde, er mag verknitterte Leinenhemden, aber zurzeit verrichtet Kate diese Arbeit gern. Noch etwas, womit sie sich beschäftigen kann. Sie stellt sich vor, wie er sich über seine Entwürfe beugt, die Augenbrauen zusammengezogen, so dass sich auf seiner Stirn eine tiefe Falte bildet. Er betrachtet seine Arbeit von allen Seiten genau, dann hält er plötzlich inne, und seine Gesichtszüge entspannen sich. Die Falte auf der Stirn verschwindet wie Buchstaben im Sand, er lächelt und beugt sich noch weiter vor. Es ist gut, dass wenigstens er seine Arbeit hat.

Kate bügelt die Hemden fertig und schaut dann noch einmal in den Garten, wo drei Vögel gerade die letzten Brotkrumen auf dem kleinen Tisch aufpicken, den sie mit Toby kurz nach ihrem Einzug gekauft hat. Ihr Blick wandert von den Vögeln auf dem Tisch zu den Bäumen und dorthin, wo Toby die Erde umgegraben hat, um Gemüse anzupflanzen. Plötzlich ist der Gedanke wieder da, und dieses Mal kann sie das Bild nicht vertreiben.

Sie schließt die Augen und sieht alles gestochen scharf vor sich. Eine dreckige Fußspur auf dem Boden. Die perfekten kleinen Fußabdrücke eines Kindes.

Kate stellt das Bügeleisen zur Seite und zieht ihre Sandalen aus. Wie eine Schlafwandlerin geht sie langsam in den Garten. Der kühle Wind und die kalten Pflastersteine lassen sie leicht zusammenzucken, sie spürt das nasse Gras unter ihren Füßen und schließlich die sanfte Wärme der feuchten, von Toby umgegrabenen Erde. Unentwegt läuft sie im Kreis, bis ihre nackten Füße braun und warm sind, dann geht sie über den Rasen zurück zum Haus und setzt ganz langsam einen Fuß nach dem anderen auf den sauberen Boden. Fünf, sechs Fußabdrücke, dann ist sie an der Tür zum Flur angelangt, dreht sich um und betrachtet ihre Spur.

Zu groß. Ihre Schultern beginnen zu beben. Ihre Fußabdrücke sind zu groß …

Dieses Gefühl kennt Kate gut, Tränen steigen ihr in die Augen, und sie kämpft dagegen an, so gut sie kann. Sie weiß nicht genau, wie lange sie dort steht und mit sich ringt, aber als es an der Tür klingelt, glaubt sie, aus einem tiefen Traum zu erwachen. Ein rascher Blick zur Küchenuhr, es ist tatsächlich schon sechs. Hatten sie nicht sieben Uhr gesagt? Kate stellt sich so hin, dass sie Marthas verschwommenen Umriss durch die gemusterte Glasfront der Haustür erkennen kann. Sie beißt sich auf die Unterlippe und schlüpft mit den dreckigen Füßen zurück in die Sandalen. Enttäuscht von sich selbst streicht sie sich die Haare glatt. Sie hatte die feste Absicht, bei Marthas Ankunft ruhig und ausgeglichen zu sein.

»Geht es dir gut? Ich bin aber nicht zu früh dran, oder etwa doch?« Mit besorgtem Gesicht steht Martha auf der Türschwelle, mehrere Plastiktüten und ein kleiner Rucksack stehen neben ihr auf dem Boden. Ihr Blick bleibt kurz an Kates Füßen hängen, aber sie sagt kein Wort, nimmt nur ihre Tüten in die Hand und schwingt sich den Rucksack über die Schulter.

»Nein, gar nicht. Komm bitte herein. Ich war nur gerade dabei …«

Mit ihren vielen Tüten scheint Martha den ganzen Flur auszufüllen. Einen Moment lang herrscht betretenes Schweigen, Martha weiß nicht, wohin sie sich wenden soll, und Kate ist wie erstarrt.

»Es tut mir leid, Martha. Ich wollte eben …«

Kate bricht mitten im Satz ab, als Martha die dreckigen Fußabdrücke in der Küche bemerkt. Sie wendet sich Kate zu.

»Ich habe etwas zu essen mitgebracht, Kate. Von Maria. Wenn es dir recht ist, könnte ich heute Abend kochen. Als kleines Dankeschön.«

»Das ist doch nicht nötig, Martha.« Wieder entsteht eine verlegene Pause. »Aber danke, ich denke, ein Abendessen wäre schön.«

»Dann bist du also einverstanden?« Martha hebt eine Plastiktüte in die Höhe, aber Kate ist immer noch verwirrt. »Einverstanden, dass ich die Lebensmittel in der Küche lagere?«

Kate nickt, und Martha schleicht im Zickzack um die Fußabdrücke auf dem Boden in der Küche herum. Dann breitet sie die mitgebrachten Lebensmittel auf der Arbeitsplatte neben der Spüle aus. Eine große Packung Fleisch und eine kleine mit Tomaten, verschiedene frische Kräuter und eine Flasche Rotwein.

Fasziniert beobachtet Kate, wie Martha immer mehr Zutaten hervorzaubert und sich schließlich suchend nach dem Kühlschrank umblickt.

»Das wird nur eine Lasagne, aber ich kenne ein fabelhaftes Rezept. Und von Maria habe ich wunderbare Hühnchenleber bekommen, damit wird die Soße köstlich.«

Kate öffnet den Kühlschrank und macht Platz für Marias Sachen. »Kann ich dir etwas zu trinken anbieten? Kaffee oder eine heiße Schokolade? Ich wollte mir gerade auch eine machen. Das versüßt die Arbeit. Mit Sahne und Marshmallows. Du hast mir doch mal erzählt, dass du das gern magst.«

»O ja, das klingt wunderbar. Liebend gern.« Martha geht in die Hocke und sortiert die Zutaten für ihr Essen. »Du bist dir vollkommen sicher, dass dein Mann einverstanden ist? Ich meine, es ist wirklich sehr nett von euch, dass ich hierbleiben darf. Ich habe das nicht erwartet.«

Als Martha jetzt die Arme ausstreckt, sieht Kate zum ersten Mal die Narben auf Marthas Handgelenk. Gerade rote Linien. Martha bemerkt Kates Blick und zieht schnell die Pulloverärmel über das Handgelenk, indem sie das Bündchen mit dem Mittelfinger festhält. Plötzlich versteht Kate, warum Martha immer so weite Kleidung trägt, vor allem Oberteile mit überlangen Ärmeln.

»Für Toby ist es also in Ordnung, wenn ich vorerst hier wohne? Es stört ihn wirklich nicht?«

Kate lächelt schwach. »Ich habe dir ja schon erzählt, dass er sehr viel mit seinem neuen Büro zu tun hat. Meistens arbeitet er bis zum späten Abend. Ehrlich gesagt ist er froh, wenn ich nicht allein bin.«

Martha wendet sich wieder den Zutaten zu, ihre Finger halten die Ärmelbündchen fest umklammert. »Maria kennt eine großartige Metzgerei, da gibt es das beste Fleisch von ganz Aylesborough.«

»Sie hat dir die ganzen Sachen einfach geschenkt?« Kate bemüht sich, nicht mehr auf Marthas Hände zu schauen.

»Ja, sie hat gerade nicht genug Leute, deshalb habe ich gestern ein wenig ausgeholfen. Eine Hand wäscht die andere. Im Café gibt es auch einen neuen Ofen, und darum geht gerade alles ein bisschen drunter und drüber. So, ich glaube, das ist jetzt alles.«

Inzwischen hat Kate angefangen, Milch für die heiße Schokolade zu wärmen. »Ich nehme an, du wunderst dich über die Dreckspuren auf dem Boden?« Es ist ihr unangenehm, dass Martha Zeuge dieses Chaos wird. Aber Martha schaut kritisch auf die drei großen Umzugskartons, die noch verschlossen im Flur stehen.

Toby wollte die Kartons in den ersten Stock bringen oder auch in die Garage, bis Kate sich entscheidet, was mit dem Inhalt geschehen soll. Aber sie ist schon von dem bloßen Gedanken daran, was die beste Lösung wäre, überfordert.

»Ich hätte mich wirklich früher darum kümmern sollen.« Kate sieht zu den Kartons und beginnt, nervös in ihren Haaren herumzuspielen. »Ehrlich, ich hätte viel mehr aussortieren sollen, als wir im alten Haus alles eingepackt haben. Es ist einfach zu viel Zeug. Ich kann mich immer noch nicht ganz entscheiden, ob diese Sachen ausgepackt oder gespendet werden sollen.«

»Okay.« Marthas Stimme klingt neugierig. Ihr Blick schweift zwischen dem makellos sauberen Haus, der Ordnung in der Küche, dem einladenden Wohnzimmer und den Pappkartons im Flur hin und her. Dann wendet sie den Kopf und berührt Kate leicht am Arm, als wollte sie sie beruhigen, bevor ihre Augen zu ihrem Rucksack am Boden wandern.

»Dir ist bestimmt schon aufgefallen, dass ich dieses Problem nicht habe. Bei mir sammeln sich keine Sachen an.« Martha lächelt, und insgeheim dankt Kate ihr für diese Worte.

Als die heiße Schokolade bereitsteht, merkt Kate, wie spät es geworden ist. »Ach du liebe Güte, ich hoffe, es macht dir nichts aus, Martha, aber ich würde mir gern etwas im Fernsehen anschauen. Toby will schon seit längerem einen dieser Videorekorder kaufen. Kennst du die? Für mich klingt die Bedienung viel zu kompliziert …«

Sie klemmt sich die Marshmallows-Tüte unter den Arm

und geht voraus ins Wohnzimmer. Martha folgt ihr. Kate findet den richtigen Sender und stellt erfreut fest, dass die Talkshow gerade erst begonnen hat.

»Das ist es. Ich habe wohl nur fünf Minuten verpasst ...«

Martha reißt die Augen auf.

»Der nächste Gast ist Josef Karpati. Magst du ihn? Wir haben ihn einmal in Albert Hall spielen hören. Wirklich faszinierend.«

Martha greift nach ihrem Becher, nimmt einen Schluck und versucht zu verheimlichen, wie sie errötet.

»Ich habe vor einiger Zeit eine Dokumentation über ihn gesehen. Er ist sehr beeindruckend. Wusstest du, dass er an einem Feiertag geflohen ist? Alle Botschaften waren geschlossen, da ist echte Panik ausgebrochen. Am Flughafen mussten sie sich auf eine Notfallregelung berufen, um die Angelegenheit zu klären. Kannst du dir das vorstellen? Eine Zeit lang war er mit dieser Opernsängerin verlobt – Wahnsinn. Wie heißt sie noch mal? Egal, die Beziehung ist zerbrochen. Anscheinend hat er die Hochzeit abgesagt.«

Kate hört sofort auf zu sprechen, als der Talkshow-Moderator etwas über Josef Karpati erzählt und die Aufnahme einer Filmmusik eingespielt wird.

»Geht dir gut, Martha?«

»Ja, natürlich. Danke, dass du fragst. Hast du eben gesagt, du hättest ihn in Albert Hall gesehen?«

»Richtig. Das Konzert war aufsehenerregend. Und er hat so wunderschöne Augen.« Kate reißt die Marshmallows-Tüte mit den Zähnen auf.

»Wie bitte?«

»Josef Karpati hat wunderschöne Augen, findest du nicht? Ich frage mich immerzu, ob er solche farbigen Kontaktlinsen trägt. Irgendwo habe ich gelesen, dass die Schauspieler in Hollywood das machen.«

Martha gibt keine Antwort, sie greift in die Tüte, holt eine Handvoll Marshmallows heraus und lässt zwei davon in ihren Becher fallen. Die ganze Zeit über sind ihre Augen auf das Getränk geheftet, sie schaut zu, wie die süßen rosafarbenen Teilchen langsam in der Schlagsahne schmelzen.

Kate seufzt vor Begeisterung auf, als der Talkshow-Moderator erklärt, dass Josef Karpati sein berühmtes Cello von Stradivari, das mehr als eine Million Pfund wert sein soll, mit in die Sendung gebracht hat.

11

Josef Karpati, international bekannter Cellist und von der Boulevardpresse auch als *das* Sexsymbol der Symphonieorchester gefeiert, liegt ausgestreckt auf der Plastiksitzbank im Aufenthaltsraum von Channel Six TV. Seine Augen sind geschlossen, als eine junge Frau, deren Kopfhörer sich in dem Rhythmus heben und senken, wie ihre Zähne ein Kaugummi durchkneteten, den Kopf zur Tür hereinstreckt: »Eine Minute noch, Mr. Karpati.«

Er rührt sich nicht.

»In einer Minute sind Sie dran. Gerade wird Ihre Musik eingespielt, Mr. Karpati. Alles in Ordnung bei Ihnen?«

»Ja, danke. Alles in Ordnung.«

Josef Karpati genießt es, dass sein Stylist nicht im Raum ist, denn der würde ihn zwingen, sich aufzusetzen, weil sonst sein Hemd vollkommen zerknittert wird, und auch nicht sein PR-Berater, der ihn ermahnen würde, den Moderator der Show nicht zu unterbrechen, wenn der ihn als Russen vorstellt.

Aber ich bin Tschechoslowake.

Ja, natürlich, Josef. Aber die Leute sollen nicht denken, du wärst ein Klugscheißer.

Ich will nicht, dass die Leute mich für einen Russen halten.

Du kannst doch später noch mal einfließen lassen, dass du aus der Tschechoslowakei stammst, so ganz nebenbei. Nur bitte hack nicht gleich auf dem Moderator rum, wenn er das sagt. Das klingt sofort furchtbar genervt.

Glücklicherweise haben »seine Leute« inzwischen genug Vertrauen in ihn, dass sie ihn vor diesen Talkshows, die er auf jeder Tournee absolvieren muss, in Ruhe lassen und ihm nur ein paar gute Ratschläge mit auf den Weg geben.

»Denk daran, dass du lachen musst, wenn sie den Witz über die Botschaft machen«, hat sein PR-Berater noch am Telefon zu ihm gesagt.

»Natürlich mache ich das.«

»Und erwähne unbedingt dein neues Album.«

»Natürlich, das mache ich.«

Jetzt setzt Josef Karpati sich auf, atmet tief durch und spreizt die Finger, die angeblich für eine Summe versichert sind, die so hoch ist wie der Wert des Stradivari-Cellos auf der Bühne. Das Cello wird dort außer Reichweite der Kamera von einem Wachmann beaufsichtigt, wenn der Sender sich an die Vertragsbedingungen hält.

Wenn sie mich einfach nur spielen lassen würden, fährt es ihm durch den Kopf. Die Gespräche sind immer so vorhersehbar. Der Witz über seine Flucht in den Westen. Die Anekdote über die Filmmusik, die seinen Namen international bekannt machte. Wie er in den Wochen und Monaten danach mit der Boulevardpresse fertig wurde, und dass sie ihn jetzt als *das* Sexsymbol der Symphonieorchester bezeichnen. Und, natürlich, wie viel dieses Stradivari-Cello heute wert ist.

Es ist immer dasselbe.

»Okay, wir sind auf Sendung. Kommen Sie mit mir …«

Jetzt folgt er den auf und ab wippenden Kopfhörern einen schmalen Korridor entlang zu einer großen Doppeltür. Dann betritt er den Set, ganz in Schwarz und Weiß gehalten. Das Publikum ist ein schwarzes Loch, hinter dem weißen Vorhang der grellen Scheinwerfer erkennt man die erwartungsvollen Gesichter nicht. Die Menschen im Saal applaudieren, der Talkshow-Moderator steht auf und kommt mit ausgestreckter Hand und einem aufgesetzten Lächeln auf ihn zu.

Denk daran, dass du dein Jackett aufknöpfst, bevor du dich hinsetzt, Josef, ja?

Diese Regel hat ihn sein Stylist vor Jahren, als ihm das allererste Fernsehinterview bevorstand, unentwegt wiederholen lassen. Er fand es lächerlich, dass ein erwachsener Mann üben sollte, wie er seine Jackettknöpfe öffnete.

Strahlend geht er auf den Moderator zu und macht dann geschickt einen Knopf auf, während er sich hinsetzt. Der Applaus verebbt.

»Endlich darf auch ich den berühmten Russen kennenlernen, der an einem Feiertag in den Westen geflüchtet ist. Genau an dem Tag, als alle Botschaften geschlossen waren!« Der Moderator, dessen Name Josef gerade entfallen ist, lacht schallend mit dem Publikum. Josef schüttelt gehorsam den Kopf, als würde er sich schämen, und dann grinst er, als hätte er diesen Witz noch nie zuvor gehört.

Jetzt wird er diese Geschichte zum hundertsten Mal erzählen. Die Geschichte, wie er sich vor Angst beinahe in die Hose machte, als er sich am Flughafen von New York den Behörden stellte, um als Flüchtling registriert zu werden, und erfahren musste, dass gerade ein landesweiter Feiertag war. An diesem Tag konnte man in der Botschaft niemanden erreichen. Letztendlich erhörte die Flughafenpolizei sein Flehen und nahm ihn unter dem Vorwand, seinen Pass und sein Gepäck kontrollieren zu müssen, so lange in Gewahrsam, bis man einen zuständigen Diplomaten außerhalb der Dienstzeit ausfindig machen konnte. Nicht einmal seine wütenden russischen Leibwächter konnten ihm in der Sicherheitszelle am Flughafen etwas anhaben.

Auch damals hatte er auf dem Rücken ausgestreckt dagelegen, und seine Gedanken hatten sich unablässig im Kreis gedreht. Hatte er das Richtige getan? Würde Amerika ihn aufnehmen? Er hatte sich ausgerechnet, dass diese Reise, nach dem großen Schock über Nurejews Flucht, seine letzte Chance war. Die Sowjetregierung würde ihn niemals mehr im Big Apple spielen lassen, niemals mehr in Albert Hall. Dies würde seine letzte Reise in den Westen sein … Es sei denn …

Er hätte es nicht getan, wäre seine Mutter noch am Leben gewesen. Das hätte er ihr nicht antun können.

»Also, dieses Stradivari, auf dem Sie spielen …« Ein Scheinwerfer schwenkt über die Bühne zu dem Cello, das auf einem Ständer ruht.

»Stimmt es, dass das Instrument heute mehr als eine Million Pfund wert ist?«

Aus dem Publikum hört man erstaunte Ausrufe.

Josef lehnt sich vor und sucht nach dem roten Licht, das anzeigt, welche Kamera den Close-up ausführt. Einen Moment lang stellt er sich vor, dass sie da draußen sein könnte. Irgendwo zu Hause vor dem Fernseher lächelt sie vor sich hin. Und wenn sie nicht lächelt, was denkt sie dann wohl? Ist sie enttäuscht von dem Glamour, der ihn umgibt? Von diesem Josef Karpati, den er manchmal selbst nicht mehr wiedererkennt?

An diesem Punkt würde sein Therapeut – o ja, auch er hat diese so typisch amerikanische Angewohnheit übernommen – verzweifelt den Kopf schütteln. *Wir haben das doch schon so oft durchgesprochen, Josef. Immer wieder. Sie müssen damit aufhören.* Er soll aufhören, der Vergangenheit nachzustellen, weil er dabei jedes Mal die Realität aus den Augen verliert.

Seine Geschichte ist eine obsessive erste Liebe wie aus

dem Lehrbuch. *Das ist alles sehr nachvollziehbar, aber es ist nicht unbedingt wahre Liebe, Josef. Damit will ich sagen, diese Liebe zu Martha wurde doch nie wirklich gelebt, oder? Sie hatten doch keine echte Beziehung mit ihr, dafür blieb gar keine Zeit, Josef.*

Der Therapeut führt gern Untersuchungen an. Mehrere Universitätsprofessoren haben bewiesen, dass die zwanghafte Beschäftigung mit der ersten Liebe absurd häufig vorkommt und in den allermeisten Fällen auf reiner Einbildung beruht. Manche Menschen idealisieren ihre erste Beziehung dermaßen, dass sie ihr ganzes restliches Leben davon träumen – und von der Realität immerzu enttäuscht werden.

»Also, das Cello, Josef?«

Sein Agent ist weniger feinfühlig. *Wahrscheinlich hat sie einen Idioten geheiratet und mit ihm eine Horde Kinder bekommen. Es ist vollkommen unwahrscheinlich, dass sie sich überhaupt noch an dich erinnert. So sieht die Wahrheit aus, nicht wie das Bild von ihr, das du immer noch im Kopf hast. Hörst du mir zu, Josef? Dieses lächerliche Hirngespinst, an dem du dich jedes Mal festklammerst, wenn du eine Enttäuschung erlebst …*

»Die Stradivari?«

Offen gestanden solltest du froh sein, dass die Presse eure Geschichte nicht ausgegraben hat. Ich bin schon sehr erleichtert …

»Entschuldigung. Ja. Mehr als eine Million Pfund, heißt es. Aber ich weiß gar nicht, wie man den Wert eines solchen Stücks bemisst. Und das Cello steht nicht zum Verkauf.«

Im Publikum bricht Gelächter aus.

Als es ihm nicht gelungen war, sie ausfindig zu machen, nachdem er geflüchtet war, als sie immer noch keinen Versuch machte, ihn zu kontaktieren, hatte Josef versucht, seinem Leben eine andere Richtung zu geben. Er hatte gedacht, dass eine Heirat die Erinnerung auslöschen würde. Und Alena schien gut zu ihm zu passen. Dem *Time Magazine* zufolge war die Verbindung mit der wunderschönen russischen Sopranistin perfekt.

Die Verlobung hielt nicht mehr als ein Jahr, dann gaben ihre PR-Berater eine Meldung heraus, in der stand, dass Josef und Alena aufgrund ihrer beruflichen Karrieren nicht genügend Zeit miteinander verbringen konnten. In Wahrheit war Josef nie wirklich mit dem Herzen dabei gewesen. Eine gequälte Seele, das sagte sie über ihn. *Deine Vergangenheit verfolgt dich, Josef. Und ich habe genug davon …*

Ihre Worte hatten ihn verletzt, denn er hatte sich mit dieser Beziehung aufrichtig Mühe gegeben. Aber da seine Liebe zu Martha niemals richtig zu Ende gegangen war, beschäftigten ihn immer noch all diese offenen Fragen. Warum hatte sie ihm nie geschrieben? Warum hatte sie ihr Schweigen niemals erklärt und ihm einen ordentlichen Abschiedsbrief geschickt? Das taten andere Menschen doch auch. *Es tut mir leid, aber ich habe mich einfach hinreißen lassen. Verzeih mir, Josef, dass ich dir all diese Dinge gesagt, dir so viel versprochen habe. Wir waren damals sehr jung. Jetzt habe ich mich in einen anderen Mann verliebt. Ich wünsche dir ein schönes Leben.*

Aber er erinnerte sich sehr gut daran, wie sie einmal zu ihm gesagt hatte, sie habe sich immer nur wie ein halber Mensch gefühlt, bis zu dem Tag, an dem sie ihn getroffen habe. Erst seit sie ihn kenne, fühle sie sich vollständig, selbst wenn sie beide noch sehr jung seien.

Wie hatte sie so etwas sagen können, so als ob sie es wirklich so meinen würde, und dann schrieb sie ihm nicht mal ein paar Zeilen zum Abschied?

Nachdem er die Verlobung mit Alena gelöst hatte, stürzte er sich in ein paar Affären mit verheirateten Frauen. Der Therapeut meinte, an diesen Abenteuern reize ihn das Verbotene, genau wie damals, als er die sehr junge Martha kennengelernt hatte. Josef fand das unsinnig. Schließlich hatte einer der Ehemänner ihn regelrecht verprügelt.

Danach hatte er wegen des blauen Auges drei Konzerte absagen müssen.

»Also, Mr. Karpati, diese Filmmusik – damit hat alles für Sie begonnen, stimmt's?«

Wieder sucht Josef das kleine rote Licht, während im Hintergrund, etwas zu laut für sein Empfinden, der vertraute Soundtrack erklingt.

12

In den nächsten Tagen bringt die Gartenarbeit Toby und Martha einander näher.

Die neue Gemeinsamkeit ist für alle eine freudige Überraschung.

Kate war noch nie sehr auf Gartenarbeit erpicht. Durch das zwanghafte Putzen ist sie außerdem ständig im Haus beschäftigt, für den Garten fehlt ihr die Kraft. Das Grundstück ist auch viel zu groß, als dass sie alles im Griff behalten könnte. Wenn sie das Ergebnis ihres Tuns sieht, freut sie sich sehr, besonders liebt sie leuchtend bunte Blumen in großen Terrakotta-Töpfen, aber was sie nicht leiden kann, sind der Schmutz und die Unordnung. Am ganzen Körper bekommt man Kratzer, unter den Fingernägeln sammelt sich braune Erde, immerzu muss man die Pflanzen gießen und dann auch noch Unkraut jäten.

Toby hingegen hat großartige Ideen, wie er den Garten gestalten möchte, aber viel zu wenig Zeit.

»Eine wunderbare Lage«, bemerkt Martha anerkennend an ihrem zweiten Morgen im Haus, als sie staunend das weitläufige, aber karge Stück Land betrachtet, das einen spektakulären Blick über die Felder bis zum Meer in der Ferne bietet.

Kate und Toby schweigen und werfen sich Seitenblicke zu, und Martha erkennt, dass sie einen wunden Punkt getroffen hat.

Schließlich sagt Toby: »Ich frage mich, ob wir nicht jemanden für den Garten engagieren sollten. Damit endlich was daraus wird. Leider habe ich zurzeit viel zu viel Arbeit, um mich selbst darum zu kümmern. Aber du hast recht, Martha, das Grundstück ist wunderbar. Das könnte ein phantastischer Garten werden.«

»Leider war der Garten ein ziemlicher Streitpunkt, als wir das Haus gekauft haben.« Kate zwinkert Martha zu und gießt Kaffee in drei blaue Becher. »Ich weiß einfach nicht, was an Gartenarbeit so toll sein soll, diese Begeisterung fürs Graben und Zupfen ist mir ein Rätsel. Ich hätte lieber einen kleineren Garten gehabt. Aber Tobys Vater hatte einen Schrebergarten, und auch er will sich sein eigenes kleines Paradies schaffen.«

»Ich möchte mich da wirklich nicht einmischen oder einen Streit anzetteln, aber wenn ihr Hilfe braucht, kann ich gern die ersten Arbeiten übernehmen.«

Toby zieht erstaunt eine Augenbraue in die Höhe.

»Ich bin einfach wahnsinnig gern draußen zugange. Ihr wisst ja, dass ich regelmäßig auf Weingütern arbeite, aber manchmal kümmere ich mich auch um Gärten.« Martha nimmt einen Schluck Kaffee. »Dabei lernt man eine Menge. Fast jedes Jahr helfe ich im Frühling in Frankreich in der Dordogne aus. Dort gibt es eine Ferienanlage mit Pool, es ist herrlich. Manchmal bin ich einen ganzen Monat dort, um alles für die neue Saison vorzubereiten.«

»Martha ist immer für eine Überraschung gut. Du kannst wirklich alles, oder?« Kate atmet tief durch. Zufrieden stellt sie fest, dass sich Tobys Gesichtsausdruck vollkommen gewandelt hat.

»Natürlich ist jetzt nicht die richtige Jahreszeit, um viel zu pflanzen, besonders nach dem brütend heißen Sommer dieses Jahr. Aber es ist der ideale Zeitpunkt, um den Boden vorzubereiten und mit der Planung zu beginnen. Ich könnte auf jeden Fall ein paar Pläne für euch anfertigen. Dann seht ihr, was euch gefällt.«

»Nein, das können wir nicht annehmen, Martha.« Toby sieht Kate fragend an, offenbar macht ihn die Situation verlegen.

»Unsinn, ich würde sehr gern helfen. Auf diese Weise könnte ich mich bei euch für das Zimmer revanchieren. Das würde mich wirklich sehr freuen.«

Im Lauf der nächsten Tage wandelt sich die Atmosphäre im Haus, Begeisterung und Unternehmungslust liegen in der Luft. Martha fertigt beeindruckende, ausführliche Entwürfe an, wie man den Garten in verschiedene »Räume« unterteilen könnte. Jeder Bereich soll sowohl vom Platz her als auch in Hinblick auf die Sonnenrichtung optimal genutzt werden. Geplant sind ein Sitz- und Essbereich, ein Ort für den Gemüsegarten und das Gewächshaus, eine Rasenfläche mit Blumen und Sträuchern und schließlich noch ein Bereich, den Martha Ruhezone nennt: ein Duftgarten … »Was hältst du von einem Wasserspiel, Kate? Würde dir das gefallen? Das wäre sicher ein schöner Platz zum Lesen.«

Durch das Gartenprojekt verbringen Kate und Martha viel Zeit miteinander, wenn Toby bei der Arbeit ist. Wenn Martha nicht gerade mit ihren Strickarbeiten beschäftigt ist oder Freunde am Kai besucht, begleitet sie Kate zu Gartencentern, um Geräte und Material zu besorgen. Die gemeinsamen Unternehmungen machen beiden viel Freude. Und obwohl sich Kate nicht für die Einzelheiten interessiert – die Bohlen, den Komposthaufen und die auf DIN-A4-Papier gezeichneten Pläne –, ist sie von Marthas unkomplizierter Art fasziniert und voller Ehrfurcht für ihr Wissen, ihre Energie und ihre Begeisterung.

Die Gemüsebeete sind schnell angelegt. Kate bewundert Marthas praktische Erfahrung, mit Tobys Werkzeug geht sie so vollkommen selbstverständlich um. Jetzt kann Kate verstehen, warum Martha auf ihren Reisen so gut zurechtkommt. Sie kann sich überall anpassen, ist immer freundlich und aufgeschlossen.

Dennoch traut Kate sich nicht, sie nach den Gründen für ihre Lebensweise zu fragen. Abends im Bett diskutiert Toby im Flüsterton mit Kate über Martha, denn ihr Lebenswandel bereitet ihm immer noch Sorgen.

Kate möchte Martha nicht bedrängen, deshalb spricht sie das Thema nur einmal vorsichtig an, als es ihr gerade passend erscheint. »Ich möchte ja nicht neugierig wirken, aber es erstaunt mich immer wieder, Martha. Warum führst du dieses Vagabundenleben? Warum reist du so viel umher und machst all diese Gelegenheitsjobs? Soweit ich das beurteilen kann, könntest du so ziemlich jeden Beruf ausüben.«

»Aber ich reise gern, Kate.«

»Das verstehe ich ja. Und ich weiß auch, was dich daran fasziniert: die Freiheit. Aber hast du nicht manchmal den Wunsch, irgendwo zu bleiben? Vermisst du nicht ein Zuhause, Martha? Deinen eigenen Garten? Hast du denn keine Familie, die …«

»Was ist denn eigentlich mit dem Gewächshaus?«

»Wie bitte?«

»Wir haben noch nicht entschieden, wo das Gewächshaus stehen soll. Toby muss ein Modell auswählen und einen Termin für den Aufbau vereinbaren. So ein Gewächshaus braucht einen soliden Zementsockel. Mit Fundamenten kenne ich mich leider nicht aus. Aber Wendy weiß ein paar Bauarbeiter … ich werde mit ihr reden.«

13

Dann passiert es.

Der 23. November ist der Tag, an dem der Wind umschlägt. Ein heiterer, klarer Himmel, und doch, wenn man genau hinhört, nimmt man diese Brise wahr, die plötzlich kühler und stärker ist als zuvor. Stark genug, um sie alle umherzuwirbeln, den Abstand zwischen ihnen zu verringern.

Kate und Martha und Toby und Matthew. Die Läden am Kai.

Sogar Josef Karpati, der sich auf dem Weg in ein anderes Land befindet, zur nächsten Talkshow, wird davon erfasst. Im Augenblick sitzt er im Flugzeug in der ersten Klasse, zehntausend Meter über der Erde.

Es ist ein unfreundlicher Wind. Eine Warnung.

Dieser Wind wird sie alle früh aufwecken. Matthew und Geoffrey wälzen sich als Erste in ihren Einzelbetten herum. Während sie sich im Schlaf bewegen, spüren sie diese plötzliche Kälte und ziehen sich die Decke bis zum Kinn.

Die Nächsten sind Wendy und Maria. Beide stehen kurz auf, um das Schlafzimmerfenster zu schließen, dann legen sie sich wieder ins Bett. Dabei blickt Carlo Maria, seine Ehefrau, an.

»Was ist denn, Liebling?«

»Nichts, das war nur der Wind.«

Nur Kate verschläft die Aufregung dieser Nacht. Toby dreht sich auf die Seite und betrachtet sie; er zieht ihr die

Decke über die nackten Schultern, tut es wie immer voller Zärtlichkeit.

Er weiß, dass sie ihn noch liebt, das kann er spüren. Und er liebt sie auch, sehr sogar. Aber er kann sie nicht dazu bringen, ihm zu glauben, denn Kate glaubt stattdessen den Statistiken, die besagen, dass sie beide jetzt nicht mehr zusammenbleiben können.

Sie möchte, dass er frei ist, sagt sie. Er darf sie nicht berühren.

Seit acht Monaten und zwei Tagen …

Er kann nicht mehr einschlafen. Ihm ist klar, dass Kate ein Schlafmittel genommen hat, und er seufzt, als er an die Tabletten denkt, die sie hinter der Watte im Medizinschränkchen versteckt, damit sie beide so tun können, als wüsste er nichts davon.

Leise verlässt er das Bett, etwas unsicher und aus Rücksicht auf den Hausgast zieht er sich einen Bademantel über, bevor er nach unten in die Küche schleicht, um sich einen Tee zu machen. Auf dem Treppenabsatz stellt er überrascht fest, dass die Tür zu Marthas Zimmer offen steht. Die Decke ist zurückgeschlagen, das Bett leer. Er schaut zum Badezimmer, aber auch diese Tür ist halb offen, und drinnen ist es dunkel. Toby runzelt die Stirn, es ist noch nicht einmal fünf Uhr morgens.

Im Erdgeschoss spürt er die kühle Luft von draußen, bevor er die Küche betritt und sieht, dass die Hintertür geöffnet ist. Die Situation ist ihm furchtbar unangenehm, einen Moment lang bleibt er unschlüssig im Flur stehen und überlegt, ob er wieder ins Bett zurückgehen soll.

Martha wohnt jetzt schon fast einen ganzen Monat bei ihnen, und obwohl Toby ihr sehr dankbar für ihr Engagement im Garten ist, vermisst er seine Privatsphäre. Er wünscht sich Zeit für Gespräche mit Kate, Zeit zum

Nachdenken, um die Hoffnung wiederzuerwecken. Außerdem verwirrt ihn Marthas Lebensweise, das ständige Umherziehen, die Obsternten im Süden, sie hat ein bisschen was von einer Vagabundin und einem Hippie. Und sie wechselt immer sofort das Thema, sobald er ihr eine falsche Frage stellt. Kate ermahnt ihn jedes Mal aufs Neue, die Fragerei einfach seinzulassen.

Martha ist eine gutaussehende Frau mit hohen Wangenknochen und einer perfekten Nase. Aber sie versteckt ihre Vorzüge, wo sie nur kann. Warum trägt sie nur Sachen aus der Kleiderspende und bewahrt alles, was sie hat, in einem Rucksack und ein paar Tragetaschen auf?

Toby kommt einfach nicht dahinter, was wirklich mit Martha los ist.

Jetzt atmet er tief durch, zieht den Bademantel nochmals fest um den Körper und geht dann in die Küche. Dort sieht er sie draußen im Garten stehen. Über dem Schlafanzug trägt sie eine dicke, graue Strickjacke und sitzt auf der obersten Stufe der kleinen Treppe, die zum Gemüsegarten führt. Das ist der einzige Teil des Gartens, der in den wärmeren Monaten den ganzen Tag lang Sonne bekommt.

Toby ist sicher, dass Martha trotz der Strickjacke furchtbar friert, auf der Steinstufe ist es so kalt wie auf einer Eisscholle. Und doch sitzt sie vollkommen still da und hält ihr Gesicht in den Himmel. Sie zittert nicht und zeigt kein Anzeichen von Unbehagen. Erst als sie sich umdreht, weil sie etwas an der Tür gehört hat, erkennt Toby, überrascht und peinlich berührt, dass sie geweint hat.

Im ersten Moment weiß er gar nicht, was er tun soll. Er räuspert sich. Martha fährt sich mit den Händen übers Gesicht, steht auf und macht die Strickjacke zu.

»Tut mir leid, Toby, ich konnte nicht schlafen. Ich wollte dich wirklich nicht stören …«

Einen Augenblick lang, der beiden endlos erscheint, stehen sie sich gegenüber. Toby streicht sich mit der Hand durch die Haare.

»Bist du sicher, dass alles in Ordnung ist, Martha? Soll ich Kate holen? Ich werde sie wecken …«

»Nein, wirklich, mir geht es gut.«

»Ich wollte gerade Tee machen, bei diesem Wind konnte ich auch nicht schlafen.«

Sie lächelt zaghaft.

Toby verfällt plötzlich in Panik. »Kate hat dir doch nichts erzählt, oder?«

»Was denn?«

»Ist nicht wichtig.« Er versucht, ihren Gesichtsausdruck zu deuten und gleichzeitig seine Gedanken zu sammeln.

»Gibt es denn etwas, das ich wissen sollte, Toby?«

»Nein, ist schon okay.« Er wünscht, er hätte nichts gesagt. »Sie ist nur gerade nicht besonders belastbar.«

»Sie hat mir erzählt, dass sie zurzeit nicht arbeitet, aber mehr nicht. Ich habe auch nicht nachgefragt. Ich meine …«

»Das stimmt. Also, sie wird wieder in Ordnung kommen. Sie braucht nur etwas Zeit.« Toby ist erleichtert. Er will nicht, dass Martha von ihrem Problem erfährt. Wenn Kate bereit ist, darüber zu sprechen, soll sie das mit ihm tun.

»Toby, ich bin euch sehr dankbar, für das Zimmer und alles andere. Falls es dich stört, dass ich hier bin, sag es bitte ganz offen. Ich möchte euch keine Schwierigkeiten machen. Ich kann jederzeit einen anderen Platz zum Schlafen finden.«

»Nein, auf keinen Fall. Kate möchte, dass du hierbleibst.« Das ist die Wahrheit. Er hat beobachtet, wie sehr

Kate es genießt, Martha in der Nähe zu haben. Aber er macht sich Sorgen. Wenn Martha selbst Probleme hat, möchte er nicht, dass Kate da hineingezogen wird. Denn sie hat schon immer die Bedürfnisse anderer Menschen wichtiger genommen als ihre eigenen, das ist ihre Stärke und ihre Schwäche zugleich.

»Es ist auch nicht mehr für lange. Ich bleibe nirgendwo sehr lange.«

»Das ist völlig in Ordnung, Martha.«

»Kate ist sehr freundlich.«

»Aber sie ist nicht sehr stabil.«

»Das habe ich verstanden.«

Der Wind heult laut auf und rüttelt am anderen Ende des Gartens am Zaun, als sich ihre Blicke treffen.

»Dann ist alles gesagt, Martha.«

In zweihundert Meilen Entfernung steht auch Glenda, die Frau, die sich selbst immer als Matthews Mutter sehen wird, in aller Frühe auf. Heute ist Matthews Geburtstag. Sie gibt die Hoffnung auf, noch einmal einzuschlafen, lässt Matthews Vater weiterschnarchen und schleicht die Treppe hinunter. Sie macht Tee, trinkt ihn aber nicht. Der Wind rüttelt an den Fensterläden, die sie jetzt schließt. Dann beschließt sie, mit dem Kuchenbacken anzufangen.

Auch wenn er gar nicht bei ihnen ist.

Vorsichtig nimmt sie das rosafarbene Rezeptbuch aus dem Regal über dem Kühlschrank – es ist ein vielgeliebtes Erbstück, leicht verblasste Tinte auf liniertem blauen Schreibpapier. Die Handschrift ihrer Großmutter ist wunderschön, mit lang geschwungenen, eleganten Bögen. Sachte fährt Glenda mit dem Finger über die Seite. Sie kennt das Rezept auswendig, aber sie liebt den Moment, wenn sie das Buch aus dem Regal nimmt. Dann hat sie das Gefühl, ihre Großmutter einzuladen, ihr zu helfen.

Glenda arbeitet still vor sich hin, langsam und mit Bedacht öffnet sie Dosen und Packungen, wiegt die Zutaten ab und verteilt sie auf weiße Porzellanschälchen.

Das Flugzeug, in dem Josef Karpati sitzt, hat zwei Ozeane überquert und fliegt in fast zehntausend Meter Höhe dahin, jetzt ist es Zeit für ein Frühstück. Die meisten anderen Passagiere der ersten Klasse haben ihre Rückenlehnen wieder aufgerichtet, und die Stewardessen haben Kissen und Decken fortgeräumt. Aber Josef fühlt sich nicht bereit für einen neuen Tag, ein neues Land, ein neues Fernsehstudio.

Er schüttelt den Kopf, als die Stewardess ihm auf die Schulter tippt. In der Hand hält sie ein Kännchen Kaffee. Plötzlich erschüttern heftige Turbulenzen das Flugzeug. Beinahe hätte die Stewardess den Kaffee verschüttet und entschuldigt sich vielmals für ihre Ungeschicklichkeit. Josef erwidert, es sei alles in Ordnung, sie solle sich keine Gedanken machen. Er schnallt sich an. Dann rutscht er wieder zurück ans Fenster, dankbar, dass die Plätze neben ihm nicht besetzt sind. Er ist auf dem Weg in ein Fünfsternehotel, das genauso aussehen wird wie das Fünfsternehotel, das er gerade verlassen hat. Manchmal stellt er sich seine Mutter in so einer Luxussuite vor, wie sie von Zimmer zu Zimmer läuft, mit der Hand über die Marmorbadewanne streicht und mit einem wohligen Seufzer auf das große, weiche Bett sinkt. Aber meistens verscheucht er diese Gedanken sofort wieder. Meistens beschäftigt ihn nur die Frage, wie er in dieses Leben hineingeraten ist.

In Aylesborough ist Matthew jetzt ganz wach, die Umgebung überrascht und verwirrt ihn immer wieder, nichts in diesem Zimmer scheint ihm vertraut. Das Fenster in dem Zimmer von Mrs. Hills Bed & Breakfast befindet sich genau auf der entgegengesetzten Seite wie in seinem Zimmer zu Hause, das Licht kommt aus einer Richtung, die für ihn ungewohnt ist, und er erschreckt sich jedes Mal. Jetzt dringt nur der Schein einer Straßenlaterne herein, dahinter ist es dunkel.

Geoffrey hat noch am selben Tag, als er das Musikgeschäft betreten hat, mit Mrs. Hill gesprochen und alles geklärt. Während der Wintermonate nimmt sie nur wenige Gäste auf. Auf den ersten Blick wirkt sie recht schroff, sie hat keine Familienangehörigen mehr im Haus, die ihre weiche Seite hervorzaubern könnten. Aber sie hat Matthew sehr gern, besonders, seit sie ihn dazu gebracht hat, ihr abends auf dem kleinen, ramponierten Klavier im Esszimmer etwas vorzuspielen. Sie hört gern Elton John und die Beatles, »Let It Be« ist ihr Lieblingssong. Ihr Haus hat schon bessere Tage gesehen, die Tapeten sind ausgeblichen und werden an einigen Stellen bereits wellig, aber es ist sehr sauber, und Mrs. Hill bereitet ein herzhaftes Frühstück aus dickem, salzigem Speck und Spiegeleiern mit einer knusprigen, braunen Kruste zu.

Matthew überlegt, ob er ihr erzählen soll, dass heute sein Geburtstag ist, und entscheidet sich dann dagegen. Vielleicht würde sie meinen, er spekulierte auf einen Kuchen. Und bestimmt würde sie fragen, warum er nicht mit seiner Familie feiert. Er sollte seine Mutter heute anrufen, den Gefallen kann er ihr tun. Aber von dem Telefonat abgesehen wird er so tun, als wäre dies ein ganz normaler Tag.

Zu diesem Zeitpunkt weiß niemand, dass dies ein besonderer Tag ist.

Geoffrey ist der Erste, der die Neuigkeit erfährt.

Als Matthew zur Arbeit im Geschäft erscheint, sitzt er mit aschfahlem Gesicht auf einem alten Klavierhocker, der zugleich als Stuhl für den Schreibtisch in der Ecke dient.

»Ist alles in Ordnung?« Matthew stellt gerade seinen Rucksack ab, als Wendy in der Ladentür erscheint. In der Hand hält sie einen Brief, und jetzt fällt Matthew auf, dass Geoffrey den gleichen braunen Umschlag vor sich auf dem Schreibtisch liegen hat.

»Du also auch, Geoffrey?« Wendys Stimme zittert.

Einen Moment lang starren sich die beiden Freunde stumm an.

»Ist alles in Ordnung? Soll ich vielleicht Tee machen? Was ist denn passiert?«

Geoffrey und Wendy zeigen keine Reaktion, daher zieht sich Matthew nach hinten ins Büro zurück und schaltet den Wasserkocher ein. Durch den Türspalt beobachtet er, wie Geoffrey Wendy fest umarmt, während sie sich mit einem Taschentuch die Augen trocken tupft. Dann halten sie ihre Briefe nebeneinander, um sie zu vergleichen. Geoffrey schiebt seine Brille die Nase hoch und geht die Schreiben Absatz für Absatz durch.

»Aber das können sie doch nicht machen? Das darf doch wohl nicht wahr sein!«, zischt Wendy im Flüsterton. Matthew hat Mühe, ihrer Unterhaltung zu folgen, und er hat ein schlechtes Gewissen, dass er lauscht, aber es tut ihm weh, die beiden so verzweifelt zu sehen.

Das mindeste, was er jetzt für Geoffrey und Wendy tun kann, ist, ihnen eine gute Tasse Tee anzubieten. So wie er es von seiner Mutter gelernt hat, wärmt Matthew die kleine Teekanne mit etwas kochendem Wasser vor, schwenkt sie dreimal gegen den Uhrzeigersinn im Kreis und leert das Wasser dann in die Spüle. Danach erst bereitet er den

Tee. Während der Tee zieht, starrt er eine Zeit lang auf das Telefon und überlegt, ob er seine Mutter hier vom Büro aus anrufen soll. Er hat schon einmal kurz mit ihr telefoniert, von dem Telefon bei Mrs. Hill aus. Das war das zweite Mal, dass er sich bei ihr gemeldet hat. Er hat ihr auch gesagt, wo er sich aufhält, unter der Bedingung, dass sie den Ort seinem Vater nicht verrät. Er späht noch einmal durch den Türspalt, Geoffrey und Wendy flüstern immer noch miteinander, während Geoffrey nervös mit dem Handrücken auf das Schreiben in seiner Hand klopft. Matthew wählt. Es klingelt drei Mal, vier Mal, fünf Mal ...

»Ja, bitte?« Seine Mutter sagt nie die Telefonnummer. Sie klingt stets total erschrocken, als ob ihr der Grund des Klingelns nicht klar wäre.

»Hallo, Mum. Ich wollte dich nur noch einmal kurz anrufen. Ich bin bei der Arbeit.«

»O Matthew, geht es dir gut?«

»Ja, Mum, mir geht es gut. Wirklich.«

»Kommst du heute nach Hause?«

»Nein, Mum. Es tut mir leid, aber ich kann jetzt nicht nach Hause kommen.«

Es entsteht eine lange Pause.

»Ich habe dir einen Kuchen gebacken.«

Matthew beißt sich auf die Lippe und räuspert sich, um wieder frei atmen zu können.

»Ach, Mum, das hättest du nicht tun sollen.«

»Na ja, nur für den Fall, dass du doch kommst. Es hat keine Mühe gemacht, Liebling.«

Matthew schaut auf die Teekanne und sieht die größere blaue Kanne seiner Mutter vor sich. Sie verwendet immer lose Teeblätter und ein richtiges Sieb, von Teebeuteln hat sie noch nie viel gehalten.

»Mum, ich muss jetzt Schluss machen. Aber es geht mir

gut. Ich war oben bei der Klinik, sie ist jetzt geschlossen. Die Gebäude werden zu Wohnungen und Häusern umgewandelt. Und ich habe einen Termin beim Jugendamt, der ist nächste Woche.«

Wieder herrscht Schweigen.

»Könntest du mir dabei bitte helfen? Bei den Papieren, meine ich. Ich werde die Adoptionsunterlagen brauchen.«

»Liebling, die sind weggeschlossen. Dein Vater … er …«

Matthew legt seine Hand auf die Sprechmuschel, damit sie nicht hört, wie schwer er atmet. Er will nicht wieder mit seiner Mutter in Streit geraten. Zumindest nicht heute an seinem Geburtstag.

»Mum, es tut mir leid, dass du den Kuchen jetzt ganz umsonst gebacken hast. Ich werde dich bald wieder anrufen, das verspreche ich.«

»Isst du denn richtig, Matthew?«

»Ja, Mum.« Matthew kann sich den Kuchen genau vorstellen. Der Teig ist locker und luftig, mit einer dicken Schokoladenfüllung. Das ist sein Lieblingskuchen. Sie hat ihn jedes Jahr für ihn gebacken. Obendrauf waren drei Kerzen, vier, dreizehn …

»Alles Gute zum Geburtstag, Junge.«

Ihre Worte kommen zu spät, vom anderen Ende erklingt bereits der Wählton. Wie ein Gutenachtkuss für ein Kind, das schon eingeschlafen ist.

Schnell macht Matthew alles für den Tee fertig und hustet mehrmals laut, als Zeichen, dass er jetzt wieder in den Ladenraum kommt. Geoffrey und Wendy greifen dankbar nach den Teebechern und sehen gleich etwas ruhiger aus.

»Wir haben schlechte Nachrichten bekommen, Matthew.« Geoffrey nimmt einen Schluck Tee. »Der Gemeinderat will uns hier raushaben. Das ist die Kündigung. Der Mietvertrag wird nicht verlängert.«

Bevor er noch mehr Erklärungen geben kann, kündigt die Ladenglocke Marias Ehemann Carlo an. Er ist verschwitzt und völlig außer Atem.

»Tut mir leid, wenn ich störe. Aber wisst ihr, wo Martha ist?«

»Martha?«, fragen drei Stimmen gleichzeitig.

»Es geht um Maria. Sie ist unterwegs zum Gemeindeamt.« Carlo wirft einen Blick auf die Briefe in den Händen von Geoffrey und Wendy. Seinem Gesichtsausdruck nach zu schließen, weiß er, worum es in diesen Schreiben geht. »Dann sind wir also alle dran? Unser Café und ihr beide auch?«

»Also, das ist toll von Maria.« Wendy setzt eine kämpferische Miene auf. »Eine gute Idee, sofort zum Gemeinderat zu gehen. Wirklich toll von ihr. Das sollten wir auch gleich tun.«

Aber Carlo schüttelt den Kopf.

»Nein, nein, ihr habt das nicht richtig verstanden.« Er scheint zu zögern, dann wirkt er verlegen, schließlich sieht er regelrecht verängstigt aus.

»Sie hat eine Bratpfanne mitgenommen, die größte, die wir haben.«

14

Am Empfang im Gemeindeamt ist eine sehr freundliche junge Frau gerade vollkommen ratlos. Anna-Louise, von ihren Freunden Lou genannt, hat gerade erst ihre Fortbildung abgeschlossen. Sie kennt die neuesten Ratschläge im Umgang mit Terroristen; sie weiß, wie sie im Falle eines Brandes das Haus ohne einen Panikausbruch räumen lässt, und sogar, wie sie den Heimlich-Handgriff ausführen muss, sollte jemand zu ersticken drohen.

Aber es gibt keine Anweisung, wie man mit italienischen Großmüttern umgeht, die drohend Bratpfannen schwingen.

»Könnten Sie sich bitte beruhigen? Wenn Sie sich nur ein wenig beruhigen könnten …«

Maria bekommt nun die Unterstützung der Wartenden, eine nicht unbeachtliche Menge gelangweilter und ungeduldiger Einwohner von Aylesborough, die auf der Gemeinde verschiedene Beschwerden vorbringen wollen: ein übergewichtiges Ehepaar mit fünf Kindern, die gemeinsam aus den Wartestühlen einen Turm bauen, eine ältere Frau, die etwas von Mülltonnen und sexbesessenen Katern murmelt – sie alle schauen Maria erstaunt und erfreut an.

Maria, die nicht in der Stimmung ist, sich hinten in der Warteschlange anzustellen, knallt die Bratpfanne gegen einen der Stützpfeiler, die sich vom Boden zur Decke erstrecken und zweifelsohne eine tragende Rolle für das Gebäude spielen.

»Ich will mit Mr. Fullman sprechen.« Noch ein Schlag gegen den Pfeiler. »Jetzt sofort!«

Der Pfeiler ist weiß gestrichen, was Putz und Mauerwerk vermuten lässt, aber der Klang der Bratpfanne ist recht melodisch und verrät, dass hier Metall auf Metall trifft.

Anna-Louise erklärt Maria, dass sie keinesfalls mit Mr. Fullman sprechen könne, wenn sie keinen Termin vereinbart habe. Aber sie könne ihm eine Nachricht hinterlassen. Maria gibt nicht auf, noch einmal haut sie die Bratpfanne mit aller Wucht gegen den Pfeiler. Ein langer, hoher Ton hallt durch den Raum, als Wendy, Geoffrey, Carlo und Matthew zur Tür hereinkommen.

»Hohes A«, flüstert Matthew zu Geoffrey, der in dem allgemeinen Chaos gar nicht weiß, wo er zuerst hinblicken soll.

»Maria, bitte! Das ist nicht der richtige Weg.« Carlo hält sich mit beiden Händen die Ohren zu.

»Sagen Sie mir doch mal, wo Sie in Aylesborough echte Polenta bekommen, außer bei mir?« In der Hand schwenkt Maria den Brief von Mr. Fullmans Büro.

Anna-Louise drückt schon zum zweiten Mal auf den kleinen Sicherheitsknopf unter ihrem Tisch.

»Sie sperren mir das Café zu, aber wo sollen die Fischer dann zum Essen hingehen? Wer bezahlt mir die Kücheneinrichtung für mein nächstes Café, den neuen Herd?«

»Euer Café zusperren?« Ein großer Mann mit Schnurrbart erhebt sich aus der wartenden Menge.

»Marias Café wird doch nicht etwa geschlossen?« Er schaut sich um, ob die anderen Anwesenden ebenso entrüstet sind wie er.

Den Brief immer noch in der Hand, erkennt Maria den Mann jetzt wieder. Er kommt jeden Donnerstag und bestellt stets ein herzhaftes Frühstück: doppelte Portion Würstchen, Spiegeleier.

»Ja, mir wird der Mietvertrag gekündigt. Es gab nicht mal ein Gespräch, gar nichts. Nur die Mitteilung, dass ich in drei Monaten rausmuss.«

Die Menschen im Raum stöhnen erschrocken auf, dann folgt aufgeregtes Gemurmel. Als Maria die Bratpfanne wieder hebt und eine neue Attacke droht, greift Anna-Louise beherzt zum Telefon.

»Wenn Sie nicht augenblicklich damit aufhören, Madam, muss ich die Polizei rufen.«

»*Santa Maria!* Die Polizei?« Carlo bekreuzigt sich.

»Holen Sie Mr. Fullman hierher, damit diese Leute mit ihm sprechen können. Sofort!« Der Stammgast des Cafés unterstreicht jedes seiner Worte mit mahnendem Zeigefinger. »Jetzt sofort. Haben Sie mich gehört?«

Anna-Louise überlegt nicht weiter, was sie alles in ihrer Fortbildung gelernt hat, entschlossen wählt sie die Notrufnummer. In diesem Moment erscheint vollkommen atemlos Martha im Eingang, dicht gefolgt von Kate.

»Wir haben es gerade erst erfahren …«

Maria hat sich von den Gesten des Stammgastes inspirieren lassen und schlägt die Pfanne jetzt im Rhythmus zu ihren Worten gegen den Pfeiler. *Mein* – bums – *Vater* – bums – *hat* – bums – *mir* – bums – *das* – bums – *Café* – bums – *vererbt.*

Sobald sie ihren Vater erwähnt, verzieht sie das Gesicht. Ihre Schultern fangen an zu zittern, und ihr Mund zuckt heftig. Martha begreift als Erste, dass die Freundin in großen Schwierigkeiten steckt.

Den anderen im Raum ist nicht klar, wie groß diese Schwierigkeiten sind.

Aber Martha hat keine Zeit, lange zu überlegen.

Als sie später darüber sprechen, gesteht Martha Kate, dass sie, hätte sie mehr Zeit gehabt, hundertprozentig nicht so gehandelt hätte, wie sie es getan hat.

Aber weil sie keine Zeit hat und ihr sonst nichts einfällt, greift Martha auf eine alte Masche zurück, einen tief verborgenen Reflex. Ohne weiteres Nachdenken tut sie in diesem Augenblick drohender Panik, was sie früher regelmäßig in Stresssituationen getan hat.

Sehr leise und blitzschnell zieht Martha ihre sämtlichen Kleider aus.

Die Reaktion der Menschen ist ebenso unvermeidlich wie spontan. Die Erwachsenen schnappen lauthals nach Luft, einige wenden sich schockiert ab, die umherlaufenden Kinder brechen in Gelächter aus, der Turm aus Stühlen bricht krachend zusammen, und Anna-Louise ist vorübergehend wie gelähmt. Sie hält den Hörer in der Hand, bringt aber keinen Ton heraus, als die Stimme am anderen Ende der Leitung wiederholt fragt, um was für einen Notfall es sich denn handele und ob sie die Feuerwehr, den Rettungswagen oder die Polizei schicken solle.

Carlo ist so verblüfft, dass es einige Sekunden dauert, bis er die Augen abwendet.

Aber Martha blickt nur gebannt auf Maria. Sie interessiert einzig und allein die Reaktion, die ihr Verhalten bei ihrer Freundin auslöst. Und genau wie Martha gehofft hat, lässt der Schock über ihre plötzliche Nacktheit Maria innehalten. Ihre Anspannung lässt nach, ihre Atmung wird ruhiger, die Bratpfanne ruht unbeweglich in ihrer Hand. Zwei Wachmänner kommen herein, einer geht eilig auf Martha zu, wobei er sich die Jacke auszieht, um sie damit zu bedecken.

»Das war's jetzt, die Show ist vorbei. Alle raus hier. Nach draußen, bitte. Und zwar alle!« Der zweite Wachmann holt weit mit dem Arm aus, um die erschrockene Menschenmenge wie eine Viehherde zur Tür hinauszutreiben. Anna-Louise findet endlich die Sprache wieder und erklärt dem Polizeibeamten am Telefon, dass sich in der Empfangshalle des Gemeindeamts eine splitternackte Frau und außerdem eine Frau mit einer Bratpfanne in der Hand befänden, und ob die Polizei schnell zu Hilfe kommen könne.

Die Jacke des Wachmanns ist nicht lang genug, um Martha wieder ehrbar aussehen zu lassen. Während sie bewegungslos wie eine Statue dasteht, den Blick auf Maria geheftet, ist Kate die Einzige, die sich nicht peinlich berührt abwendet.

Denn Kate ist zwar von Marthas Auftritt überrascht, aber wirklich schockiert hat sie etwas anderes. Sie betrachtet die schlanke, durchtrainierte Gestalt mit dem flachen Bauch und den schmalen Hüften. Diesen beneidenswert muskulösen Körper, gestählt von der harten sommerlichen Arbeit überall in Europa.

Wirklich erschüttert ist Kate von dem Anblick der schwachen Narbe in Form eines Lächelns auf Marthas Bauch, genau dort, wo sie auch eine hat …

Zweiter Teil

15

Zwei Tage nachdem Martha im Millrose Mount Hospital eingeliefert worden war, erwachte sie und hatte zum ersten Mal nicht mehr das Gefühl, unter dem Einfluss von Beruhigungsmitteln zu stehen.

Sie war gerade achtzehn Jahre alt.

Als sie die Augen aufschlug und erschrocken die Risse in der hohen Decke mit den grellen Neonleuchten und den großen, unbeweglichen Ventilator sah, erschütterte sie ein Déjà-vu-Erlebnis. Auch die Krankenschwester neben ihrem Bett passte dazu.

»Also, junge Dame, sind wir jetzt fertig mit dem Herumschlagen und dem dramatischen Getue? Bist du jetzt bereit, dir von uns helfen zu lassen?«

Verschwommene Bilder wirbelten durch ihren Kopf. Um-sich-Schlagen und lautes Geschrei. *Ich muss unbedingt wieder in das Heim zurück! Die Polizei, bitte rufen Sie die Polizei!*

Marthas Herz pochte wie wild und ihre Gedanken rasten, als sie begriff, dass die hallende Stimme inmitten der Flut verworrener Bilder – Bilder mit Schubsen und Stoßen und einem plötzlichen Schmerz in ihrem Arm – ihre eigene war. Sie hatte den dringenden Wunsch, sich kerzengerade aufzusetzen.

Ihr Herz klopfte immer noch heftig, aber die Gedanken stockten plötzlich. Ein Gummiband wurde in die Länge gezogen, bis es nicht mehr weiterging; gleich würde es zurückschnappen, aber genau in dem Moment der größten

Ausdehnung trat Stillstand ein. Martha beruhigte sich, hielt den Atem an. Sie kämpfte gegen die Panik an, und allmählich ließ die Anspannung nach. Sie konnte den Schweiß auf ihrem Rücken spüren und nahm den Geruch ihres ungewaschenen Körpers wahr. Eine Weile starrte sie wieder auf die Risse in der Decke und auf die Spinnweben an dem nicht genutzten Ventilator.

»Welcher Tag ist heute?« Das war ihre Stimme, aber sie klang anders als sonst, dünn und kratzig. Ihre Kehle war ganz ausgetrocknet. Sie war benommen und verwirrt, sie fühlte sich merkwürdig unbeteiligt und hatte doch Angst.

»Donnerstag.«

In dem Moment begriff sie schlagartig das Ausmaß des Geschehens. Die wahre Bedeutung der Kakophonie und der wirren, verschwommenen Bilder, des Um-sich-Schlagens und des Schreiens – es blieb kein Zweifel mehr. Wenn wirklich schon Donnerstag war, dann hatte sie zwei ganze Tage verloren.

»Fühlst du dich etwas ruhiger? Wirst du dich zusammenreißen, damit wir dich etwas zurechtmachen können? Wie wäre es mit einem schönen Bad?«

»Ja.«

Martha lag in der Badewanne, wo dieselbe Krankenschwester sie schweigend beaufsichtigte und dabei immer wieder missbilligend auf ihre Armbanduhr sah. Martha betrachtete die Kaiserschnittnarbe auf ihrem Bauch, eine zackige rote Linie, die im Wasser größer wirkte. Sie versuchte, mit dem Weinen aufzuhören, aber unentwegt tropften Tränen ins Badewasser. Fieberhaft überlegte sie, wie sie sich am klügsten verhalten sollte.

Sie brauchte einen Plan, wie sie diesen Alptraum am besten überstehen und den Fehler rückgängig machen konnte. Sie musste herausfinden, wo es ein Telefon gab, wo die nächste Polizeistation war, wie sie von hier wegkam. Aber Martha war noch sehr jung.

Und sie irrte sich gewaltig.

In den folgenden Tagen tat sie alles Erdenkliche, um ihre neue, schockierende Situation zu ändern. Sie spielte die Verrückte, sie mimte das brave Mädchen. Sie verletzte sich selbst, sie hörte wieder auf damit. Sie schrie, sie war still. Sie nahm ihre Tabletten, sie spuckte sie der Krankenschwester ins Gesicht.

Nichts von alldem änderte etwas an ihrer Lage.

Bei den seltenen Gelegenheiten, wenn sie in das kleine Sprechzimmer gebracht wurde, um mit ihrem Arzt zu sprechen, konfrontierte er sie mit den Gründen für ihren Aufenthalt im Millrose Mount Hospital, die sie allesamt nicht fassen konnte.

Sie unterbrach ihn jedes Mal und erzählte ihm ihre wahre Geschichte, aber er schüttelte nur den Kopf und blickte zu der Krankenschwester hinüber. Dann folgte abschätziges Gemurmel über ihre Obhutspflicht, und Arzt wie auch Schwester bekräftigten, wie sehr sie ihr helfen und sie beschützen wollten. Aber sie, Martha, müsse den Tatsachen ins Auge sehen und begreifen, was geschehen war …

Und Martha schrie, dass sie Lügner seien, eine schreckliche Bande Lügner. Jeder dieser Arztbesuche endete in einer Konfrontation und schließlich mit der Warnung, dass sich ihre Situation nicht bessern würde, sollte sie ihr Verhalten nicht ändern.

Die schreckliche Wahrheit, die ihr in diesen ersten, dunklen Tagen, die bald schon zu Wochen und Monaten wurden, allmählich immer klarer wurde, war, dass sie nichts, überhaupt nichts tun konnte, um aus dem Millrose

Mount Hospital wieder herauszukommen. Und dass es nichts zu tun gab.

Wenn Martha sich später an ihre zwei Jahre, drei Monate und zwei Tage in der Nervenklinik zurückerinnerte, war ihr das am meisten im Gedächtnis geblieben. Nicht die Angst, nicht die Ungerechtigkeit und auch nicht das Trauma der ersten schweren Zeit hatten sich ihr am deutlichsten eingebrannt, sondern die Untätigkeit während der unerträglich langen Tage. Sie ging umher, sie setzte sich, und es gab nichts, was sie von ihren quälenden Gedanken an das, was sie verloren hatte, ablenkte. Unablässig ging ihr die eine Frage durch den Kopf.

Was um Himmels willen soll ich denn jetzt machen?

Anfangs fragte sie sich das in purer, panischer Angst und unbändigem Zorn. Fieberhaft überlegte sie, wie sie die Ärzte und Schwestern dazu bringen konnte, ihr zuzuhören und sie dann zu entlassen. Später, als vollkommene Verzweiflung und auch endlose Langeweile sich ihrer bemächtigt hatten, suchte sie schlicht und einfach nach einer Möglichkeit, die leeren Stunden zu füllen.

Was sollte sie mit der vielen Zeit zwischen den Mahlzeiten anfangen?

Nachts wurde ihre Situation noch schlimmer, denn da fühlte sie sich nicht sicher genug, um ruhig zu schlafen. Erschrocken hatte sie festgestellt, dass im Millrose Mount manchmal männliche Patienten auf die Frauenstation kamen, sobald das Licht aus war. Als sie das zum ersten Mal mitbekam, war sie noch auf einer besonders bewachten Station gewesen. Ungläubig hatte sie sofort zu schreien begonnen, als sie den Mann im Saal entdeckte.

Er war nicht nahe an ihr Bett herangekommen, das der Tür gegenüberstand, und er hatte sie auch nicht berührt. Aber das Wissen, dass männliche Patienten in der Klinik nachts einfach so umherwandern konnten, raubte ihr den Schlaf.

Obwohl der Mann etwas Verbotenes getan hatte, wurde sie für ihr Verhalten bestraft, wie so oft in den ersten Wochen ihres Aufenthalts, und man verabreichte ihr noch zusätzliche Beruhigungsmittel.

Bald schon erkannte Martha, dass die Ursachen für die Probleme in der Nervenklinik beim unqualifizierten und desinteressierten Pflegepersonal lagen. In allen Bereichen fehlte es an kompetenter Führung, und vor allem mangelte es an geeigneter Fürsorge.

Tagsüber versahen mindestens zwei Krankenschwestern den Dienst in der Nische auf dem Korridor, der zu den zwei Stationen führte, aber nachts war lediglich eine einzige Person für die Bewachung sowohl der Frauen- als auch der Männerstation zuständig. Damit die Aufsicht beide Räumlichkeiten im Blick behalten konnte, wurden die Stationstüren weit geöffnet.

Sehr zu Marthas Unbehagen hatte nachts meist ein Krankenpfleger die Aufsicht im Korridor. Häufig schlief der Pfleger einfach ein, oder er verschwand im Gebäude, um mit anderen Pflegern Karten zu spielen.

Sobald einer der männlichen Patienten nachts umherwanderte und die Frauen zu schreien anfingen, kam ein Pfleger oder ein Arzt angelaufen, dennoch ließen die drohende Gefahr und die Ungewissheit Martha keine Ruhe, sie fand nur selten Schlaf.

Sie gewöhnte sich an, tagsüber ein Nickerchen zu machen, wann immer es möglich war. Nachts lag sie wach im Bett, Tränen liefen ihr über die Wangen, während sie über ihre nächsten möglichen Schritte nachdachte. Was sie versuchen konnte, um endlich einmal telefonieren zu dürfen.

Und wie sie eine Nachricht nach Russland schicken konnte, an den einzigen Menschen auf der ganzen Welt, der ihr jetzt noch helfen konnte.

An Josef Karpati.

16

Martha lernte Josef zwei Tage vor ihrem achtzehnten Geburtstag kennen. Er stand noch ganz am Anfang seiner Karriere, als er mit ihrem Vater im Rahmen eines Ost-West-Kulturaustauschs zusammenarbeitete.

Damals hatte Josef sich als Cellist noch keinen Namen gemacht, und es war sehr unwahrscheinlich, dass ausgerechnet Martha, die zu Hause in der Küche Sandwiches für die Probenpause ihres Vaters zubereitete, den jungen Tschechoslowaken zur Kenntnis nehmen würde, wenn sie ihm begegnete.

Während sie die Schinkensandwiches sorgfältig einwickelte, spiegelten sich die Sonnenstrahlen, die durch das Fenster auf den Boden fielen, auf dem glänzenden Butterbrotpapier. Unwillkürlich musste Martha an ihre Mutter denken, verscheuchte aber sofort den Gedanken, wie ihr Leben jetzt aussähe, wenn sie noch bei ihnen wäre.

Zwischen Martha und ihrem Vater herrschte immerzu Krieg, Martha konnte sich nicht daran erinnern, dass das je anders gewesen wäre. Sie war Einzelkind, und seit er sich, als sie drei Jahre alt war, zum ersten Mal in seinem Musikzimmer eingeschlossen hatte, kämpfte sie mit allen Mitteln um seine Aufmerksamkeit. Aber damals hatte ihr Vater nur ihre Mutter angebrüllt, sie solle dafür sorgen, dass das Kind still sei, wenn er arbeite.

Während ihrer Schulzeit wurde Martha von einer Reihe Musiklehrern in verschiedenen Instrumenten unterrichtet. Sie lernte Klavier, Flöte und Oboe und zeigte eine natürliche musikalische Begabung, aber dagegen stand stets ihre ausdrückliche Weigerung, überhaupt ein Instrument zu spielen. Die Auseinandersetzungen mit ihrem Vater darüber waren ebenso dramatisch wie wirkungslos, Charles Ellis blieb vollkommen blind für die Bedürfnisse seiner Tochter.

Seine ganze Liebe galt der Musik, das war die Welt, in der er sich auskannte. Die Welt der Menschen, und vor allem die von Kindern, blieb ihm ein Leben lang fremd.

Einzig ihre Mutter Jessica verstand es, die Wogen zwischen Vater und Tochter zu glätten. Als Martha dreizehn war, starb ihre Mutter sehr plötzlich. Seitdem herrschte zwischen Martha und ihrem Vater eine Kluft des Schweigens, die auch die lauteste und atemberaubendste Symphonie nicht überwinden konnte.

»Wie kann man nur an einer Erkältung sterben?«, beklagte Charles sich immer wieder mit gedämpfter Stimme bei Freunden, Musikerkollegen, Nachbarn, dem Pfarrer und der Haushälterin, allerdings niemals bei Martha.

Zu Martha sagte er kaum mehr ein Wort.

Charles Ellis empfand es als große Enttäuschung, dass er als Solist nie so gut gewesen war wie später als Dirigent. Um ihn moralisch zu unterstützen, hatte Jessica ihm bei Konzertproben, die in der Nähe ihres Wohnorts stattfanden, stets ein Lunchpaket vorbeigebracht. Sie höre sich immer gern das neueste Programm an, erzählte sie Martha einmal, und sie mochte es, ihren Mann zu beobachten, wenn er, den Dirigentenstab in der Hand, so in seine Arbeit vertieft war, dass er ihre Anwesenheit gar nicht bemerkte.

»Ich glaube, die Musik trägt ihn an einen anderen Ort. In eine vollkommen andere Welt, Martha.«

Dann strich sie ihrer Tochter den Pony aus der Stirn und küsste sie besänftigend. »Du musst versuchen, ihm zu verzeihen, Martha. Er kann nicht anders.«

Nach Jessicas Tod brachte Martha ihrem Vater in der Probenpause das Lunchpaket. Sie hatte an ihre Mutter gedacht, als sie sich heute für Schinkensandwiches entschieden und den Schinken mit Senf und braunem Zucker angebraten hatte, wie Jessica es ihr gezeigt hatte. Viele Jahre lang war es Marthas einziger Trost gewesen, zu Hause alles weiterhin so zu machen, als wäre ihre Mutter noch am Leben und nur kurz zur Apotheke gelaufen, um sich ein Mittel gegen die Erkältung zu besorgen.

In drei Tagen stand das nächste große Konzert an, und es gab eine Menge Wirbel wegen einer unerwarteten Kooperation von Charles' eher provinziellem Orchester mit einem renommierten Ensemble aus der Tschechoslowakei, das gerade zu Besuch in England war. Warum die Behörden ihre Zustimmung zu dieser Zusammenarbeit gegeben hatten, sollte in der Öffentlichkeit möglichst nicht diskutiert werden. Dennoch behauptete die internationale Presse, Charles Ellis' Mitgliedschaft in der Jury eines wichtigen internationalen Wettbewerbs sei letztlich entscheidend für den Überraschungsbesuch gewesen. Dieser Zusammenhang wurde von den Verantwortlichen allerdings energisch bestritten. In Wirklichkeit hatte die Affäre einer britischen Pressereferentin mit einem einflussreichen tschechoslowakischen Sicherheitsbeamten den Ausschlag gegeben, aber diese Tatsache hielt man vor der Presse tunlichst verborgen.

Martha wusste nichts von diesen Verwicklungen, und es interessierte sie auch kaum, aber sie hatte festgestellt, dass das bevorstehende Konzert mit den besten Musikern des Ostblocks ihren Vater in helle Aufregung versetzte.

Als die Standuhr in der Diele jetzt zwölf schlug, wusste Martha, dass sie sich beeilen musste. Sie legte noch ein paar Tomaten, einen Apfel und ein großes Stück Cheddar in die blaue Brotdose und verstaute diese in der Stofftasche, in der sich schon eine Thermoskanne mit Earl-Grey-Tee und ein paar eingewickelte Zitronenscheiben befanden.

Ein leichter Wind umspielte ihre Haare auf dem zwanzigminütigen Weg zur Salvation Army Hall. Unterwegs hing Martha ihren Träumereien von der Party zu ihrem achtzehnten Geburtstag nach, die ihre Mutter für sie organisiert hätte, würde sie noch leben. Martha hätte ihre besten Freunde eingeladen, aber nicht zu einer kindischen Veranstaltung mit Gebäck und Sandwiches, wie ihr Vater das vorgeschlagen hatte. Ihre Mutter hätte gewusst, dass am achtzehnten Geburtstag etwas Neues kommen musste. Vielleicht ein schickes Essen mit Cocktails? In zwei Tagen würde sie alt genug sein, um Cocktails zu trinken.

Noch bevor sie am Ende der Clarence Street um die Ecke bog und die Salvation Army Hall in Sichtweite kam, hörte sie gedämpft die Geräusche der Orchesterprobe, die in vollem Gang war.

Canapés. Natürlich hätte ihre Mutter Canapés organisiert, wie es sich für eine Party von Erwachsenen gehörte. Martha lächelte bei dem Gedanken an geräucherten Lachs und Kaviar.

Die Akustik des Saals war recht gut, aber die Musiker beklagten sich häufig, es sei dort sehr zugig. Als in einem Winter einmal die Heizung vollständig ausgefallen war, hatten viele von ihnen sogar fingerlose Handschuhe getragen.

Die meisten Musiker kannten Martha von klein auf,

und Martha mochte sie sehr gern. Ihr Lächeln wurde breiter, als sie sich daran erinnerte, wie lustig die großen und kleinen, dicken und dünnen Hände in den bunten Handschuhen ausgesehen hatten. Ein Orchester war eine kunterbunte Mischung verschiedenster Typen und Charaktere, wobei fast jeder auf seine eigene Weise perfektionistisch und paranoid war. Martha fand es faszinierend, solche Menschen zu beobachten. Ihr fiel ein, wie sie vor Jahren zum ersten Mal bei einem der Probenräume auf die Toilette gegangen war und dort sah, wie sich eine Oboistin erbrechen musste. Panisch überlegte Martha, ob sie ihre Mutter oder jemand anderen zu Hilfe rufen sollte. Sie konnte kaum zu der Frau hinsehen, aber zu ihrer großen Überraschung wusch sich die Musikerin, nachdem sich ihr Magen wieder beruhigt hatte, nur den Mund ab und zog die Toilettenspülung. Dann erklärte sie Martha in sachlichem Ton, ihr werde vor jedem Auftritt übel, jetzt fühle sie sich aber schon wieder viel besser. Martha beobachtete die Oboistin dann während der Probe und stellte erstaunt fest, dass sie mit rosigen Wangen dasaß und wunderschön spielte.

Musiker waren für Martha ein hochinteressanter, wenn auch schwer einzuschätzender Menschenschlag. Das galt auch für ihren Vater, der für das Familienleben einfach nicht geschaffen war.

Die erste Flügeltür am Eingang zum Musiksaal war außergewöhnlich schwer, und Martha hielt sich die Tasche mit dem Essen vor den Bauch, drehte sich um und schob mit dem Rücken so leise wie möglich die Tür auf. Während die Tür hinter ihr wieder ins Schloss fiel, hielt sie den Griff fest in der Hand, damit sie ja nicht zu viel Krach machte. Auf keinen Fall wollte sie ihren Vater bei der Arbeit stören.

Sie kam in eine kleine Lobby und stand vor einer verglasten Doppeltür, die in den Hauptsaal führte. Dort geschah es.

In diesem Moment, der sich für immer in ihr Gedächtnis einbrannte, sah sie ihn zum ersten Mal.

Das Musikstück kannte sie, ihr Vater hatte es vor Jahren selbst gespielt. Aber Charles hatte nicht so gespielt wie dieser Cellist. Sie blieb in der Lobby stehen und starrte beklommen durch die Glasscheibe. Sie war unsicher, denn auf so ein Gefühl war sie nicht vorbereitet gewesen. Zwar konnte sie sich nicht mehr an den Namen des Stückes erinnern, aber sie wusste sofort, dass sie noch nie zuvor in ihrem Leben so gebannt einer Musik gelauscht hatte. Noch nie hatte sie sich so wehrlos gefühlt, so ausgeliefert. Plötzlich versagten sämtliche Abwehrmechanismen, die sie sonst immer so gut gegen die Welt der Musik schützten.

Der Solist saß mit dem Rücken zu ihr, und zuerst sah sie nur seine Haare. Gewelltes Haar, auf das durch ein hohes Fenster Licht fiel, und es wogte wie das Meer, während er spielte. Sein Oberkörper bewegte sich elegant im Rhythmus der Musik, so als ob er schwimmen oder tanzen würde. Seine nackten Armmuskeln spannten sich an und lockerten sich wieder. Sein ganzer Ausdruck wechselte zwischen straff und entspannt, angespannt und locker. Die Bewegung war faszinierend, ja, genau wie die Wellen des Meeres. Den Rücken hielt er kerzengerade, den Kopf hatte er so weit zur Seite geneigt, dass die Haut am Hals fast durchscheinend wirkte, weiß und unnatürlich glatt. Selbst aus der Entfernung hatte Martha das überwältigende Verlangen, ihn genau dort zu berühren, und vor Verlegenheit bohrte sie die Fingernägel in den Handballen.

Dann wendete er ganz leicht den Kopf, und sie konnte sein Gesicht sehen. Sein perfektes Kinn und seine Augen …

Er spielte das gleiche Instrument wie ihr Vater, aber selbst zum Höhepunkt seiner Karriere hatte Charles' Spiel niemals so geklungen wie das, was sie jetzt gerade hörte. Martha warf einen Blick auf ihren Vater. Sein Dirigentenstab tanzte über die Wasseroberfläche, und in seinen Augen sah sie Neid aufblitzen, auch wenn es nach außen hin wie Bewunderung wirkte.

Martha schloss die Augen und sah ihre Mutter irgendwo zwischen den leeren Stuhlreihen sitzen. Sie lächelte ihr zu, als wollte sie sagen: *Siehst du, Martha? Verstehst du jetzt, was Musik bedeutet?* Martha hielt den Atem an und erkannte, dass sie, die die Musik immer für das größte Unglück in ihrem Leben gehalten hatte, nun vollkommen gebannt und atemlos lauschte.

Der Zauber verschwand so plötzlich, wie er gekommen war. Einen Augenblick lang herrschte vollkommene Stille im Saal, dann scharrten Stühle über den Boden, die Musiker standen auf und suchten ihre Sachen zusammen.

Mittagspause.

Martha war verwirrt und verlegen. Und so ärgerlich auf sich selbst, während sie durch die nächste Tür ging, dass sie das Geräusch der Türangeln ganz vergaß. Sie war überhaupt nicht auf das, was nun geschah, vorbereitet, hätte sich das nicht einmal vorstellen können.

Noch Jahre danach durchlebte sie diesen Moment immer wieder in ihren Träumen: Die Tür quietschte, er drehte sich um und lächelte. Dieses Lächeln erfasste auch seine eisblauen Augen, die so klar waren wie Kristall. Eigentlich hätte sie frösteln müssen, aber ihr wurde augenblicklich warm ums Herz. Später fragte sie sich immer wieder, ob sie diese Szene umgeschrieben hatte, ob sie diesen Moment zu sehr ausgeschmückt oder gar erfunden hatte. Oder ob sich ihre erste Begegnung mit Josef wirklich so zugetragen hatte, wie sie sie in Erinnerung behielt.

Er blinzelte nicht einmal, während sie ihn unentwegt ansah und darauf wartete, dass er sich wegdrehte.

Aber seine eisblauen Augen blickten sie unverwandt an.

Martha war froh, dass ihr Vater sie noch nicht bemerkt hatte. Sie errötete, plötzlich sehr verlegen, und wünschte sich sehnlichst, sie hätte sich die Haare gekämmt, ihr Aussehen in der Glastür überprüft und etwas Schöneres angezogen.

Jetzt blickte Martha zum anderen Ende des Saals, wo sich eine Gruppe Musiker flüsternd zusammendrängte. Daneben stand ein etwas seltsam wirkender Mann in einem schlechtsitzenden Anzug, den Martha für den Aufpasser hielt, von dem ihr Vater erzählt hatte. Seine Augen wanderten nervös im Raum umher, und Martha fragte sich leicht amüsiert, was er wohl im Saal der Heilsarmee wollte. Die Musiker standen immer noch zusammen, obwohl doch besonders die Bläser sonst stets darauf bedacht waren, so viel Zeit wie möglich im Pub zu verbringen. Ihr Vater wies mit der Hand den Weg zum Büro, und ein grauhaariger Mann, die Oboe noch in der Hand, folgte ihm. Aus der Entfernung war es Martha nicht möglich, seinen Gesichtsausdruck zu erkennen.

Dann drehte sie sich wieder zu dem jungen Cellisten um und stellte erstaunt fest, dass er jetzt sogar auf sie zukam. Fieberhaft suchte sie nach passenden Worten, die interessant und erwachsen klangen.

»Hallo, ich bin Martha, Charles' Tochter. Mann, Sie spielen aber gut.« Die Röte stieg ihr wieder ins Gesicht, was sie gesagt hatte, war ihr peinlich. Er sah sie immer noch an. »Ich meine, das war ein tolles Stück, eine sehr gute Wahl.« Sie wusste nicht, ob das überhaupt stimmte.

Seine Stimme war leise, und er sprach mit einem Akzent, den sie nicht gleich zuordnen konnte.

»Josef Karpati. Ich freue mich sehr, Sie kennenzulernen, Martha.«

Er verneigte sich leicht, senkte seine Stimme und streckte ihr seine Hand hin. Später meinte sie, er hätte ihre Hand ein wenig länger als üblich gehalten und seine Handfläche, noch warm vom Holz des Bogens, sanft gegen ihre gedrückt. Oder hatte sie sich das nur eingebildet?

Vor Nervosität redete sie schnell weiter und erklärte ihm, dass ihr richtiger Name Jessica sei und nicht Martha. Man habe sie nach ihrer Mutter genannt, aber das hatte in der Familie für schrecklich viel Verwirrung gesorgt. Es sei ja auch eine dumme Idee, die Tochter wie die Mutter zu nennen. Aus diesem Grunde benutze sie jetzt fast ausschließlich ihren zweiten Namen, Martha.

Wieder lächelte er sie an.

»Charles ist also Ihr Vater?« Er wandte sich um und bemerkte, dass der Dirigent gerade den Saal verlassen hatte.

»Sie schauen ihm gern bei den Proben zu?«

»Ja. Also, nein.« Martha fühlte die Hitze in ihrem Gesicht. »Eigentlich bringe ich ihm nur sein Mittagessen.« Zum Beweis hob sie die Tasche in die Höhe. Sie kam sich ziemlich lächerlich vor. Blinzelte dieser junge Mann eigentlich nie? Wenn er noch einen Schritt näher kam, würde er das laute Pochen ihres Herzens hören. Sie schluckte schwer. Ihr Mund war plötzlich ganz feucht, und sie fragte sich nervös, wie das sein konnte.

»Was ist denn los?« Martha deutete mit dem Kopf zu der Gruppe Musiker in der Ecke und schnappte unwillkürlich nach Luft, so dass er es hören konnte. Am liebsten wäre sie im Erdboden versunken.

Jetzt blinzelte Josef endlich und führte sie zu einer Sitzreihe hinten im Saal. Dabei warf er dem Aufpasser einen Blick zu und nickte kurz.

»Das alles ist sehr traurig«, begann er zögernd im Flüsterton. »Ein Musiker hat heute bei der Probe ziemliche Probleme gehabt. Michael, kennen Sie ihn?«

»Michael, der Oboist? Natürlich kenne ich ihn, er gehört seit Jahren zum Orchester meines Vaters.«

Josef ließ den Kopf sinken und sprach noch leiser, so dass Martha sich vorbeugen musste, um seine Worte zu verstehen. »Vielleicht sollte ich das nicht erzählen. Aber anscheinend hat er …« Bedächtig spreizte er seine Finger und drehte das Handgelenk. »Er hat Schmerzen in den Händen. Das Wort habe ich vergessen.«

»Schmerzen? Meinen Sie Arthritis?«

»Ja, genau, das ist es. Heute hat er wohl getrunken, damit ihm das Musizieren leichter fällt. Ihr Vater ist sehr aufgebracht, verständlicherweise. Das ist alles sehr traurig.«

»Aber das Konzert ist doch schon in drei Tagen. Er spielt Erste Oboe, das war schon immer so.«

Plötzlich drangen erhobene Stimmen gedämpft aus der Küche am Ende des Flurs an ihr Ohr. Es hörte sich an wie ein Faustschlag auf den Küchentisch, und während die Gruppe Musiker sich auflöste und zum Ausgang strebte, stand Martha zitternd auf. Die Tür zum Musikzimmer ihres Vaters fiel vor der Dreijährigen krachend ins Schloss. Die Stimme ihres Vaters klang laut und furchtbar wütend. »Tut mir leid, aber ich muss gehen.«

Jetzt sahen seine eisblauen Augen sie verwirrt an.

»Josef, könnte ich Ihnen das Essen für meinen Vater

mitgeben?« Sie reichte ihm die Brotdose. »Wahrscheinlich ist es besser, wenn ich jetzt gehe. Wegen der Probleme mit Michael, meine ich.«

»Martha, es tut mir leid, ich wollte Sie nicht beunruhigen.«

Im Millrose Mount Hospital dachte Martha sehr oft über diesen Moment nach. Und auch später noch, auf ihren Reisen, und jedes Mal, wenn sie seinen Namen auf der Titelseite einer Zeitung, eines Magazins oder auf einem Plakat entdeckte, wenn sie ihn zufällig durchs Schaufenster eines Radio- und Fernsehhändlers im laufenden Fernseher sah, kam ihr wieder das entschuldigende Lächeln an diesem Tag in den Sinn.

Mit der Zeit wurde Josef immer berühmter, und es fiel Martha schwerer, vor ihrer gemeinsamen Geschichte zu fliehen. Und jedes Mal, wenn sie ganz unerwartet auf seinen Namen stieß, fragte sie sich, ob die Erinnerung an ihre erste Begegnung mit Josef nur ein Traum gewesen war.

War der Ton seiner Stimme wirklich so sanft gewesen? Und kurz bevor sie hastig davonlief, hatte er da tatsächlich ihre Hand genommen? Sie glaubte sich zu erinnern, wie sie wieder seine warme Haut gespürt hatte, und der Magen hatte sich ihr umgedreht. Sie floh vor ihm, kopfüber sprang sie ins kalte Wasser. Klatschnasses Haar, eine wunderbare Kühle im Rücken.

Hast du das wirklich getan, Josef? Hast du bei unserer ersten Begegnung meine Hand nicht einmal, sondern zweimal genommen? Ist zwischen uns alles so gewesen, wie ich es mir jetzt ausmale? Oder ist es doch so, wie ich befürchte – dass mich meine Erinnerung trügt?

Weil ich etwas hinzuphantasiere.

Weil ich mir etwas ausdenke.

Weil ich träume?

17

Das erste Jahr im Millrose Mount Hospital verging erschreckend langsam. Ungläubig beobachtete Martha vom Fenster der Station aus den Wechsel der Jahreszeiten. Die ersten Herbstblätter, den ersten Schnee, die ersten Frühlingsblumen.

Anfangs kam ihr Vater sie alle paar Wochen besuchen, aber da Martha sich weigerte, mit ihm zu sprechen, gab er irgendwann auf und blieb fort. Verschiedene Ärzte untersuchten sie, und auch sie schienen mit der Zeit das Interesse an ihrem Fall zu verlieren. Ihr Augenmerk galt anderen Stationen, wo diverse, gefährlich klingende Intensivbehandlungen, wie zum Beispiel die Insulinschocktherapie, durchgeführt wurden. Die Methoden hörten sich so ungeheuerlich an, dass Martha meist versuchte, Ärzten und Schwestern nicht unangenehm aufzufallen, um nicht eine dieser schrecklichen Behandlungen ertragen zu müssen.

In der Schule, daran konnte sie sich noch erinnern, hatten sie über Fehlurteile der Justiz diskutiert. Die Zeitungen hatten über entsprechende Fälle berichtet, und es hatte Protestaktionen für die unschuldig im Gefängnis sitzenden Menschen gegeben. Jetzt dachte Martha oft, dass ihre Gefangenschaft im Millrose Mount Hospital sich genauso anfühlte wie diese Justizirrtümer. Unmäßiger Zorn packte sie bei dem Gedanken, wie ungerecht es war, ihr die Freiheit zu nehmen. Aber wo gab es jemanden, der für sie eintrat? Und welche Hoffnung blieb ihr, wenn sich niemand da draußen für sie starkmachte? Denn eines hatte sie begriffen: Wenn sie sich wehrte, wenn sie Ärger machte, sahen die Ärzte sich in ihrer Diagnose einer psychischen Krankheit nur bestätigt.

In Momenten größter Verzweiflung, wenn Martha die Unabänderlichkeit ihrer Situation nicht mehr ertragen konnte, bemühte sie sich, auf die Isolierstation verlegt zu werden, denn dort fühlte sie sich wohler. Nancy, eine andere Patientin, hatte ihr dafür einen Trick verraten. Sobald eine der Krankenschwestern einmal vergaß, vor dem Mittagessen das Besteck zu zählen, sollte Martha ein Messer wegnehmen und sich damit das Handgelenk aufritzen. Sie musste sich nicht ernsthaft verletzen, ein kleiner Schnitt genügte, um die Aufmerksamkeit des Personals auf sich zu ziehen. Auf der Isolierstation bekam sie ein eigenes Zimmer, wo sie, in der Regel für ein paar Tage, ein wenig Ruhe und Frieden fand. Nachts wurde die Tür zu ihrem Zimmer abgeschlossen, und sie war vor den umherwandernden Männern in Sicherheit. Aber meist musste Martha nach wenigen Tagen auf die allgemeine Station zurück. Dort hatte sie wieder nichts zu tun und wusste nicht, wo sie hingehen sollte, um ein wenig für sich zu sein.

Grundsätzlich durften sich die Patienten, bis auf die akuten Fälle auf der Aufnahmestation, in den verschiedenen Tagesräumen frei bewegen. Aber unter den Patienten herrschte eine einschüchternde hierarchische Ordnung; einige konnten, vom Personal unbehelligt, ihre Mitpatienten wahllos schikanieren. An manchen Tagen verfolgte ein fettleibiger Patient Martha stundenlang und bettelte sie fortwährend um Zigaretten an.

»Ich rauche nicht. Ich habe keine Zigaretten.«

»Doch, du rauchst. Du lügst mich an.«

Manchmal wollte Martha von den Ärzten wissen, welche Medikamente sie bekam. Warum gab man ihr so viele Beruhigungspillen, und an welcher Krankheit litt sie überhaupt? Aber dann behaupteten die Ärzte, dass sie Unruhe stifte, und zur Strafe musste sie alle Mahlzeiten auf der Station einnehmen, was bedeutete, dass sie den ganzen Tag und die ganze Nacht in demselben stickigen Zimmer verbrachte.

Während ihres zweiten Jahres im Millrose Mount Hospital, als Martha sich bereits in Resignation und Verzweiflung zurückgezogen hatte und ein Tag dem anderen glich, fing dort eine neue Krankenschwester an. In den Gesprächen mit Sarah keimte in Martha ein Gefühl auf, das sie längst schon begraben geglaubt hatte.

Hoffnung.

Sarah war Anfang dreißig und hatte, wie sie Martha anvertraute, bereits in anderen, kleineren Einrichtungen gearbeitet, bevor sie nach ihrer Hochzeit in die Nähe des Millrose Mount Hospitals gezogen war. Sie machte keinen Hehl daraus, dass die Zustände in der Nervenklinik sie zutiefst schockierten.

Sie war vollkommen entsetzt, als Martha wieder einmal beim Essen ein Messer mitgehen ließ und sich das Handgelenk ritzte, um auf die Isolierstation zu kommen. Die kluge Schwester hatte sofort begriffen, dass das ein Trick von Martha war. Während Sarah die Wunde verband, tadelte sie Marthas Verhalten mit liebevoller Strenge.

»Du musst damit aufhören, Martha. Ich weiß, dass du gern auf der Isolierstation bist, aber das ist nicht der richtige Weg. Glaub mir bitte, damit machst du es letzten Endes nur noch schlimmer. Jedes Fehlverhalten wird in deiner Krankenakte festgehalten und kann dir schaden.«

»Meine Lage kann doch wirklich gar nicht mehr schlimmer werden.«

»O doch, es kann noch viel schlimmer kommen, Martha.« Mit den Zähnen riss Sarah ein Stück Klebeband von der Rolle ab und befestigte den Verband um Marthas Handgelenk.

»Eigentlich gehöre ich gar nicht hierher.«

Sarah blickte sie aus ihren freundlichen Augen an. »Das weiß ich, meine Liebe. Aber du musst dir klarmachen, dass die Ärzte das schon so oft gehört haben. Denn jeder Patient erzählt ihnen, dass er nicht hier sein sollte. Aber die Ärzte lesen nur die Krankenakte, sie hören gar nicht hin. Du musst den Tatsachen ins Gesicht blicken. Im Moment bist du hier, und deshalb müssen wir etwas finden, was deine Situation erträglicher macht. Denn erst, wenn es dir wieder bessergeht, werden dich die Ärzte vielleicht erneut untersuchen. Das Ritzen macht alles nur schlimmer.«

»Ich bin nicht einmal krank, das schwöre ich.«

»Dann erzähl mir doch, was passiert ist, Martha. Was ist denn schiefgelaufen?«

»Ich spreche nicht mehr darüber. Mit niemandem.« Das war die Wahrheit. Mit der Zeit hatte Martha gelernt, ihre Geschichte für sich zu behalten. Anfangs hatte sie noch lautstark die Lügen über ihre Einlieferung im Millrose Mount Hospital angeprangert, war dafür aber jedes Mal hart bestraft worden.

»Hör mir zu, Martha, was ich dir jetzt sage, ist sehr wichtig: Wenn du dir weiter die Handgelenke aufritzt, werden sie deine Medikamentendosis erhöhen. Vielleicht bringen sie dich sogar auf die Akutstation.«

»Nein, das tun sie nicht. Sie stecken mich nur ein paar Tage auf die Isolierstation, und das gefällt mir.«

»Im Augenblick, ja. Aber das kann sich jederzeit ändern. Deine Strategie ist sehr riskant.«

»Aber was soll ich denn hier anfangen? Hier kann man absolut gar nichts tun. Auf der Isolierstation habe ich zumindest ein wenig Ruhe.« Martha war laut geworden. Sarah legte sich den Finger auf die Lippen und schüttelte den Kopf. Dann holte sie tief Luft.

»Was hältst du denn von dem neuen Tagesraum für Frauen, Martha? Dort hat man einen wunderbaren Blick aufs Meer, du könntest lesen, und Männer dürfen nicht hinein. Du liest doch bestimmt gern, oder?«

Martha schwieg. Natürlich las sie gern, hatte es zumindest früher einmal gern getan. Es gab unzählige Dinge, die sie früher, in einer anderen Welt, gemocht hatte und die sie jetzt nicht mehr tun konnte. Zumindest nicht an diesem Ort.

»Den neuen Tagesraum hat Laura bereits mit Beschlag belegt. Wenn ich mich auf einen Stuhl setze, kommt sie zu mir und behauptet, das wäre ihr Platz. Also stehe ich auf und suche mir einen anderen Stuhl. Sofort ist sie wieder da und behauptet, jetzt wäre dies ihr Platz. Sie hängt sich an meine Fersen, als würden wir ›Reise nach Jerusalem‹ spielen.«

»Ich kenne Laura. Sie ist kompliziert, aber im Grunde ist sie in Ordnung. Wahrscheinlich ist ihr einfach nur genauso langweilig wie dir.«

»Laura ist nicht in Ordnung, Sarah. Sie ist verrückt. Und sie ist unglaublich groß und dick. Sie hat im Nu das Kommando im neuen Tagesraum übernommen, und sie macht mir wirklich Angst. Ich bin sicher, wenn ich mich mit ihr anlege, wird sie mich verletzen.«

»Nein, wird sie nicht. Ehrlich, ich kenne Laura. Sie hat ein lautes Mundwerk, aber damit überspielt sie nur ihre eigene Unsicherheit. Sie ist noch nie gewalttätig geworden. Aber du musst dich wehren. Wenn du ihr klipp und klar sagst, dass sie dich in Ruhe lassen soll, wird sie dich nicht mehr belästigen. Das habe ich schon erlebt.«

»Dann könntest du ihr doch sagen, dass sie mich im Tagesraum in Ruhe lassen soll, oder nicht?«

»Das geht mit Laura nicht, Martha. Du musst das schon selbst tun. Komm, ich helfe dir.«

Zusammen gingen sie zum neuen Tagesraum mit dem schönen Meerblick. Sarah blieb in der Tür stehen und lächelte Martha aufmunternd an, während sie sich einen Platz aussuchte. Wenige Minuten später erhob sich Laura von ihrem Stuhl und baute sich mit ihren ein Meter achtzig und knapp neunzig Kilo vor Martha auf.

»Das ist mein Platz.«

Martha warf Sarah einen Blick zu. Die junge Krankenschwester stand noch in der Tür, schüttelte energisch den Kopf und bedeutete Martha, an Ort und Stelle zu bleiben.

Bei dem Gedanken, dass Laura ausholen und sie schlagen könnte, pochte Martha das Herz bis zum Hals. Von der Tür aus schaute Sarah sie nun erwartungsvoll an. Schließlich atmete Martha tief durch. »Nein, Laura, das ist nicht dein Platz, das ist meiner.«

Laura kniff die Augen zusammen und blieb eine Zeit lang bedrohlich schweigend neben ihr stehen. Martha gab sich Mühe, keine Miene zu verziehen, und versuchte vor allem, ihre Angst nicht zu zeigen. Schließlich wandte Laura den Kopf und sagte: »In Ordnung.«

Zu Marthas großem Erstaunen ging Laura zu ihrem Platz zurück und ließ sie in Ruhe.

Von diesem Tag an verbrachte Martha viel Zeit in dem neuen Tagesraum mit Blick auf den schönen Garten und das dahinterliegende rauhe Meer. Sie beobachtete die Vögel auf dem Rasen und die Wellen in der Ferne und genoss die entspannte Atmosphäre. Nur auf das Lesen konnte sie sich nicht konzentrieren. Die vielen Medikamente machten sie benommen, und die Buchstaben verschwammen vor ihren Augen.

Eines Tages machte Sarah einen neuen Vorschlag. »Im Augenblick werden die Ärzte es nur erlauben, wenn ich dich beaufsichtige, Martha. Wegen der Nadeln. Aber ich kann bestimmt jeden Tag eine Stunde bei dir bleiben. Es ist eine gute Therapie und wird dir Freude machen.«

Dann holte sie zwei lange Nadeln und ein zitronengelbes Wollknäuel aus einer Tasche.

»Stricken, Martha. Ich werde dir das Stricken beibringen.«

18

Den Abschied von Josef behielt Martha genauso im Gedächtnis wie den Tag ihres Kennenlernens, die Erinnerung war kristallklar und zugleich verschwommen.

Es war Mittwoch, und es regnete. Josef und sie waren seit sechs Monaten und zwei Tagen ein heimliches Paar. Dann stellte Margaret, die Haushälterin, Martha zur Rede.

»Bitte, erzähl das nicht meinem Vater!«

Die Panik fuhr Martha in alle Glieder, qualvolle Angst ergriff sie bei dem Gedanken daran, dass ihr Vater nicht nur besorgt, sondern auch eifersüchtig sein würde. Eifersüchtig, weil sie seinem Protegé näher war als er selbst.

Mit Tränen in den Augen erklärte Margaret Martha später in der Küche, dass sie aus Zuneigung zu ihr handele, nicht weil sie sich einmischen oder über sie urteilen wolle. Seit dem Tod von Marthas Mutter Jessica hatte Margaret nicht nur den Haushalt geführt, sie war auch immer für Martha da gewesen. Oft backten sie zusammen Brot, und auch bei diesem Gespräch knetete Margaret sorgenvoll den Teig.

»Ich muss es deinem Vater sagen. Dazu bin ich verpflichtet, das weißt du. Aber … Ach, Martha, du bist noch so jung. Und er ist ausgerechnet ein Musiker! Gerade du weißt doch von deinem Vater, was das bedeutet.« Sie hieb die Fingerknöchel in den Teigballen.

Martha klopfte mit der Spitze ihrer Ballettschuhe auf den Boden, immer schneller, und starrte unentwegt auf den Riss in einer Fliese.

»Also, wenn du meine Tochter wärst, würde ich dir diese Verbindung verbieten, um deinetwillen. Wie lange geht das denn schon so?«

Martha verschwamm die Umgebung vor den Augen, als ihr die Tränen in die Augen stiegen. Ihr wurde übel. In ihrer zunehmenden Panik sah sie plötzlich nicht mehr einen, sondern drei Risse in der Bodenfliese und wusste nicht mehr, welcher davon echt war. Margarets Tonfall fand sie schlimmer als die Tatsache, dass die Haushälterin hinter ihre Beziehung zu dem Cellisten gekommen war. Sie sprach von ihrer Liebe, als wäre sie eine schmutzige, schäbige Angelegenheit. Als würde Josef Martha ausnützen.

Dabei war Martha die treibende Kraft gewesen und hatte die entscheidenden Schritte gemacht. Und sie war froh, dass sie es getan hatte.

Martha war immer noch überrascht, wie glücklich sich alles gefügt hatte. Da niemand etwas von der Liaison der britischen Pressereferentin mit dem tschechoslowakischen Sicherheitschef wusste, ahnte auch niemand, dass die immer leidenschaftlichere Beziehung für eine weitere Änderung der Pläne der Tschechoslowaken sorgte. Denn wie aus heiterem Himmel wurde für einige Mitglieder des ausländischen Orchesters eine Aufenthaltsverlängerung in Betracht gezogen.

Ein Quartett sollte für eine längere Tournee noch in England bleiben und während verschiedener Konzerte für den bevorstehenden internationalen Musikwettbewerb werben. Josef würde der Star dieses Quartetts sein. Marthas Vater Charles hatte angeboten, dass zwei der Musiker sowie ihr Aufpasser für die Zeit der Proben in seinem Haus wohnen könnten. Dieses Arrangement würde die Kosten senken und die Botschaft milde stimmen. Martha war ebenso erstaunt wie begeistert, als sie von der Zustimmung der Botschaft erfuhr, und dankte inbrünstig ihrem Schicksal.

Zwei Tage später stand Josef mit nichts weiter als einem kleinen braunen Koffer vor ihrer Haustür, an seiner Seite ein Violinist, der kaum Englisch sprach, und ein Aufpasser namens Alexander, der seine Aufgabe aber nicht übermäßig ernst nahm. »Sollte er nicht ein Auge auf dich haben?«, fragte Martha Josef amüsiert, als Alexander mit der Ausrede, etwas frische Luft schnappen zu wollen, wie jeden Morgen gleich nach dem Frühstück verschwand.

»Er ist verliebt«, erwiderte Josef im Flüsterton, da Marthas Vater noch in seine Zeitung vertieft mit am Tisch saß. »Und von mir glauben sie nicht, dass ich abhaue. Anscheinend finden sie mich nicht wichtig genug.«

Später erzählte er ihr noch, für das Bolschoi-Ballett sei eine Welttournee geplant, und diese kurzen Westreisen von Künstlern aus Nachbarländern der Sowjetregierung sollten dazu dienen, die Sicherheitslage vor Ort auszukundschaften.

»Dann seid ihr also die Versuchskaninchen?«

Er runzelte die Stirn.

»Das sagt man so, Josef …«

»Du findest also, ich sehe wie ein Kaninchen aus?« Er versuchte, seiner Stimme einen beleidigten Klang zu geben. Sie wussten beide sehr gut, was zwischen ihnen vorging. An manchen Tagen, wenn Martha geschäftig durchs Haus lief und merkte, dass seine außergewöhnlichen eisblauen Augen ihr folgten, benahm sie sich plötzlich so unbeholfen wie ein Kleinkind, das über seine eigenen Füße stolpert.

Alexander gab seinem Schützling zwar alle erdenklichen Freiheiten, Marthas Vater hingegen schien fest entschlossen, Josef keine freie Minute zu lassen. Charles fühlte sich mit dem Stargast an seiner Seite ganz in seinem Element, unablässig wurde geprobt und über neue Partituren diskutiert. Vier qualvolle Tage lang musste Martha warten, bis ihr Vater telefonisch einen Termin mit einem Handwerker vereinbarte, der neue Terrassentüren einbauen sollte, und Josef endlich einmal in Ruhe ließ.

»Ich muss mich wirklich entschuldigen, Josef, dass ich Sie einfach so allein lasse. Wenn Sie wollen, verschiebe ich den Termin.«

»Aber nein, Charles, machen Sie sich bitte keine Sorgen. Ich komme schon zurecht.«

Sie goss gerade im Wintergarten die Pflanzen ihrer Mutter, als sie hinter sich seine Schritte hörte. Er trat neben sie, und vor Schüchternheit wusste sie nichts zu sagen. Josef benahm sich sehr höflich, beinahe steif, er bewunderte die Pflanzen und den schönen Blick in den Garten. Plötzlich drehte sie sich abrupt zu ihm um, und er verstummte augenblicklich.

»Würdest du bitte für mich spielen, Josef?« Sie musste ihn das fragen, denn sie wollte unbedingt wieder sein Gesicht beobachten, wenn er ganz in die Musik vertieft war.

Zuerst lachte er. »Nein, Martha. Bitte nicht. Wir müssen reden. Ich will in Ruhe mit dir reden …«

Als sie ihn weiter drängte, blickte er sie mit vorgespielter Verzweiflung an, und sie wusste, dass er ihr den Wunsch nicht abschlagen würde. Erleichtert erkannte sie, dass sie sich seine Zuneigung nicht nur eingebildet hatte.

Sie hatte nicht einfach etwas hinzuphantasiert.

Sie hatte sich nichts ausgedacht.

Sie hatte nicht geträumt.

An diesem Tag war er außergewöhnlich nervös, patzte bei einigen Noten und beschwerte sich, dass sie ihn zu sehr ablenke. Dann schloss er die Augen und erklärte mit einem Lächeln, er müsse so tun, als wäre sie nicht da. Er hatte die Debussy-Sonate ausgewählt, und als er vollends in seiner Musik versunken war, nahm sie all ihren Mut zusammen und legte ihm überraschend die Hand an den Hals, so wie sie es sich bereits in der Salvation Army Hall gewünscht hatte. Jetzt verlieh ihr seine Musik die Kraft dazu, und auch die Angst, dies könnte ihre einzige Chance sein, spornte sie an.

Augenblicklich hörte er auf zu spielen, erst erschrocken, dann erfreut. Er schien überhaupt nicht überrascht zu sein, mit strahlenden Augen nahm er ihre Hand in seine und küsste sie. Ein Geräusch an der Haustür unterbrach sie beide, Alexander war zurückgekehrt. Aber das war nicht mehr wichtig, sie hatten ihre Entscheidung getroffen.

Margaret nahm an, dass Josef in dieser Sache die treibende Kraft gewesen war, aber da irrte sie. Den ersten Schritt hatte Martha getan.

»Martha, wir dürfen das nicht tun«, flüsterte er ihr ins Ohr, nachdem sie auf Zehenspitzen den Flur entlang in sein Zimmer geschlichen war. Sie zitterte am ganzen Körper, aber es war nicht die Angst vor dem, was sie vorhatte, sondern nur ihre Furcht, er könnte morgen schon verschwunden sein.

Die Erinnerung brachte das Gefühl ihrer eng aneinandergeschmiegten Körper zurück, wie es gewesen war, seine Haut zu berühren. Sie hatte nicht vergessen, wie sehr sie dieses Glücksgefühl anfangs erschreckt hatte.

»Er ist kein schlechter Mensch, Margaret. Es ist nicht so, wie du denkst.«

»Ich wasche die gesamte Bettwäsche, Martha. Versuch also bitte nicht, mir ein X für ein U vorzumachen. Vielleicht geht es mich eigentlich nichts an, aber schließlich hast du keine Mutter mehr, die mit dir darüber sprechen könnte. Mit Männern solltest du wirklich vorsichtig sein, sonst wird diese Geschichte sehr schlecht für dich enden. Denk an meine Worte. Er ist Musiker. Er wird bald wieder fort sein. Und du bist erst achtzehn Jahre alt.«

»Wir lieben uns.«

Jetzt hatte sie es ausgesprochen.

»Liebe? Er liebt dich, ja, Martha? Hat er dir das gesagt? Dass er dich liebt und alles für dich aufgeben wird? Seine Musik. Russland.«

»Er kommt aus der Tschechoslowakei.«

Marthas Lippen zitterten vor Wut, am liebsten hätte sie Margaret für ihre zynischen Worte ins Gesicht geschlagen. Josef und sie hatten noch keine Zeit gehabt, gemeinsame Pläne zu schmieden, aber sie war sicher, dass er für sie genauso empfand wie sie für ihn. »Ich kann das überhaupt nicht glauben«, flüsterte er ihr jede Nacht ins Ohr und bat sie, bis zum Morgengrauen bei ihm zu bleiben. »Ich liebe dich so sehr, Martha, ich möchte mit deinem Vater über uns sprechen. Bitte, Martha, erlaube es mir.« Und während sie darauf beharrte, ihr Vater dürfe auf keinen Fall etwas erfahren, schlang er die Arme fest um sie.

Lachend sagte sie dann erneut, dass sie gehen müsse, und wand sich liebevoll aus seiner Umarmung. Auch sie sehnte sich danach, bei ihm zu bleiben, aber ihre Angst, entdeckt zu werden, war zu groß.

»Wir können meinem Vater nicht die Wahrheit sagen.«

Ihre Situation war schwierig und auch gefährlich. Ihr Vater würde ausrasten, wenn er von Josef erfuhr. Ein Musiker! Er hatte den falschen Beruf, stammte aus dem falschen Land. Aber Josef war anders als ihr Vater, und auch ihre Mutter hatte schon gesagt, gegen die Liebe könne man sich nicht wehren.

»Und findet die Liebe nicht immer einen Weg? Das sagt man doch so, nicht wahr, Margaret? Josef und ich werden zusammenbleiben. Wir werden eine Möglichkeit finden …«

Margaret erwiderte nichts mehr, sie wischte sich die Hände an der Schürze ab, bevor sie sich zur Spüle umdrehte und zu Marthas Überraschung wieder in Tränen ausbrach.

»Ich wünschte nur, deine Mutter wäre hier. Sie wüsste, was jetzt zu tun ist.«

»Dann wirst du also meinem Vater von Josef und mir erzählen?« Martha streckte den Rücken durch, aber Margaret gab keine Antwort. Stattdessen warf sie den Brotteig in die Schüssel und tupfte sich die Augen mit der Schürze trocken, während sie zur Vorratskammer ging.

Die nächsten zwei Tage verbrachte Martha in extremer Aufregung. Charles und Josef waren nach London gefahren, um dort bei der Botschaft vorzusprechen. Martha war fest entschlossen, die Beziehung zu Josef abzustreiten, sollte Margaret ihrem Vater alles erzählen. Doch dieser Plan war gefährlich, denn Charles würde Margaret entweder Glauben schenken oder sie auf die Straße setzen, eine Vorstellung, die Martha schmerzte, denn im Grunde ihres Herzens hatte sie die Haushälterin sehr gern. Das Wichtigste aber war, einen Weg zu finden, mit Josef zusammen zu sein.

Charles Ellis hatte schon vorhergesehen, dass die Bewunderung für Josef in Musikerkreisen wachsen würde, und das schien auch die Diplomaten in London zufriedenzustellen.

Als an jenem Tag das Taxi mit Charles und Josef, und dem mürrischen, schwer verliebten Alexander auf der Rückbank, endlich bei ihnen zu Hause vorfuhr, konnte Martha den Gesichtsausdruck ihres Vaters nicht deuten. Sie wusste nicht, ob Margaret ihre Drohung wahr gemacht und ihm am Telefon alles erzählt hatte.

Die Stimmen im Flur klangen freundlich, und ihr Vater wirkte bester Laune, als sie ihn begrüßte. Josef hingegen fühlte sich sichtlich unwohl und sah finster drein. Augenblicklich war Martha sehr bedrückt, sie hatte sich so sehr nach ihm gesehnt und wollte ihm unbedingt von Margaret erzählen. Aber Josef schien aufgeregt zu sein, er warf ihr flehentliche und zugleich ängstliche Blicke zu, während ihr Vater sich dem Barschrank zuwandte. »Das müssen wir feiern.«

»Was feiern?« Martha spürte, wie sich ihr der Magen zusammenzog. Ihr Körper warnte sie.

»Josef hat wunderbare Neuigkeiten. Wo ist denn bloß dieser Whiskey, den ich für besondere Gelegenheiten aufbewahrt habe?«

Josef sah sie aus seinen eisblauen Augen an, sein Blick suchte den ihren, während Martha den Erklärungen ihres Vaters lauschte und die düstere Vorahnung zur Gewissheit wurde. Die Änderung seiner Pläne kam so unerwartet, dass Martha vollkommen niedergeschmettert war.

Das Abendessen konnte sie kaum ertragen, vor Kummer war ihr beinahe übel. In dem Hühnchensalat, den Margaret zubereitet hatte, stocherte sie nur herum. Sie schnitt das Fleisch so klein wie möglich, kaute lange und gründlich, bekam die Stückchen aber dennoch nicht hinunter.

An diesem Abend ging sie nicht mehr zu Josef ins Zimmer, sie brauchte Zeit, um nachzudenken. Was sollte sie ihm sagen? Sie lag wach im Bett und beobachtete die Sterne am Nachthimmel, als er hereingeschlichen kam.

Schweigend setzte er sich auf ihre Bettkante, während sie ein Sternbild suchte, so wie ihre Mutter es ihr beigebracht hatte.

»Letztlich«, flüsterte sie, den Blick auf die Sterne geheftet, »wird Josef Karpati also doch nach Russland gehen.«

19

Im Grunde war Sarah schuld daran, dass Martha begann, sich in stressigen Situationen nackt auszuziehen. Dabei hatte sie es gut gemeint, denn sie war fest entschlossen, Martha zu zeigen, wie sie den Teufelskreis der Selbstverletzung durchbrechen konnte. Sarah riet Martha, einen Eiswürfel in die Hand zu nehmen, wenn der innere Druck zu groß wurde. Die Kälte rief eine starke Empfindung hervor, und sie konnte Stress abbauen, ohne sich zu verletzen.

Sarah zuliebe hatte Martha Eis in der Hand zusammengedrückt und auch versucht, einen Würfel im Mund zu zerkauen, aber nichts davon half. Denn Sarah verstand eigentlich nicht, warum Martha sich verletzte. Ja, sie war verzweifelt über ihren Aufenthalt im Millrose Mount Hospital, aber sie wollte sich nicht wirklich etwas antun. Wenn sie Besteck stahl und eine Verletzung vortäuschte, verfolgte sie damit ein bestimmtes Ziel. Sie wollte für ein paar Tage auf die Isolierstation kommen.

Da Sarah keine Nachtschichten arbeitete, wusste sie nicht, wie unerträglich die Situation im Millrose Mount Hospital wurde, sobald die Schlafenszeit begann. Auf der normalen Station hatte Martha nachts im Dunkeln nach wie vor große Angst. Einerseits nahm sie Sarahs Warnung, dass ihr auffallendes Verhalten ihre Lage nur verschlimmere, durchaus zur Kenntnis, andererseits war sie fest davon überzeugt, dass die Isolierstation der sicherste Ort in der Klinik war. Dort arbeiteten nur wenige Schwestern und Pfleger, die sich zwar nicht viel um die Patienten kümmerten, sie aber meistens in Ruhe ließen. Nur in dem kleinen Einzelzimmer auf der Isolierstation fühlte Martha sich von niemandem bedroht. In regelmäßigen Abständen schaute eine Schwester durch das kleine Sichtfenster in der Tür, ob alles in Ordnung war, oder brachte das Essen. Ansonsten spielte das Personal Schach oder Karten und plauderte miteinander. Die Patienten waren ihnen gleichgültig, und Martha war das nur recht.

Sobald Sarah freihatte und nicht in der Klinik war, ersann Martha einen neuen Plan, um ein paar ruhige Tage unter Beobachtung zu verbringen. Die Idee kam ihr an einem besonders schwülen Sommertag: Wenn ihr mal wieder alles zu viel wurde, könnte sie einfach all ihre Kleider ablegen. Sie würde sich vollkommen nackt ausziehen. Die ältere Schwester, die an dem Tag auf der Station Dienst hatte, war entsetzt und wütend über Marthas Schamlosigkeit, und binnen kurzem befand sie sich wieder auf der Isolierstation.

Leider drohten ihr einige Schwestern und Pfleger, dass sie, wenn sie sich weiterhin vor allen nackt auszog und dem Personal damit Ärger bereitete, nicht mehr stricken dürfte. Denn das tat sie sehr gern.

Martha war sich bewusst, dass sie es nicht ertragen würde, nicht mehr zu stricken. Mit klappernden Nadeln neben Sarah im Tagesraum zu sitzen war wie ein einziger Lichtstrahl inmitten undurchdringlicher Finsternis. Wenn Martha strickte, glitt sie in eine andere Welt hinüber. Vielleicht war es die rhythmische Bewegung, vielleicht das Gefühl, kreativ zu sein. Die Welt des Strickens war ein wahrhaft friedvoller Ort, der Martha half, besser im Millrose Mount Hospital zurechtzukommen.

»Wirklich, es beunruhigt mich, wie sehr mir das Stricken gefällt«, gestand sie Sarah eines Tages. »Ich habe schreckliche Angst, dass sie es mir verbieten.«

»Das werde ich nicht zulassen, Martha.«

»Gestern bin ich ein wenig umhergelaufen, um Mylo aus dem Weg zu gehen. Weißt du, der Typ, der immer denkt, ich hätte Zigaretten?«

»Ich habe schon gemeldet, dass er dich belästigt, Martha. Ich weiß nicht, was ich sonst noch tun kann, wenn ich keinen Dienst habe.«

»Das ist schon okay. Er bewegt sich nicht gern, also hänge ich ihn früher oder später immer ab. Gestern bin ich ins Foyer mit den vielen Gemälden gegangen. Da hing auch ein imposantes Porträt von Samuel Cribbs, dem Architekten, der das Gebäude entworfen hat. Das Porträt ist wirklich unheimlich, Cribbs' Augen folgen dem Betrachter, egal, wohin man geht. Bei ein paar von unseren Aufpassern ist das auch so.«

Sarah lächelte und holte ein neues Wollknäuel für Martha aus ihrer Tasche.

»Egal, aber eine Frau von meiner Station hat erzählt, Cribbs sei ermordet worden und geistere nun in der Klinik umher.«

»Du liebe Güte, Martha, Mord und Geister, das ist wirklich kein gutes Gesprächsthema. Wir hatten uns doch vorgenommen, positiv zu denken. Wir wollten uns über deine Zukunft unterhalten, und wie wir dich hier herausbekommen.«

Marthas Entlassung war zum Hauptthema ihrer Gespräche geworden. Sarah hatte die feste Absicht, Martha zu helfen. Sie wollte sie dazu bringen, sich gut zu benehmen und so wenig wie möglich aufzufallen, während Sarah eine Revision ihres Falles beantragte. Bisher war Sarahs Engagement an der strengen Hierarchie zwischen

Schwestern- und Ärzteschaft gescheitert. Die Krankenschwestern spielten nur eine untergeordnete Rolle, und ihr Einfluss auf die Behandlung der Patienten war äußerst gering. Sie sollten Medikamente verabreichen, die Patienten beaufsichtigen, Streit oder Handgreiflichkeiten schlichten sowie die Anordnungen der Ärzte ausführen. Bis jetzt waren Sarahs Bitten, Marthas Fall erneut zu prüfen, auf taube Ohren gestoßen. Man hatte ihr nicht einmal erlaubt, Marthas Akte einzusehen.

Jetzt blickte sich Sarah aufmerksam um, beugte sich dann näher zu Martha hin und flüsterte: »Martha, ich möchte dir etwas sagen, aber das muss ein Geheimnis bleiben. Ich muss hundertprozentig sicher sein, dass du es niemandem weitererzählst, auch dann nicht, wenn du sauer oder aufgeregt bist.«

Martha hörte auf zu stricken und sah Sarah aufmerksam an.

»Ich glaube, ich habe jemanden gefunden, der dir helfen kann, aber das muss unter uns bleiben, ja?«

»Einverstanden.« Marthas Herz schlug jetzt schneller. Gefühle, die ihr einerseits Angst machten und andererseits Sehnsüchte weckten, stiegen in ihr auf: die Hoffnung, der Traum, die Möglichkeit, dass sie … entlassen würde.

»Ein Arzt, von dem ich glaube, dass er helfen kann, wird in die Klinik kommen und mit dir und einigen anderen sprechen. Aber du musst offen und ehrlich zu ihm sein, Martha. Du musst ihm erzählen, was damals passiert ist, als sie dich hierhergebracht haben.«

Martha wandte sich ab und blickte aus dem Fenster. Einen Moment lang folgten ihre Augen einem Vogel, der von einem Baum zum nächsten flog. Sie beobachtete die vorüberziehenden Wolken. Der Vogel glitt wieder durch die Luft. Dann schloss sie die Augen.

»Ich weiß, dass dich das sehr aufregt, Martha. Ich weiß auch, dass ich dich nicht nach deiner Vergangenheit fragen soll, weil dir das sehr weh tut. Aber mit dem Arzt musst du über damals reden. Kannst du das tun? Bitte, Martha, tu es für mich.«

20

Die letzte Nacht, die Josef und Martha miteinander verbrachten, war schmerzlich und schön zugleich.

»Lass uns nicht streiten, Josef.«

»Dann lass mich mit deinem Vater sprechen, Martha. Wenn wir ihm alles erklären …«

»Nein, Josef. Du kennst ihn nicht so gut wie ich. Er wird alles tun, um deine Karriere zu ruinieren, wenn er erfährt, dass wir zusammen sind.«

»Das verstehe ich nicht, und ich habe auch keine Angst vor ihm.« Josef versuchte, Martha von seinem Plan zu überzeugen. Er wollte die Einladung, die er von dem Moskauer Staatsorchester erhalten hatte, ausschlagen und stattdessen in England bleiben, zur Not auch illegal.

»Warum sollte Charles meine Karriere ruinieren wollen? Wenn ich ihm erkläre, was ich für dich fühle, wenn ich ihm sage, dass ich dich liebe und für dich sorgen möchte. Warum sollte er mich dann ruinieren wollen?«

»Weil ich noch so jung bin, er würde sich von uns beiden betrogen fühlen. Und außerdem wäre er schrecklich eifersüchtig.«

Martha fand nicht die richtigen Worte, um die Angst vor der Reaktion ihres Vaters zu erklären, aber sie wusste, dass sie recht hatte. Denn ihr Vater würde niemals dulden, dass sie, seine Tochter, dem Ausnahmetalent Josef näher war als er.

»Ich werde hierbleiben und für dich sorgen.«

»Wie denn, Josef? Wenn mein Vater dich rauswirft?«

»Ich werde arbeiten. Als Musiklehrer. Oder in einem Café. Egal was.«

»Bist du sicher, dass das überhaupt möglich ist? Glaubst du, die Behörden werden dir erlauben, in England zu bleiben? Meinst du wirklich, in Moskau werden sie so einfach auf dich verzichten? Ich habe kein eigenes Geld, Josef. Gar nichts.« Martha hatte die Schule abgeschlossen und dachte daran, vielleicht Lehrerin zu werden, aber bis jetzt hatte sie sich noch an keiner Universität beworben. Sie war immer noch unentschlossen.

»Dann laufen wir einfach zusammen fort. Wir suchen uns irgendeine Arbeit, aber wenigstens sind wir zusammen. Bitte sag ja, Martha. Diese Möglichkeit bleibt uns noch.«

»Nein, Josef, das würde nicht funktionieren. Du würdest die Musik für mich aufgeben müssen, und eines Tages würdest du mich dafür hassen.«

»Du bist verrückt. Ich könnte dich niemals hassen.«

Sie hatte sich umgedreht, um ihm in die Augen zu sehen. Während sie sich das Laken der Zudecke um die Schulter schlang, kämpfte sie die widerstreitenden Gefühle in sich nieder, um sich nicht in dem Strudel aus Angst, Liebe, Sehnsucht und Verzweiflung zu verlieren.

Ihre Monatsblutung war schon ein paar Tage überfällig, aber das würde sie Josef auf keinen Fall erzählen. Noch machte sie sich keine Gedanken und schob die Verzögerung auf den Stress, den Josefs Engagement in Moskau ausgelöst hatte. Während der Abschlussprüfungen in der Schule war es ihr einmal ähnlich ergangen. Am Ende würden sich ihre düsteren Vorahnungen in Luft auflösen.

Martha schloss die Augen und erinnerte sich an Josefs Cellospiel, an das erste Mal, als sie ihn im Probenraum gehört hatte. Und an das zweite Mal, im Wintergarten.

Dieser außergewöhnliche Ausdruck in seinen Augen, wenn er nach dem Cello griff und vorsichtig den Instrumentenhals auf seiner linken Schulter aufsetzte. Sein Blick verriet ihr, dass er jetzt auf diesem anderen Planeten war, von dem ihre Mutter gesprochen hatte.

»Aber diese Einladung vom Moskauer Staatsorchester, Josef! Du hast doch dein ganzes Leben darauf hingearbeitet, dort Solist zu werden. Das kannst du doch jetzt nicht einfach ablehnen. Das lasse ich nicht zu.«

Einen Moment lang schwieg Josef und sah in eine andere Richtung.

Martha stand auf, das Laken noch um die Schulter geschlungen, und zog die Vorhänge auf. Man konnte das Fenster nicht einsehen, und es gab einen wunderschönen Blick auf die Baumkronen des angrenzenden Parks und den klaren Nachthimmel frei. Seit ihrer Kindheit liebte Martha es, bei geöffneten Vorhängen zu schlafen. Dann konnte sie vom Bett aus die Sternbilder am Himmel suchen, die ihre Mutter ihr gezeigt hatte.

»Du kannst nicht absagen, Josef. Im Grunde ist es doch nicht einmal ein Angebot, oder? Das ist dein größter Traum. Wenn du dieses Engagement nicht annimmst, wirst du dich dein Leben lang fragen, was alles aus dir hätte werden können. Und eines Tages würdest du mich ansehen und überlegen, ob du dich richtig entschieden hast, als du Moskau für mich aufgegeben hast.«

»Nein, das werde ich niemals tun.«

»Ich werde nicht zulassen, dass du diese Chance verstreichen lässt, Josef. Lieber folge ich dir nach Moskau. Wenn du dir erst einen Namen gemacht und etwas Einfluss gewonnen hast, wirst du dafür sorgen können, dass ich nachkommen darf.« Während sie diese Worte aussprach, erfasste sie tiefe Angst, aber sie bemühte sich, ihre

Stimme fest klingen zu lassen. Sie würde alles dafür tun, um mit Josef zusammen zu sein. Vielleicht konnte sie in Moskau als Englischlehrerin arbeiten?

»Das würde dein Vater niemals erlauben, Martha. Und Moskau, das kannst du dir gar nicht vorstellen. Das Leben dort ist ganz anders als hier.«

»Aber ich wäre glücklich, einfach nur in deiner Nähe zu sein. Ganz gleich, wo.«

Josef schwieg. Sein Gesicht wirkte angespannt, deshalb verschränkte sie ihre Finger mit den seinen und streichelte ihm dann sanft über den Handrücken.

»Aber du musst zugeben, dieser Plan ist viel besser, als wenn du hier in einem Café arbeitest, während mein Vater alles daransetzt, dass du abgeschoben wirst.«

»Ich habe Angst, Martha.« Josef schloss die Augen, auf seiner Stirn bildeten sich tiefe Falten. »Ich habe Angst, dass dein Plan nicht aufgeht. Dass du nicht nach Moskau kommst, sondern hier einen anderen kennenlernst. Wenn ich weggehe, wird etwas …«

»Niemals, Josef. Ich will keinen anderen.«

»Dann lass uns nicht warten. Dann laufen wir fort, damit wir jetzt zusammen sein können.«

Martha löste ihre rechte Hand aus seiner und legte einen Finger auf seine Lippen, bis er wieder die Augen aufschlug. »Lass uns nicht mehr darüber reden, Josef. Du musst in Moskau zusagen, und dann wirst du morgen schon abreisen. Wenn das hier vorerst unsere letzte Nacht ist, dann hören wir jetzt auf zu diskutieren. Bitte.«

»Aber wirst du das für mich tun? Wirst du wirklich zu mir nach Moskau kommen, sobald ich das arrangieren kann? Versprichst du mir das?« Er hatte ihr Gesicht in beide Hände genommen und sah sie mit angsterfüllten Augen durchdringend an. »Versprich es mir.«

Dann erzählte sie ihm, dass sie seit dem Tod ihrer Mutter das Gefühl gehabt hatte, keine Luft mehr zu bekommen. Sie konnte nicht mehr richtig atmen, es war, als würde die Luft nicht bis in ihre Lungen gelangen.

»Bis ich dich getroffen habe, Josef, habe ich nicht mehr richtig geatmet.« Sie schaute ihn aufmerksam an. »Die ganze Zeit über schien ich auf etwas zu warten, aber ich wusste selbst nicht, auf was.«

Josef neigte den Kopf und küsste erst ihre Finger, dann ihre Stirn. Sie liebten sich mit einer fast unerträglichen Zärtlichkeit, als wollten sie nicht, dass diese Nacht jemals endete.

Später lagen sie schweigend da. Martha fiel es schwer, nicht in Tränen auszubrechen. Er schlang seine Arme um sie, und gemeinsam schauten sie aus dem Fenster in den Nachthimmel. Martha zeigte ihm die Sternbilder, erklärte ihm, wie man den Großen und den Kleinen Wagen fand und auch den Polarstern, so wie sie es von ihrer Mutter gelernt hatte. Sie war überrascht, dass Josef sich mit den Sternenkonstellationen gar nicht auskannte. Er musste ihr versprechen, dass er, während sie getrennt voneinander waren, jeden Abend den Polarstern am Himmel suchen würde. Sie wollte dasselbe tun, und so würden sie miteinander verbunden sein, bis sie sich wiedersahen.

21

Nach Josefs Abreise änderte sich Marthas Leben so schnell, dass sie ungläubig und wie betäubt dastand und nicht wusste, wie sie den Strom der Ereignisse aufhalten konnte.

Manchmal starrte sie schreckerfüllt nachts zu den Sternen hinauf und rechnete nach, wie viel Zeit schon vergangen war: ein Monat, zwei Monate, drei Monate …

Martha fühlte sich von den Ereignissen überrollt, sie konnte nicht durchatmen, und ihr fehlte die Zeit zum Nachdenken. Und sie wusste nicht, wie sie Josef eine Nachricht zukommen lassen sollte.

Nachdem Martha sich eingestanden hatte, dass ihre Monatsblutung ausblieb, weil sie schwanger war und nicht aufgrund von Stress, war sie vollkommen auf sich allein gestellt. In ihrer Verzweiflung vertraute sie sich Margaret an, die die Neuigkeit aber, trotz ihrer Bitten, sofort ihrem Vater erzählte.

Über Margarets Verhalten war Martha zutiefst erschrocken. Sie klammerte sich an die Hoffnung, dass der Zorn ihres Vaters sich irgendwann legen und er ihr helfen würde. Aber das geschah nicht.

Seine maßlose Wut erschütterte sie. Während mehrerer lautstarker Auseinandersetzungen weigerte Martha sich, den Namen des Vaters ihres Kindes preiszugeben. Sie war sicher, dass Charles, wenn er von Josef wüsste, versuchen würde, dessen Karriere zu zerstören. Natürlich verdächtigte auch Charles sofort einen der Gastmusiker, deshalb dachte Martha sich schließlich eine Geschichte aus, von einem jungen Mann aus der Gegend, den sie heimlich getroffen hatte und der dann plötzlich spurlos verschwunden war.

Kurz darauf wurde Martha zu einer Großtante aufs Land geschickt. Bei ihrem Vater war sie in Ungnade gefallen, nun, so nahm sie an, sollte sie ihr Kind an einem Ort zur Welt bringen, wo niemand sie kannte.

Doch als die Geburt kurz bevorstand, kam ein Wagen, um sie abzuholen. Martha glaubte, ihr Vater hätte ihr verziehen und würde sie nach Hause holen. Während der Zeit bei ihrer Tante hatte sie das Haus nicht verlassen und auch keine Briefe verschicken dürfen. Jetzt keimte die Hoffnung in ihr auf, Josef doch endlich benachrichtigen zu können.

Aber der Wagen brachte sie nicht nach Hause. Zwei Stunden fuhren sie an der Küste entlang zu einem Ort, von dem Martha noch nie gehört hatte: Aylesborough-on-sea. Ihre Reise endete an einem großen, dreistöckigen Haus, das etwas außerhalb lag. In der Ferne sah man das Meer.

Das Personal klärte Martha schnell über den Grund ihres Aufenthalts auf. Das schöne Gebäude in der guten, ruhigen Wohngegend beherbergte ein Heim für alleinstehende Mütter, das von einer Wohltätigkeitsorganisation geleitet wurde. Ihr Vater hatte alles arrangiert. Die Betreuerinnen sagten ihr, dass sie großes Glück habe, hier einen Platz zu bekommen.

Für Martha fühlte sich dieser Ort nicht nach Glück an.

Das ganze Haus strahlte Missbilligung aus. Das Personal war sehr fromm, konzentrierte sich auf die praktische Arbeit, sprach nur das Nötigste und blickte missbilligend auf die jungen Frauen herab. Der Tagesablauf war streng organisiert, und die Hausregeln mussten um jeden Preis eingehalten werden. Ausnahmen gab es nicht.

Martha teilte sich den Schlafsaal mit drei anderen Mädchen, Peggy, Eunice und Alice. Allerdings hieß Alice vermutlich anders, denn Martha stellte bald fest, dass sie fast nie reagierte, wenn sie so angesprochen wurde.

Anfangs hegte Martha die Hoffnung, dass sie und ihre Zimmergenossinnen, die sich alle in derselben schrecklichen Lage befanden, einander helfen und sich gegenseitig aufmuntern könnten. Aber schnell wurde ihr klar, dass ihre Sorgen sich von denen der drei anderen deutlich unterschieden.

Martha hatte nie daran gedacht, Josefs Kind aufzugeben. Seit sie zum ersten Mal ein zartes Flattern im Bauch verspürt hatte, liebte sie dieses Kind.

Am liebsten hätte sie die Zeit zurückgedreht zu dem Moment, als Josef ihr vorgeschlagen hatte, mit ihm fortzulaufen. Aber sie glaubte immer noch daran, dass sie eines Tages wieder mit ihm vereint sein würde. Während das Baby in ihrem Bauch heranwuchs, erzählte sie ihm immer wieder im Flüsterton von der Zukunft, die vor ihnen lag. Sie müsse nur eine Möglichkeit finden, Josef zu schreiben, dann könnten sie beide zu ihm nach Moskau reisen. Sie glaubte, dass Josef sehr überrascht von dem Baby sein würde, denn sicher war es nicht der beste Zeitpunkt, Eltern zu werden. Aber sie war fest überzeugt, dass er dieses Kind genauso lieben würde, wie sie es tat.

Grundsätzlich wurden alle Babys, die in der Einrichtung geboren wurden, zur Adoption freigegeben. Diese Aussicht hing wie eine dunkle, schwere Wolke über Martha. Sie war entsetzt, dass Alice und die anderen Mädchen es nicht abwarten konnten, ihre Kinder wegzugeben. Auf keinen Fall wollten sie noch sechs Wochen nach der Geburt im Heim bleiben, so wie es von der Leitung vorgesehen war. Aber die Betreuerinnen erinnerten sie stets daran, dass sie sich in Geduld üben müssten. Sechs Wochen war die Zeit, die das Heim benötigte, eine Familie auszuwählen und die Adoptionspapiere auszustellen.

Dennoch ging das Gerücht um, dass das Heim in Wahrheit nur deshalb so lange wartete, um sicherzugehen, dass die Babys vollkommen gesund waren. Denn die neuen Eltern wollten keine Kinder mit geistigen oder körperlichen Einschränkungen.

Häufig hörte sie das Personal etwas wie »Heute drei weggeschafft« flüstern und wusste nicht, was damit gemeint war. Betten, Stühle oder Tische? Aber dann verstand sie, dass damit der Tag der Übergabe gemeint war, an dem die neuen Eltern das adoptierte Kind abholten.

Martha beobachtete ihre Zimmergenossinnen dabei, wie sie die Babysachen zusammensuchten, und fragte sich, warum sie ihr Schicksal so hinnahmen und sogar erleichtert wirkten. Doch es gab auch einige Mädchen, die herzzerreißend weinten, während sie Strampler und Windeln, Mützchen und Söckchen einpackten.

Martha hatte vom ersten Tag im Heim an klargemacht, dass sie ihr Kind nicht weggeben, sondern behalten werde. Sie musste nur ihren Vater davon überzeugen, seine Meinung zu ändern und sie und das Kind wieder bei sich zu Hause aufzunehmen. Dann würde sie einen Weg finden, mit Josef Kontakt aufzunehmen. Mit ihm in Moskau zu leben, wie schwierig das auch sein mochte, war sicherlich besser, als ohne Unterstützung in England zu bleiben. Wenn sie erst dort war, würden Josef und sie heiraten und ein Zuhause für ihr gemeinsames Kind schaffen.

Wenn sie den anderen Mädchen gegenüber behauptete, dass der Vater ihres Kindes sie unterstützen würde, verdrehten diese nur die Augen.

»Wenn der Vater so wild darauf ist, mit dir zusammen zu sein, wo ist er dann jetzt?«, fragte Peggy mit Bitterkeit in der Stimme, bevor sie in den Garten schlich, um eine Zigarette zu rauchen. Sie warnte Martha davor, sich zu viele Hoffnungen zu machen. Der Vater von Peggys Kind war ein Seemann, und bis zu dem Tag, an dem sie ihm von der Schwangerschaft erzählte, hatte sie nicht gewusst, dass er schon eine Frau und Kinder hatte. Danach war er auf immer verschwunden.

Peggy meinte, sie alle im Heim sollten sich glücklich schätzen. Sie hatte von sehr viel schlimmeren Einrichtungen in Irland gehört, wo die Mädchen während der ganzen Schwangerschaft von frühmorgens bis spätabends harte Arbeit verrichten mussten.

Auch in dem Heim in Aylesborough besorgten die Mädchen die gesamte Hausarbeit. Die Aufseherinnen waren zwar streng, aber zumindest nicht gemein zu ihnen. Während der täglichen Andacht wurden sie dazu angehalten, um Vergebung zu bitten und in Zukunft ein gottgefälliges Leben zu führen. »Ihr habt einen großen Fehler begangen, aber jetzt seid ihr hier, um noch einmal ganz von vorn anzufangen und die Vergangenheit hinter euch zu lassen. Ihr bittet um Vergebung und bessert euch. Und ihr macht Ehepaaren, die keine eigenen Kinder bekommen können, ein ganz besonderes Geschenk.«

Martha konnte es kaum ertragen, wenn von ihrem Baby als einem Fehler gesprochen wurde, sie bohrte sich jedes Mal die Fingernägel tief in den Handballen. Aber die Heimleitung und alle, die dort arbeiteten, sagten das Gleiche. Es gab eine feste Sprachregelung, und auch die

Zukunft der jungen Mütter wie auch ihrer Kinder war unveränderlich durchgeplant.

Einige der Betreuerinnen waren Hebammen, denn die meisten Babys wurden im Heim geboren.

Als es bei Martha während der Geburt zu Komplikationen kam, wurde sie ins Krankenhaus gebracht, wo man einen Kaiserschnitt vornahm. Sie hatte sich ausgemalt, dass ihr Vater sie und das Baby besuchen kommen würde. Aber tief in ihrem Inneren saß eine heftige Wut auf ihn, weil er sie die ganze Schwangerschaft über allein gelassen hatte, und sie wusste nicht, welche Gefühle ihm gegenüber ein Wiedersehen hervorrufen würde.

Die Geburt war ein traumatisches Erlebnis. Martha fühlte sich völlig ausgeliefert und hatte große Angst. Irgendwann glaubte sie sogar, das Kind bereits verloren zu haben.

Das Baby hatte anscheinend auch noch in der Beckenendlage gelegen, als die Wehen einsetzten, und während das Pflegepersonal Martha auf der Liege in den Operationssaal rollte, hörte sie eine Krankenschwester darüber sprechen, dass das Baby in Not sei, weil es nicht genügend Sauerstoff bekomme.

Als Martha aus der Narkose erwachte, war sie fest davon überzeugt, dass das Baby gestorben war. Tränen liefen ihr unaufhörlich die Wangen hinunter, ihr Herz pochte heftig, und ihr Mund war völlig trocken. Dann kam eine Krankenschwester zur Tür herein und legte ihr das Baby in die Arme. Da war er, ihr Sohn.

Sie war zutiefst erleichtert und konnte ihr Glück kaum fassen. Sehnlichst wünschte sie sich, ihre Mutter könnte das Baby sehen. Sie hätte den Beistand ihrer Familie jetzt so sehr gebraucht, dass sie nun doch hoffte, ihr Vater würde kommen und sie mit ganz neuen Augen betrachten.

Sie war auf seine Unterstützung angewiesen, und sie betete, dass der Schrecken des Notkaiserschnitts ihn erweichen würde. Dass er ihre Situation noch einmal überdachte. Aber nichts davon geschah.

Margaret, die Haushälterin, kam zu Besuch, sie hatte eine kleine Jacke aus zitronengelber Wolle für das Baby gestrickt. Die ganzen zehn Minuten, die sie bei Martha und dem Baby blieb, weinte sie. Sie hatte schlechte Nachrichten und konnte Martha kaum in die Augen sehen.

»Martha, es tut mir wirklich schrecklich leid, aber ich muss dir sagen, dass ich euch verlasse. Ich habe eine neue Stelle in Schottland.«

»Er hat dich rausgeschmissen, stimmt's? Hat er das wirklich getan, Margaret? Kommt er mich nicht besuchen?«

»Ich habe doch die ganze Zeit versucht, dir das klarzumachen. Ich habe dich gewarnt.«

Nachdem sie ins Heim zurückgekehrt war, durchlebte Martha extreme Höhen und Tiefen. Das wunderschöne Baby machte sie überglücklich, und doch fühlte sie sich unendlich müde und war zutiefst beunruhigt. Sie bestand darauf, ihr Kind zu stillen. Anfangs klappte das nicht sofort, aber dann tröstete sie die Nähe zu ihrem kleinen Sohn über vieles andere hinweg. Doch manchmal, wenn sie das Kind in der Krippe lassen musste, um die Hausarbeit zu erledigen, überraschte sie die Betreuerinnen dabei, wie sie ihm die Flasche gaben. Diese Entdeckung erschütterte sie jedes Mal aufs Neue. Sie beschwerte sich lautstark, wurde aber belehrt, dass das Baby sich an die Flasche gewöhnen müsse.

Nur nachts, wenn Martha im Dunkeln mit ihrem kleinen Sohn allein war, erhaschte sie einen flüchtigen Eindruck davon, wie friedlich ihr Leben sein könnte. Mit der Zeit begann sie, die innige Nähe dieser heimlichen Momente zu lieben.

Manchmal durchströmte Martha in den frühen Morgenstunden ein tiefes Glücksgefühl. Die anderen Mädchen und ihre Babys schliefen, während sie ihr Kind in Ruhe stillen konnte. In diesen Momenten hörte die Welt um sie herum auf zu existieren, und es gab nur noch sie und ihren Sohn. Sie schloss die Augen und versuchte, nicht an den kommenden Tag zu denken, an den Lärm, die Ungewissheit und die viele Arbeit. In der Küche würden sie wieder enorme Mengen Eintopf kochen und Berge von Gemüse schneiden, und jeden Tag musste eine endlos lange Reihe Schuhe geputzt werden.

In diesen frühen Morgenstunden schob sie all diese Gedanken zur Seite und stellte sich vor, sie wäre mit dem Baby zu Hause. Sie lag in ihrem Zimmer mit der Butterblumentapete im Bett und lauschte dem Treiben ihrer Mutter in der Küche. Und sie streichelte sanft über das flaumige Haar des Babys, während es an ihrer Brust trank. Dann gab sie ihm einen Gutenachtkuss auf die Stirn und atmete seinen wunderbaren Duft ein.

In dem Haus in Aylesborough-on-sea blickte sie aus dem Fenster in den Himmel. Sie suchte den Polarstern, und später beobachtete sie, wie hinter dem Meer in der Ferne die Sonne aufging.

Sie flüsterte ihrem Sohn zu, dass sie eine Lösung finden würde. Sie würde sich ihr Kind nicht wegnehmen lassen …

22

Der Arzt, von dem Sarah ihr erzählt hatte, war ein großer, sehr ernst dreinblickender älterer Herr namens Wesley Clarke. Martha sollte erst sehr viel später erfahren, wie mutig Sarah gehandelt hatte und welche Gefahren sie auf sich nahm, als sie die Behörden über die wahren Zustände im Millrose Mount Hospital aufklärte.

Dr. Clarke erschien eines Mittwochs unangemeldet in der Nervenklinik und verlangte, unverzüglich die Patienten zu sehen und Einsicht in deren Krankenakten zu erhalten. Die Schwestern und Pfleger gerieten in helle Aufregung, als der Arzt ihnen eine offizielle Erlaubnis vorlegte.

»Du darfst auf keinen Fall verraten, dass sein Besuch etwas mit mir zu tun hat, Martha. Ist das klar?« Sarah hatte ihr neue Wolle mitgebracht, nun rückte sie in einer Ecke des Tagesraums zwei Stühle zusammen.

»Was ist denn überhaupt los?«

»Ich weiß es auch nicht genau. Aber Dr. Clarke wird eine Weile im Haus bleiben. Er wird dich und einige andere Patienten zu Einzelgesprächen bitten. Du musst ihm unbedingt alles sagen, Martha.«

Zwei Tage lang stand das Personal flüsternd in den Gängen zusammen, während Dr. Clarke die Stationen besuchte und dabei immer besorgter dreinblickte. Plötzlich kamen die Schwestern und Pfleger mit freundlicher Miene ihren Aufgaben nach, beim Essen wurde das Besteck gezählt, und jeden Morgen nach dem Frühstück wurden die Türen zum Hof geöffnet, damit die Patienten an die frische Luft gehen konnten.

Sonst war es meist nur Sarah gewesen, die mit den Patienten nach draußen gegangen war, aber plötzlich schien jeder vom Personal dazu bereit zu sein.

Am dritten Tag wurde Martha in ein Sprechzimmer gebracht, wo Dr. Clarke hinter einem Schreibtisch in einem hohen Lederstuhl saß. Am Fenster stand Sarah.

Er sprach leise und freundlich, ganz anders als die anderen Ärzte, die stets in großer Eile waren. Dr. Clarke fragte sie, wie sie mit dem Stricken vorankäme. Martha warf Sarah einen ernsten Blick zu, denn sie wusste nicht genau, worauf der Arzt mit dieser Frage hinauswollte. Sie fürchtete, das Falsche zu sagen.

»Schwester Sarah hat mir erzählt, dass sie ein schlechtes Gewissen hat, Ihnen das Stricken beigebracht zu haben, denn jetzt seien Sie wie besessen davon.« Er lächelte sie an. »Ich könnte einen neuen Pullover gebrauchen, wenn Sie wollen.«

Martha lachte auf, und sofort hob sich ihre Stimmung.

Dr. Clarke erhob sich und setzte sich auf die Tischkante. »Ich werde gleich zur Sache kommen, Martha, denn ich habe nicht sehr viel Zeit. Ihre Aufnahmeunterlagen sind nicht da. Und niemand vom Personal kann mir etwas Genaues zu Ihrer Einlieferung sagen.«

»Das überrascht mich nicht.«

»Warum sagen Sie das?«

»Ist egal.«

»Aber mir ist es nicht egal, Martha. Aus dem Grund bin ich hier.«

Dr. Clarke erklärte Martha, dass er das gesamte Millrose Mount Hospital gründlich überprüfen werde. Eigentlich sei das eine regelmäßige Maßnahme, die wegen eines

Wechsels der Aufsichtsbehörde vergessen worden sei. Zum augenblicklichen Zeitpunkt gebe es noch keine neue Kontrollinstanz.

»Können Sie mich hier rausholen?«

Dr. Clarke warf Sarah einen Blick zu und wandte sich dann wieder an Martha: »Sie würden Millrose Mount Hospital also gern verlassen, Martha?«

»Natürlich möchte ich gern weg von hier.«

»Nicht alle Patienten denken so. Manche fühlen sich sicherer, wenn man sich hier um sie kümmert.«

»Hier kümmert sich niemand um uns, und ich bin auch nicht in Sicherheit.«

In den folgenden Tagen und Wochen hatte Martha noch mehrere Termine bei Dr. Clarke. Er fragte nach ihrer Weigerung, ihren Vater zu sehen, über die Selbstverletzungen und das Ausziehen in der Öffentlichkeit. Martha vertraute dem Arzt ihre größten Sorgen an, sie berichtete von der mangelnden Aufsicht während der Schlafenszeit und ihrer Angst vor Vergewaltigung. Er habe nur sehr spärliche Informationen über sie bekommen, sagte Dr. Clarke. Der Heimleitung zufolge leide sie an Wahnvorstellungen, neige zu Gewalt und zeige Selbsttötungsabsichten. Dieser Ansicht könne er allerdings nicht beipflichten. Seiner Einschätzung nach leide sie an Depressionen und, noch schlimmer, an echter Verzweiflung. Sie sei zu einem Menschen geworden, der sich der Welt entziehen wollte.

»Ich möchte den Ursprung dieses Verhaltens verstehen, Martha. Wenn ich den wahren Grund kenne, kann ich Ihnen helfen. Aber ich muss wissen, wie diese Entwicklung begonnen hat und was der Auslöser war.«

Martha mochte Dr. Clarke, dennoch blieb sie vorsichtig. Jedes Mal, wenn sie über das, was man ihr angetan hatte, nachdachte, und vor allem jedes Mal, wenn sie auf Hilfe gehofft hatte, war sie bitter enttäuscht worden.

Wenn Martha mit Sarah beim Stricken zusammensaß, teilte die Krankenschwester ihr flüsternd mit, was sie über den neuen Arzt wusste. Dr. Clarke, meinte Sarah, sei nicht nur ein fähiger Arzt, sondern vielleicht auch Marthas letzte Hoffnung. Er leite ein Landambulatorium in Essex und beabsichtige, einige Patienten aus dem Millrose Mount Hospital dorthin zu verlegen, sobald er seinen Untersuchungsbericht fertiggestellt hatte. Seine Behandlung folgte einer neuen Methode, bei der die Patienten nicht mehr für unbestimmte Zeit in großen Einrichtungen untergebracht, sondern schnell wieder in die Gesellschaft eingegliedert wurden.

In der Zwischenzeit ordnete Dr. Clarke an, Marthas Medikamentendosis zu reduzieren. Mit jedem Tag fühlte sie sich besser, ihr Verstand wurde klarer, ihr Körper kräftiger.

Und dann wurde sie zum letzten Mal in Dr. Clarkes Zimmer gerufen. Auf seinem Schreibtisch lag eine schmale Mappe mit dem Namen des Heims für junge Mütter. Sarah stand mit blassem Gesicht in der Ecke des Raums.

Martha schloss die Augen und spürte, wie sie den Halt verlor.

Falsche Hoffnungen, das hatte Martha in der Vergangenheit gelernt, konnten sehr gefährlich sein. Zunächst kamen sie einem vor wie ein Rettungsring im stürmischen Meer, man konnte nicht anders, als sich daran zu klammern, aber wenn einem der Ring plötzlich entrissen wurde, war der Schock des kalten Wassers umso größer.

Im Heim für junge Mütter war ihr das gleich zwei Mal passiert.

Ihre Zimmergenossin Eunice, die wie Martha ihr Kind nicht zur Adoption freigeben wollte, hatte die Idee gehabt, sie könnten beide in London als Zimmermädchen arbeiten. Durch eine Freundin hatte Eunice von einem Hotel in London erfahren, dessen Besitzerin offensichtlich Verständnis für die Notlage von Mädchen wie ihnen hatte. Sie bot den jungen Müttern an, in Schichten als Zimmermädchen in ihrem Hotel zu arbeiten, so dass sie sich bei der Kinderbetreuung abwechseln konnten. Die Bezahlung war schlecht, aber Unterkunft und Verpflegung wurden gestellt, und immerhin war es eine Möglichkeit, das Baby bei sich zu behalten.

Eunice stammte aus einer großen katholischen Familie. Sie war ein liebenswertes Mädchen mit einem sonnigen Gemüt und einem scharfen Sinn für Humor, dem es auch in schwierigen Momenten gelang, einen Witz zu reißen, um die Stimmung zu heben. Sie war größer als die meisten anderen, hatte rotblondes Haar und helle, schöne Haut. Auch ihr Bauch war größer als der der anderen Mädchen.

»Was hast du denn nur gemacht? Du hast wirklich für zwei gegessen!«, witzelten die anderen Mädchen, als Eunice sich mit ihrem Riesenbauch umständlich aus dem Sessel erhob. Die anderen konnten es kaum erwarten, dass dieses Martyrium vorüberging, sie wollten unbedingt ihre alte Figur wiederhaben, damit niemand etwas von ihrer Schande erfuhr. Oft genug zogen sie Eunice auf, dass es ihr noch leidtun würde, für zwei gegessen zu haben, wenn sie das Gewicht nach der Geburt nicht wieder loswurde.

Für Martha klang Eunices Vorschlag, in dem Hotel in London zu arbeiten und sich bei der Betreuung der Kinder auszuhelfen, sehr verlockend.

Nachts steckten Eunice und Martha die Köpfe zusammen und schmiedeten einen Plan. Sie wollten Eunices Freundin ankündigen, dass sie nach der Geburt ihrer Babys nach London kommen würden, damit die Hotelbesitzerin ihnen zwei Arbeitsplätze freihielt. Eunice versicherte Martha, dass sie ihr das Geld für die Bahnfahrkarte leihen werde, Martha könne ihr die Summe dann von ihrem ersten Lohn zurückzahlen.

Als Peggy und Alice von diesem Plan hörten, reagierten sie äußerst misstrauisch. Sie behaupteten, diese Hotelbesitzerin werde die beiden höchstwahrscheinlich auf den Strich schicken.

Aber Martha klammerte sich an jeden Strohhalm, den sie zu fassen bekam, und ein paar Wochen lang glaubte sie wirklich, sie könnte sich in London als Zimmermädchen durchschlagen, bis sie Josef benachrichtigt hatte oder nach Hause zu ihrem Vater zurückkehren durfte.

Der Teufel steckte im Detail. Eunice blieb besorgniserregend vage, wenn es um die Einzelheiten ging.

»Hast du endlich die Adresse? Hat deine Freundin etwas mehr über die Stelle herausbekommen?«

»Nein, ich habe die Adresse nicht. Wir glauben, dass das Hotel im Süden von London ist, zumindest südlich der Themse. Aber dieses Wochenende will sie hingehen.«

Als das Wochenende vorüber war, hatten sie immer noch keine Nachricht erhalten. Martha konnte nichts tun, denn den Mädchen im Heim war es untersagt, zu telefonieren, und alle Briefe wurden von der Leitung abgefangen.

Dann erlebte Eunice eine große Überraschung. Die Geburtswehen setzten eine Woche zu früh ein, und sie brachte Zwillinge zur Welt. Keines der Mädchen konnte fassen, dass dieser Umstand so viele Monate unbemerkt geblieben war. Nun verstanden sie, warum Eunices Bauch so groß gewesen war. Die Babys waren zart, aber gesund und wahnsinnig hübsch, mit dichtem, dunklem Haar und großen tiefblauen Augen.

Als Eunices Mutter zu Besuch kam, herrschte große Aufregung. Da es ungewiss war, ob die beiden Kinder zusammen adoptiert würden, gab sich Eunices Mutter einen Ruck und erlaubte ihrer Tochter, mit den Babys nach Hause zu kommen. Die Versöhnung war lang und tränenreich, so wie auch Martha sich ihre Zukunft erträumt hatte. Kurz darauf packte eine vom Weinen erschöpfte, aber glückliche Eunice ihre Sachen zusammen.

»Ich freue mich so für dich, Eunice, das ist wirklich wunderbar. Aber könntest du vielleicht die Adresse von dem Hotel in London für mich herausfinden? Das wäre großartig.«

»Es tut mir so furchtbar leid, Martha, aber anscheinend war das nur Gerede. Das waren alles nur Gerüchte, reines Wunschdenken. Ich bin nicht sicher, ob es dieses Hotel überhaupt gibt … Tut mir wirklich leid, Martha.«

Die nächste Enttäuschung traf Martha noch härter. Drei Wochen nach der Geburt, als sie bereits zurück im Heim für junge Mütter war, wurde sie in den Besucherraum gerufen, wo ihr Vater auf sie wartete. Das Baby hatte sie bei den Betreuerinnen gelassen. Auch Megan, ihre Sozialarbeiterin, war gekommen.

Der Korb mit Babykleidung auf dem Schoß ihres Vaters ließ Marthas Herz höherschlagen. Sie entdeckte mehrere hübsche Jäckchen, Babyschühchen und Mützen.

Einen Moment lang glaubte Martha wirklich, dass Charles mit der Zeit doch weichgeworden war, so wie die Mutter von Eunice.

»Diese Sachen hier hat dein Vater für das Baby mitgebracht.« Megan begann als Erste zu sprechen, und Martha durchfuhr eine Welle der Erleichterung.

»Es sind Geschenke für die neuen Eltern, Martha. Wir befürworten es, wenn deine Familie das tut. Dieses Geschenk ist eine schöne Geste, wenn das Baby bald zu seiner neuen Familie kommt.«

»Aber er kommt nicht in eine neue Familie …«

***

»Ich habe noch ein paar neue Informationen bekommen, Martha. Geht es Ihnen gut? Möchten Sie ein Glas Wasser?« Wesley Clarke klang besorgt und warf Sarah wieder einen kurzen Blick zu.

»Mir geht's gut.« Sie log. Martha konnte spüren, wie ihr Herz schneller schlug. Sie schaute aus dem Fenster in den Garten des Millrose Mount Hospital und entdeckte einen Vogel. Er hockte auf einem nahen Baum und hatte den Kopf zur Seite geneigt, als würde er sich für das Gespräch drinnen interessieren und aufmerksam lauschen.

»Diese Unterlagen hier habe ich gerade erst bekommen, allerdings sind sie wieder einmal unvollständig. Das Ganze ist wenig zufriedenstellend …«

Dr. Clarke hielt inne, aber Martha schaute weiter aus dem Fenster. Sie dachte darüber nach, wie sie weitermachen sollte, nachdem sich auch diese Hoffnung, wie alle anderen zuvor, als falsch herausgestellt hatte.

»Aus den Unterlagen geht nicht hervor, was genau mit Ihrem Kind passiert ist.«

Der Vogel auf dem Baum wartete. Dr. Clarke wartete.

»Ich spreche nicht darüber. Sarah weiß, dass ich nichts mehr aus meiner Vergangenheit erzähle.«

»Und warum nicht, Martha?«

Sie beobachtete weiter den Vogel. Ein zweiter Vogel hatte sich zu ihm gesellt, der Zweig schwankte unter dem Gewicht.

»Sie würden mir nicht glauben. Niemand würde mir glauben. Am Anfang habe ich hier Tag und Nacht über nichts anderes geredet, aber dadurch ist alles nur viel schlimmer geworden. Die Ärzte meinten, ich würde lügen. Und wenn ich nicht damit aufhören würde, müsste ich mein Leben lang hier drinnen bleiben.«

Es entstand eine lange Pause, dann drehte sich Martha um und sah Dr. Clarke in die Augen. Jetzt musste er etwas erwidern.

»Martha, hören Sie mir zu, ich werde ganz offen mit Ihnen sprechen. Mir bleibt nur noch eine Woche für meinen Bericht über die Klinik. Ein Teil des Berichts befasst sich mit den Patienten, von denen ich glaube, dass sie hier nicht richtig aufgehoben sind. Ich möchte, dass diese Fälle nochmals neu untersucht werden. Das gilt auch für Ihren Fall. Aber mit bloßen Vermutungen komme ich da nicht weiter, in meinem Bericht muss ich triftige Gründe anführen. Dass es Ihnen ohne die vielen Medikamente bessergeht, reicht leider nicht. Ich muss Ihren Fall sachlich und klar darlegen können. Mein Vorschlag wäre, dass Sie ab sofort in meiner Klinik ambulant behandelt werden, das heißt, Sie stehen dann nicht mehr unter so strenger Aufsicht wie hier. Ich hoffe, auch das ist nur für eine Übergangszeit, bis Sie wieder in ihr altes Leben zurückkehren, Martha. Aber ich kann das nur für Sie tun, wenn Sie ehrlich zu mir sind. Sie müssen mir helfen, Ihren Fall offenzulegen.«

Martha schloss die Augen und lauschte nun den Vögeln draußen vor einem anderen Fenster. Der Raum hatte eine gelbe Butterblumentapete. Eine bunte Wiese, wo ihre

Mutter sie leicht mit einer Blume unter dem Kinn kitzelte. *Magst du Butterblumen?* Dann das Gefühl bleierner Glieder, viel zu wenig Schlaf. Sie war ganz benommen vor Müdigkeit. Ihre Brüste waren schwer, voller Milch. Sie tauchte aus einem Traum auf, öffnete die Augen und lächelte erwartungsfroh. Sie drehte sich zum Kinderbettchen um …

Sarah blickte beunruhigt zu Dr. Clarke, als Martha zu keuchen anfing. Ihr Brustkorb hob und senkte sich immer schneller, die Augen hatte sie fest geschlossen.

»Geht es Ihnen gut, Martha?«

»Ja. Sie können mir also wirklich helfen, ja? Sie können dafür sorgen, dass ich hier rauskomme?« Ihre Stimme war ein verzweifeltes Flüstern, jedes Wort wurde von einem schweren Atemzug begleitet, als ob die Luft nicht bis in ihre Lungen gelangen würde.

»Wenn Sie offen mit mir sprechen, Martha, dann, glaube ich, werde ich Ihnen helfen können.«

Sie öffnete die Augen und zwang sich, die Erinnerung wiederaufleben zu lassen. Plötzlich war sie wieder in diesem schrecklichen Zimmer und schaute zu dem Kinderbettchen.

Es war leer.

Dann wandte sie sich wieder zu Dr. Clarke, der sie mitfühlend und schuldbewusst zugleich ansah. Der Ausdruck auf ihrem Gesicht, die keuchende Atmung und seine jahrelange Erfahrung als Arzt zeigten ihm, dass er ihr keine Wahl gelassen hatte.

Martha würde ihre Geschichte erzählen …

Und ihre Wahrheit würde ans Licht kommen.

Dritter Teil

23

Während Kate im Eingangsbereich des örtlichen Polizeireviers wartet, denkt sie fieberhaft darüber nach, was sie Toby über Marthas sonderbares Verhalten sagen soll. Wie soll sie ihm erklären, dass Martha sich in aller Öffentlichkeit nackt ausgezogen hat?

Es scheint Ironie des Schicksals zu sein. Erst letzte Nacht, als Toby und sie im Bett lagen und sich an den Händen hielten, hat er von Marthas gutem Einfluss auf sie beide gesprochen und dass er dabei sei, seine Meinung über ihre neue Freundin zu ändern.

»Ich meine das ganz ernst, Kate. Ich muss mich bei dir entschuldigen. Du weißt ja, dass ich schreckliche Angst davor hatte, wenn Martha bei uns wohnt. Eine fremde Person im Haus, ich war mir sicher, dass wir das in unserer jetzigen Situation nicht gebrauchen können. Aber offen gestanden hast du recht gehabt. Martha ist in vielerlei Hinsicht rätselhaft, aber sie ist ein interessanter Mensch, und ich kann sehen, wie du dich verändert hast.«

In der Dunkelheit hatte er nach ihrer Hand gegriffen. Einen Moment lang erstarrte sie vor Schreck, fürchtete, er würde sie weiter berühren, denn dann brach sie jedes Mal in Tränen aus und er fühlte sich schlecht. Aber in der vergangenen Nacht hatte er nur ihre Hand gehalten. Lange hatten sie im Dunkeln miteinander gesprochen, es war tröstlich gewesen. Kein ausgesprochen glücklicher Moment, das nicht, aber sie waren einander endlich einmal wieder nähergekommen. Kate war froh gewesen, dass sie Toby, zumindest für kurze Zeit nachts im Bett, ein wenig Normalität schenken konnte.

»Kate, ich möchte dir einen Vorschlag machen. Was hältst du davon, wenn wir wegfahren, nur du und ich? Vielleicht nach Paris? Eine Woche oder so. Wir laufen durch die Stadt, schauen uns Museen und Galerien an. Abends gehen wir schön essen, trinken guten französischen Wein. Was meinst du dazu?«

»Ach, Toby, ich weiß nicht recht. Eine Reise …«

»Na ja, du könntest ja einfach mal darüber nachdenken. Ich rede ja auch gar nicht von Ferien, das würde sich nicht richtig anfühlen. Da verstehe ich dich vollkommen. Aber ein Tapetenwechsel würde uns beiden guttun. Dann hätten wir etwas Zeit für uns.«

Sie wusste, aus welchem Grund er Paris vorgeschlagen hatte, und schwieg einen Augenblick lang.

»Ich meine, wir müssten natürlich nicht unbedingt nach Paris fahren. Wenn dir das zu …« Er hielt inne. Sie umklammerte seine Hand, und auch er drückte ihre, und zum ersten Mal seit langem wollte sie seine Hand nicht mehr loslassen.

»Ich meinte, wenn Paris sich nicht richtig anfühlt, dann fahren wir einfach woandershin.«

»Vielleicht, ja. Ich denke darüber nach, sobald Martha weiß, wie es für sie weitergeht.«

Dann waren sie, einander an den Händen haltend, eingeschlafen. Diese Nacht hatte sich wie ein Durchbruch angefühlt, morgen würde die Welt eine andere sein.

Aber was war jetzt?

Nach drei langen Stunden des Wartens verkündet der diensthabende Beamte am Schalter: »Man hat beiden Frauen Kaution gewährt, aber morgen müssen sie vor

Gericht. Um neun Uhr dreißig. Wegen Störung der öffentlichen Ordnung.«

Kate atmet tief durch. Sie hat keine Ahnung, was sie zu Martha sagen soll; im Grunde weiß sie nicht mal, wie sie über Marthas Auftritt denkt oder wie es nun weitergehen soll.

Sie hört Schritte und Stimmen näher kommen, eine Tür wird geöffnet, heraus kommen, Arm in Arm, Martha und Maria. Sie sehen blass und ein wenig verloren aus.

Kates Blick wandert wieder sofort zu Marthas Bauch. Sie kann nicht anders, sofort denkt sie wieder daran, wie sehr sie diese Narbe in Form eines Halbmondes überrascht hat.

»Wir sind angeklagt worden!«, keucht Maria entsetzt, und Carlo, der mit Kate auf dem Revier gewartet hat, springt auf und legt tröstend die Arme um sie.

»Wir werden euch einen guten Anwalt besorgen.« Kate räuspert sich und schaut Martha nicht an, als der Beamte Maria und ihr je einen großen Umschlag mit ihren persönlichen Sachen reicht. »Sicherlich werden die Richter milde urteilen, wenn sie erst die ganzen Umstände erfahren.«

»Es tut mir wirklich so schrecklich leid, Kate.« Martha überprüft den Inhalt ihres Umschlags. Ihr Blick ruht auf ihr, Kate spürt das, aber es gelingt ihr nicht, Martha anzusehen. Sie zupft einen imaginären Fussel von ihrem Mantel.

»Schon in Ordnung. Wir finden eine Lösung. Aber die Zeitungen werden über euch schreiben, das ist euch klar, oder?« Kate wirft einen Blick auf ihre Armbanduhr, streicht sich über die Haare und steckt sie hinten in den Mantelkragen, damit der Wind draußen sie nicht zerzaust.

»Die Zeitungen?« Maria dreht sich zu Martha. Ihr

schreckverzerrtes Gesicht hellt sich plötzlich auf, als hätte sie gerade die Pointe eines Witzes verstanden.

»Natürlich! Die Zeitungen, Carlo.«

Blitzschnell wendet sie sich wieder zu ihrem Mann, nimmt lächelnd sein Gesicht in beide Hände und gibt ihm einen schmatzenden Kuss auf den Mund.

»Plakate, Carlo. Wir müssen sofort nach Hause und Plakate malen.«

»Plakate?«

»Ja, Carlo.« Maria grinst über das ganze Gesicht. Sie wirkt jetzt wieder frisch und munter, während Kate endlich in Marthas besorgtes Gesicht blickt. »Plakate für unsere Kampagne.«

24

Mit sieben Jahren hatte Kate einmal Läuse. Drei andere Mädchen aus ihrer Klasse teilten ihr Schicksal, sie wurden alle sofort nach Hause geschickt. Doch Kate nahm die Sache besonders schwer, das übelriechende Shampoo, das ihre Mutter ihr in die Haare rieb, brannte auf der Kopfhaut, und die bloße Vorstellung der krabbelnden Tierchen brachte sie zum Weinen. »Nissen befallen immer die saubersten Haare«, versuchte ihre Mutter sie zu beruhigen, wenn sie Abend für Abend die Prozedur wiederholte. »Sie schauen sich in der ganzen Klasse um, und wo sie die schönsten und glänzendsten Haare ausgemacht haben, dort siedeln sie sich an.«

Bei der Erinnerung an ihre wortgewandte Mutter muss Kate lächeln. Als sie jetzt zwei Spinnennetze oberhalb der Vorhänge entdeckt, fragt sie sich, ob sich Spinnen, wie Läuse, stets den saubersten Ort aussuchen, denn sie hat erst gestern alles abgesaugt. Tun die Tierchen das aus Bosheit?

Einer der Eindringlinge hält augenblicklich in seinem Tun inne, als hätte er ihre Gedanken gelesen. Im Sonnenlicht wirken die seidenen Fäden wie Laserstrahlen. Der Faden der zweiten Spinne im Schatten ist nicht zu erkennen; wie sie da in der Luft hängt, sieht es aus, als könnte sie fliegen.

»Das heute Morgen tut mir wirklich leid, Kate. Danke, dass du mir jetzt hilfst.« Dieses Mal hat Martha die heiße Schokolade zubereitet, allerdings ohne Schlagsahne, und es gibt auch keine Marshmallows dazu. Sie stellt Kates Becher auf dem niedrigen Tisch neben dem Sofa ab. Erst jetzt bemerkt Kate, wie furchtbar müde sie ist. Fast den ganzen Tag hat sie damit zugebracht, einen Rechtsanwalt zu finden. Der Pflichtverteidiger schien ganz in Ordnung zu sein, aber Kate hat jemanden aufgetan, den sie für engagierter hält. Sie ist sicher, dass der Anwalt die Angelegenheit regeln wird, aber sie macht sich immer noch Sorgen wegen Toby. Als er vorhin anrief, um zu sagen, dass er erst spät nach Hause komme, war sie regelrecht erleichtert.

»Ich sollte uns etwas zu essen machen.« Kate spürt, wie sich ihr Nacken verspannt, als sie etwas ruckartig nach dem Becher langt.

»Ich werde sagen, dass diese Striptease-Nummer ein Gag war. Der Anwalt meint, wenn ich glaubhaft machen kann, dass das eine einmalige Sache war, werden die Richter sich darauf einlassen. Dann bekomme ich eine Verwarnung oder eine Strafe auf Bewährung. Es wird kein Gutachten geben, kein psychiatrisches Gutachten, meine ich.«

Kates Stirn legt sich in Falten. Gutachten? Damit hat sie in ihrem Job als Sozialarbeiterin täglich zu tun. Aber woher weiß Martha, dass Gerichte häufig psychiatrische Gutachten verlangen?

»Weißt du, Kate …«

Kate stellt ihren Becher kurz auf dem Tisch ab, setzt sich gerade hin und dreht den Kopf von links nach rechts, um zu prüfen, ob sie sich nicht einen Muskel gezerrt hat.

»Weißt du, neulich habe ich kurz mit Toby im Garten gesprochen. Er hat mir nur das erzählt, was ich schon wusste, nämlich, dass es dir gerade nicht sehr gut geht. Jetzt habe ich ein furchtbar schlechtes Gewissen. Du kannst diesen ganzen Ärger gerade gar nicht brauchen, so viel ist klar. Daher glaube ich, ich sollte reinen Tisch machen, denn sonst gibt es am Ende ein großes Missverständnis. Es gibt da etwas, das du wissen solltest, Kate.«

Kate hält still und sieht Martha an.

»Wahrscheinlich hätte ich es dir schon längst sagen sollen. Ganz zu Anfang, als du so nett warst, mich in euer Haus einzuladen. Aber das alles ist so lange her. Ich … die Sache ist die … ich war früher einmal in einer psychiatrischen Klinik, Kate. Im Millrose Mount Hospital.«

In ihren Fingern an dem warmen Becher und auch in ihren Ohren fühlt Kate das Blut pochen.

»Aber das war vor sehr, sehr vielen Jahren. Und ich schwöre, dass ich kein schwerer Fall war. Ich habe nie eine Gefahr für andere dargestellt. Meine Einweisung dort war ein Fehler, wirklich.« Martha spricht jetzt sehr schnell. »Und es liegt schon lange zurück. Dennoch habe ich dem Anwalt die Wahrheit erzählt. Er ist der Meinung, dass mein Aufenthalt in der Klinik damals jetzt ans Licht kommen könnte. Wenn das Gericht ein Gutachten anfordert, zum Beispiel. Weil ich mich nackt ausgezogen habe.«

Kate setzt sich kerzengerade auf, ihr Puls rast immer noch, und sie fragt sich jetzt erst recht, wie sie diese Neuigkeit Toby beibringen soll. Sie muss ihm nicht nur diese Striptease-Nummer in aller Öffentlichkeit erklären, sondern auch Marthas Aufenthalt in einer psychiatrischen Klinik. Gerade jetzt, wo er kurz davor war, seine Vorbehalte gegen sie zu vergessen …

Die vernarbten Handgelenke. Sie hätte besser hinschauen und Tobys Bedenken gleich zu Beginn ernst nehmen sollen.

»Du warst im Millrose Mount Hospital? Da hat es doch einen Riesenskandal gegeben. Das habe ich in dieser Fernsehdokumentation gesehen. Großer Gott, Martha, das

Millrose Mount Hospital?« Kate legt die Stirn in Falten, während sie versucht, sich an die Einzelheiten des Skandals zu erinnern.

Alle Zeitungen berichteten damals über die verheerenden Zustände in der psychiatrischen Klinik. Das ganze Land sprach über die schlechte Behandlung der Patienten, schlimmer noch, es war angeblich sogar zu Missbrauch gekommen. Als sie kurz nach ihrem Kennenlernen zusammen am Strand saßen, hatte Martha so getan, als wüsste sie nichts über den Ort und seine Geschichte.

»Ich rede einfach nicht gern über die Vergangenheit, Kate. Aber ich schwöre, es gibt nichts, worüber du dir Sorgen machen müsstest. Ich war schon nicht mehr im Millrose Mount Hospital, als die Einrichtung geschlossen wurde. Ich kam als junge Frau dorthin, das war vor fast zwanzig Jahren.«

Kate wendet ihre Aufmerksamkeit wieder den Spinnen zu, eine hängt jetzt an einem fast einen Meter langen Faden in der Luft.

Martha atmet tief durch. »Natürlich habe ich vollkommenes Verständnis dafür, wenn ich jetzt gehen soll.« Sie steht auf. »Ich werde packen.«

»Nein, Martha. Das bringt uns nicht weiter.«

Kate macht sich immer noch Gedanken, wie sie Toby Marthas Verhalten erklären soll. Er wird es sehr bald erfahren, denn bestimmt erscheint ein Artikel über Maria und Martha in der Zeitung. Und wenn es nach Maria geht, sogar mit Fotos. Sie ist jetzt Feuer und Flamme für ihre Idee einer Bürgeraktion und plant ihren Protest während der Anhörung vor Gericht wie einen Militärputsch. Kate öffnet den Mund, um etwas über die vernarbten Handgelenke zu sagen, aber dann fällt ihr Marthas andere Narbe ein, und die Worte bleiben ihr im Hals stecken.

Die Narbe auf ihrem Bauch. Ein Kind, von dem Martha noch nie gesprochen hat.

»Ich werde uns ein Risotto machen. Ich glaube, wir haben noch Pancetta und ein paar schöne Pilze. Wir sollten etwas essen.«

»Meine Zeit in der Klinik ist wirklich sehr lange her, Kate. Du musst dir keine Sorgen machen.«

Kate hält inne und setzt ein Lächeln auf. Dann geht sie in die Küche, um das Abendessen zuzubereiten.

25

Matthew steht an der Eingangstür des Musikgeschäfts und späht durch die Glasscheibe, während er mechanisch das Schild umdreht, so dass draußen *Geschlossen* zu lesen ist.

»Ach du meine Güte!«

»Was für ein Tag.« Geoffrey kommt mit dem Mantel über dem Arm aus dem hinteren Büro. »Ich kann es immer noch nicht fassen: Martha zieht sich im Gemeindeamt nackt aus. Wirklich unglaublich.«

Dann bleibt Geoffrey auf einmal wie angewurzelt stehen, während Glenda und Matthew sich durch die Fenstertür ansehen. Beide sind wie erstarrt. Anscheinend kann Glenda sich nicht überwinden, hereinzukommen.

»Was ist los, Matthew?«

»Das ist meine Mutter, Geoffrey.«

»Also, Junge, worauf wartest du noch? Bitte sie herein. Sofort.«

Matthew öffnet die Tür, und Glenda betritt, ohne ein Wort zu sagen, das Geschäft. Zögernd legt sie ihm die Arme um die Schultern, dann drückt sie ihn an sich. Aber er weicht sofort zurück.

Geoffrey schaut von einem zum anderen, schließlich reicht er ihr die Hand.

»Ich bin Geoffrey, das hier ist mein Geschäft. Sie haben einen wunderbaren Sohn. Ich bin sehr froh, dass er hier arbeitet.«

»Oh, ja. Danke …« Glenda wendet sich wieder zu Matthew. »Geht es dir gut, Matthew? Du siehst gut aus. Wo wohnst du?«

»Ich wollte nicht, dass du kommst …«

»Also, es ist wohl das Beste, wenn ich jetzt gehe. Kannst du bitte den Laden für mich abschließen, Matthew? Und mach dir keine Gedanken wegen des Abendessens. Ich nehme an, du möchtest jetzt Zeit für deine Mutter haben.«

»Nein, das ist schon in Ordnung. Ich sehe dich später, Geoffrey, wie verabredet. Acht Uhr?«

»Aber nein, wir können das Essen doch verschieben. Ich bin sicher, deine Mutter …«

»Acht Uhr passt mir sehr gut. Danke, Geoffrey. Ich freue mich auf das Essen.«

Schweigend stehen sie alle drei da und tauschen verwunderte Blicke aus. Schließlich gibt sich Geoffrey einen Ruck, lächelt Glenda zum Abschied zu und verlässt dann das Geschäft.

»Ich musste mich vergewissern, dass mit dir alles in Ordnung ist.«

»Ich habe dir doch schon am Telefon gesagt, es geht mir gut.«

»Na ja, und jetzt bin ich hier.«

»Und ist Dad auch hier?« Besorgt wirft Matthew einen erneuten Blick durch die Glasscheibe.

»Nein, Liebling. Er ist nicht da.«

»Okay, das ist wohl eine gute Nachricht.« Er verriegelt die Tür. »Also, Mum, ich weiß nicht, was du erwartet hast, aber ich will jetzt nicht darüber reden. Du hättest nicht herkommen sollen. Ich will nicht wieder Streit.«

»Ich will auch nicht streiten.« Sie sucht etwas in ihrer Handtasche. »Das hier habe ich dir mitgebracht. Ich wollte nicht riskieren, dass es in der Post verlorengeht.«

Matthew wirft einen Blick auf den zerfledderten braunen Umschlag.

»Es ist nicht viel. Wir haben nur diese beiden Blätter bekommen. Aber darauf steht der Name der Adoptionsvermittlung. Die Daten und das alles. Mehr war nicht da.«

»Wie hast du mich überhaupt gefunden?«

»Du hast ja erwähnt, dass du in Aylesborough bist. Mir war schon vorher klar, dass du hierherfahren würdest. Und als du vorhin am Telefon erzählt hast, dass du in einem Musikgeschäft arbeitest, bin ich mit dem Zug hergefahren und habe mich durchgefragt.«

In Windeseile überfliegt Matthew die zwei verblassten Seiten und versucht zu begreifen, was dort steht. Es sind nur wenige Zeilen, der Name der Adoptionsvermittlung, ein Stempel mit einem Datum, zwei Unterschriften. Matthew ist enttäuscht über die spärlichen Informationen.

»Ich hatte nie die Absicht, dich zu verletzen, Matthew.«

»Das hast du aber getan.« Die Wut steigt wieder in ihm auf, genau das Gefühl, mit dem er nicht umgehen kann.

»Ich weiß, dass ich dir weh getan habe, und es tut mir sehr leid, Matthew.«

»Wie konntet ihr mir das verschweigen? Zwanzig Jahre lang? Ihr habt mich fast zwanzig Jahre lang belogen. Was habt ihr denn geglaubt, wie ich darauf reagieren würde?«

»Wir dachten, es wäre das Beste so.« Sie spricht sehr leise, den Blick auf den Boden geheftet.

»Das Beste für wen?«

»Ach, Matthew.«

Dann setzt sie sich auf einen Klavierhocker und sackt in sich zusammen. Auf einmal sieht sie viel kleiner aus als sonst. Dann erzählt sie ihm langsam, Stück für Stück, ihre Geschichte, und Matthew hört schweigend zu.

Es war eine andere Zeit. Als sie seinen Vater kennenlernte, da waren sie beide noch jung und voller Hoffnung. Alles im Leben schien möglich.

Sie erzählt von den vielen Jahren, in denen sie versuchten, ein Kind zu bekommen, von Arztterminen, Untersuchungen, Krankenhäusern. Wie schockiert sie waren, als sie die Wahrheit erfuhren, als sich plötzlich dieses große Loch in ihrem Leben auftat. Nach verzweifeltem Ringen entschlossen sie sich zur Adoption und entschieden sich, sie geheim zu halten. Damals war das durchaus üblich. Erst jetzt, aus heutiger Sicht, scheint es ein schrecklicher Fehler gewesen zu sein. Ihr ganzes Leben war in die falsche Richtung gelaufen.

»Damals machte man das so, Matthew. Der Kontakt zu der leiblichen Mutter wurde abgebrochen, ohne große Diskussion. So war es einfach.«

Sie redet immer weiter. Draußen wird es allmählich dunkel, Matthew lenkt ein und bereitet Tee zu. Dann bietet er ihr seine Hilfe an bei der Suche nach einem Zimmer für die Nacht, aber sie lehnt ab. Sie wird mit dem Zug zu ihrer Schwester fahren, das hat sie schon abgemacht und ihren Koffer im Bahnhof deponiert.

»Dann fährst du also nicht wieder nach Hause?«

»Nein, ich fahre nicht nach Hause, Matthew.«

Zwei Stunden später steht Matthew in Geoffreys Küche und schaut ihm beim Kochen zu. Er ist immer noch sehr aufgewühlt von Glendas überraschendem Besuch.

Geoffrey überprüft die Zutaten. »Ist mit deiner Mutter alles in Ordnung?«

»Ja, danke. Alles okay.«

»Meine Frau hat mir das beigebracht.« Mit äußerster Vorsicht trennt er mehrere Eier in zwei Glasschüsseln, dann schlägt er das Eiweiß mit schnellen Bewegungen schaumig. Sein Gesicht ist ganz verzerrt vor Anstrengung, er streckt die Zungenspitze vor.

Geoffrey und Matthew unterhalten sich über dies und das, welche Teile für den Steinway schon bestellt wurden, welche Noten sich am besten verkaufen und ob sie noch mehr Blockflöten für Schulkinder ans Lager nehmen sollen.

Matthew sieht sich in Geoffreys Haus um und bemerkt überrascht einen Handlauf und auch einen Treppenlift. Er wundert sich, möchte aber nicht nachfragen. Geoffrey ist ein gesunder Mann Anfang sechzig. Dann entdeckt Matthew Fotos von Geoffrey in jüngeren Jahren, zusammen mit einer lächelnden Frau im Rollstuhl. Geoffrey und seine verstorbene Ehefrau am Meer, vor einer Kathedrale. Der Ort kommt Matthew bekannt vor.

Er beugt sich vor, um das Bild näher zu betrachten. Geoffrey und die Frau haben beide ein Softeis in der Hand. »Ist das nicht in Kent am Meer?« Matthew erkennt den Kiesstrand mit den typischen Palisadenwänden, die vom Strandende ins Wasser laufen.

»Bist du da schon mal gewesen? Jean ist in Kent aufgewachsen, sie war immer gern dort.«

Geoffrey beobachtet, wie Matthew den Bilderrahmen behutsam vom Regal nimmt.

»Sie hatte multiple Sklerose.« Geoffrey hat das Eiweiß zu einer dicken, schaumigen Masse geschlagen, nun gibt er ein Stück Butter und etwas Öl in eine Bratpfanne.

»Das tut mir leid.«

»Muss es nicht. Am Ende war es ein Schlaganfall. Die Krankheit hat Jean nie aufhalten können, sie hat immer getan, was sie sich in den Kopf gesetzt hatte. Na ja, zumindest meistens.« Dann dreht Geoffrey sich zu Matthew um und lächelt ihn an. »Jean hätte dich sehr gemocht. Sie hatte ein sehr feines Ohr, und sie hätte dich bestimmt gern auf dem Steinway spielen hören.«

Matthew hat Mühe, den Bilderrahmen wieder zurück auf das Regal zu stellen. Mit dem Aufsteller auf der Rückseite stimmt etwas nicht, und das Bild fällt beinahe um. Geoffrey kommt Matthew zu Hilfe.

Haben die beiden wegen Jeans Krankheit keine Kinder bekommen? Matthew traut sich nicht recht, zu fragen. Es zischt laut, als Geoffrey die Masse aus Eigelb und Eischnee in die Pfanne gibt und das Ganze mit einer Gabel durchrührt. Matthew betrachtet weiterhin Geoffreys Bücher und Fotos.

»Ich hoffe, meine Neugier stört dich nicht.«

»Das klingt so, als hätte ich gar keine andere Wahl.« Geoffrey lacht, während er den Bratpfannenstiel, mit einem Küchenhandtuch zum Schutz, anfasst und die Pfanne dann auf die Warmhalteplatte unter den Grill stellt. »Komm, sieh dir das an.«

Matthew schaut zu, wie das Omelett sich gleich einem Federkissen aufplustert. Schnell greift Geoffrey nach einem Pfannenheber und manövriert das Omelett auf einen Teller. Er besteht darauf, dass Matthew schon zu essen anfängt, während er noch ein weiteres Omelett für sich brät.

»Ich kann es immer noch nicht fassen, dass Martha sich vor allen Leuten nackt ausgezogen hat. Wer hätte sich das vorstellen können? Ich dachte, so etwas passiert nur bei großen Sportereignissen, wenn Leute nackt über den Rasen rennen. Und auch Maria – unglaublich, dass die beiden verhaftet wurden.« Matthew nimmt sich von der Soße, die bereits auf dem Tisch steht.

»Na ja, das war für uns alle ein großer Schock, diese Ankündigung, dass wir aus den Läden müssen. Vor knapp einem Monat habe ich bei der Gemeinde wegen einer Verlängerung des Mietvertrages angerufen. Da haben sie nichts von einer Kündigung angedeutet.«

»Aber was meinst du denn, was ist hier in Wirklichkeit los? Und was wirst du tun, Geoffrey?«

»Also, ich habe gehört, dass die Gemeinde die gesamte Hafenpromenade neu gestalten will. Das soll die Baufirma machen, die jetzt gerade das alte Krankenhaus saniert. Sie wollen ganz Aylesborough ein neues Gesicht geben. Richtig schick soll es hier werden, damit neue Feriengäste kommen. Aber natürlich schweigt der Gemeinderat darüber wie ein Grab.«

Geoffrey schiebt die Pfanne unter dem Grill hin und her.

»Hast du damit das Millrose Mount Hospital gemeint?« Matthew legt sein Besteck zusammen. Er ist immer noch hungrig und überlegt, ob es unhöflich wäre, um ein zweites Omelett zu bitten. »Ich fand den Typen gleich unsympathisch.«

»Wie bitte? Wen?«

»Ach, nichts. Ich bin nur einmal nach Millrose Mount hinaufgewandert, auf den Hügel, um mich dort umzusehen. Der Immobilienmakler war so ein schmieriger Typ.«

Geoffrey sieht überrascht aus, als er sein Omelett auf einen Teller hebt und sich dann zu Matthew an den Tisch setzt.

»Willst du mir jetzt nicht doch erzählen, wie es heute Nachmittag mit deiner Mutter war, Matthew? Ist wirklich alles in Ordnung zwischen euch?«

26

Kate und Martha haben gerade zu Abend gegessen, als Toby nach Hause kommt. Es ist einundzwanzig Uhr dreißig. Martha sucht ihre Wollknäuel zusammen, während Kate aufsteht und zu Toby geht.

»Liebling, wir haben Risotto gemacht, das kann man nicht aufwärmen. Magst du vielleicht ein Steak?«

»Schon in Ordnung, ich bin nicht hungrig.« Mit blassem Gesicht legt Toby eine große schwarze Mappe auf den Tisch im Flur und sieht Martha nach, die auf der Treppe verschwindet.

»Wir hatten einen ziemlich aufregenden Tag. Ich hol dir etwas zu trinken und erzähle dir alles in Ruhe, ja?« Kate fällt auf, dass sie viel zu schnell spricht. Sie überlegt, ob sie eine gute Flasche Wein öffnen oder ihm doch lieber einen Scotch anbieten soll, aber Toby schüttelt den Kopf.

»Ich will nichts trinken, Kate. Und ich weiß, was heute passiert ist. Deshalb bin ich so spät gekommen.« Seine Stimme klingt zögerlich, sein Gesicht ist immer noch blass.

»Du weißt davon? Was meinst du damit – was weißt du?«

»Ich habe es vom Gemeinderat erfahren.«

»Vom Gemeinderat?«

»Es tut mir wirklich leid, Kate. Eigentlich hätte ich dir gern heute Morgen schon alles erzählt. Ich wollte dich und deine Freunde auf die böse Überraschung vorbereiten. Aber ich war in einer äußerst verzwickten Lage. Ich durfte nichts riskieren.«

»Was wolltest du mir erzählen? Was du da sagst, ergibt gar keinen Sinn.«

»Die Läden am Kai, Kate. Ich habe gewusst, dass die Mietverträge nicht mehr verlängert werden.«

Einen Moment lang ist es vollkommen still – Toby hat tiefe Falten auf der Stirn. Da Kate schweigt, spricht er schließlich weiter.

»Ich war mir nicht sicher, wann genau die Briefe eintreffen würden, ob heute oder doch erst morgen. Glaub mir, für mich war das ein echter Interessenskonflikt. Ich hätte verklagt werden können, wenn herausgekommen wäre, dass ich Amtsgeheimnisse verraten habe. Und dich hätte es bei deinen neuen Freunden in furchtbare Verlegenheit gebracht. Ich wusste, dass dich die Sache aufregen würde, du hättest in der Zwickmühle gesessen. Da fand ich es besser, zu schweigen.«

»Ich würde mich aufregen? Toby, ich verstehe überhaupt nicht, was du da redest. Wie in Gottes Namen hast du von den Kündigungen erfahren?«

»Wir arbeiten mit dem Gemeinderat an einigen neuen Projekten. Bis jetzt sind wir noch in der Planungsphase. Und natürlich ist das alles vertraulich. Mark hat diesen Kontakt geknüpft, nicht ich. Aber er hat mich immer über alle Schritte informiert. Wenn daraus etwas wird, ist das ein riesiger Auftrag für uns. Und offen gestanden können wir den Deal gut gebrauchen, Kate. Ich hatte aber keine Ahnung, dass deine neuen Freunde …«

»Du hängst da mit drin? Du willst mir wirklich sagen, dass du da mitmachst?«

»Ich bin Architekt, Kate. So was ist mein Job.«

»Ihr werdet diese Geschäfte abreißen? Sie einfach dem

Erdboden gleichmachen? Diese Läden sind das Herz des Kais. Der Wollladen, das Musikgeschäft und auch das Café. Und du machst da mit?«

»Du klingst so, als wäre es meine Idee gewesen, den Kai neu zu gestalten. Aber glaub mir, Kate, ich hätte nie damit angefangen, wenn ich gewusst hätte, was deine Freunde erwartet. Aber wie gesagt, es ist Marks Projekt. Und wir sind auch nur die Architekten.«

»Aber die Gemeinde hat doch ihre eigenen Architekten, oder nicht?«

»Wir arbeiten mit der Baufirma vom Millrose Mount zusammen, die machen die Sanierung des alten Krankenhausgeländes. Sie haben uns als Berater engagiert.«

»Nein, Toby, das geht nicht. Du darfst mit der Sache nichts zu tun haben. Bitte. Es geht um die Existenz dieser Menschen. Wendy wohnt über ihrem Wollladen, sie weiß nicht, wo sie hinsoll. Und Marias Familie weiß auch nicht weiter. Das Café ist schon seit mehreren Generationen in der Hand ihrer Familie. Du darfst da nicht mitmachen. Verstehst du das?«

»So einfach ist das nicht. Mark hat sich verpflichtet, er steht unter Vertrag.« Toby schaltet jetzt die Lampe über dem Schreibtisch in der Ecke des Zimmers ein. »Ich habe auch gehört, was Martha gemacht hat. Diese Szene im Gemeindeamt, ich weiß, was da vorgefallen ist.«

»Du hast also gewusst, was auf Wendy, Maria und Geoffrey zukommen würde. Du hast von den Kündigungen gewusst?« Kate übergeht Tobys Anspielung auf Martha und setzt sich hin. Ihre Hände zittern. »Ich kann nicht fassen, dass du mir das nicht gesagt hast.«

Plötzlich verändert sich Tobys Gesichtsausdruck.

»Ich habe daran gedacht. Aber ich weiß auch nicht … Ich hatte den Eindruck, wir kommen gerade etwas besser zurecht, Kate. Letzte Nacht, als wir miteinander geredet haben, hat es sich wieder ein bisschen … wie früher angefühlt.«

»Die ganze Zeit über hast du gewusst, was mit den Mietern am Kai passieren wird. Du hast gewusst, was die Pläne der Gemeinde für meine neuen Freunde bedeuten, und du hast kein Wort zu mir gesagt.«

»Ich wollte diese winzige Hoffnung nicht zerstören, Kate. Dieses vage Gefühl, dass wir vielleicht eines Tages wieder zusammen glücklich sein könnten …«

Sie kann seinen Blick nicht ertragen. Seine Lippen zittern. In seinen Augen stehen weder Zorn noch Vorwurf, auch keine Enttäuschung oder sonst ein Gefühl, von dem sie glaubt, sie hätte es verdient. Nur Hilflosigkeit erkennt sie darin, und Hoffnungslosigkeit. Schlimmer noch, es ist der Blick eines Mannes, der dankbar sein muss, wenn seine Ehefrau ihn ihre Hand halten lässt …

In dem Bruchteil der Sekunde, als er aufsteht, niedergeschmettert und schrecklich einsam – wieder hat sie ihn so weit wie möglich von sich weggestoßen –, zerbricht etwas in Kate.

Acht Monate und zwei Tage ist es her, seit sie sich zuletzt geliebt haben. Seit sie sich so nahe waren, dass sie eine echte Chance hatten, jeden auch nur erdenklichen Streit beizulegen.

»Kate, du warst es doch, die hierherziehen und noch einmal ganz von vorn anfangen wollte.«

Acht Monate und zwei Tage.

»Und das ist genau das, was ich gerade tue. Ich versuche, mir hier eine Existenz aufzubauen und ganz neu anzufangen. Für dich. Für uns. Ich mache nur, worum du mich gebeten hast.«

Alles um sie herum bewegt sich, das ganze Zimmer

scheint sich zu drehen. Und da ist etwas Neues, so hat sie die Welt noch nie gesehen. Alles dreht sich im Kreis. Tobys Stimme wird immer leiser, als Kate die Augen schließt …

Sie stellt sich das Wasser vor. Das strudelnde, eiskalte Wasser, das sie umschließt.

27

Ein junger Mann mit Kopfhörern läuft durch die Flure des Londoner Fernsehsenders *Channel MusicMaker,* um Josef Karpati mitzuteilen, dass er in fünf Minuten auf Sendung sein wird.

Er klopft an die Tür. Keine Antwort.

Jack, der junge Aufnahmeleiter, klopft noch einmal. Vor wenigen Minuten noch hat er Josef Karpati da drinnen gesehen, jetzt ist der Raum leer.

Jack holt sein Walkie-Talkie hervor und spricht mit eindringlicher Stimme hinein, dass Mr. Karpati nicht in seiner Garderobe sei, er werde in den Toiletten nachsehen. Der Cellist könne ja nicht weit sein …

Die Herrentoilette befindet sich am Ende des Ganges, und Jack überlegt sich schon eine Entschuldigung für den Fall, dass Josef Karpati einfach nur einem menschlichen Bedürfnis nachkommt, und dann noch etwas, was er sagen kann, wenn Karpati betrunken oder high ist. Schließlich wäre es nicht das erste Mal, dass ein Gast in der Toilette verschwindet, um »seine Nerven zu beruhigen«. Vor ein paar Wochen hat Jack zwei Bandmitglieder beim Sex in einer Toilettenkabine erwischt, anscheinend der neueste Trend in puncto Entspannung.

Heute stehen alle Kabinentüren offen. Weit und breit keine Spur von dem sogenannten Sexsymbol der Symphonieorchester. Als die Assistentin ihm nun »In drei Minuten auf Sendung« ins Ohr flüstert, fängt Jacks Herz an zu rasen. Über ihm schwebt ein Damoklesschwert.

»Mist. In der Toilette ist er nicht.« Seine Stimme ist schrill und verzerrt durch die Rückkopplung des Walkie-Talkies, anscheinend ist seine Lautstärke zu hoch eingestellt.

Der Regisseur klingt, als würde er gleich einen hysterischen Anfall bekommen. »Aber du hast doch gesagt, dass er eben noch da war …«

»War er auch, das schwöre ich. Vor einer Viertelstunde habe ich ihn in die Garderobe begleitet. Da ging es ihm gut. Er schien nüchtern, freundlich, guter Stimmung zu sein.«

»Verdammter Mist …« Dann sagt der Regisseur leise zu dem Produktionsleiter neben ihm, dass er sowieso lieber Demis Roussos als Gast in der Sendung gehabt hätte.

»Versuch es bei Demis Roussos …«

Im Taxi liegt Josef Karpati ausgestreckt auf der Rückbank und grinst bei dem Gedanken an die Diskussion mit seinen Leuten, die ihm jetzt bevorsteht.

Er hatte nicht geplant abzuhauen und weiß im Augenblick selbst nicht so recht weiter. Aber es ist zu spät, um seine Tat zu bereuen. Er konnte die Vorstellung, schon wieder nach der Flucht des Russen in den Westen gefragt zu werden, einfach nicht länger ertragen. Jedes Mal der gleiche Ablauf, jedes Mal die gleiche Farce.

Die Frage ist nur, wie lange es dauern wird, bis die Presse Wind von seiner Flucht aus dem Sender bekommt. Zumal es auch noch eine Live-Sendung war. Sein Pressereferent muss also ein Wunder vollbringen, sonst wird sein Verschwinden spätestens morgen Thema in allen Zeitungen sein. Er sollte sich bald bei seinem Team melden und am besten irgendeine Krankheit vortäuschen.

Josef blickt auf die verschwommenen Umrisse der vorbeifahrenden Autos, der Bäume und Geschäfte. Es hat angefangen zu regnen, und er betrachtet die Muster, die die Tropfen auf die Fensterscheibe malen, während das Taxi an einer Ampel hält.

Vielleicht könnte er so tun, als leide er an einer spontanen Gedächtnisstörung?

Die Absurdität dieses Gedankens heitert ihn auf, und er lächelt. Sobald er in Brighton angekommen ist, wird er seinen Agenten kontaktieren, nimmt er sich vor. Wenn er ein kleines Hotel gefunden hat, wo ihn hoffentlich niemand erkennt, wird er sich in Ruhe eine gute Geschichte überlegen.

Er schließt die Augen und denkt an seine letzte Fahrt nach Brighton, kurz nach seiner Flucht in den Westen. Tagelang war er damals durch die Straßen gelaufen und hatte Ausschau nach Martha gehalten. Abends ging er am Hafen spazieren. Früh am Morgen brach er zum Strand auf und ließ Steine übers Wasser springen. Er war voller Hoffnung und fragte sich, ob er Glück haben würde.

Das Glück, ihr irgendwo zu begegnen.

28

Martha und Kate sind beide schon sehr früh aufgestanden.

»Mir ist klar, dass du letzte Nacht nicht darüber reden wolltest, Kate, aber ich habe Tobys Auto wegfahren hören und … Na ja, ich habe mir wirklich große Sorgen um dich gemacht. Ist alles okay mit dir? Du siehst erschöpft aus. Gibt es irgendetwas …?«

»Ich brauche nur etwas Zeit zum Nachdenken. Die letzten Monate waren nicht leicht, eine schwere Zeit für uns beide.« Kate ist gar nicht ins Bett gegangen. Sie hat angezogen auf dem Sofa gelegen und fast die ganze Nacht durchgeweint, aber damit möchte sie Martha nicht belasten.

»Das ist alles meine Schuld, nicht wahr?«

»Nein, Martha, ganz sicher nicht, das ist keineswegs der Fall. Es ist allein meine Schuld, nicht Tobys. Es war meine Entscheidung, mein Fehler. Nur ich allein bin verantwortlich.«

»Du solltest heute zu Hause bleiben und dich wieder ins Bett legen, Kate.«

»Nein, ehrlich, das hilft mir nichts. Ich kann dich heute nicht allein lassen. Außerdem geht es mir besser, wenn ich etwas tue. Sobald wir diesen Tag überstanden haben, können wir in Ruhe reden.«

Der Weg zum Gericht vergeht in betretenem Schweigen. Als Kate und Martha am Gerichtsgebäude ankommen, stellen sie entsetzt fest, dass überall Plakate stehen mit der Aufschrift: *Rettet unsere Läden. Millrose Mount: Einheimische gegen Blutsauger.*

Der Anwalt verlangt lautstark, dass alle Plakate sofort verschwinden. »Man wird uns sonst wegen Missachtung des Gerichts belangen.« Nervös blickt er sich um. Als er Martha und Maria entdeckt, nimmt er die beiden beiseite und wiederholt seine kleine Standpauke.

»Haben Sie beide denn überhaupt verstanden, dass unsere Verteidigungsstrategie auf Ihrem äußersten Bedauern über die Vorfälle beruht? Sie sind beide untröstlich, die Kontrolle verloren zu haben. Dieses Verhalten, das Sie beide gestern gezeigt haben, das Drohen mit der Bratpfanne und das Ablegen aller Kleidung in der Öffentlichkeit, das passt überhaupt nicht zu Ihnen, entspricht nicht Ihrem wahren Charakter. Das Ganze ist nur die Folge eines traumatischen Erlebnisses gewesen, das sich niemals mehr wiederholen wird. Von jetzt an gibt es nur noch friedlichen Protest, einverstanden?«

Dann wendet er sich der Menschenmenge zu, die gerade von den Gerichtsdienern auf die andere Straßenseite dirigiert wird.

»Bitte halten Sie den Verkehr nicht auf. Stellen Sie sich nicht auf die Straße. Wenn Sie gegen die Anweisungen des Personals handeln, werden Sie wegen Missachtung des Gerichts belangt. Damit helfen Sie Ihren Freundinnen überhaupt nicht. Im Gegenteil, damit machen Sie alles nur noch schlimmer.«

Während Kate und Martha schweigend nebeneinander auf dem Flur vor dem Gerichtssaal sitzen, kommt Geoffrey angelaufen. Im Flüsterton berichtet er, dass Matthew auf das Geschäft aufpasst und er selbst zum ersten Mal in seinem Leben den Wunsch verspüre, eine Zigarette zu rauchen.

Kate ist so erschöpft, dass sie alles um sich herum nur wie aus weiter Ferne wahrnimmt, doch ihre Freundinnen haben Glück. Der Bezirksrichter ist heute Gerald Smith, auch er ein Selfmademan. Fünfundzwanzig Jahre lang hatte Smith eine Eisenwarenhandlung und war die führende Kraft im Verband der Einzelhändler. Sein Geschäft gab er erst auf, als seine Preise nicht mehr mit den großen Bau- und Heimwerkermärkten in der Umgebung konkurrieren konnten. Gerald Smith hat ein Herz für kleine Ladenbesitzer.

»Eine Bratpfanne?«

»Ja, Sir, das ist richtig.« Der Staatsanwalt rückt seine Brille zurecht und überprüft seine Aufzeichnungen.

»Und dieser ganze Wirbel war eine Folge der Kündigung der Mietverträge?«

»Ja, Sir.«

Kate hat einen Platz ganz vorn im Publikumsbereich ergattert und wirft Martha, die während der Beweisdarlegung neben Maria steht, ein aufmunterndes Lächeln zu. Dann wenden die Zuhörer im Saal ihre Aufmerksamkeit wieder dem Vorsitzenden zu.

»Hat Ihre Mandantin eine Vorgeschichte dieser Art? Hat sie sich schon jemals zuvor in der Öffentlichkeit nackt ausgezogen?« Mr. Smith nimmt die Brille ab und sieht Martha direkt an.

»Nein, Sir. Meine Mandantin hat so etwas noch nie in der Öffentlichkeit getan. Ihr Verhalten ist ihr sehr unangenehm, und sie schämt sich dafür. Sie sagt, es sei eine Kurzschlusshandlung gewesen, und sie bedauert den Vorfall zutiefst, Sir.« Der Anwalt reckt sein Kinn in die Höhe.

»Aber Ihnen ist doch bewusst, dass es nicht erlaubt ist, öffentliches Eigentum zu beschädigen und Kinder zu erschrecken?« Während er spricht, schwingt Mr. Smith die Brille in seiner rechten Hand hin und her.

Martha und Maria senken den Kopf und fassen sich an den Händen. Plötzlich hebt Maria den Blick, sie schaut auf Wendy, die Besitzerin des Wollladens, die in der Reihe hinter Kate sitzt.

»In Ordnung, Sir. Wir werden keinen Unfug mehr machen. Wir werden einen Baum stricken.«

»Einen Baum stricken?« Gerald Smith wirft seinen zwei Kollegen einen fragenden Blick zu.

»Das ist ein friedlicher Protest, Sir. Wir werden nichts mehr beschädigen und auch keine Szene mehr in der Öffentlichkeit machen. Wir werden nur stricken, das verspreche ich Ihnen.«

Martha und Maria werden dazu verpflichtet, sich friedlich zu verhalten und die öffentliche Ordnung nicht mehr zu stören. Maria bekommt eine kleine Geldstrafe für die Beschädigung des Gebäudes, Martha wird lediglich verwarnt. Sollte sich der Vorfall wiederholen, dann sei sie sofort zurück auf der Anklagebank.

Draußen vor dem Gerichtsgebäude geht Maria entschlossen auf die Reporter zu und spricht lange mit der *Aylesborough Gazette* und dem Regionalfernsehen.

»Was haben Sie damit gemeint, als Sie sagten, Sie würden einen Baum stricken?«, fragen mehrere Journalisten gleichzeitig.

»Dazu wird es eine Pressekonferenz geben«, gibt Maria strahlend zur Antwort.

Martha sieht Wendy und Kate unsicher an, keine von ihnen weiß, wovon Maria spricht.

»Nächsten Montag um zehn Uhr in Wendys Wollladen.«

Eine halbe Stunde später herrscht in Marias Café ausgelassene Festtagsstimmung. Carlo und seine Familie servieren ihren Unterstützern riesige Pasta-Portionen, die Plakate stehen ordentlich gegen die Wand gelehnt, und im Raum breitet sich der Duft des besten Kaffees von ganz Aylesborough aus. Es wird überlegt, eine Petition beim Abgeordneten ihrer Gemeinde einzureichen oder eine Nachtwache auf dem Kai abzuhalten, und, bei einem Frühstück im Café oder einem Strickmarathon bei Wendy, Spenden zu sammeln. Es gibt sogar die Idee, eines von Geoffreys Klavieren auf ein Fischerboot zu laden, um einen Musikmarathon zu veranstalten. Häufig hört man die Stichworte »David gegen Goliath« und »die dummen Bürokraten«. Ein Gast überlegt laut, ob ein Klavier ein Fischerboot wohl zum Sinken bringen würde. Maria betont die ganze Zeit, sie habe nicht den Verstand verloren, als sie im Gerichtssaal davon sprach, dass sie alle zusammen einen Baum stricken würden. Das solle der Aufhänger für ihre Kampagne sein. Sie werde alle beizeiten in ihre Pläne einweihen. Einstweilen sollten die Freunde ihr Vertrauen schenken, sagt sie lachend und wirft die Haare zurück. Diese neue Idee bereitet ihr große Freude.

Nur Martha bemerkt in diesem Durcheinander die Veränderung an Kate. Sie sieht aus wie eine Schlafwandlerin, mit glasigen Augen und einem festgefrorenen Lächeln scheint sie nichts von ihrer Umgebung wahrzunehmen. In der vergangenen Nacht hat Martha verzweifelt versucht, ihr zu helfen. Nachdem Toby fortgefahren war, hat sie flüsternd durch die Tür auf die Freundin eingeredet, aber Kate wollte allein bleiben.

Bitte lass mich, es ist alles okay.

Nun, da die Gerichtsverhandlung vorbei ist, kommt Kate sich unter den anderen wie eine Fremde vor. Mit fragendem Blick schaut sie um sich, so als würden die Menschen eine Sprache sprechen, die sie nicht versteht.

Toby ist gegangen, und es war ihre Entscheidung. Sie hat darauf bestanden …

Es ist besser so, Toby.

Ich kann dich nicht verlassen, Kate. Auf keinen Fall kann ich dich in diesem Zustand allein lassen …

Sie hatte gedacht, dass sie es so wollte. Dass es richtig sei, wenn zumindest einer von ihnen eine winzige Chance auf eine glückliche Zukunft bekam. Toby war ein guter Mensch. Ein Mensch, der etwas Besseres verdiente …

»Alles in Ordnung mit dir?« Martha stellt Kate noch eine Tasse Kaffee hin, aber sie schüttelt den Kopf und schiebt die Tasse weg.

»Martha, hast du deinen Hausschlüssel dabei?« Kate steht auf und geht zur Tür, ohne zu bemerken, dass Martha ihr folgt. Draußen geht ein stürmischer Wind. Schließlich nimmt Kate Marthas Schatten wahr, sie dreht sich um, und die Haare wehen ihr ins Gesicht. »Hör zu, Martha, ich brauche nur etwas frische Luft. Ich mache einen kleinen Spaziergang.«

»Ich komme mit.«

Kate schüttelt den Kopf, fasst ihre Haare zum Pferdeschwanz zusammen und steckt sie hinten in den Mantelkragen. »Danke, aber mir geht es gut. Ich sehe dich dann zu Hause, Martha. Den Schlüssel hast du doch, oder? Entschuldige bitte, habe ich dich das schon gefragt?«

Kate ist froh um den scharfen Wind, nachdem Martha sie schließlich allein gelassen hat. Im Bus sitzt sie wieder oben auf dem offenen Deck, ihre Augen tränen, und die Kälte beißt ihr ins Gesicht. Hier oben ist sie ganz allein, kann in Ruhe die kreisenden Möwen und die vorüberziehenden Wolken betrachten. Als der Bus schließlich an einem kleinen Platz hält, fühlt sie sich leer und kann kaum glauben, dass die Fahrt und ihr imaginäres Schwimmen im

Meer, bis hinaus zum Leuchtturm, schon so schnell vorüber sind. Sie wünscht sich, sie könnte ewig hier oben im Wind sitzen.

Sie hat diese Begegnung nicht geplant. So müde und verwirrt, wie sie sich gerade fühlt, hat sie ganz vergessen, dass das heute Mikes Tour ist. Es ist Mittwoch. Seine Stimme dringt vom Fuß der kleinen Wendeltreppe herauf.

»Es tut mir sehr leid. Meinetwegen könnten Sie den ganzen Tag dort oben sitzen bleiben. Aber der Fahrer muss den Bus wieder zur Station zurückbringen. Ist alles in Ordnung? Möchten Sie einen Kaffee trinken? Kann ich irgendwie helfen? O Kate – du weinst ja …«

Er nutzt die Situation nicht aus. Kate ergreift die Initiative.

Acht Monate und drei Tage.

Sein Zimmer ist voller Bücher. Sie trinken Tee, er macht guten Tee aus losen Blättern, dazu essen sie Kekse im Bett, dann lieben sie sich noch einmal, und die Kekskrumen piken auf der Haut. Kate versucht sich vorzustellen, wie sie in diesem Moment aussieht. Ihr Blick ist hungrig und verzweifelt.

Er ist sanft und einfühlsam. Und er ist zutiefst verwirrt. Kate ist immer noch die Fremde, die keine Sprache hat.

Er setzt sich auf. Überrascht und unsicher, das Laken um die Hüfte gebunden, erzählt er ihr von seinen Zukunftsplänen, sobald er seinen Abschluss an der Fernuniversität gemacht hat. Mit ausladenden Bewegungen beschreibt er ihr sein eigenes Unternehmen, seine eigene Wohnung. Kate fängt an zu weinen, denn ihr wird bewusst, wie sehr Mike sie an Toby erinnert, als sie beide jung waren. Die Erinnerung an ihr damaliges Studentenapartment ist zum Greifen nah. Sie spürt wieder den

Wind in den Augen und schließt sie. Tränen laufen ihr über die Wangen.

Acht Monate und drei Tage.

Mike hält mitten in seinem Traum inne.

»Wir werden uns nicht wieder treffen, oder?« Er spricht leise, und Kate hält die Augen geschlossen. Sie ist zu müde und traurig, um sich für ihr Verhalten zu schämen.

»Nein, Mike. Tut mir leid …« Hat sie die Worte laut ausgesprochen?

Als sie die Augen öffnet und ihn anblickt, wird ihr klar, dass er sie gehört haben muss. Er wirkt nicht nur durcheinander, sondern geradezu verstört.

Kate bedauert, was passiert ist.

Die ganze Geschichte tut ihr furchtbar leid.

Draußen läuft sie ziellos umher, vielleicht zwei Stunden lang, sie nimmt kaum wahr, dass es zu regnen anfängt. Erst als es dunkel wird, steigt sie in einen Bus, einen normalen einstöckigen Stadtbus, und fährt nach Hause, wo Martha auf sie wartet.

Letzte Nacht hat sie versucht, Toby ihre Verbindung zu Martha zu erklären. Sie hat beschrieben, wie sie auf unerklärliche Weise instinktiv wusste, dass sie bei ihr in Sicherheit ist. Deshalb braucht sie Martha.

Aber Toby flehte sie an, sie könnten doch gemeinsam eine Lösung für ihre Situation finden. Am Ende stieß sie ihn heftig von sich weg und bat ihn lautstark, zu gehen. *Bitte, Toby, geh weg. Ich kann nicht mit dir zusammen sein. Du musst gehen, damit du eines Tages wieder glücklich wirst. Bitte.*

In diesem Moment wussten sie beide, dass ihre Auseinandersetzung nichts mit dem Bauvorhaben auf dem Millrose-Mount-Gelände zu tun hatte.

Es ging auch nicht um die Geschäfte am Kai und die Kündigung der Mietverträge.

Auch nicht um Martha.

Toby fing an zu weinen. Endlich, nach acht langen Monaten, liefen ihm die Tränen übers Gesicht, als er dort auf dem Sofa saß. Genau dort, wo jetzt Martha sitzt, wirre Wollknäuel zu ihren Füßen. Nur die kleine Tischlampe neben ihr leuchtet.

»Kate, ich habe mir solche Sorgen um dich gemacht.«

Jetzt fällt Kate wieder ein, dass es geregnet hat. Ihre Haare sind nass, Tropfen laufen ihr den Hals hinunter.

Acht Monate und drei Tage.

Sie fragt sich, wie die Worte klingen, wenn sie sie laut ausspricht. Wird die Finsternis in ihren Träumen immer noch so undurchdringlich und bedrohlich sein, das Wasser so kalt, die Worte so dunkel, wenn Martha sie hört?

Wenn Kate sie laut ausspricht, hier im Schein der Lampe, wo Toby letzte Nacht endlich geweint hat.

29

Fünf Minuten früher oder später, überlegt Kate, und es wäre nicht passiert. Wenn sie noch einen Kaffee getrunken oder das Stofftier gesucht hätte, dann wäre es nicht passiert.

Er hatte Tobys Haare, ganz glattes Haar, das ihm ständig ins Gesicht fiel. Einmal hatte sie versucht, ihm den Pony selbst zu schneiden, aber das war eine Katastrophe. Eine Freundin empfahl ihr eine wunderbare Friseurin, die sehr geduldig mit kleinen Kindern umging. Jedes Mal holte sie extra eine kleine Schürze mit Pinguinen drauf hervor … und schnitt ihm behutsam und ordentlich die Haare.

Diese Frau hätte an jenem Morgen nach Daniels Spielzeug gesucht, egal, wie spät sie schon dran waren.

Damals kam sie immer zu spät, zur Tagesmutter, in die Arbeit, überallhin. Sie wollten in Urlaub fahren, deshalb musste sie den Mietwagen einfach nehmen. Als sie in der Autovermietung meinten, sie hätten leider keinen Wagen mit Gangschaltung mehr, sondern nur noch Modelle mit Automatik, wusste sie nicht, was sie tun sollte. Sie flehte die Angestellten an, ihr doch ein anderes Auto zu besorgen. Aber sie war in Eile, sie musste zum Friseur, zur Tagesmutter und dann auch noch in die Arbeit.

Zwar hatte sie noch nie ein Auto mit Automatikschaltung gefahren, aber man versicherte ihr, das sei nicht schwer. Eigentlich ein Kinderspiel, sie würden es ihr zeigen. Wenn sie sich jetzt beeilten, würde sie die Fähre noch erwischen – auf der Brücke würde sie um diese Uhrzeit im Stau stehen –, dann könnten sie es noch rechtzeitig zum Friseur und zur Tagesmutter schaffen.

Daniel war weinerlich, weil er sein Lieblingsstofftier, die kleine Ente, nicht dabeihatte. Zu Hause hatte sie noch einen Hasen für ihn gefunden, und er mochte Hasen ganz gern – zumindest als Baby hatte er sie gemocht. Letztlich war ihr nur keine Zeit mehr geblieben, um nach der Ente zu suchen. Denn es war sonnenklar, dass sie dann zu spät kommen würden. Sie wäre zu spät zur Autovermietung gekommen, sie hätte den Termin beim Friseur verpasst. Der ganze Tag wäre …

Auf der Fähre war nur noch ein einziger Parkplatz frei. Zwei Männer tauschten seltsame Blicke aus und murmelten etwas über die Sicherheitsschranke. Sie fragte, ob sie das Auto dort abstellen könne. *Ich habe gefragt, Martha. Ehrlich, ich habe sogar gefragt, ob ich den Wagen da parken kann.* Aber die Männer zuckten nur mit den Schultern und bedeuteten ihr, sich hinzustellen …

Auf der anderen Seite der Flussmündung angekommen, warf sie einen Blick auf ihre Armbanduhr. Sie mussten sich beeilen. Voller Ungeduld rammte sie den Fuß aufs Pedal …

Daniel erinnerte das wohl an eine Karussellfahrt auf dem Jahrmarkt.

Denn als sie sich umdrehte, als in ihr hell die grausame Erkenntnis aufblitzte, dass der Wagen rückwärtsschoss, da sah er nicht einmal verängstigt aus. Er vertraute ihr vollkommen, und auch als die kaputte Absperrung sofort zerbarst, als draußen der erste Schrei erklang, selbst in dem Bruchteil einer Sekunde, den sie entsetzt darauf wartete, im Wasser zu versinken, musste er geglaubt haben, dass alles in Ordnung war.

Dieser vertrauensvolle Blick seiner Augen, mit dem er sie eindringlich ansah, in der Hand den Hasen, den er nicht einmal richtig mochte – als das Auto ins Wasser stürzte. Es war das Letzte, was er je in seinen kleinen Händen hielt …

Er hatte die gleichen Augen, Martha.

Verstehst du das?

Unser Sohn. Unser wunderbarer Daniel.

Er hatte Tobys Augen.

30

Martha hat einige Heilpflanzentinkturen in ihrem Rucksack. Mit geschlossenen Augen überlegt sie, welche für Kate am geeignetsten ist. Sie denkt an die Französin, die ihr vor vielen Jahren beigebracht hat, diese Essenzen herzustellen. Sofort spürt sie wieder den Tau an ihren Füßen und die leichte Morgenbrise im Gesicht, hat den Geruch der Kräuter in der Nase, bevor sie zermahlen und eingelegt werden. Die Masse wird mit Alkohol aufgegossen, Weinbrand oder Wodka, dann braucht es viel Geduld. Mindestens vier Wochen dauert es, bis die Tinktur, die im Wesentlichen aus Lavendel, Salbei und Melisse besteht, fertig ist. Eine andere von Martha bevorzugte Essenz wird aus Holunderblüten, Schafgarbe und Pfefferminz hergestellt.

»Nimm das, Kate«, flüstert sie schließlich. »Nur einen Tropfen davon auf die Zunge.«

In der ersten Nacht versucht Martha erst gar nicht, Kate dazu zu bewegen, sich ins Bett zu legen. Aus dem Schlafzimmer bringt sie Kissen und eine Decke, dann setzt sie sich auf einen Stuhl gegenüber dem Sofa. Sie hält eine Schüssel mit Pfefferminzwasser und einen Waschlappen bereit, für den Fall, dass Kate Fieber bekommt, weil sie mehrere Stunden draußen im Regen gewesen ist.

Und etwas ganz anderem.

Irgendwann schläft Kate ein, ihre Stirn ist heiß. Als sie wieder erwacht, starrt sie vor sich hin, als würden ihre Blicke alles durchdringen. Die Gegenstände um sie herum, die Wände, die Luft zwischen dem Garten und dem Meer … die ganze Nacht lang schwimmt sie durch die Dunkelheit … *immer auf der Suche …* Erst als Martha ihr den kühlen Lappen auf die Stirn legt und besänftigende Worte spricht, wird sie allmählich ruhiger.

Am nächsten Tag bringt Martha Kate nach oben in den ersten Stock. Sie lässt ihr ein Bad einlaufen, dann schafft sie Kate ins Bett, wo sie zwei Tage und zwei Nächte bleibt. Martha wacht ständig an ihrer Seite. Mit ihrem Strickzeug oder einem Buch in der Hand sitzt sie still auf einem Sessel in der Ecke des Schlafzimmers.

Erst als Kate sich im Bett aufrichtet und ein paar Schlucke Brühe zu sich nimmt, sprechen sie miteinander.

»Hat Toby angerufen?«

»Nein.«

Kates Atem geht schneller.

»Ich habe doch das Richtige getan, was meinst du? Es war doch richtig, dass ich ihn gebeten habe zu gehen?«

»Wie bitte? Ich verstehe gar nicht, was du da sagst.«

»Für Toby.« Kate hat immer noch diesen verstörten Blick, wie gebannt starrt sie auf einen Fleck im Teppich, dann ballt sie die linke Hand zur Faust und schlägt sich gegen das Kinn. »Er sagt, ich wäre nicht schuld daran. Aber er muss mir doch die Schuld geben an dem, was passiert ist. Wie könnte er das nicht tun?«

»Nein, hör damit auf, Kate. Es war nicht dein Fehler. Es war schrecklich, mehr als schrecklich. Aber …«

»Es war mein Fehler. Ich hätte dieses Mietauto nicht fahren dürfen. Ich hätte bei den Männern auf der Fähre nachhaken müssen, was mit der Schranke los ist.«

»Lass das sein, Kate.«

Eine Weile lang herrscht Schweigen.

»Die ganze Zeit denke ich … ich hoffe einfach, dass er

eines Tages wieder glücklich sein wird. Glaubst du das auch? Ich finde, Toby muss wenigstens eine Chance bekommen. Er soll die Vergangenheit, das alles hier, hinter sich lassen können. Und noch einmal von vorn anfangen, mit einer anderen Frau.«

Martha beobachtet besorgt, wie Kate ihre Faust immer heftiger gegen das Kinn schlägt.

»Er möchte noch ein Kind, Martha.« Kates Stimme ist nur noch ein leises Flüstern, ihre Augen sind immer noch fest auf den Boden geheftet. »Er findet, wir sollten irgendwann noch ein Kind bekommen. Aber ich kann nicht. Ich werde kein Kind mehr bekommen. Ich meine, sieh mich an. Überleg doch mal, was ich getan habe. Wie könnte ich jemals …«

Martha weiß, dass sie jetzt eingreifen muss. Entschlossen packt sie Kate am Arm, damit sie sich nicht weiter selbst weh tut. Mit weit aufgerissenen Augen dreht Kate sich zu Martha um, fasst sie am T-Shirt, zieht sie zu sich herunter und wispert ihr mit kaum hörbarer Stimme ins Ohr.

»Sie haben den Hasen gefunden, Martha.«

Die Erinnerungsbilder stürzen auf sie ein, konfuse, drastische, entsetzliche Momente. Zwei Polizistinnen an ihrer Haustür, die glaubten, ihr Trost zu spenden, als sie ihr den Hasen übergaben, der zwei Tage nach dem Sturz des Autos in den Fluss gefunden worden war.

Ziemlich verworren erzählt Kate von den Kartons im Flur. Sie kann sich nicht erinnern, in welchem Karton der Hase ist, begreift Martha plötzlich. Das ist der Grund, warum sie solche Angst hat, die Kartons auszupacken.

»Okay, Kate. Schau mich an. Ich werde in den Kartons nach dem Hasen suchen. Kate, hast du mich verstanden?« Behutsam umfasst sie Kates Hände und löst sie von ihrem

T-Shirt. »Ich werde den Hasen finden, und dann werde ich ihn verbrennen. Hörst du, was ich sage? Das möchtest du doch, oder? Du willst doch, dass ich den Hasen für dich aus der Welt schaffe?«

Später reißt sie die Tageszeitung in kleine Stücke, füllt sie in eine alte Tonne im Garten, von der sie hofft, dass sie innen nicht zu feucht ist. Einen Moment später leuchten die Flammen, und Rauch steigt in den stillen Nachthimmel auf.

Marthas Augen folgen den grauen Schlieren, bis sie sich über dem alten Gebäude oben auf dem Millrose-Mount-Hügel vollkommen in der Dunkelheit verlieren. Sie versucht, nicht mehr an den Inhalt der Kartons im Flur zu denken.

Jetzt weiß sie, warum Kate damals schmutzige Fußabdrücke auf dem Küchenboden gemacht hat. Martha hat alles gefunden: Kinderdecken und Spielzeug, ein eingewickeltes Foto von Toby am Strand, mit einem kleinen Jungen auf den Schultern, der die gleichen Augen hat wie er.

Erst jetzt begreift Martha, warum Kate sie bei ihrer ersten Begegnung so seltsam angeschaut hat. Sie erinnert sich an den Moment, als in ihren Augen Verständnis und Verbundenheit aufflackerten.

Jetzt versteht sie endlich, warum sie hier ist.

31

Matthew war wohl noch nie so nervös wie jetzt, während er im zweiten Stock des Gemeindeamts von Aylesborough in einem kleinen Besprechungszimmer wartet. Am Telefon ist er gewarnt worden, dass bei diesem ersten Termin mit dem Jugendamt noch keine offiziellen Schritte eingeleitet würden. Das Treffen dient einzig dazu, ihm das Vorgehen der Behörden zu erklären. Die Frau am anderen Ende der Leitung betonte, er müsse sich darüber im Klaren sein, dass die Suche nach seiner leiblichen Mutter eine schwierige und aufwendige Angelegenheit sei und er nicht mit schnellen Ergebnissen rechnen dürfe.

Die Mitarbeiterin, die seinen Fall betreut, heißt Emily Adams. Sie ist eine schmale Frau, die viel lächelt und das dicke, fast weiße Haar zum Bob geschnitten trägt. Ihre Kleidung, ein schickes Kostüm und eine gepunktete Bluse, wirkt sehr formell. Der Anhänger einer goldenen Halskette pendelt nach vorn, als sie sich vorbeugt, um eine dunkelbraune Aktentasche auf dem Tisch abzulegen. Sie holt ein großes, gebundenes Notizbuch und einen perlmuttfarbenen Füllhalter heraus.

»Ich hoffe, man hat Ihnen mitgeteilt, dass ich Sie heute nur über die einzelnen Schritte der Suche nach den leiblichen Eltern informieren werde? Wir wollen das nur klarstellen, da etliche Antragsteller anfangs nicht begreifen, wie lange dieser Prozess dauern kann.«

Matthew hat die Beine übereinandergeschlagen und schwingt den rechten Fuß in der Luft.

Emily wirft einen Blick in ihr Notizbuch, als ob sie dort ihr Stichwort fände.

»Also, Matthew, als Erstes könnten Sie eine Kopie Ihrer Geburtsurkunde beantragen.«

»Das weiß ich. Genau deshalb bin ich hier.«

Emily blickt wieder in ihr Notizbuch.

»Sie haben Glück, dass Sie diese Suche jetzt beginnen. Letztes Jahr war das überhaupt noch nicht erlaubt. Die Gesetzgebung hat sich gerade erst geändert.« Plötzlich sieht sie schrecklich nervös aus.

»Ich möchte damit nur sagen, dass diese Änderungen auch für uns sehr neu sind. Wir müssen uns erst noch zurechtfinden. Und Sie wissen, dass Sie sich während dieses Verfahrens psychologisch beraten lassen müssen? Sind Sie damit einverstanden?«

»Ja, man hat mich über die obligatorischen Beratungsgespräche informiert. Das ist okay für mich. Alles ist okay … ich hätte nur gern, dass es weitergeht.«

In der Stadtbibliothek hat Matthew eine ausführliche Zeitungsreportage über die neue Gesetzgebung gelesen. Die Änderung der Adoptionsvorschriften wird sehr kontrovers diskutiert. Viele Menschen halten es anscheinend nicht für richtig, adoptierten Kindern diese Suche nach ihren Wurzeln zu ermöglichen. Sie glauben, dass die Sehnsucht nach der leiblichen Mutter in einer bitteren Enttäuschung enden wird.

Emily begrüßt es, dass er einige Unterlagen seiner Adoptivmutter mitgebracht hat. Dadurch kann sie die Adoptionsvermittlung, die mit seinem Fall beschäftigt war, schneller ausfindig machen. Leider kann man nicht immer davon ausgehen, dass die Akte noch in den Archiven vorhanden ist, aber zumindest ist es ein guter Ansatzpunkt.

»Also, muss ich noch lange warten? Wann habe ich das erste Beratungsgespräch, und wann beginnen Sie mit Ihren Nachforschungen?« Erst jetzt fällt Matthew auf, dass er schon wieder die Beine übereinandergeschlagen hat und sein rechter Fuß beängstigend schnell auf und ab wippt. Er löst die Beine voneinander, aber es gelingt ihm kaum, beide Füße ruhig auf dem Boden zu halten. Er hatte sich mehr von diesem Treffen erwartet, hat angenommen, dass das Jugendamt bereits heute mit der eigentlichen Suche beginnen würde.

»Das ist schwer zu sagen.«

»Sehen Sie, ich habe gerade erst erfahren, dass ich adoptiert wurde. Und ich würde wirklich gern bald mehr über meine Herkunft wissen.«

»Das kann ich gut verstehen, Matthew.« Während Emily seine Unterlagen überfliegt, wird ihr Gesichtsausdruck weicher. »Es muss ein furchtbarer Schock für Sie gewesen sein. Hatten Sie wirklich überhaupt keine Ahnung?«

Matthew klopft jetzt mit dem rechten Fuß auf den Boden. Draußen läutet die Rathausglocke. Eins, zwei, drei. Die Note ist A. Er hält inne, um im Kopf den Dur-Akkord zu spielen – seine Finger liegen auf den Tasten von Geoffreys geliebtem Steinway. Mit dem Fuß löst er das Pedal und schaut wieder zu Emily.

»Mein Vater wollte nicht, dass ich von der Adoption erfahre. Mein Adoptivvater, meine ich. Wir verstehen uns nicht sehr gut. Anscheinend hatte er von Anfang an Bedenken. Meine Mutter hat mir das alles erst vor kurzem erzählt.«

»Ich verstehe. Das ist eine schwierige Situation, die Sie am besten in der Beratung besprechen. Die Kollegen werden bei Ihnen wegen eines Termins anfragen. Auch ich werde mich melden, sobald ich etwas herausgefunden habe.« Emily macht sich daran, ihre Unterlagen wieder zusammenzusuchen. »Bei unserer Arbeit ist es sehr wichtig, keine falschen Hoffnungen zu wecken. Wir wollen nichts versprechen, was wir nicht halten können. Aber wir werden alles tun, um Ihnen zu helfen. Wir erreichen Sie also über das Musikgeschäft? Ist die Adresse korrekt?«

»Ja.«

»Gut. Wir bleiben in Verbindung.« Lächelnd klappt sie ihr Notizbuch zu. »In der Zwischenzeit wäre es gut, wenn Sie mit jemandem aus Ihrem Freundes- oder Bekanntenkreis über diese Erlebnisse reden könnten. So lange, bis Sie professionelle Unterstützung bekommen.«

Matthew starrt sie an, ihm fehlen die Worte. War das wirklich schon alles? Er ist bitter enttäuscht, schlimmer hätte es gar nicht sein können. Nicht einmal einen winzigen Schritt ist er vorangekommen. Was soll er mit dem Hinweis auf die lange Dauer einer solchen Suche anfangen, warum drängt man ihn, über seine Situation zu reden? Er weiß doch nicht einmal, was er wirklich fühlt, und erst recht nicht, was er laut aussprechen darf.

32

Am nächsten Tag ruft Carlo sehr früh am Morgen bei Martha an und fleht sie um Hilfe an.

»Ich bitte dich wirklich nur ungern, aber Maria hört einfach nicht auf mich. Sie steigert sich da schon wieder in etwas rein. Kannst du bitte kommen, Martha? Auf dich wird sie hören.«

Martha lässt Kate nicht gern allein. Als sie endlich im Café ankommt, herrscht dort totales Chaos.

»Martha, das ist doch lächerlich!« Kopfschüttelnd macht sich Carlo daran, einen Berg Pistazien zu zerkleinern, während Maria neben ihm blattförmige Kekse aussticht.

»Bitte schneid die Pistazien nicht zu klein, Carlo.«

»Das soll der Startschuss für eine Bürgeraktion sein, Maria«, Carlo hält kurz inne, um eine Nuss aufzuhalten, die vom Schneidebrett auf die Arbeitsfläche gerollt ist, »kein Wettbewerb im Keksebacken. Martha, kannst du ihr das bitte klarmachen? Wir sind schon seit sechs Uhr auf den Beinen.«

»Sie sehen doch nicht etwa aus wie die Blätter von Stechpalmen, oder, Martha? Bitte sag mir die Wahrheit. Sie sollen wie ganz normale Laubblätter aussehen, nicht wie die von Stechpalmen.«

»Sie sehen phantastisch aus, Maria.« Martha zwinkert Carlo heimlich zu. »Ich bin sicher, dass alles super klappen wird. Soll ich uns Kaffee machen? Wie wäre das?«

»Ich denke, wir sollten nicht auf alle Kekse Pistazien tun.«

»*Dio mio!* Entscheidend ist doch, wie viele Leute kommen, nicht die verdammten Kekse.« Carlo wendet sich wieder an Martha. »Was glaubst du, werden viele Menschen da sein?«

»Manche Menschen mögen keine Pistazien, andere sind dagegen allergisch. Heutzutage redet die ganze Welt über Allergien. Kinder mögen auch oft keine Kekse mit Nüssen. Denk nur an unsere kleine Anna, sie rümpft bei Nüssen auch immer gleich die Nase.«

»Wahrscheinlich sind wir alle nur etwas nervös, Carlo.« Martha greift nach einer Küchenschürze und verdreht die Augen, während Maria die nächste Portion Keksteig knetet und dann Mehl auf der Arbeitsfläche ausstreut, um den Teig auszurollen.

»Weißt du, Martha, mein Vater hat das Café nach mir benannt.« Maria klopft den Teigball, bevor sie ihn kraftvoll ausrollt. »Damals haben alle gedacht, er würde seinen eigenen Namen oder den meiner Mutter nehmen. Aber nein, er hat das Café nach mir, seiner ältesten Tochter, benannt. Und jetzt glauben die von der Stadt, sie könnten einfach so daherkommen mit ihren tollen neuen Ideen und ihren tollen neuen Entwürfen. Zeig Martha den Brief, Carlo. Zeig ihr, was die sich ausgedacht haben.«

Carlo holt einen Briefumschlag aus dem Regal und reicht Martha ein Blatt mit dem Briefkopf des Gemeinderats.

»Die glauben im Ernst, sie könnten uns mit einer kleinen Wohnung und einem seelenlosen Laden draußen im Industriegebiet abspeisen! Da gibt es keine Laufkundschaft. Da gibt es überhaupt keine Gäste! Wir wären in kürzester Zeit pleite.« Maria wischt ihre mehligen Hände an der Schürze ab und spricht dann weiter auf Italienisch auf ihren Ehemann ein, aber Carlo schüttelt nur den Kopf. Schließlich wendet sich Maria wieder an Martha. »Ich habe gehört, dass der Gemeinderat auch die Schulen in die Planung einer neuen Bibliothek miteinbeziehen will, außerdem wollen sie das Gelände des alten Krankenhauses umbenennen. Das sind schmutzige Methoden, finde ich. Die Sache wird allmählich echt hässlich.«

»Ich bin hier schon in Ungnade gefallen, Martha«, bemerkt Carlo, »denn ich habe vorgeschlagen, dass wir uns zur Ruhe setzen. Wir nehmen die Wohnung der Gemeinde und geben uns geschlagen. Wir schließen das Café und legen die Füße hoch.«

»Ich soll mich zur Ruhe setzen? Einfach aufgeben? Martha, sag ihm, dass er den Verstand verloren hat. Und bitte wirf einen Blick auf die Kekse. Eine Hälfte mit Pistazien, die andere ohne, was meinst du?«

»Ich verstehe immer noch nicht, warum wir überhaupt Kekse backen.« Carlo schüttelt erneut den Kopf.

»Das Motto, Carlo. Das ist das Motto.«

In diesem Augenblick ertönt die Türglocke, Maria springt auf und fährt noch einmal mit den Händen die Schürze entlang. »Du lieber Himmel, das wird der Baum sein!«

Martha sieht, wie Maria aus dem Laden rauscht. Beinahe gerät sie auf der Schwelle ins Stolpern in ihrer Eile, nach draußen zu kommen. Dort versuchen vier ihrer Stammgäste, alles kräftige Fischer, eine hochgewachsene Kiefer, die schon alle Nadeln verloren hat, in einen großen Kübel zu hieven, der zwischen dem Wollladen und dem Café steht.

Maria schleicht sich auf Zehenspitzen an die diskutierenden Männer heran, sie winkt und macht eine einladende Geste in Richtung Café, die der Wortführer der vier Freiwilligen mit einem freundlichen Nicken bejaht.

Später gießt sie Martha eine Tasse Tee aus einer riesigen Edelstahlkanne ein und erläutert ihren Plan.

»Ausnahmsweise bin ich wirklich froh, dass Carlo nicht auf mich gehört hat. Monatelang habe ich ihn genervt, er solle endlich den Weihnachtsbaum zerhacken. Wenn er das getan hätte, wäre ich niemals auf diese Idee gekommen.«

Sie erzählt Martha, dass die große, kahle Kiefer lange im Hinterhof gestanden hat. Jedes Jahr schenkt einer ihrer Gäste Maria so ein Mordsding. Während der Weihnachtszeit sieht das Café dann sehr festlich aus, aber den Baum zu entsorgen ist jedes Mal eine echte Herausforderung.

Nur dieses Jahr ist das anders.

Die Kiefer steht sicher an ihrem Platz, als Kate kommt, um Martha zu sagen, dass sie sich besser fühlt. Sie will Wendy und ein paar anderen Freiwilligen beim Baumschmücken helfen.

Seit Maria ihre Freundinnen in ihren Plan eingeweiht hat, haben sie ununterbrochen gestrickt. Wendy und Martha haben sich ein einfaches Muster für ein Blatt ausgedacht, nach dem sie alle in den verschiedensten Grüntönen stricken. Lindgrün, olivgrün, flaschengrün, dunkelgrün. Wendy und Martha haben im Vorfeld Fotokopien des Blattmusters und Wollreste verteilt, damit sie für den ersten Tag ihrer großen Aktion möglichst viele gestrickte Blätter zusammenbekommen. Marias Idee ist im Grunde sehr einfach: Einwohner von Aylesborough, die für den Fortbestand des Hafenkais mit dem Wollladen, dem Musikgeschäft und dem Café sind, sollen Blätter für den Baum stricken.

Und wenn aus den kahlen Zweigen allmählich ein prächtiger, bunter Wollbaum geworden ist, wird auch der Gemeinderat begreifen, dass die Menschen von Aylesborough nicht auf ihren Kai, so wie sie ihn kennen, verzichten wollen.

»Du bist ein Genie«, sagt Wendy, als der erste Zweig grüne Blätter trägt. »Diese Idee ist so anschaulich – wirklich sehr schlau, Maria. Und so wunderschön!«

Sogar die Fischer stimmen ein und bezeichnen den Baum als kleines Kunstwerk. Nur Carlo bemerkt, dass Maria immer angespannter wirkt. In einer halben Stunde soll es losgehen, und außer den freiwilligen Helfern sind bisher erst sechs Leute gekommen, die sich jetzt Kaffee oder Tee holen und von den blätterförmigen Keksen probieren.

Maria hat den Fotografen der Lokalzeitung gebeten, um zehn Uhr da zu sein, und sie hat gehofft, dass auch der Fernsehsender, der über das Gerichtsurteil berichtet hat, sich für ihre Aktion interessieren würde. Carlo wirft einen Blick auf seine Armbanduhr und zwinkert seiner Frau aufmunternd zu, als Martha Kate beiseitenimmt.

»Bist du sicher, dass du hierbleiben willst, Kate? Niemand wird etwas sagen, wenn du nach Hause gehst. Ich kann dich ja damit entschuldigen, dass du dich nicht gut fühlst.«

Am Vorabend war Toby gekommen, um noch ein paar seiner Sachen zu holen. Martha saß regungslos in ihrem Zimmer und hielt den Atem an, während laute Stimmen zu ihr drangen. Toby flehte Kate an, sich die Trennung noch einmal zu überlegen, denn er könne sie in ihrem derzeitigen Zustand nicht guten Gewissens allein lassen. Kate war vollkommen aufgelöst, bestand aber darauf, dass er ging. Mehrmals sagte sie ihm, Martha kümmere sich um sie, es gehe ihr gut. Sobald er weggefahren war, hatte sie sich ins Bett verkrochen.

»Das ist nett von dir, Martha, aber es ist alles in Ordnung mit mir. Ich glaube, es wird mir guttun, wenn ich etwas Sinnvolles mache und hier mithelfe. Ich muss mich irgendwie beschäftigen.«

Inzwischen blicken alle Anwesenden verstohlen auf ihre Armbanduhren, und Maria sieht wirklich beunruhigt aus.

»Ich habe gedacht, dass um diese Uhrzeit schon mehr Leute da wären. Carlo? Martha? Habt ihr das nicht auch gedacht?«

Fünf Minuten vor zehn erscheint der Fotograf der Lokalzeitung. Als er sieht, wie wenig Leute gekommen sind, runzelt er die Stirn, aber von dem Baum ist er sehr beeindruckt. Er versichert Maria, dass er ein tolles Foto machen wird. Alle Anwesenden sollen sich um den Baum versammeln, sonst wirke das Bild trostlos.

Maria bittet den Mann, noch etwas zu warten, sie holt ihm Kaffee und einen Teller Kekse. Dann bespricht sie sich mit Wendy. Das Fernsehteam ist noch nicht erschienen. Die Assistentin der Regionalnachrichten war am Telefon sehr zurückhaltend und hatte sich nicht festlegen wollen, ob das Team käme. In fünf Minuten müssen Maria, Wendy und die anderen mit ihrer Aktion beginnen.

Plötzlich ertönt vom Wasser her laut ein Schiffshorn. Das Signal kommt aus östlicher Richtung – und als die kleine Menschenansammlung vor dem Café sich zum Meer umdreht, stimmen die Hörner anderer Boote in das Hupkonzert ein.

Eines der Ausflugsboote, das in den Sommermonaten Touristen die Küste entlangfährt, steuert gerade auf den Anleger zu. Die Schiffe sind zu dieser Jahreszeit nur selten unterwegs, aber heute flattert auf einem davon ein großes Banner mit den Worten RETTET UNSERE HAFENGESCHÄFTE im Wind.

»Das ist unsere Überraschung für euch«, wendet sich einer der Fischer am Kai mit strahlendem Lächeln an Maria. Als ihr jetzt mindestens vierzig Menschen vom Boot aus gleichzeitig zuwinken und hallo rufen, schlägt Maria vor Aufregung die Hand vor den Mund. Das Boot ist noch zu weit draußen, um einzelne Gesichter erkennen zu können, aber die Fischer am Kai versichern Maria, dass das alles ihre Stammgäste sind. Sogar das Fernsehteam ist mit an Bord. Marias treue Kundschaft hat alles getan, um ihr eine perfekte Überraschung zu bereiten.

Carlo tritt einen Schritt vor, um Maria zu umarmen, und entdeckt Tränen in ihren Augen. Geoffrey und Wendy kommen an ihre Seite, damit der Fotograf noch ein Bild schießen kann, und im Hintergrund steht ungläubig lächelnd Matthew.

Der Kapitän des Vergnügungsdampfers hält ein Megafon in der Hand und führt einen durchdringenden Sprechchor an: »Wir wollen bleiben, wir wollen bleiben …« Als die Passagiere am Ende des Kais aussteigen, drückt jemand Maria das Megafon in die Hand.

Nachdem Maria sich bei jedem Einzelnen mit Tränen in den Augen bedankt und ihre blätterförmigen Kekse angeboten hat, erklärt sie den Sinn des Aktionsbaums. Einige von Wendys Stammkundinnen verteilen währenddessen schon Kopien mit dem Strickmuster des Blatts unter den Anwesenden und drängen darauf, möglichst viele Freundinnen und Freunde zum Mitstricken zu animieren.

Später führen das Fernsehen und die Zeitungsreporter noch Interviews mit Maria, Wendy und Geoffrey. Noch mehr Fotos werden gemacht, vor dem Café, neben dem

Wollbaum, vor dem Wollladen und dem Musikgeschäft. Sogar die leckeren Kekse werden fotografiert, und auf die Frage nach dem Rezept antwortet Maria süffisant lächelnd, es handele sich um ein altes, gut gehütetes Familiengeheimnis.

Schließlich rollt Geoffrey mit Hilfe einiger Männer ein altes Klavier aus seinem Geschäft auf den Kai, und Matthew spielt einige Hits der Beatles, die alle mitsingen.

Es ist ein wunderschönes Straßenfest. Martha freut sich für ihre Freunde. Lächelnd steht sie in der Menschenmenge, da hört sie einige jüngere Frauen kichernd über Matthew reden.

»Weißt du, wer das ist? Hast du seine Augen gesehen? Wunderschöne Augen.«

33

Matthew hatte nie die Absicht, irgendjemandem von der Suche nach seiner leiblichen Mutter zu erzählen.

Anfangs war er so verwirrt von seinen eigenen Gefühlen, dass es ihm schon Angst machte, nur darüber nachzudenken, und erst recht, seine Emotionen in Worte zu fassen.

Manchmal, wenn er nachts unter der grünen Frotteedecke auf der Bettcouch in Mrs. Hills Bed & Breakfast liegt, wird ihm bewusst, dass es bei seiner Suche genauso sehr ums Verheimlichen wie ums Herausfinden geht. Er will die Wahrheit über seine Herkunft erfahren, aber er will nicht, dass irgendjemand außer ihm diese Wahrheit kennt.

Die größte Angst jagt ihm die Wut ein, die er morgens beim Blick in den Spiegel in seinen Augen aufblitzen sieht. Ihm war nicht klar, dass er so zornig werden kann.

Als seine Mutter – er weiß nicht, wie er sie sonst nennen soll – plötzlich in Geoffreys Musikgeschäft auftauchte, hat ihn der Sog widersprüchlicher Gefühle fortgerissen. Wut und Erleichterung, Liebe und Hass stiegen in ihm auf, als er durch die Glasscheibe der Ladentür starrte. Er wollte seine Mutter umarmen, er wollte sie anschreien. Letztendlich war er ihr gegenüber sehr schweigsam, weil er fürchtete, die Kontrolle zu verlieren, wenn er erst einmal anfing, über seine Gefühle zu sprechen.

Inzwischen fällt es Matthew jeden Tag schwerer, die Wut in seinem Bauch zu unterdrücken. Er wartet darauf, dass nach seinem Treffen mit der Frau vom Jugendamt etwas in Gang kommt; es ist ermüdend, ständig nachzufragen, nur um zu hören, dass es keine Neuigkeiten gibt. In seiner Verzweiflung lässt ihm Emily Adams' Ratschlag, er solle mit jemandem über seine Suche reden, keine Ruhe. Damals hat er sich das nicht vorstellen können, aber jetzt ist er nahe daran, zu glauben, er habe sich geirrt.

»Geoffrey, könnte ich vielleicht mit dir reden?«

Er beginnt dieses Gespräch an einem Donnerstag, als sie, wie immer, zum Omelette-Essen verabredet sind. Heute schlägt Matthew das Eiweiß in einer Glasschüssel zu Eischnee, Geoffreys Aufgabe ist es, sich um Eigelb, Pfanne und den Grill zu kümmern. Die Teller werden im Ofen vorgewärmt.

Gewöhnlich behält Matthew die Zeit fest im Blick, denn er will auf keinen Fall *Top of the Pops* im Fernsehen verpassen. Geoffrey zieht ihn gnadenlos mit der Musikshow auf, obwohl es ihm Spaß macht, mitzuschauen. Die Musik, die junge Leute heutzutage mögen, amüsiert Geoffrey, genau wie die absonderlichen Namen der Bands. *Showwaddywaddy?* Wer denkt sich denn so etwas aus?

Aber heute schaut Matthew nicht zur Uhr und erwähnt seine Lieblingsshow mit keiner Silbe. Geoffrey runzelt verwundert die Stirn.

»Natürlich rede ich gern mit dir, aber ich glaube, du musst schon etwas deutlicher werden, sonst verstehe ich dich nicht, Matthew.« Geoffrey reicht ihm Salz und Pfeffer. »Tu bitte ordentlich Pfeffer rein.«

»Du hast mich noch nie gefragt, warum ich nach Aylesborough gekommen bin.« Matthew schlägt die Eimasse jetzt doppelt so schnell wie zuvor. »Du hast mich nie wirklich gedrängt, etwas zu erzählen, auch nicht, als meine Mutter neulich vor der Tür stand. Warum es zwischen uns so schwierig ist.« Durch die heftige Armbewegung ist Matthew schon ganz außer Atem, und er kann seine Nervosität überspielen. Geoffrey hat seinen Beitrag zum gemeinsamen Essen vollendet, die Eigelb stehen in einer separaten Schüssel bereit, der Käse ist gerieben und der Räucherschinken in Streifen geschnitten.

»Um ehrlich zu sein, Matthew, fand ich, dass das deine Angelegenheit ist. Daher musst allein du entscheiden, ob und wann du darüber sprechen möchtest.«

»Richtig. Also, ich bin dir sehr dankbar für deine Zurückhaltung. Die Sache ist die …« Matthew reicht ihm die Schüssel mit dem Eischnee, und Geoffrey mischt die Eigelb unter und gibt ein Stück Butter zum Öl in der Pfanne. »Offen gestanden bin ich in einer schwierigen Situation. Ich hatte einen Riesenstreit mit meinen Eltern.«

»Aua!« Geoffrey macht einen Satz nach hinten, wischt sich das heiße Öl von der Hand und dreht die Gasflamme kleiner.

»Alles in Ordnung?«

»Ja, alles okay. Was hast du gerade gesagt? Ihr habt euch gestritten?«

Matthew hustet leicht und schaut vom Tisch aus, wo Geoffrey schon Teller, Besteck und Gläser sowie Ketchup bereitgestellt hat, hinaus in den Garten.

»Was soll ich sagen? Du hast bestimmt gemerkt, dass wir Streit hatten. An der Art, wie ich mit meiner Mutter geredet habe, als sie hier war. Aber, Geoffrey, also … Es war ein sehr, sehr heftiger Streit. Echt übel.«

Geoffrey seufzt, nimmt die Pfanne vom Herd und stellt sie unter den Grill. Dann blickt er zu Matthew, der immer noch aus dem Fenster starrt.

»Ich habe mir so etwas in der Art schon gedacht, Matthew. Und es tut mir sehr leid für dich. Aber ich weiß aus Erfahrung, dass so ein Krach meistens irgendwann beendet wird.«

»Nein, dieser Streit ist anders, das ist kein normaler Krach. Weißt du, ich habe herausgefunden, dass ich adoptiert bin.«

»Du meine Güte!«

»Meine Eltern haben mir das immer verheimlicht und mir nichts davon erzählt. Es kam nur raus, weil mein Vater und ich eine furchtbare Auseinandersetzung hatten. Für mich war das völlig überraschend. Ich möchte Musik studieren, er will, dass ich sein Geschäft übernehme, seine Metzgerei. Der Streit ist dann vollkommen ausgeartet. Mein Vater hat so Dinge gesagt wie ›Wenn du wirklich mein Sohn wärst‹ und so etwas.«

Geoffrey zieht die Pfanne unter dem Grill hervor und hebt das erste Omelett auf einen Teller.

»Ganz ehrlich, Matthew, ich weiß jetzt gar nicht, was ich sagen soll. Das klingt schrecklich. Und du hast wirklich nichts geahnt?«

Matthew, der immer noch vor sich hin starrt, schüttelt heftig den Kopf, während Geoffrey sich um das nächste Omelett kümmert.

»Hör mal, Matthew, fang doch bitte schon an zu essen, während ich das zweite Omelett für mich mache. Du musst jetzt unbedingt etwas in den Magen bekommen.«

Geoffrey hantiert, anscheinend tief in Gedanken versunken, am Herd, nur hin und wieder wirft er einen Blick auf das Foto seiner Ehefrau im Regal.

»Ich möchte ja nicht neugierig erscheinen, aber du und Jean, ihr hattet keine Kinder, oder? Habt ihr nie über eine Adoption nachgedacht?«

»Doch, das haben wir, aber Jean war dagegen. Sie fand

das unfair dem Kind gegenüber. Wegen ihrer Krankheit und dem Leben im Rollstuhl. Sie war sicher, man würde sie nicht als Adoptivmutter akzeptieren. Ich war anderer Meinung.« Er wirft einen Blick auf ein anderes Foto, das eine strahlende Jean am Strand von Whitstable zeigt. »Ich hätte mir wirklich keine bessere Mutter als Jean vorstellen können, aber ich wollte ihr keine Schuldgefühle machen, Matthew. Sie sollte nicht denken, dass ich unbedingt ein Kind haben wollte. Deshalb habe ich sie in diesem Punkt belogen und ihr gesagt, ich sei ganz ihrer Meinung. Manchmal tun Menschen das, weißt du. Sie lügen aus Liebe.«

Matthew lächelt schwach und kaut bedächtig.

»Meine Mutter hat sich alle möglichen Sachen über uns ausgedacht, Geoffrey. Wenn ich als kleiner Junge etwas über meine Geburt wissen wollte, dann hat sie einfach eine Geschichte über uns beide im Krankenhaus erfunden.« Er wendet sich zu Geoffrey um und sieht ihm direkt in die Augen. »Wie konnte sie das tun? Wie kann jemand sich solche Dinge ausdenken?«

Geoffrey schüttelt den Kopf.

»Offen gestanden, Matthew, ich habe nicht die geringste Ahnung. Es fällt mir wirklich schwer, etwas dazu zu sagen. Aber als deine Mutter hier war, da konnte man sehen, wie wichtig du ihr bist. Daher glaube ich, dass sie immer nur versucht hat, dich zu beschützen.«

Matthews Atmung geht schwer, er versteckt die rechte Hand unter dem Tisch und ballt sie zur Faust, als ob er so seine Gefühle, die Wut, die Angst, die Traurigkeit, bezwingen könnte. Ihm zieht sich der Magen zusammen bei dem Gedanken an die ohnmächtige Wut, die ihn an jenem Tag dazu brachte, seinen Vater zu schlagen. Er versetzte seinem Vater einen Fausthieb auf die Nase, dass dieser blutete. Seine Mutter stand in der Küche mit dem Rücken zur Spüle und flehte sie beide weinend an, aufzuhören.

»Matthew, Liebling, es tut mir so leid …«

»Adoptiert? Ihr wollt mir wirklich erzählen, ihr hättet mich adoptiert?«

»Du hast doch nicht im Ernst geglaubt, du wärst mein richtiger Sohn?«

»Hör auf, Arthur. Hör sofort auf damit. Bitte, so geht das nicht!«

»Mein Sohn, der den ganzen Tag auf dem Klavier rumhämmert, anstatt richtig zu arbeiten …«

»Arthur, hör auf!«

»Komplett verrückt war sie, deine richtige Mutter. Sie war eine Irre in der Klapse …«

Matthew legt sein Besteck zusammen und schiebt den Teller von sich fort.

»Anscheinend bin ich hier geboren, in Aylesborough.« Matthew hält kurz inne. Grübelnd kneift er die Augen zusammen, beschließt aber, nichts über das Millrose Mount Hospital zu sagen. »Das ist alles, was ich weiß, mehr haben sie mir nicht gesagt. Ich muss warten, bis ich an meine Adoptionsunterlagen komme. Beim Jugendamt war ich auch schon, die können mir helfen, meine leibliche Mutter zu finden. Inzwischen ist das erlaubt, denn das Gesetz wurde geändert.« Wieder schaut Matthew Geoffrey eindringlich an, als versuche er, seine Gedanken zu lesen. »Mein Vater – also mein Adoptivvater – hat gesagt, dass er mich enterben wird, wenn ich meine leibliche Mutter suche. Er meint, ich sei undankbar, und das wäre kaltherzig meiner Mutter gegenüber.«

Geoffrey atmet tief durch und legt ihm besänftigend eine Hand auf seine Schulter. Jetzt versteht er Matthew besser.

»Und nun weißt du nicht, was du tun sollst.«

»Nein. Ich meine, als ich von zu Hause weg bin, nach dem Streit, war ich so sicher, was ich tun will, Geoffrey. Ich war so wütend auf die beiden, weil sie mich mein Leben lang belogen haben, weil sie mir nie etwas gesagt haben. Mir war vollkommen egal, was mein Vater über meine Absichten dachte. Das ist mir immer noch egal. Aber als meine Mutter hier war, hat sie versucht, mir ihre Sicht der Dinge näherzubringen. Versteh mich bitte nicht falsch, ich bin immer noch total sauer, aber jetzt weiß ich ungefähr, was damals in meiner Mutter vorgegangen ist.«

»Sprich weiter.«

Bedächtig berichtet Matthew, was Glenda ihm an dem Tag im Musikgeschäft über ihre Vergangenheit erzählt hat. Als Arthur und sie heirateten, waren sie ein glückliches Paar. Damals waren sie andere Menschen. Aber weil sie keine Kinder bekamen, wurden sie mit der Zeit sehr unglücklich. Die Untersuchungen ergaben, dass Arthur nicht zeugungsfähig war, was ihn sehr belastete.

Anfangs war er strikt gegen eine Adoption. Er wollte nicht, dass irgendjemand von ihrem Unglück erfuhr. Aber als sie ungefähr fünf Jahre verheiratet waren, bekam Arthur die Chance, in einem anderen Ort eine Metzgerei zu übernehmen. Damals drang Glenda darauf, zum Zeitpunkt des Umzugs ein Kind zu adoptieren, denn dann würde niemand an ihrem neuen Wohnort je erfahren, dass das Kind nicht von ihnen war.

Sie hatte ihm geschworen, sie würde dem Kind niemals sagen, dass sie nicht seine leiblichen Eltern waren. Niemand außer ihnen selbst und einigen engen Verwandten würde die Wahrheit kennen.

Sie weinte, als sie Matthew erzählte, wie leid ihr diese

Lüge jetzt tat, wie sehr sie sich geirrt hatte. Aber damals hatte die Vermittlungsagentur ihnen zugestimmt, dass es besser sei, dem Kind nichts zu sagen. Und die Entscheidung lag allein bei den Adoptiveltern.

»Sie muss sich sehr danach gesehnt haben, Mutter zu sein«, sagt Geoffrey sehr leise. »Das kann ich gut verstehen.«

»Aber mir die ganze Zeit nichts zu sagen! Nicht einmal dann, als ich älter wurde und mein Vater mich mehr und mehr ablehnte …«

Matthew erzählt noch mehr. Er spürt, wie gut es ihm tut, sich Geoffrey anzuvertrauen. Sein Vater war immer davon ausgegangen, dass er sein Geschäft übernehmen würde. Dabei hatte sich Matthew von klein auf nur für Musik interessiert. Er verabscheute das Schlachten, konnte kein Blut sehen und das Geräusch der Säge nicht ertragen. Beim Anblick der toten Tiere im Kühlraum mit ihren leeren, starren Augen wurde ihm übel. Und sein Vater wurde immer wütender, wenn die Leute ihn fragten, von wem sein Sohn dieses musikalische Talent geerbt habe. Ob es in der Familie seiner Ehefrau begnadete Musiker gebe?

»Mein Vater und ich haben einfach überhaupt nicht zusammengepasst, Geoffrey. Immer wenn er mich ansah, war er so … so enttäuscht.«

Dann spricht Matthew etwas laut aus, was er noch nie jemandem anvertraut hat. In seiner Jugend hatte er lange Zeit geglaubt, dass seine Mutter um die Zeit, als er auf die Welt kam, eine Affäre mit einem anderen Mann gehabt haben musste. Sein Vater war in Wahrheit gar nicht sein Vater, und deshalb gerieten sie auch ständig aneinander. Und diese Vorstellung hatte ihn nicht einmal aufgewühlt, im Gegenteil, sie war eine Erklärung dafür, warum er sich mit seiner Mutter sehr gut verstand, während sein Vater ständig unzufrieden mit ihm war.

»Aber nie, nicht einmal für den Bruchteil einer Sekunde, Geoffrey«, seine Stimme wird brüchig, und er schaut wieder in den Garten, wo zwei Vögel am Futterplatz Körner picken, »nie wäre ich auf die Idee gekommen, dass meine Mutter nicht meine richtige Mutter ist.«

Geoffrey blickt sich suchend nach einem Taschentuch um. Verlegen wühlt Matthew in seinen Hosentaschen, zieht aber nur einen grauen Fetzen hervor, bei dessen Anblick beide lächeln müssen. Geoffrey drückt noch einmal sanft Matthews Schulter, dann holt er ein sauberes, gebügeltes Stofftaschentuch aus dem Nebenzimmer. Der Moment der Anspannung ist vorüber, Matthew putzt sich die Nase, und Geoffrey geht in die Küche, um den Grill auszuschalten.

»Ich muss mich entschuldigen, Geoffrey, ich habe dir das Abendessen verdorben.«

»Sei nicht albern. Also, deine Mutter? Hast du noch einmal mit ihr gesprochen? Ich möchte nichts Falsches sagen oder so tun, als wüsste ich alles besser, aber ich glaube, es ist wichtig, dass ihr in Kontakt bleibt. Du solltest mit ihr reden, während du nach deiner leiblichen Mutter suchst.«

»Ich habe sie angerufen, um ihr zu sagen, dass es mir gutgeht.«

»Das ist schön. Und natürlich ist sie hier jederzeit willkommen. Wenn sie dich nochmals besuchen möchte, meine ich.«

»Danke, Geoffrey. Im Augenblick ist sie zu ihrer Schwester gefahren. Meine Eltern …«, er räuspert sich, »sie haben sich getrennt. Das war schon lange abzusehen.«

»Tut mir leid, das zu hören. Da musst du mit einer Menge Sachen gleichzeitig zurechtkommen, das ist sicher nicht leicht.«

Matthew braucht eine Atempause und wechselt das Thema. Er fragt Geoffrey, wie er die öffentliche Gemeindeversammlung fand, wo in einer Tour von den neuen Bauvorhaben geschwärmt wurde, und auch, ob er glaubt, dass sie mit ihrer Aktion zur Rettung des Hafenkais eine Chance haben werden.

Geoffrey geht auf Matthews Wunsch ein, und sie äußern sich beide besorgt darüber, ob Marias Initiative erfolgreich sein kann. Dem Gemeinderat ist es nämlich gelungen, sämtliche Schulen vor Ort mit der Aussicht auf eine neue Stadtbibliothek und ein Kunstforum auf seine Seite zu zu ziehen. Es wird sogar einen Wettbewerb zur Findung eines neuen Namens für das Gelände geben.

»Aber die Leute werden bestimmt begreifen, was wirklich dahintersteckt. Die Bibliothek, meine ich, das ist doch reine Bestechung.« Matthew setzt jetzt Teewasser auf und holt zwei Becher aus dem Regal über der Spüle.

»Sicher, da hast du recht, dennoch ändert das nichts daran, dass die Leute die Bibliothek wollen. Du hättest die ganzen Lehrer auf der Versammlung sehen sollen, Matthew. Das waren viel mehr als Marias Stammgäste.«

»Aber du wirst doch nicht aufgeben, Geoffrey?«

»Natürlich nicht. Wir werden bis zum Ende kämpfen. Ich habe immerhin dieses Haus hier, das mir gehört. Aber um Maria und Wendy mache ich mir wirklich Sorgen. Wo sollen die beiden denn hin?« Geoffrey nimmt seinen Teebecher und bedeutet Matthew, ihm ins Wohnzimmer zu folgen. In der Ecke steht eine große Kiste, die Geoffreys Freund, der Musikalienhändler aus Bath, geschickt hat. Matthew verzieht verständnislos das Gesicht und setzt sich hin. Bestimmt sind das die ersten Ersatzteile für den Steinway-Flügel, aber warum hat Geoffrey ihm nichts davon erzählt? Warum lässt er die Kiste hier in der Ecke stehen, anstatt sie ins Geschäft zu bringen? Sie warten doch schon seit Wochen auf die bestellten Teile. Als Geoffrey errötet, begreift Matthew endlich, was hier vor sich geht.

»Du willst den Steinway-Flügel behalten, egal was mit dem Geschäft passiert, stimmt's, Geoffrey?«

»Na klar, natürlich möchte ich den Flügel behalten. Aber man muss realistisch bleiben. Es ist eine Frage des Machbaren. Mein Freund hat netterweise angeboten, den Flügel bei sich in Bath …«

»Aber Geoffrey, nein!« Matthew stellt seinen Teebecher ab und steht entschlossen auf.

»Ich werde Maria und Wendy so gut unterstützen, wie ich nur kann. Aber wenn unser Plan schiefgeht, werde ich nur noch bei den Leuten zu Hause das Klavier stimmen. Wenn ich das Geschäft schließen muss, meine ich.«

»Aber du könntest den Flügel doch in deinem Haus aufstellen. Du könntest ihn hier reparieren, Geoffrey.«

»Wenn ich genügend Platz hätte, dann schon. Aber wir sollten auf dem Teppich bleiben.«

Abrupt dreht sich Matthew einmal um die eigene Achse, seine Gedanken wirbeln verzweifelt durcheinander auf der Suche nach einer Lösung.

»Nein, Geoffrey. Du kannst diesen Flügel nicht wieder hergeben. Verstehst du …«

Dann läuft er unruhig im Zimmer auf und ab, seine Gedanken überschlagen sich, während er spricht und gleichzeitig die Größe des Raums und auch der Türen zu bestimmen versucht. Er überlegt, wie der Flügel ins Wohnzimmer transportiert werden könnte. Das Wohnzimmer ist nur durch einen Mauerbogen vom Esszimmer getrennt, von dort führen zwei breite Terrassentüren in den Garten. Wenn man die Beine abmontiert, müsste der Flügel über die Terrasse ins Haus gebracht werden können.

»Der Flügel passt durch die Terrassentüren dort.« Matthew überschlägt die Maße im Kopf. Die Einfahrt verläuft bis hinter das Haus, und es gibt dort auch einen Parkplatz. »Hast du vielleicht einen Zollstock?«

Kurze Zeit später hat er alles ausgemessen und hält die Angaben auf einem Blatt Papier fest. Dann fügt er eine Skizze der Räumlichkeiten hinzu. Sicherlich würde es eng werden, und Geoffrey müsste einige Möbelstücke aus dem Wohnzimmer forträumen, aber wenn man den Flügel im spitzen Winkel anhebt und die Tür aus dem Rahmen nimmt, dann könnten sie den Flügel ins Haus tragen.

Dann könnte Geoffrey den Steinway-Flügel in Ruhe aufarbeiten, unabhängig davon, was mit dem Musikgeschäft passiert.

Mit undurchdringlichem Gesichtsausdruck schaut Geoffrey sich im Wohnzimmer um. Dann wandert sein Blick zur Tür. Von dort zu Matthew, der geschickt verschiedene Möglichkeiten auf Papier skizziert. Einen Moment lang atmet er ganz tief durch.

»Du bist wahrscheinlich der Einzige, Matthew, der begriffen hat, dass mich der mögliche Verlust des Steinway-Flügels mehr beschäftigt als alles andere.«

»Dann lass uns nicht mehr darüber nachdenken, Geoffrey. Wir kämpfen weiter gegen den Gemeinderat. Und sollten wir verlieren, finden wir eine andere Lösung.«

Während Matthew das gesamte Wohnzimmer noch einmal sehr genau ausmisst und um mehr Papier bittet, steht Geoffrey einfach nur da und schaut ihm zu. Dann räuspert er sich.

»Was du mir da vorhin über dein Leben erzählt hast, Matthew.«

»Ja, was ist denn?«

»Ich bin vielleicht nicht der Richtige, um dir Ratschläge zu erteilen, auch wenn ich das gern wäre. Aber deine Mutter …« Er beißt sich auf die Unterlippe. »Ich meine, die Mutter, die dich großgezogen hat …« Langsam reicht er ihm ein neues Blatt Papier. »Ich finde, sie hat das sehr gut gemacht, Matthew.«

34

Kate sitzt auf der Dachterrasse eines Hafencafés und beobachtet die Möwen, die kreisend auf ihre Chance lauern. Die einheimischen Gäste beugen sich weit über ihre Teller, um den Vögeln keine Gelegenheit zu bieten, oder sie essen gleich drinnen. Aber ein Urlauber hat Pech. Empört muss er mitansehen, wie eine Möwe dreist auf seinen Fischteller herabstößt. Kate vernimmt lautstarkes Gemurmel über mangelnde Hygiene, dann erscheint der Cafébesitzer, und eine hitzige Diskussion beginnt.

»Das Café liegt am Meer, und hier gibt es nun mal Möwen.«

»Aber ich kann den Fisch jetzt nicht mehr essen.«

»Tut mir leid, aber wir erstatten nichts.«

Kate schaut aufs Meer hinaus. Sie nimmt ihren Teebecher in die Hand und überlegt, wie lange es her ist, dass Toby fortgegangen ist. Zwei Wochen? Oder sind es sogar schon drei Wochen? Sie kann es nicht sagen, so viel ist seitdem passiert.

Letzte Nacht hat sie von ihrer gemeinsamen Parisreise geträumt. Als sie erwachte und die leere Betthälfte neben sich sah, glaubte sie für einen Moment, wieder dort in dem kleinen Hotel im Quartier Latin zu sein, wo Toby jeden Moment aus der Dusche kommen würde. Paris, wo sie so überglücklich gewesen war.

Sie waren in die Stadt der Liebe gefahren, nachdem sie festgestellt hatte, dass sie schwanger war. »Mehr Klischee geht nicht«, meinte Toby grinsend, als sie in einem Straßencafé am Boul' Mich saßen und Kate begann, für zwei zu essen. Miesmuscheln und Pommes frites, Puddingtörtchen mit Erdbeeren und Sahne.

»Bist du sicher, dass Muscheln in der Schwangerschaft erlaubt sind?« Toby hatte sich vom ersten Augenblick an übertriebene Sorgen um das Kind und sie gemacht, und sie hatte ihn dafür geliebt.

Sie waren zum Louvre gegangen, um die Mona Lisa zu sehen, aber daraus wurde nichts. Zu Beginn der Schwangerschaft musste Kate alle fünf Minuten zur Toilette. Im Louvre hatte sich vor den Damentoiletten eine lange Warteschlange gebildet, und bis Kate fertig war, hatte das Museum den Saal mit dem weltberühmten Porträt bereits geschlossen.

Also suchten sie das nächste Café auf und aßen noch mehr Puddingtörtchen.

»Dir ist schon klar, dass ich unheimlich dick werden will«, sagte Kate lachend.

Während Kate jetzt auf der Dachterrasse dieses Cafés sitzt, das nicht annähernd so heimelig ist wie das von Maria, kann sie nicht glauben, dass sie einmal diese glückliche, umsorgte Frau war, die in Paris unzählige Puddingtörtchen aß.

Sie weiß nicht, wie sie es ihrem Ehemann erklären soll. Die Schuld, die sie wegen der kurzen Affäre mit Mike fühlt, ist erdrückend. Soll sie Toby heute davon erzählen? Ist sie ihm das schuldig? Natürlich ist sie ihm das schuldig.

Sie denkt daran, wie sehr ihn ihr Geständnis verletzen wird, und spürt einen heftigen Stich in der Magengegend.

Warum bin ich nur so ein schrecklicher Mensch?

Sie kneift die Augen zusammen. Ist es wirklich zwei

Wochen her, dass Toby ausgezogen ist? Kate dreht sich wieder zu dem Gast um, der mit dem Cafébesitzer über sein verdorbenes Essen spricht, als ihr die furchtbare Wahrheit dämmert.

Nein, Toby ist doch bereits vor drei Wochen ausgezogen.

Unwillkürlich läuft ein Schauder durch ihren Körper, nackte Angst überkommt sie, als der Gedanke Gestalt annimmt.

Nervös wühlt sie in ihrer Tasche nach dem Terminkalender und überfliegt in Windeseile die Seiten.

Als sie noch arbeitete, zählte Kate jeden Monat akribisch die Tage. Den Beginn ihrer Periode kreiste sie jeweils rot ein. Da sie regelmäßig prämenstruelle Beschwerden hatte, musste sie sich auf ihre Periode vorbereiten. Sie nahm Schmerztabletten gegen das Kopfweh und heiße Bäder zur Entspannung. Die Blutungen setzten immer sehr pünktlich ein, aber sie musste auf das gefasst sein, was folgte: Bauchkrämpfe und hämmernde Kopfschmerzen. Glücklicherweise dauerte dieser Zustand nie länger als vier Tage.

Aber seit Daniel, seit ihre Welt zusammengebrochen ist, hat sie jeglichen Rhythmus verloren. Jetzt hat sie immerzu Kopf- und Magenschmerzen, fast täglich schluckt sie Schmerztabletten und führt auch den Terminkalender nicht mehr. Ihr Hausarzt ermahnt sie immer wieder, weniger Schmerzmittel zu nehmen, denn die könnten ihre Leber angreifen.

Kate muss zwei ganze Monate zurückblättern, um das genaue Datum zu berechnen. Seit sie nicht mehr alles im Kalender festhält, wartet sie ihre Periode einfach ab.

Erschrocken blickt sie auf die leeren Seiten und überprüft das Datum ein zweites Mal. Sie kann es nicht glauben, holt einen Stift aus der Tasche und schreibt alles sorgfältig auf. Zwei Wochen, drei Wochen … fünf Wochen?

Das ist unmöglich.

Ihre Periode ist mehr als eine Woche überfällig. Zehn Tage, um genau zu sein. Das ist ihr noch nie passiert. Niemals …

»Hallo, Kate. Möchtest du noch etwas zu trinken?«

Sie schaut auf und will etwas sagen, aber ihr fehlen die Worte. Toby trägt ihr Lieblingshemd, das fällt ihr als Allererstes an ihm auf. Er hat das Hemd angezogen, das sie so sehr an ihm liebt – die Geste rührt und erschreckt sie zugleich.

»Entschuldige bitte. Geht es dir gut? Ich weiß, dass das eine schwierige Situation ist.« Er sieht nervös aus, aus seinen Augen blickt Angst. »Ich bin dir sehr dankbar, dass du eingewilligt hast, mich zu sehen. Ich dachte, es wäre besser, wenn wir uns nicht in Marias Café treffen. Ist es hier okay für dich?«

»Ja, natürlich ist es okay hier. Ich hätte gern noch einen Tee, danke.« Zehn Tage, rauscht es in ihrem Kopf. Das kann doch nicht sein, denkt sie, das muss an dem ganzen Stress liegen.

Kate beobachtet, wie Toby nach drinnen geht und sich an der Theke anstellt. Mit wild klopfendem Herzen starrt sie auf seinen Rücken, seine breiten Schultern. Sofort sieht sie ihn wieder in Paris vor dem Louvre in einer Warteschlange stehen. Seit so vielen Jahren schaut sie ihm zu, wie er sich für sie in eine Warteschlange stellt und sich jedes Mal nach ihr umdreht und sie anlächelt. Nur heute sucht er nicht ihren Blick.

Als er zurückkommt, ist die Atmosphäre zwischen ihnen angespannt. Sie fühlt sich unwohl und schweigt betreten. Sie verspürt Panik, und mit aller Kraft unterdrückt sie den Wunsch, einfach wegzulaufen.

Toby spricht wieder darüber, wie leid es Mark und ihm tut, dass sie für die Baufirma des Millrose-Mount-Projekts arbeiten. Wenn er gewusst hätte, dass diese Pläne auch Kates Freunde betreffen, hätten sie das Angebot niemals angenommen. Sobald sie wieder einen Termin mit dem Gemeinderat haben, will er versuchen, ein gutes Wort für Maria und die anderen einzulegen. Er verspricht auch, Kate sofort Bescheid zu geben, sollte er etwas Neues erfahren.

Kate wirft einen Blick auf die Zeitung, die Toby vor sich auf den Tisch gelegt hat. Die Titelseite hat zwei Aufmacher.

Eine Überschrift fragt danach, ob Margaret Thatcher, die neue Parteivorsitzende der Torys, eines Tages auch Premierministerin sein wird. Könnte eine Frau wirklich jemals das Land regieren?

Die zweite Story dreht sich um den Starcellisten Josef Karpati, der spurlos verschwunden ist.

Anscheinend ist Karpati wie vom Erdboden verschluckt, seit er kurz vor Beginn einer Live-Sendung aus dem Gebäude eines Fernsehsenders lief. Der Moderator, Karpatis Agent und zahlreiche andere Beteiligte sind von seiner Flucht vollkommen überrascht. Niemand kennt die Beweggründe. In der heutigen Ausgabe werden noch einmal alle Fakten zusammengetragen, während die Zeitungen ungeduldig auf das erste Foto des gutaussehenden Cellisten warten. Sie haben sogar eine Belohnung ausgesetzt.

»Erinnerst du dich noch an Karpatis Auftritt in der Albert Hall?« Toby sieht Kate offen an. Sie kann es kaum ertragen, wenn er versucht, die Erinnerung an glückliche

Zeiten heraufzubeschwören. Die Albert Hall. Paris. Bevor ihre Welt zusammenbrach. Sie weiß, dass er es gut meint, aber seine Worte bringen sie zum Weinen. Es fühlt sich so unwirklich an, zu wissen, dass sie jemals dieser glückliche Mensch gewesen ist.

»Natürlich habe ich das Konzert nicht vergessen. Er ist sehr beeindruckend. Was schreiben sie denn über ihn?«

»Niemand hat einen blassen Schimmer, wo er steckt. Nicht einmal sein Agent. Anscheinend ist er ohne ersichtlichen Grund abgehauen, und ohne einer Menschenseele ein Wort zu sagen.«

»Ich glaube, es ist nicht einfach, immerzu im Rampenlicht zu stehen.«

»Ich vermisse dich, Kate.«

Sie schaut ihm in die Augen und hat große Mühe, nicht in Tränen auszubrechen.

»Ich vermisse dich. Und ich liebe dich immer noch, Kate. Aber ich muss dir etwas wirklich Schreckliches erzählen. Deshalb wollte ich dich treffen, aber jetzt weiß ich nicht, wie ich anfangen soll.«

Kate bekommt starkes Herzklopfen.

»Zuerst wollte ich dir einen Brief schreiben, aber dann fand ich das feige. Ich habe mich wie ein totaler Idiot benommen, Kate. Also werde ich es einfach ausspucken. Ich hätte dir das lieber bei uns zu Hause gesagt, aber ich weiß, dass du das nicht willst.«

»Was musst du mir denn sagen?«

»Ich habe mit einer anderen Frau geschlafen. Es war ein One-Night-Stand, vollkommen bedeutungslos. Ich meine, es war wirklich nur Sex. Ich war betrunken, und ich war schlecht drauf, aber das ist alles keine Entschuldigung. Es war eine riesige Dummheit, und ich fühle mich total mies. Die ganze Zeit habe ich darüber nachgedacht, ob ich es dir überhaupt erzähle. Denn ich weiß ja, du willst, dass wir uns trennen, aber ich will das nicht. Ich will nicht mit einer anderen zusammen sein, Kate. Das war nicht der Grund für diesen Fehltritt. Er tut mir sehr leid, mehr, als ich mit Worten ausdrücken kann. Wenn ich ehrlich bin, will ich nur, dass wir diese Krise gemeinsam durchstehen. Mir ist klar, dass ich gerade den größten Fehler meines Lebens gemacht habe. Wahrscheinlich wirst du mich jetzt hassen.«

»Wer ist sie?«

»Das ist unwichtig.«

»Ist es nicht. Kenne ich sie?« Kate weiß, wie verlogen ihre Gefühle sind, aber sie ist wütend und eifersüchtig. Und zutiefst schockiert. So verletzt, dass sie sich schon Toby mit der neuen Frau an seiner Seite vorstellt, während sie allein …

Sie schaut ihn an und denkt an ihre Begegnung mit Mike. Sie merkt, wie sie sich die Worte in Gedanken zurechtlegt …

Aber sie spricht sie nicht aus, denn ihr wird wieder bewusst, wie heuchlerisch und verlogen das wäre. Ihr Terminkalender fällt ihr ein, sie ist zehn Tage überfällig. Die unaussprechliche Möglichkeit kreuzt ihre Gedanken.

In ihrer Panik, während sich alles in ihrem Kopf dreht, begeht sie einen schweren Fehler, den sie später bitter bereuen wird. Sie erzählt ihm nichts von Mike, von ihrem Betrug, von ihrer Dummheit.

Stattdessen steht sie auf und sagt, dass sie nicht mehr mit ihm reden kann, weil das, was er ihr gerade gestanden hat, zu viel für sie ist.

Sie geht nach Hause. Vor Fassungslosigkeit wird ihr schwindelig, und sie fällt auf einen Stuhl im Flur, der neben den Umzugskartons steht. Tränen laufen ihr übers Gesicht, als Martha aus der Küche gelaufen kommt.

»Kate, um Himmels willen, was ist denn los?«

»Ach, Martha, ich bin so eine Idiotin.« Sie spricht so leise, dass man sie kaum hören kann, schwarze Flecken tanzen vor ihren Augen.

»Ich glaube, ich bin schwanger.«

35

Fünf Tage später – ihre Periode ist immer noch nicht gekommen – sitzt Kate im Wartebereich des Gemeindeamts von Aylesborough und blättert gedankenlos einige Broschüren durch. Im zweiten Stock des Gebäudes ist das Sozialamt untergebracht, und auf den Merkblättern stehen Notrufnummern für alle Lebenslagen. Die bunt gedruckten Aushänge an der Wand werben um Verständnis und Unterstützung für die Hilfesuchenden, und Kate bleibt die Ironie dieser Worte nicht verborgen. Toby hat ihr schon zu Beginn ihrer Beziehung gesagt, dass sie anderen sehr gut helfen kann, aber nicht sich selbst.

Endlich geht eine Tür auf. Eine Frau in einem schicken Kostüm, die Haare perfekt zum Bob geschnitten, streckt ihr lächelnd die Hand hin.

Auch Kate ringt sich ein Lächeln ab, wünscht sich aber gleichzeitig, sie hätte den Termin abgesagt. Aber das hätte unzuverlässig gewirkt, und ihre berufliche Laufbahn hat schon jetzt Lücken.

»Kate Mayhew? Hallo, ich bin Emily Adams. Schön, dass Sie mal vorbeikommen. Entschuldigen Sie bitte, dass ich so schwer zu erreichen bin, aber Sie wissen ja selbst, wie es in diesem Job ist.«

Emilys Büro ähnelt dem, das Kate mal hatte. Ein buntes Durcheinander von Ordnern und Mappen auf dem Schreibtisch deutet auf einen hektischen Arbeitsalltag hin, wie ihn Kate früher so geliebt hat.

Die erfüllende Aufgabe, die sie so vermisst.

Toby versteht nicht, wieso sie wieder in ihren alten Beruf zurückkehren will. Nach dem, was sie beide erlebt haben, denkt er, sie sollte sich etwas suchen, das nicht so belastend ist. Aber Kate ist gut in diesem Job, und die Arbeit gibt ihr das Gefühl, gebraucht zu werden.

»Entschuldigen Sie bitte die Unordnung.« Emily geht zum Fenster, wo eine kleine Kaffeemaschine auf der Fensterbank steht. »Möchten Sie einen Kaffee? Ich habe gerade welchen gemacht.«

Kate merkt, wie sie die Stirn runzelt, denn zu ihrer Überraschung hat sie Lust auf Kaffee. Ganz anders als während der Schwangerschaft mit Daniel, da konnte sie nicht einmal den Geruch ertragen. Was hat das zu bedeuten? Ist das ein Zeichen dafür, dass sie doch nicht schwanger ist? Das Zeichen, auf das sie seit Tagen ungeduldig wartet?

»Ja, danke, ich nehme gern einen Kaffee. Mit Milch, bitte, ohne Zucker.«

»Wenn ich ganz offen sein darf, Kate, ich hätte Sie beinahe angerufen und unser Treffen abgesagt. Da ich aber weiß, dass Sie eine schwierige Zeit hinter sich haben, fand ich es besser, wenn wir heute zumindest kurz miteinander reden. Nach Weihnachten ist es hier dann hoffentlich wieder etwas ruhiger, dann können wir uns noch einmal sehen.«

Kate nimmt den Becher entgegen, atmet vorsichtig den Kaffeeduft ein, um zu sehen, ob ihr übel wird. Sie kann ihre Reaktion immer noch nicht richtig einschätzen. Und sie wünscht sich, Emily hätte ihr abgesagt, denn dann müsste sie jetzt nicht dieses Gespräch führen.

»Gerade ist es wirklich chaotisch, denn seit kurzem sind wir hier auch für Adoptierte zuständig, die nach ihren leiblichen Eltern suchen. Wussten Sie das? Hat man Sie in Ihrem früheren Job über die Gesetzesänderung informiert?« Emily hat sich inzwischen hingesetzt und trinkt zügig ihren Kaffee.

»Es gab ein paar Briefings zum Thema, und ich glaube, auch ein Seminar war geplant, aber da war ich schon nicht mehr da …«

»Also, offen gestanden ist es der übliche Mist. Viel mehr Arbeit als angekündigt, aber es stehen keine zusätzlichen Mittel zur Verfügung. Mit den Anträgen sind wir schon total im Rückstand … und so weiter. Ich bin immer noch dabei, das Team zusammenzustellen, aber das Ganze hat uns echt auf dem falschen Fuß erwischt. Ich werde auch selbst einige Fälle betreuen müssen.«

»Alles klar.« Kate probiert den Kaffee und ist erstaunt, wie gut er ihr schmeckt.

»Ein paar Fälle sind wirklich herzzerreißend.« Emily nippt wieder an ihrem Becher. »Anfangs war ich vollkommen dafür, ich meine für das Recht, die leibliche Mutter zu suchen. Unser erster Fall war wunderbar, ein Paar, das erst sechzehn war, als sie das Kind zur Adoption freigegeben haben. Später haben sie dann geheiratet und noch drei weitere Kinder bekommen. Sie haben es stets bereut, ihr erstes Kind weggegeben zu haben. Die Tochter, die adoptiert wurde, hat jahrelang sehnsüchtig auf die Gesetzesänderung gewartet. Ihre Geschichte ist so berührend. Aber wir haben auch ein paar Fälle, die weitaus schwieriger sind.« Emily seufzt. »Bei einigen habe ich ein schlechtes Gefühl. Manche Mütter wollen ihre Kinder gar nicht wiedersehen, weil sie das emotional überfordert.«

»Das kann ich mir gar nicht vorstellen.« Kate grübelt immer noch über den Kaffee nach.

»Nein, das stimmt. Aber lassen wir das, sprechen wir lieber über Sie.« Emily öffnet eine Mappe, die vor ihr auf dem Tisch liegt. »Sie schreiben, dass Sie allmählich wieder in Ihren Job zurückkehren wollen. Möchten Sie in Zukunft hier in Aylesborough arbeiten?«

Während Emily Kates Unterlagen durchliest, gefriert ihr das Lächeln. Kate zieht sich der Magen zusammen, sie weiß genau, was dort steht. Nicht nur ihre private Tragödie ist dort erwähnt, sondern auch der Vorfall in der Einkaufspassage, der Grund für ihre Krankschreibung.

Kate merkt, dass ihre Hand zittert, sie beugt sich vor und stellt den Becher auf Emilys Schreibtisch ab.

Der Job als Sozialarbeiterin konnte sehr anstrengend sein, aber Kate hatte ihre Aufgaben stets gut bewältigt. Sie besaß den richtigen Instinkt für Menschen und ihre Probleme, nur an jenem Tag in der Einkaufspassage hatte ihr Bauchgefühl sie im Stich gelassen.

Normalerweise mied sie Einkaufszentren, denn sie verabscheute die grellbunten Lichter und die schreckliche Fahrstuhlmusik. Aber an jenem Tag hatte sie ihren Regenschirm zu Hause vergessen und daher keine Lust, die Haupteinkaufsstraße entlangzubummeln. Sie schaute sich Schaufenster an und spazierte von einem Laden zum nächsten.

Sie erblickte die Mutter zum ersten Mal vor ihrer Lieblingsbuchhandlung im Erdgeschoss, zusammen mit einem kleinen Jungen und einem vielleicht achtzehn Monate alten Mädchen in einem Buggy. Der Junge, er war ungefähr drei Jahre alt, nur etwas älter als Daniel damals gewesen wäre, machte gerade Theater und wollte nicht neben dem Buggy herlaufen. Seine Mutter, hochrot im Gesicht, verlor die Geduld und fing laut zu schimpfen an.

Kate beobachtete die beiden eine Zeit lang, der kleine Junge trug eine Jeansjacke, die ihr bekannt vorkam. Es war die Kinderversion einer klassischen Levis-Jeansjacke, wie Männer sie oft tragen. Selbst die Kontrastnähte stimmten.

»Wenn du nicht sofort damit aufhörst, versohl ich dir den Hintern. Ich meine es ernst.« Der Mutter fiel es sichtlich schwer, das Kind in den Griff zu bekommen, und Kate konnte die Szene kaum mitansehen. Daniels kleine Jeansjacke fiel ihr wieder ein. Das Blau war dunkler, aber sie hatte dieselben Kontrastnähte gehabt. Die Erinnerung daran war so lebendig, dass sich ihre Brust schmerzhaft zusammenzog. Sie versuchte, sich abzulenken.

Eine halbe Stunde später wartete Kate in der Apotheke an der Kasse, um einen Rasierschaum mit Zitrusduft für Toby zu bezahlen, als sie dieselbe Mutter mit den zwei kleinen Kindern durch die Ladentür auf dem Gehweg vor dem Spielzeugladen gegenüber sah. Der kleine Junge lag auf dem Rücken am Boden, und die Mutter schrie ihn an, packte seine Hand, um ihn hochzuziehen. Die Bewegung war so ruckartig, dass der Junge einen Moment lang in der Luft schwebte.

In der Apotheke beobachteten mehrere Menschen, wie Kate die Dose Rasierschaum fallen ließ, hinausrannte, um das Kind auf den Arm zu nehmen und dann in die entgegengesetzte Richtung lief. Die erschrockene Mutter geriet in Panik und schrie laut auf. Auch der kleine Junge fing heftig an zu weinen. Der Wachmann des Spielzeugladens kam herausgelaufen, um für Ruhe zu sorgen. Kate wedelte wie wild mit ihrem Personalausweis und rief laut, dass sie Sozialarbeiterin sei und die Frau mehrmals gewarnt habe, dem Kind nichts anzutun.

»Ich hätte eine längere Pause von der Arbeit machen sollen.« Kate streicht ihr Kleid glatt. »Ich habe mich gehenlassen, und dafür gibt es einfach keine Entschuldigung. Und ich habe sämtliche Sozialarbeiter blamiert.«

»Sie standen unter enormem Druck, Kate. Dafür haben

wir Verständnis.« Emily schiebt Kates Unterlagen von sich fort.

Die Mutter in der Einkaufspassage rief die Polizei. Der Vorfall kam zwar nicht zur Anklage, aber es gab eine offizielle Beschwerde. Kate wurde zunächst beurlaubt, dann vereinbarte man im gegenseitigen Einvernehmen eine Krankschreibung.

»Ich möchte Sie zu nichts drängen oder Sie in Verlegenheit bringen. Mir ist klar, dass ich einige Hürden nehmen muss, wenn ich weiter Sozialarbeiterin sein will. Aber mir war wichtig, dass Sie mich kennenlernen, denn irgendwann, wenn ich wieder richtig fit bin, möchte ich auf jeden Fall wieder in meinen alten Job zurück.«

Die Erleichterung ist Emily anzusehen. »Also, Sie wissen ja, wie wenig gute Sozialarbeiter es gibt. Das muss ich Ihnen wirklich nicht sagen, Kate. Wir können gern über Ihren Wiedereinstieg reden, in einigen Monaten, wenn es Ihnen wieder richtig gutgeht und Ihr Arzt grünes Licht gibt. Wir lassen ein neues Gutachten machen, Sie bekommen eine Schulung und zusätzlich Supervision.«

»Supervision?«

»Tut mir leid, ich weiß, das klingt recht umständlich. Aber wir müssen doch Gewissheit haben.«

»Natürlich.« Kate ist überrascht, wie sehr sie die Bemerkung verletzt. Sie schämt sich aufrichtig für das, was in der Einkaufspassage geschehen ist. Der arme Junge, der angsterfüllt nach seiner Mutter rief. Sie ist sicher, dass ihr so etwas nie wieder passieren wird. Aber die Vorstellung, unter Beobachtung zu stehen, und alle Kollegen wissen davon, ist niederschmetternd.

»Ich bin froh, dass Sie den ersten Schritt gemacht und sich hier vorgestellt haben. Ich möchte wirklich nicht unhöflich sein, aber ich habe gleich eine Sitzung. Vielleicht können wir nach Weihnachten noch einmal in Ruhe sprechen?«

»Das klingt gut.«

»Ihre Vorgesetzte«, Emily wirft noch einmal einen Blick in die Unterlagen, »Louise, sie spricht in den höchsten Tönen von Ihnen. Wir können es uns nicht leisten, gute Leute zu verlieren. Bitte rufen Sie doch im Januar an, dann vereinbaren wir ein längeres Treffen.«

Als Kate aufsteht, fühlt sie die Veränderung. Etwas ist anders, etwas ist feucht. Sie begreift, schaut noch einmal zu der Kaffeemaschine auf der Fensterbank und hat es plötzlich eilig, von hier wegzukommen.

Fünf Tage ist es her, seit sie Toby getroffen hat. Fünf Tage lang hat sie bereut, was mit Mike geschehen ist, und hat sich geschämt. Fünf Tage lang hat sie sich Sorgen gemacht und sich gefragt, ob das wirklich wahr sein kann.

Die Bauchschmerzen heute Morgen hat sie auf die Aufregung vor dem Termin mit Emily geschoben. Jetzt sitzt sie auf der öffentlichen Toilette im Gemeindeamt und zieht eilig ihr Unterhöschen nach unten – dort ist ein dunkler Fleck, der genauso gut auch in den Stoff ihres Kleides hätte durchsickern können.

Dann war es also doch nur eine verspätete Periode?

Mehr nicht?

Seit sie Toby in dem Café getroffen hat, sehnt sie sich nach diesem Moment. Nachts hat sie wach im Bett gelegen und auf den erlösenden Augenblick gewartet. Und jetzt?

Während sie in ihrer Handtasche nach Tampons sucht, spürt sie ihre nassen Wangen. Die Tränen kommen plötzlich, und anders, als sie es erwartet hat, weint sie nicht nur aus Erleichterung.

Sie ist nicht schwanger.

Sie muss Toby nichts erklären, sie hat keine schwere Entscheidung zu treffen, glücklicherweise ist sie davongekommen.

Aber sie ist auch nicht schwanger.

Sie wird kein Kind bekommen.

Und dann, während sie, so gut es geht, ihre Kleidung in Ordnung bringt und immer noch stumme Tränen auf ihr Kleid tropfen und dunkle Flecken auf dem Stoff hinterlassen, fällt ihr noch etwas ein.

Mit diesem Gedanken hat sie nicht gerechnet.

Sie wird nie wieder Mutter sein.

Sie ist fest davon ausgegangen, dass das eine Tatsache ist, mit der sie sich längst abgefunden hat. Sie war sicher, dass es die richtige Entscheidung für ihr zukünftiges Leben war, kein Kind mehr zu bekommen. Sie hielt das für ihre Strafe.

Doch plötzlich, während sie sich die Tränen wegwischt und das Kleid geradezieht, ist sie sich überhaupt nicht mehr sicher.

Sie hat das Gefühl, in ein tiefes, dunkles Loch zu fallen.

Eine Stunde später entscheidet sie sich gegen den Bus und läuft durch die Innenstadt nach Hause.

Während die Frau an der Anmeldung noch telefoniert, beobachtet Kate durch die beschlagene Fensterscheibe die vorbeilaufenden Menschen. Einige schleppen schwere Taschen und Tüten, andere mühen sich mit Regenschirmen ab und kämpfen gegen den heftigen Wind an.

Einige Minuten später kommt die Friseurin, die Kate immer bedient, und wischt sich im Gehen noch schnell ein paar Krümel von ihrem Oberteil.

»Tut mir leid, dass Sie warten mussten, Kate. Nur Nachschneiden, richtig?« Sie geht zu einem Friseurstuhl und stellt die Höhe ein, bevor Kate sich hinsetzt.

»Nein, Sandra. Heute möchte ich eine neue Frisur.« Kate atmet tief durch. »Ich will einen Kurzhaarschnitt.«

»Ich soll alles abschneiden? Oh, Kate, ich bin wirklich nicht sicher, ob das richtig ist.« Sie sucht Kates Augen im Spiegel, trocknet ihre Hände an einem Handtuch ab, bevor sie mit den Fingern sanft durch Kates regennasse Locken fährt.

»Ich empfehle in solchen Fällen immer eine Veränderung in Stufen. Wie wäre es erst mal mit einem Bob? Dann tragen Sie die Haare einige Wochen schulterlang und können sich an das neue Gefühl gewöhnen.«

Sie nimmt Kates Haare hoch und dreht ihren Kopf zur Seite, um ihr die Länge zu zeigen.

»Nein, Sandra, ich habe mich schon entschieden.«

»Aber Kate, Ihr Haar ist doch Ihr Markenzeichen, oder nicht? Das haben wir immer gesagt …«

»Bitte, Sandra. Wenn Sie mir nicht die Haare abschneiden, dann gehe ich woandershin. Und wenn die es vermasseln, wäre ich sehr unglücklich. Ich vertraue Ihnen.«

Sandra atmet tief durch und wirft Kate im Spiegel einen eindringlichen Blick zu.

»Die Locken werden aber bleiben. Kurze Haare sind leichter und daher schwerer zu glätten.« Sie nimmt die Haare zum Pferdeschwanz zusammen und neigt ihren Kopf vor. »Sie haben schöne Wangenknochen, Sie können kurze Haare tragen.«

»Gut, dann machen wir das. Ein Kurzhaarschnitt, gestuft, aber nicht zu streng.«

Endlich gibt Sandra lächelnd ihre Zustimmung, aber Kate legt den Kopf gegen die Spüle im Nacken, schließt die Augen und kämpft gegen die Tränen an.

Nicht weinen, Kate.

Nicht schon wieder weinen. Hier nicht.

36

Martha sah ihren Vater zum letzten Mal, als sie bereits seit drei Monaten im Millrose Mount Hospital war. Charles wusste nicht, dass sie ihn beobachtete, er schrieb gerade den Brief, den sie jetzt in Kates kleinem Gästezimmer in der Hand hält. Endlich hat sie sich entschlossen, dieses lose Stück Papier zu vernichten.

Diese Entscheidung trifft sie nicht zum ersten Mal. Oft schon hat sie den Brief in die Mülltonne geworfen, dann aber ihre Meinung geändert. Ihr innerer Kampf ist an dem einzelnen Blatt nicht spurlos vorübergegangen. Kaffee- und Teeflecken sowie Essensüberreste haben das schöne blaue Papier verschmutzt.

Charles Ellis, Marthas Vater, ist erst viele Jahre nach ihrem Aufenthalt im Millrose Mount Hospital gestorben. Martha hatte damals gerade begonnen, ihr ungebundenes Leben im Ausland zu führen, sie reiste herum und arbeitete mal hier, mal dort. Nur durch Zufall erfuhr sie aus einer Zeitungsnotiz vom Tod ihres Vaters, da lag das Begräbnis schon etliche Wochen zurück. Die schwierige Entscheidung, ob sie den letzten Feierlichkeiten zum Gedenken an ihre Mutter beiwohnen sollte, blieb ihr erspart. Anscheinend hatte ihr Vater zu viel getrunken, und letztlich hatte seine Leber versagt. Eine bittere Ironie, wie Martha fand, denn früher hatte er diese Schwäche bei anderen stets hart verurteilt. Oft fragte Martha sich, ob Charles ihr gegenüber Schuldgefühle gehabt hatte, die zu der rapiden Verschlechterung seines Zustandes beitrugen, aber tief in ihrem Inneren wusste sie, dass das nicht der Fall gewesen war. Charles Ellis war an dem Scheitern seiner Karriere zerbrochen.

Nur dieser Brief ist ihr geblieben.

Was ich getan habe, Martha, habe ich für dich getan. Eines Tages wirst du das verstehen …

An diesem letzten Tag im Millrose Mount Hospital fiel Martha auf, dass er sich unwohl zu fühlen schien. Von der Station im zweiten Stock auf der anderen Seite des Hofs aus beobachtete sie, wie er nervös im Besucherraum der Klinik wartete. Ein Arzt erschien, und die beiden redeten einige Minuten lang miteinander. Schließlich blieb Charles allein zurück und verfasste den Brief, den er dann einer Schwester übergab.

Sie hatte sich geweigert, mit ihm zu sprechen, und in seinem Brief kritisierte er ihr Verhalten. *Ich weiß, dass du wütend auf mich bist, Martha. Aber ich bin immer noch überzeugt, dass ich nur das Beste für dich getan habe.*

In dem Brief schrieb er, dass man ihm eine interessante Position in Österreich angeboten habe, die er annehmen werde. Es bedrücke ihn, dass sie so lange im Millrose Mount Hospital bleiben müsse, denn damit habe er nicht gerechnet. Er habe gedacht, es würde nur einige Wochen dauern, bis es ihr wieder besserging. Gern hätte er sie in einer privaten Einrichtung untergebracht, aber die Ärzte im Millrose Mount Hospital hatten ihm versichert, dass diese Klinik der beste Ort für sie sei.

Bei diesen Worten zuckt sie zusammen.

Er entschuldigte sich, dass er das Angebot, nach Österreich zu gehen, einfach nicht ablehnen könne, nicht zuletzt, weil er auch Geld verdienen müsse. Dennoch hoffte er, dass ihre Entfremdung vorübergehen werde. Eines Tages werde sie verstehen, dass er nur seine Pflicht als Vater getan hatte.

Martha liegt auf dem Bett in Kates Haus und starrt auf dieses lose Blatt Papier, das sie seit Jahren verfolgt. Diese Zeilen haben sie aus Träumen aufgeschreckt, in denen sie wieder als kleines Mädchen vor dem verschlossenen Musikzimmer stand und sich so sehr nach einem freundlichen Blick und ein paar liebevollen Worten von ihm sehnte.

Sie fragt sich, warum sie den Brief nicht schon längst vernichtet hat, und in diesem Moment wird ihr seine unglaubliche Macht über sie bewusst.

Entschlossen steht sie vom Bett auf und geht hinunter in die Küche. Dort zündet sie die Gasflamme am Herd an. Wenn sie den Brief in den Müll wirft, besteht die Gefahr, dass sie ihn später wieder herausholt, wie schon so oft.

Nachdenklich betrachtet sie das blaue Blatt Papier in ihrer Hand. Es fällt ihr schwer, die Hoffnung aufzugeben, dass sie eines Tages doch etwas anderes aus diesen Zeilen lesen wird. Die Hoffnung, dass ihr Vater sie geliebt hat. Aber sie kennt die Wahrheit, und deshalb hält sie jetzt eine Ecke des Briefs über die Flamme. Zufrieden beobachtet sie, wie das Papier Feuer fängt, aber plötzlich zuckt eine große Flamme auf. Papierfetzen fliegen durch die Luft. Martha pustet heftig auf den restlichen Brief in ihrer Hand, aber das macht alles nur noch schlimmer. Heiße Asche segelt durch die Küche und bleibt an der Jalousie hängen. Entsetzt bemerkt Martha den schwarzen Brandfleck, der schnell größer wird. Ohne zu überlegen, lässt sie den restlichen Brief in die Spüle fallen, füllt einen Becher mit Wasser und spritzt es auf die Jalousie.

Nachdem sie sicher ist, dass nichts mehr brennt, legt sie fassungslos die Hand vor den Mund und begutachtet den Schaden. So ein Mist. So ein verdammter Mist.

Zum ersten Mal seit vielen, vielen Jahren fängt Jessica Martha Ellis an zu weinen.

37

In Marias Café sitzt ein Hofnarr im rot-gelb gestreiften Jacquardkostüm und nippt an seiner Kaffeetasse. Die Glöckchen seiner Mütze bimmeln, als er, tief versunken in das Kreuzworträtsel vor ihm, den Kopf neigt.

»Drei waagerecht. Du musst die Nummer drei waagerecht lösen.« Martha stößt Elisabeth I., eine strahlende Erscheinung in einem prachtvoll bestickten Samtkleid mit einer Teetasse in der Hand, leicht mit dem Ellbogen an. Die meisten Gäste im Café verziehen beim Anblick von Königin und Hofnarr keine Miene, nur eine Frau scheint den Elisabethanischen Markt, der jeden Mittwoch in Aylesborough stattfindet, nicht zu kennen. Erstaunt blickt sie sich unter den Gästen um, in Erwartung einer Reaktion.

»Im Wetterbericht haben sie gesagt, es würde später noch aufklaren.« Maria hält eine Kaffeekanne in der Hand und gießt Elisabeth I. und Martha nach. Sie lächelt zufrieden. Die Händler des Elisabethanischen Markts sind treue Kunden, immer wenn der Regen ihnen das Geschäft verdirbt, suchen sie bei Maria Zuflucht.

»Wie läuft die Bürgeraktion, Maria?« Martha macht es sich auf einem Stuhl gemütlich.

»Frag nicht.« Maria zieht eine Grimasse und stellt die Kaffeekanne auf dem Tisch ab. Der heiße Dampf zieht zur Wand, als Sir Francis Drake in der Tür erscheint, unziemlich an seiner engen Hose zerrt und seinen Kollegen bedeutet, Platz für ihn zu machen.

»Aber der gestrickte Baum sieht klasse aus, Maria. Und er ist schon halb fertig!«

»Na ja, die von der Zeitung sagen, das sei allmählich ein alter Hut. Ich muss dringend einen neuen Aufhänger finden.« Marias Stimme klingt bitter, als ihr jetzt der Kommentar des Reporters wieder einfällt, der am Telefon meinte, die Story mit dem Baum habe er schon gebracht, er brauche jetzt etwas Neues.

Maria beklagt sich, dass jede Woche ein großer Artikel mit Entwürfen für die neue Stadtbibliothek, für das schicke neue Bistro oder die coolen Läden erscheint, mit dem der Gemeinderat für seine Pläne werben kann. Dazu werden noch sämtliche Bürger und Beteiligten zitiert, die dafür sind, dass Aylesborough ein vollkommen neues Gesicht bekommt.

»Was meinst du damit … ein neuer Aufhänger?« Martha runzelt die Stirn.

»Offen gestanden weiß ich es nicht so genau. Ich dachte, vielleicht ein Hungerstreik?« Maria setzt ein Pokerface auf. »Aber Carlo hat gemeint, es würde Monate dauern, bevor man sich um mich Sorgen machen müsste …« Jetzt bricht sie in schallendes Gelächter aus, sehr zufrieden, dass sie ihre Gäste hinters Licht geführt hat. Sir Francis Drake stimmt in das Gelächter ein und meint, er sollte besser auch in Hungerstreik treten, denn sonst würde ihm noch die enge Hose platzen und er vor allen Leuten nackt dastehen.

Plötzlich erhebt sich der Hofnarr, Mike vom Trödelstand, und beginnt in seiner Tasche zu wühlen.

»Beinahe hätte ich es vergessen«, sagt er, reicht Maria ein zusammengerolltes Blatt und murmelt noch etwas von einem Poster für ihr Schaufenster.

Maria setzt sich hin, und Martha schaut ihr über die Schulter. Es ist ein Plakat für den Elisabethanischen Weihnachtsmarkt, der jedes Jahr mit einem Umzug der kostümierten Händler vom Rathaus zum Marktplatz beginnt. Dieses Jahr wollen sie am 9. Dezember starten.

»Das ist die Lösung.« Marias Miene hellt sich auf.

»Wie bitte?« Königin Elisabeth I. schenkt sich Kaffee nach, während sie immer noch angestrengt auf das Kreuzworträtsel blickt.

»Wir verlagern den Weihnachtsmarkt auf den Kai. So wird das Ganze ein Teil unserer Aktion. Bis dahin sind auch alle Blätter für den Baum fertig, und ich würde einige elisabethanische Speisen zubereiten. Was meinst du dazu, Martha?« Marias Stimme überschlägt sich fast vor Aufregung.

»Elisabethanische Speisen?« Die Händler sehen sich grinsend an, die Idee von kostenlosem Essen, besonders, wenn Maria kocht, findet sofort ihre Zustimmung.

»Aber die Route ist schon mit der Polizei abgesprochen. Vom Rathaus zum Marktplatz, so wie jedes Jahr«, sagt Martha mit finsterer Miene.

»Ach, zum Teufel mit der Polizei!«

»Maria!« Martha klingt nun ehrlich besorgt. »Ich hoffe, du hast nicht vergessen, dass wir uns nichts zuschulden kommen lassen dürfen.«

»Ach, komm schon. Das ist doch nur zwei Straßen weiter. Wir verlagern die ganze Sache heimlich auf den Kai. Dann bekommen wir für unsere Aktion genau die Aufmerksamkeit, die wir so dringend brauchen.« Jetzt wendet sie sich an Sir Francis Drake. »Versprich mir, dass du mit deinen Kollegen reden wirst. Bitte!«

»Also, ich könnte Andrew darauf ansprechen«, sagt Elisabeth I. achselzuckend.

Andrew ist der Leiter des Markts und ebenfalls Stammgast in Marias Café.

»Aber ich denke dennoch, wir sollten die Polizei informieren. Sie begleitet uns auf dem Weg und sorgt dafür, dass wir den Verkehr nicht stören, Maria.« Zweifel liegt in Marthas Stimme.

»Ich bin mir sicher, wir kommen dem Verkehr nicht in die Quere. Aber wenn wir um Erlaubnis fragen, wird die Polizei einfach nein sagen. Wir brauchen das Überraschungsmoment, dann können wir der Zeitung auch einen neuen Aufhänger liefern – und es gibt eine echte Auseinandersetzung mit uns und unserem Thema.«

»Also, ich weiß wirklich nicht, ob das richtig ist, Maria.« Elisabeth I. sieht jetzt genauso besorgt aus wie Martha.

»Dann willst du deine Markttage also lieber in einem Nobelbistro verbringen, stimmt's, Marje? Mit einem noblen Namen und ebenso noblen Preisen?«

»Red keinen Unsinn, Maria. Du weißt genau, dass wir alle auf deiner Seite sind.«

»Dann ist es also beschlossene Sache. Ich spreche mit Wendy und auch mit Geoffrey vom Musikgeschäft. Aber ihr verratet vorerst niemandem etwas. Der Gemeinderat darf auf keinen Fall Wind von der Sache bekommen.«

Eher widerwillig stimmt Martha zu, mit Wendy und Geoffrey darüber zu sprechen, wie sich Marias neuester Plan am besten umsetzen lässt. Sobald die elisabethanischen Händler das Café verlassen haben, werfen Martha und Maria einen Blick in Wendys Wollladen. Wendy hat gerade keine Zeit, in ihrem Laden hat sich eine kleine Warteschlange gebildet. Sie holt eifrig grüne Wolle aus einem großen Plastikbehälter und verteilt das Strickmuster für die Blätter.

Maria gibt Wendy ein Zeichen, dass sie später noch einmal vorbeikommen wird. Sie hat sich gerade noch einmal in das Plakat für den Weihnachtsmarkt vertieft, als sie, ohne den Blick zu heben, Geoffreys Geschäft betritt und erschrocken zusammenfährt.

»O nein!« Entsetzt legt sich Maria die Hand vor den Mund. Martha ist nur einen Schritt hinter ihr.

Matthew steht neben der Theke und räumt Musikbücher in die Regale.

»Der arme Geoffrey. Wann um Himmels willen ist das passiert?«

Matthew dreht sich zu Maria um, sein Gesichtsausdruck verrät Ratlosigkeit. Da kommt Geoffrey aus dem hinten gelegenen Büro.

»Ich weiß wirklich nicht, was ich sagen soll, Geoffrey.« Maria hat sich auf einen breiten Klavierhocker neben einem schönen Klavier nahe dem Schaufenster gesetzt. »Wie in Gottes Namen sind die hier reingekommen?«

Matthew dreht sich jetzt zu Geoffrey um, der ebenso verständnislos wirkt wie er selbst, während Maria die Ladenfront auf Schäden hin untersucht.

»Sie sind hinten reingekommen, stimmt's? Wir sollten über Alarmanlagen nachdenken, wirklich. Das habe ich auch schon oft zu Carlo gesagt. Sie sind zwar teuer, aber …«

Matthew bricht in schallendes Gelächter aus, und in dem Moment begreift auch Martha, was vor sich geht.

»Sie glaubt, das waren Einbrecher«, sagt er in amüsiertem Tonfall. Geoffrey richtet sich sehr gerade auf, und sein Gesichtsausdruck verrät, dass er beleidigt ist. »Das ist schon in Ordnung, Maria.« Matthew reißt sich zusammen, denn Geoffreys Unbehagen macht ihm deutlich, dass nicht nur Maria den derzeitigen Zustand des Steinway-Flügels beunruhigend findet. »Ich weiß, es sieht recht furchterregend aus, aber Geoffrey behauptet, er kann den Flügel wieder zusammenbauen.«

»Ihr wart das?« Maria blickt immer noch entgeistert auf die verschiedenen Holzpaneele und die kaum erkennbaren Teile der Anschlagmechanik, die überall auf dem Boden verteilt liegen.

Martha hat die Hand auf den Mund gelegt, damit sie ihrer Freundin gegenüber nichts Falsches sagt.

»Ich arbeite gerade an den Pedalen und bringe die Tasten in Ordnung«, sagt Geoffrey mit kleinlauter Stimme. »Offensichtlich ist der Anblick alarmierend. Zumindest bei einem Flügel. Aber ich gehe sehr systematisch vor, und im Grunde ist es wirklich einfach.«

Maria schüttelt ungläubig den Kopf und atmet tief durch, dann reicht sie Geoffrey das Plakat.

»Wir werden unsere Aktion auf den Elisabethanischen Weihnachtsmarkt ausweiten.«

Matthew stellt sich neben Geoffrey und liest stirnrunzelnd die Ankündigung.

»Ich muss dazu sagen, dass ich wirklich nicht sicher bin, ob das eine gute Idee ist«, wirft Martha ein.

»Ach, komm schon, die Idee ist brillant. Zumindest, solange wir sie unter Verschluss halten. Aus dem Thema Geschichte lässt sich viel rausholen. Wie wichtig die Vergangenheit ist und wie viel wir unserem kulturellen Erbe verdanken. Es gibt ein paar sehr alte Fotos vom Kai, die könnten wir vergrößern und auf Karton aufziehen. Und Elisabeth I. könnte uns die Ehre erweisen, das letzte Blatt an den Baum zu stecken. Außerdem habe ich mir gedacht«, Maria wendet sich an Matthew, »du könntest vielleicht für etwas Musik aus der Zeit sorgen? Am besten ein paar Volkslieder. Der Umzug wird von einer Blaskapelle begleitet, aber ihr könntet euch abwechseln.« Maria verschluckt beim Sprechen fast die Wörter, so schnell rasen ihre Gedanken.

»Aber der Weihnachtsmarkt findet doch auf dem Marktplatz statt?« Geoffrey sieht ratlos aus.

»Genau das sage ich auch.« Martha schaut Maria gereizt an. »Die Polizei begleitet den Umzug.«

»Normalerweise schon, aber dieses Jahr nicht. Ich werde mich um alles kümmern, Martha, mach dir deswegen keine Gedanken. Aber wir brauchen ein Klavier draußen auf dem Kai, vorzugsweise ein ganzes.« Sie seufzt tief, während ihr Blick noch einmal über die am Boden verstreuten Teile des Steinway-Flügels streift. »Aber kein Wort zu niemandem, verstanden?«

»Kennt ihr schon den neuen Namen?« Geoffrey sieht besorgt aus, als er Martha und Maria die neueste Ausgabe der Lokalzeitung zeigt. Der Artikel bestätigt ihre größten Befürchtungen, denn jetzt hat der Gemeinderat die Oberhand gewonnen.

Grundschulkinder haben an einem Wettbewerb teilgenommen, aus dem der neue Name hervorgegangen ist. Das Millrose Mount Village wird in Seaview Manor umbenannt. Die Baufirma hat eine Tochtergesellschaft gegründet, die sich um den Umbau des Millrose-Mount-Geländes und die Neugestaltung des Kais kümmert.

In der Zeitung ist ein Foto des Gemeinderatsvorsitzenden abgedruckt, inmitten einer Horde aufgeregter Schulkinder, die ein Banner mit dem neuen Namen in der Luft schwenken. Er sagt dazu, dass Einfachheit und Raffinesse die Stärken des neuen Namens seien und dass Seaview Manor auch den größten Vorzug des Lebens im neu gestalteten Aylesborough-on-sea vermittle.

»Ein Heim mit Meeresblick.«

»Seaview Manor – verflucht sei der Meeresblick!« Maria wirft die Zeitung zurück auf den Tisch. »Entschuldigt bitte, aber ab sofort herrscht Krieg.«

38

Er trägt ein neues Hemd, was Kate bei ihrem nächsten Treffen gleich zu Beginn ziemlich aus der Fassung bringt.

»Entschuldige, bin ich zu früh? Meine Güte, du hast dir die Haare abgeschnitten.«

»Ja, ich hatte Lust auf Veränderung. Und du bist auch nicht zu früh dran. Bitte komm rein.« Sie ist so gewöhnt daran, alle seine Kleidungsstücke zu kennen, dass dieses neue Hemd sie tief verunsichert. Es ist eine Kleinigkeit, die ihr groß und bedeutsam scheint. Vor kurzem noch waren ihr jedes Hemd und jede Hose von ihm vertraut, und als sie sich das letzte Mal trafen, trug er ihr Lieblingshemd. Während sie mit ihm ins Esszimmer geht, heftet sie die Augen auf das fremde schwarz-blaue Karomuster. Sie muss daran denken, wie oft sie seine Hemden schon gewaschen und gebügelt hat, in diesem früheren Leben. Sie versucht, die Bedeutung dieser Dinge zu begreifen.

Sie hat sich die Haare abschneiden lassen.

Er hat ein neues Hemd.

Er hat mit einer anderen Frau geschlafen.

Sie hat mit einem anderen Mann geschlafen.

»Ich habe Kaffee gemacht. Ich hole ihn schnell aus der Küche. Martha ist nicht da, sie ist mit Maria und Wendy am Kai, um einen neuen Schlachtplan zu entwerfen.«

»O ja.« Er starrt immer noch auf ihre kurzen Haare, während sie in die Küche geht. Als sie mit einem Tablett wieder zu ihm kommt, sitzt er auf seinem Lieblingsstuhl, dem mit der hohen Rückenlehne. »Becher hätten es auch getan.«

Ihr Blick wandert zurück zu dem Tablett mit dem Kaffeeservice und dem Milchkännchen. »Ich war nervös.«

»Ich auch. Ich habe ein neues Hemd gekauft.«

»Das sehe ich.«

Das Schweigen dauert erst zehn Sekunden, letztendlich werden es dreißig.

»Es ist schön, steht dir gut. Ähm, das Hemd, meine ich.«

»Danke. Deine neue Frisur …«

»Ich muss mich erst noch daran gewöhnen, vor allem an den Wind am nackten Hals. Ich habe mir sogar einen Schal gekauft.« Sie versucht, seinen Blick zu deuten. »Die meisten Leute finden den Haarschnitt gut. Wenn sie den Schock erst überwunden haben.«

»Ich vermisse dich, Kate.«

»Bitte sag das nicht.«

»Nein, ich muss das sagen. Ich war so froh, dass du dich gemeldet hast. Ich hatte unfassbare Angst, du würdest nie mehr mit mir reden. Ich bin dir wirklich so dankbar, dass du mich angerufen hast …«

»Hör auf, Toby. Im Ernst, hör auf damit. Du musst dich nicht bei mir bedanken, für gar nichts. Und der Grund meiner Einladung wird dir nicht gefallen.«

Die ganze letzte Nacht hat sie wach gelegen und nach den richtigen Worten gesucht. Aber es gibt keine richtigen Worte, keine Möglichkeit, den Schock zu mildern.

»Ich hätte beim letzten Mal nicht so schnell aus dem Café fortlaufen dürfen. Ich war einfach total feige. Jetzt bin ich an der Reihe, reinen Tisch zu machen, und du kannst sauer auf mich sein. Denn in Wahrheit, Toby, bin ich nicht abgehauen, weil ich sauer auf dich war oder schockiert über das, was du erzählt hast. In Wahrheit habe ich mich einfach geschämt. Denn …« Sie atmet tief aus, sieht zum Fenster hinaus und dann wieder zu ihm. »Ich weiß nicht, wie ich das sagen soll, Toby, aber ich habe genau das Gleiche getan wie du. Nur hatte ich nicht den Mut, es dir auch zu sagen.«

»Wie bitte?«

»Ich habe mit jemand anderem geschlafen, so wie du auch, Toby. Nachdem wir uns getrennt hatten. Es war ein One-Night-Stand, reiner Sex. Total verrückt von mir.«

Als sie es laut ausspricht, klingt es noch schlimmer als in ihren Gedanken. Ihr fehlen die Worte, um den Schock auf seinem Gesicht zu beschreiben, diese vollkommene Verständnislosigkeit, so als könnte er diese Information überhaupt nicht verarbeiten.

»Du machst Witze? Du sagst das bloß, um dich an mir zu rächen. Du willst mir eins auswischen.«

»Nein, das ist kein Witz, und ich will mich auch nicht an dir rächen, Toby.«

»Mensch!« Er steht plötzlich auf. »Nein, Kate, das glaube ich dir nicht. Ich meine, wir wohnen hier doch noch gar nicht so lange. Zum Teufel, wen kennst du hier überhaupt schon?«

»Wer es war, ist unwichtig. Es war nur ein Mal, es war ein Fehler, und es tut mir unendlich leid. Ich schäme mich dafür. Aber du hattest anscheinend ja auch keine Probleme, gleich eine andere Frau zu finden …« Sofort wünscht sie sich, sie hätte sich diese heuchlerische Bemerkung verkniffen.

Er wechselt das Standbein, wird rot im Gesicht und wendet ihr dann den Rücken zu. Unruhig geht er auf die Terrassentür zu, stützt die Hände auf die Hüften und schaut in den Garten hinaus.

»Das ist echt … lieber Himmel, Kate. Das habe ich wirklich nicht erwartet.« Er dreht sich wieder zu ihr um und fährt sich mit den Fingern durchs Haar. »Mir ist klar, dass ich komplett irrational bin, und irgendwie ist das auch verlogen. Aber ich fühle mich einfach, ach, ich weiß auch nicht … echt!«

»Bitte setz dich wieder hin, Toby. Ich muss dir noch etwas anderes erzählen, ich will einfach reinen Tisch machen.«

Einen Moment lang ist er wie erstarrt – sein verletzter Blick erinnert sie an jene schreckliche Nacht, an die Polizei mit ihren Blaulichtern und Uniformen und an das grelle Weiß des Krankenhauses.

»Bitte setz dich hin.«

Sie atmet tief durch, aber es wird nicht leichter. »Nach diesem One-Night-Stand habe ich ziemliche Angst bekommen. Das war auch der Grund, warum ich dir damals im Café nicht gleich die Wahrheit gesagt habe.«

»Du hast Angst bekommen? Weswegen? Was hat dir Angst gemacht? Du hast dir doch nichts eingefangen, oder?« Endlich setzt er sich wieder auf den Stuhl.

»Nein, ich habe mich nicht angesteckt, Toby. Ich bin ja nicht blöd. Mann, es ist echt schlimm, das laut auszusprechen.«

»Was denn?«

»Also, wir haben verhütet, aber dann habe ich nicht wie gewohnt meine Periode bekommen. Ein paar Tage lang habe ich wirklich geglaubt, ich sei schwanger. Bin ich nicht, Gott sei Dank. Aber ich fand es richtig, dir auch das zu erzählen.«

Sein Gesichtsausdruck verändert sich, als er die Bedeutung ihrer Worte begreift.

»Ich weiß, was du jetzt denkst. Das ist wirklich ungeheuerlich. Und ehrlich, ich kann dich da sehr gut verstehen: Ich möchte nicht mehr mit dir zusammen sein, weil ich kein Kind mehr will, und dann passiert ausgerechnet das …«

»Aber es war falscher Alarm?«

»Ja, wahrscheinlich war es einfach Stress. Das denkt zumindest Martha.«

»Du hast das Martha erzählt?«

»Ich musste mit jemandem reden. Ich war völlig außer mir.«

»Meine Güte, ja.«

Beide starren auf den Kaffee, der vor ihnen auf dem Tisch kalt wird.

»Ich weiß nicht, was ich sagen soll, Kate. Wirklich, mir fällt nichts ein.« Sein Gesicht sagt ihr alles. Er stellt sich vor, dass sie von einem anderen Mann schwanger sein könnte. Nachdem er sie monatelang nicht berühren durfte, nachdem sie Nacht für Nacht vor ihm zurückzuckte.

Erst jetzt fällt ihr auf, dass ihre Wangen nass sind, und sie wischt sie mit dem Ärmel ab.

Lange Zeit scheint keiner von beiden zu wissen, was er als Nächstes sagen oder tun soll.

»Ich ziehe zu meinen Eltern, Kate, für ein paar Wochen. Ist schon alles besprochen. Ich denke, es wird mir guttun, auf andere Gedanken zu kommen. Und ich gehe auf Abstand zu dem Projekt für die Gemeinde. Im Gemeinderat geht es ziemlich hoch her, das ist nicht immer schön. Ich habe alles an Mark übergeben und halte mich ab sofort da raus.« Sein Ton ist sehr geschäftsmäßig.

»Danke. Maria, Geoffrey und Wendy haben es zurzeit nicht leicht. Die drei sind wirklich nette Menschen.«

»Das habe ich schon gehört.«

»Toby, die Sache, die ich dir noch erzählen muss ...«

»Ich glaube, wir haben beide genug gesagt, meinst du nicht?«

Kate wischt sich noch einmal die Tränen ab und redet schnell weiter. »Eins musst du noch wissen. Martha weiß nichts davon, und ich verstehe es selbst kaum. Die ganze Zeit habe ich gedacht, dass ich erleichtert sein würde, nicht schwanger zu sein. Niemand möchte, dass ein One-Night-Stand so endet. Es hätte dir das Herz gebrochen und mir auch. Wirklich, ich habe gebetet, dass es falscher Alarm ist. Aber als die Gefahr vorüber war, habe ich etwas gefühlt, was ich nicht erwartet hatte.«

»Das verstehe ich nicht. Was willst du mir jetzt sagen? Soll das heißen, dass dir dieser andere Mann wirklich etwas bedeutet?«

»Nein, natürlich nicht.«

»Also was dann? Ich kann dir nicht folgen, Kate.«

»Ach, weißt du, ist auch egal.« Kate kann selbst keinen klaren Gedanken fassen, auch wenn sie wünscht, es wäre anders.

Ganz allmählich verändert sich Tobys Gesichtsausdruck. In Gedanken versunken wendet er den Blick ab. Dann schaut er ihr wieder in die Augen.

»Heißt das, dass du jetzt anders über dieses Thema denkst? Willst du vielleicht doch noch ein Kind haben?«

»Nein, nicht unbedingt. Ach, ich weiß es nicht. Mein Gott, ich weiß gar nicht, was ich da sage. Ich hätte nicht davon anfangen sollen. Ich weiß nicht, was ich denke.«

»Nein, bitte, Kate. Das ist wichtig. Wir müssen darüber reden.«

»Aber genau das ist doch das Problem. Wir haben schon stundenlang darüber gesprochen, Toby. Immer wieder. Und wir drehen uns im Kreis. Du weißt, dass du noch ein

Kind bekommen möchtest, aber ich kann das nicht. Deshalb habe ich mich von dir getrennt.«

»Aber warum bist du dir so sicher, Kate? Es ist nicht einmal ein Jahr her. Warum meinst du, dich für das, was geschehen ist, bis in alle Ewigkeit bestrafen zu müssen? Es war doch nicht dein Fehler.«

»Es war mein Fehler.«

»War es nicht. Die Fährgesellschaft wird verklagt, wegen der Schranke. Sie wussten, dass das Teil kaputt war. Diese Überfahrt hätte niemals stattfinden dürfen. Sie hätten niemals ...«

»Oh, zum Teufel mit der Schranke, Toby. Zum Teufel mit der Klage. Nichts davon wird ihn je zurückbringen. Und ich bin nicht wie du, ich kann ihn nicht einfach durch ein zweites Kind ersetzen. Das kann ich einfach nicht.«

Plötzlich ist Tobys Gesicht dunkelrot vor Zorn. So wütend hat sie ihn noch nie gesehen.

»Du glaubst also, ich will Daniel ersetzen? Meinst du das wirklich ernst? Meine Güte, Kate.« Seine Stimme wird lauter. »Sind wir uns wirklich so fremd geworden? Dass du glaubst, ich würde Daniel ersetzen wollen? Verdammt, ich weiß, dass ich nicht gut im Reden bin, dass ich nichts rauslasse. Aber ich kann nicht fassen, dass du das von mir denkst.«

Sie starrt ihn einfach nur an, vollkommen überrascht von dieser unbekannten Wut.

»Herrgott noch mal, Kate, weißt du denn nicht, dass ich unentwegt an ihn denke? Jeden Tag, jede Nacht, ununterbrochen. Ich will auch gar nicht aufhören, an Daniel zu denken. Warum sollte ich das tun? Glaubst du im Ernst, dass ich deshalb noch ein Kind will? Um Daniel zu vergessen? Verdammter Mist, Kate. Niemand bekommt noch ein zweites Kind, weil er aufhören will, das erste zu lieben …«

Er steht auf. »Tut mir leid, Kate, aber ich muss jetzt gehen. Ich kann das nicht mehr. Wenn du mich brauchst, ich bin bei meinen Eltern.«

39

Matthew hat noch nie einen Journalisten persönlich getroffen, aber er hat ziemlich viele Klischees aus Fernsehserien im Kopf.

Gelegentlich taucht in *Columbo* oder *Der Chef* – Serien, die Matthew früher gern mit seiner Mutter zusammen angeschaut hat – ein Reporter auf. Die fiktiven Journalisten sind fast immer sehr hartnäckig, sie kommen den Verbrechern auf die Spur und legen ihnen das Handwerk. Ross Tyler, der Fernsehreporter, der die Zustände im Millrose Mount Hospital aufgedeckt und an die Öffentlichkeit gebracht hat, scheint aus dem gleichen Holz geschnitzt zu sein.

Matthew hat keine Mühe, Ross Tyler ausfindig zu machen. Er ist freiberuflicher Journalist in London und immer noch auf der Suche nach der nächsten sensationellen Story – was Matthew etwas beunruhigt.

Schon als sie das erste Mal telefonieren, droht Matthew die Nerven zu verlieren. »Sie zeichnen das Gespräch doch nicht auf? Was ich sage, ist vertraulich. Ich will nicht, dass das aktenkundig wird. So heißt das doch, oder?«

Matthew gibt an, aus privaten Gründen mehr über die Nachforschungen im Millrose Mount Hospital erfahren zu wollen, und äußert seinen Wunsch, den Journalisten persönlich zu treffen. Er stellt sich als Alan White vor. Ihm ist schleierhaft, wie er auf diesen Namen kommt, aber dann fällt ihm einer seiner Grundschullehrer ein, der so geheißen hat.

Ross Tyler setzt ihm auseinander, dass die Millrose-Mount-Hospital-Story schon längst abgeschlossen ist, und versucht, Matthews wahre Motive herauszubekommen. Schroff, so dass Matthew nervös wird, erklärt Ross, diese Geschichte habe ziemlich lange Zeit sein Leben bestimmt. Allerdings liege das inzwischen schon vier Jahre zurück. Die Fernsehdokumentation über die psychiatrische Klinik hat ihn als investigativen Journalisten bekannt gemacht, und danach hat er ein paar entsprechende Aufträge erhalten, aber inzwischen sind diese Quellen wieder versiegt. Ross erzählt weiter, dass er nicht mehr gern an diesen schrecklichen Ort zurückdenkt. Die Schließung des Millrose Mount Hospital im Jahr 1973, ein Jahr nach seiner Reportage, ist für ihn der Schlusspunkt gewesen. Er hatte seine Mission erfüllt.

»Aber ich würde mich gern mit Ihnen unterhalten. Wo, sagten Sie gleich, sind Sie zurzeit?«

Matthew schlägt als Treffpunkt ein Café vor, das sich in Ross' Heimatort befindet. Mit dem Zug kann er an seinem freien Tag von Aylesborough aus in einer Stunde dort sein, das Café liegt ungefähr dreißig Gehminuten vom Bahnhof entfernt.

Jetzt sitzt er in diesem schäbigen Café dem großen, selbstsicheren Journalisten gegenüber, der gerade Zucker in seinen Tee rührt.

»Also, das Millrose Mount Hospital. Sie glauben also, dass jemand aus Ihrer Verwandtschaft dort war?« Ross blickt Matthew eindringlich an.

Obwohl außer ihnen nur drei weitere Gäste im Café sind, spricht Ross sehr leise, und Matthew muss sich, seine Tasse in beiden Händen haltend, vorlehnen. Plötzlich fühlt er sich von der Situation überfordert.

»Ich weiß das nicht sicher, zurzeit versuche ich, mehr darüber herauszufinden. Aber es ist gut möglich, dass jemand aus meiner näheren Verwandtschaft dort war. Deshalb beunruhigen mich die Gerüchte, die über das Millrose Mount Hospital kursieren, und auch die Andeutungen in Ihrem Beitrag.« Er hält inne und überlegt, wie er seine Absichten am besten erklärt, ohne zu viel über sich preiszugeben. Die Zeitungskritiken zu Ross' Dokumentation, die er in der Stadtbibliothek lesen konnte, haben ihn aufgewühlt. Denn anscheinend wurden die Patienten in der Einrichtung nicht nur völlig vernachlässigt, Ross Tyler hat das Personal auch des sexuellen Missbrauchs und anderer Misshandlungen beschuldigt. »Am meisten interessieren mich die Babys, die als Folge von Missbrauch im Millrose Mount Hospital geboren wurden.«

Ross holt tief Luft und neigt den Kopf zur Seite.

»Und Sie meinen, Sie könnten eines dieser Kinder sein.«

Seine Direktheit schockiert Matthew.

»Nein, das natürlich nicht. Ich würde nur gern wissen, ob Sie eindeutige Beweise hatten, und wenn ja, welche. Den Zeitungskritiken nach zu schließen, wurden die Anschuldigungen in dem Beitrag nicht offen ausgesprochen. Ich meine damit die Babys, die dort zur Welt kamen.«

Ross rutscht nervös auf seinem Stuhl hin und her. Er greift nach einem zweiten Päckchen Zucker und reißt eine Ecke ab. »Wissen Sie, wir hätten diese Vorwürfe nicht erhoben, wenn wir keine Beweise gehabt hätten. Glauben Sie mir, wenn die Leute die Hälfte von dem gesehen hätten, was ich dort gesehen habe, wären sie mir gegenüber nicht so kritisch gewesen.« Ross hat etwas Zucker auf dem Tisch verschüttet und fegt die weißen Körner nun mit einer Serviette zusammen. »Es gab mindestens eine junge Patientin, die behauptet hat, von einem Pfleger vergewaltigt worden zu sein, und deren Kind im Millrose Mount Hospital zur Welt kam. Das haben ihre Ärzte auch bestätigt. Das Team und ich hatten keinen Grund, der jungen Frau nicht zu glauben. Das Kind kam erst in Pflege, später wurde es adoptiert.«

»Warum wurde das nicht in der Dokumentation gezeigt?«

»Der Patientin ging es sehr schlecht. Sie war instabil. Das war nicht weiter überraschend in ihrer Situation, das arme Mädchen, aber letztlich hatten unsere Anwälte Bedenken wegen der Einwilligung. Ihre gesamte Geschichte zu erzählen wäre heikel gewesen, wir hätten uns eine Menge Probleme einhandeln können, vor allem wegen ihres Geisteszustands.«

»Also gab es nur diesen einen Fall?«

»Es war der einzige Fall, für den wir Beweise hatten. Aber es gab noch jede Menge Geschichten und Gerüchte, die weit in die Vergangenheit reichten. Oft hieß es, das Personal käme seiner Aufsichtspflicht nicht nach, und nur deshalb war es möglich, dass Patienten miteinander sexuell verkehrten, und auch Patienten mit Pflegern oder Schwestern. Aber den Vorwurf sexueller Gewalt gab es schon lange. Das beweist eine erste Untersuchung in den fünfziger Jahren, von einem Arzt namens Dr. Wesley Clarke. Sehr anständig, was der Mann gemacht hat, aber sein Bericht wurde irgendwo vergraben, und seine Empfehlungen hat man weitestgehend ignoriert. Immerhin haben damals vier Mitarbeiter sofort gekündigt, um Disziplinarmaßnahmen zu vermeiden. Die ganze Sache wurde vertuscht, und die Verantwortlichen konnten sich hinter der Schweigepflicht verstecken. Wir haben alles berichtet, was wir gefunden haben, aber an die Akten sind wir nicht rangekommen.«

»Und in dem Fall, den Sie beweisen konnten …« Matthew trinkt den letzten Schluck von seinem bitteren Kaffee und fragt mit lautem Herzklopfen: »Wie war der Name der Patientin?«

»Sie wissen, dass ich Ihnen das nicht sagen kann.« Ross gibt den restlichen Zucker aus dem Tütchen in seine Teetasse und zieht die Augenbrauen hoch. »Ich kenne nicht einmal Ihren richtigen Namen.«

Ross trinkt seine Tasse aus. Einen Moment lang sagt Matthew kein Wort, dann schiebt er seine Tasse von sich fort und schlägt einen Spaziergang vor. In der Nähe gebe es einen hübschen Park, meint Ross, und Matthew nickt zustimmend.

Der Park hat ein eindrucksvolles schmiedeeisernes Tor, kunstvoll ranken sich Blumen und Blätter um das Datum in der Mitte: 1902. Ein gewundener Weg führt durch eine Eichenallee zu einem kleinen Musikpavillon. Matthew fühlt sich an einen Park erinnert, in dem er als Kind oft mit seiner Mutter war, und er lächelt bei dem Gedanken daran, dass sie einmal zu lange geblieben sind und über das schmiedeeiserne Tor klettern mussten, um nach Hause zu kommen. Seine Mutter war mit dem Gürtel ihres Regenmantels in den Eisengitterstäben hängengeblieben.

Es ist ein schöner Tag, hell und trocken, aber der Park ist fast leer, nur ein paar Hundebesitzer werfen Stöcke und Bälle. Sie setzen sich auf eine Parkbank nicht weit vom Musikpavillon und beobachten aus der Ferne das Spiel der Hunde. Genau zwischen ihnen ist ein Herz in das Holz der Bank geritzt, Zeugnis der Liebe von Sandra für Edward vor einigen Jahren.

»Als Kind wollte ich immer einen Hund haben.« Ross' Tonfall klingt natürlich, aber Matthew ist jetzt sehr auf der Hut. Ist das ein Trick, damit er weichwird und ihm seinen Namen verrät?

»Also, warum glauben Sie, etwas mit dem Millrose Mount Hospital zu tun zu haben?«

»Das ist immer noch vertraulich?«

»Absolut vertraulich.«

»Ich bin adoptiert. Damals hat man meinen Eltern gesagt, es gebe eine Verbindung zum Millrose Mount Hospital. Nun versuche ich irgendwie herauszufinden, ob das wahr ist.« Matthew fürchtet, dass es gefährlich ist, so viel von sich preiszugeben, aber er weiß, dass er Hilfe braucht, und die wird er nur bekommen, wenn er ehrlich ist.

»Kennen Sie schon die Namen Ihrer leiblichen Eltern?«

»Nein, noch nicht. Das dauert viel länger, als ich gedacht hatte.«

Ross dreht sich zu Matthew hin, greift in seine Jackentaschen und reicht ihm seine Visitenkarte.

»Sehen Sie, mir ist klar, dass das sehr hart für Sie sein muss. Wenn Sie den Namen Ihrer leiblichen Mutter in Erfahrung bringen, werde ich Ihnen – ganz im Vertrauen – sagen, ob das die Patientin ist, deren Fall ich kenne. Ich sage Ihnen ja oder nein, mehr kann ich leider nicht tun.«

Matthew nimmt die Visitenkarte entgegen und schaut sie gedankenverloren an, bevor er sie wegsteckt. Dann wendet er sich ab, um dem schwarzen Labrador zuzusehen, der zwischen einigen Büschen verschwindet, während sein Besitzer ihm wütend hinterherruft.

»Würden Sie sich denn noch einmal mit mir unterhalten, wenn Sie herausfinden, dass es in Ihrem Fall wirklich eine Verbindung zum Millrose Mount Hospital gibt? Vielleicht sogar ein Interview machen?«

»Wirklich, es tut mir leid. Ich möchte Ihre Zeit nicht vergeuden.« Matthew steht auf. »Aber ich will keine Story über mich lesen. Ich weiß schon, mir ist klar, das ist Ihr Job. Aber ich will einfach nur herausfinden, wer ich bin.«

Ross zuckt die Achseln. »Schon in Ordnung.«

»War es im Millrose Mount Hospital wirklich so schrecklich?« Matthew sieht Ross direkt in die Augen.

Ross streckt die Beine aus und scheint seine Schuhe zu inspizieren.

»Ich habe sechs ganze Monate an dieser Story gearbeitet, die Hälfte der Zeit ohne Bezahlung. Bis ich endlich einen Sender fand, der sich dafür interessierte. Diese Recherche war wie eine Sucht, ich musste unentwegt an diese Klinik denken. An die furchtbaren Gerüchte: so wenig Personal, dass die Patienten nachts nicht zur Toilette gehen durften. Die Pfleger spielten Karten, anstatt sich um die Patienten zu kümmern. Die bekamen einfach so viele Medikamente, bis sie keinen Ärger mehr machten.«

Er setzt sich gerade auf, schiebt die Beine wieder unter die Bank und sieht Matthew mit ernstem Blick an.

»Nichts in diesem Beitrag war aufgebauscht. Das war keine Sensationsmache. Das Millrose Mount Hospital war ein schlimmer Ort. Glauben Sie mir.«

40

»Du kommst als Erste raus.«

»Nein, du zuerst.«

»Ich komme mir total lächerlich vor.«

Die Stimmen von Kate und Martha aus den nebeneinanderliegenden Zimmern klingen hoch und leicht hysterisch.

Seit sie vor vier Tagen im Stadttheater ausgehandelt haben, wer von ihnen sich als Erste ein elisabethanisches Kostüm aussucht, sprechen sie in diesem leicht schüchternen, mädchenhaften Tonfall.

Maria hat darauf bestanden, dass auch Martha, Kate und die anderen sich als Elisabethaner verkleiden, wenn sie den Umzug von seiner festgelegten Route auf den Kai umleiten.

Zunächst haben sie es beim Kostümverleih von Aylesborough versucht, aber dort gab es nur billige historische Kostüme aus dünnem Stoff.

Maria fand das Angebot nicht hübsch genug und in keiner Weise überzeugend. Eine von Wendys Kundinnen hat dann vorgeschlagen, beim Theater anzufragen, wo man Kostüme, die nicht für laufende Produktionen gebraucht werden, leihen kann.

»Sie werden sich als Höflinge verkleiden müssen«, meint die Frau im Theater, während sie die kleine Gruppe einen schmalen Korridor entlangführt. Dann betreten sie einen L-förmigen, fensterlosen Raum voller Kleiderstangen, an denen die verschiedensten Kostüme in Plastik-

oder Stoffhüllen hängen. Das Ganze erinnert an die hinteren Räume einer Reinigung. Merkwürdigerweise sind die Kleidungsstücke nicht beschriftet, aber die Frau, die sich als Karen vorstellt und bereits seit zehn Jahren am Theater arbeitet, erklärt, dass sie jedes Kostüm kennt und stets weiß, wo es hängt. »Alle mittelalterlichen Bauernkostüme wurden für das Weihnachtsstück umgearbeitet.«

»Wie bitte?« Kate fährt sich verlegen durch die Haare, als ihr bewusst wird, dass die langen Haare sehr viel besser zu den historischen Kostümen passen würden.

Karen bleibt stehen und lächelt. »Wir brauchten die Herbstfarben – Brauntöne, Gelb und Orange. Das waren zu Zeiten Elisabeth I. die Farben des einfachen Volks.«

»Dann hatte also jede gesellschaftliche Klasse ihre eigenen Farben?« Kate ist neugierig geworden.

»O ja, natürlich«, Karen fühlt sich ermuntert, fortzufahren. »Frauen war es per Gesetz verboten, die falsche Farbe zu tragen. Die Idee dazu kam von Königin Elisabeth selbst. Sie erließ eine Kleiderordnung, ich glaube, das war 1574. Eine Art Farbkodex, der jedem Menschen seinen Platz in der Gesellschaft zuwies.«

»Sie machen Witze.« Auch Marthas Interesse ist geweckt.

»Für Sie nehmen wir Rot, denke ich.« Karen neigt den Kopf zur Seite und mustert Martha. »Ja, Scharlachrot, das steht für Einfluss. Das haben die Ehefrauen der Ritter getragen oder die Hofdamen im Kabinett. Hier«, sie fährt mit der Hand über mehrere Kleider, die an einer Stange hinten an der Wand hängen, »probieren Sie doch mal das. In der Ecke ist eine Umkleidekabine.«

Dann wendet sie sich an Kate, die immer noch mit den Fingern in den Haaren herumspielt.

»Und was nehmen wir für Sie? Gold. Ja, die Ehefrau

eines Grafen oder eines Barons. Gold passt wunderbar zu Ihren dunklen Haaren.«

Jetzt sind sie wieder bei Kate zu Hause, und es gibt kein Zurück mehr.

»Du musst mir versprechen, nicht zu lachen.«

»Ich habe das Kostüm doch schon längst gesehen.« Schließlich öffnet Martha die Tür zu Kates Zimmer, die vor dem Ankleidespiegel steht.

»Ich hätte mir die Haare nicht schneiden lassen sollen.«

»Unsinn. Du siehst phantastisch aus.«

»Und du erst.«

Einen Moment lang herrscht Schweigen. Ihre Blicke treffen sich im Spiegel.

»Verdammt, Martha.«

Kate ist das schon im Theater an Martha aufgefallen. Ohne ihre üblichen abgetragenen Sachen, Schulter an Schulter neben ihr in dem zauberhaften elisabethanischen Kostüm, kann Martha ihre Schönheit nicht mehr verstecken.

»Du siehst wirklich wunderschön aus.«

Martha lächelt. »Meine Güte, das ist wirklich nicht so schlecht, oder? Aber du auch, Kate. Schön, dass du endlich mal wieder lächelst, das ist schon eine Weile her. Geht es dir gut?«

»Mir geht's gut. Also, nicht wirklich gut, aber besser. Ich schaff das schon. Ich möchte Maria gern helfen. Wenn wir zu spät kommen, bringt sie uns beide um …«

In Marias Café werden sie von einer elisabethanischen Runde empfangen. Die meisten essen die Schinkensandwiches und das süße Gebäck wegen der ausladenden Unterröcke im Stehen und beugen sich nach vorn, um keine Flecken auf die edlen Kostüme zu bringen.

Überall sieht man Samt- und Taftkleider, viele sind mit Pelzbordüren und Gold- und Silberstickereien verziert. Karen zufolge zeichnet sie das als distinguierte Mitglieder der Gesellschaft aus, Barone, Ritter oder deren Ehefrauen.

»Martha, das bist doch nicht wirklich du, oder? Du siehst umwerfend aus.« Maria, die ein dunkelgrünes Samtkleid mit einem hohen weißen Rüschenkragen trägt, das ihr hervorragend steht, schließt Martha ungestüm in die Arme. »Wir müssen ein Foto machen. Carlo! Carlo? Wo ist die Kamera?«

Die Fotos werden heiß diskutiert, letztlich wird jedes Motiv drei Mal geschossen. Dann klatscht Maria in die Hände, um ihr gemeinsames Vorgehen zu erläutern, und alle versammeln sich um einen Stadtplan auf dem Tisch.

Der Kai liegt parallel zu dem für den Markt genehmigten Gelände auf dem Marktplatz. Damit kein Verdacht aufkommt, wollen einige wenige Händler ihre Stände zuerst auf dem Marktplatz aufbauen und später schnell auf den Kai überwechseln. Sollte die Polizei oder jemand von der Gemeinde sich wundern, warum nur so wenige Händler auf dem Marktplatz sind, wollen sie sich mit schlecht laufenden Geschäften herausreden.

In der Zwischenzeit bauen die anderen Händler ihre Stände draußen auf dem Kai auf. Das sei die gefährlichste Phase, erklärt Martha, denn neugierige Anwohner könnten ihr Tun vom Fenster aus beobachten. Noch sind keine Polizisten zu sehen, aber wenn einer vorbeikommt und die Aufbauten entdeckt, fällt die Aktion ins Wasser.

Maria hat folgenden Plan entwickelt: Die Blaskapelle und der offizielle Umzug, die sich schon vor dem Rathaus in der Hauptstraße befinden, werden in der Regel nur von drei oder vier Polizisten begleitet, da auf der Route erfahrungsgemäß keine Verkehrs- oder anderen Probleme auftreten. Normalerweise halten die Polizisten den Verkehr nur einmal an der Kreuzung mit der Nelson Road an, um den Umzug vorbeizulassen.

»Unsere erste Gruppe von Komparsen steht genau hinter der Kreuzung, so dass wir den Umzug nach rechts statt nach links lenken können.« Martha fährt den vorgeschlagenen Weg auf dem Stadtplan mit dem Finger nach. »Seht mal her, hier geht es entlang, auf die Prospect Road zu. Es ist wichtig, dass wir die Führung des Umzugs übernehmen. Denn dann befinden sich die Polizisten in der Mitte des neuen Umzugs und nicht mehr ganz vorn. Bis sie begriffen haben, was los ist, kommt unsere zweite Komparsengruppe ins Spiel.« An der Kreuzung mit Prospect Road hat sie ein X eingezeichnet. »Von hier führt die neue Gruppe den Umzug so rasch wie möglich das letzte Stück zum Kai. Die Polizei wird inzwischen bis ans Ende des Zugs zurückgedrängt worden sein. Dann ist es hoffentlich schon zu spät für sie, um noch einzuschreiten. Je mehr Tumult entsteht, umso besser. Am Kai wird Elisabeth I. bereits die letzten Blätter an den Baum heften, die Gemeinde und die Polizei werden uns hoffentlich einfach machen lassen. Wenn unser Plan aufgeht, bekommen wir sicher zahlreiche Fotos und auch so viel Aufmerksamkeit, wie wir wollen. Und zwar genau hier am Kai.«

Die Umstehenden applaudieren, während Martha den Stadtplan zusammenfaltet und dann die zwei Gruppen einteilt. Carlo wird den ersten Umweg anführen, zusammen mit Kate und Martha, wohingegen Maria und die restliche Gruppe die zweite Etappe von Prospect Road an zum Kai übernimmt. Mehrere Ladenbesitzer haben schon angeboten, dass die Wartenden sich bei ihnen verstecken können, bis sie sich dem Umzug anschließen. Irgendjemand murmelt etwas von Walkie-Talkies oder einem

Laufboten, aber Maria meint, die Blaskapelle sei Signal genug.

Vierzig Minuten später ist der Umzug schon unterwegs, und Marias Freunde haben ihre Posten bezogen. Vier Polizisten sind für die Aufgabe abgestellt. Der Umzug folgt ohne jegliche Zwischenfälle der abgesprochenen Route, Ladenbesitzer und Passanten stehen am Straßenrand und applaudieren höflich.

An der Kreuzung Nelson Road steht wie erwartet nur ein Polizist, der verblüfft und hilflos zurückbleibt, als der Umzug von der vereinbarten Route abweicht.

»Nein, bitte, nicht dort entlang. Links, Sie müssen nach links abbiegen.« Der Polizist, der nichts von der Revolte ahnt, versucht weiter, sich in dem Durcheinander Gehör zu verschaffen, aber die Blaskapelle biegt unbeirrt nach rechts ab.

Als er nicht mehr weiterweiß, legt er die Hände trichterförmig um sein Funkgerät, um sich in dem Lärm verständlich zu machen, und ruft verzweifelt: »Sie nehmen den falschen Weg! Der Elisabethanische Umzug ist in die falsche Straße abgebogen.«

Diesen Ruf empfangen zwei Streifenwagen in der Nähe, mit denen Maria nicht gerechnet hat. Die beiden Wagen stehen zur Unterstützung auf dem Taxistreifen nur eine Straße weiter. Die Polizisten verspeisen gerade genüsslich den letzten Bissen ihres herzhaften Sandwiches, als eine panische Stimme über Funk meldet, dass der Umzug die Route verlassen hat.

Der erste Wagen wird genau dorthin beordert, wo Maria mit der zweiten Gruppe auf den Umzug wartet.

»Hallo, Leute, was macht ihr denn da? Ihr solltet doch zum Marktplatz gehen.« Der Polizist fragt höflich, denn auch er geht immer noch von einem Missverständnis aus.

Aber in dem Moment raffen Maria und ihre Freunde die langen Röcke und rennen eilig über die Straße, wo sie sich dem gerade um die Ecke biegenden Umzug anschließen.

Plötzlich begreift der Fahrer des Streifenwagens, dass da etwas im Gange ist, und blockiert die Straße, indem er den Wagen quer auf die Fahrbahn stellt. Ein letzter Versuch, den vordersten Teil des Zugs abzutrennen und den Hauptteil zum ursprünglichen Zielpunkt zu lenken.

»Geht an der Seite vorbei!«, ruft Maria jetzt laut. »Geht an der Seite des Streifenwagens vorbei.«

Gehorsam schlängeln sich die Menschen rechts und links an dem ersten Streifenwagen vorbei, als der zweite Wagen mit vier Polizisten etwas weiter oben an der Straße auftaucht.

Einer der Polizisten macht schnell Maria als die Anführerin der Gruppe aus. Sein Tonfall ist nicht mehr höflich, aber er ist immer noch voller guter Absichten, als er ihr zuruft, sofort stehen zu bleiben, denn sonst würde sie einen Unfall verursachen.

Ein zweiter Polizist, der etwas schneller ist als seine Kollegen, sprintet über die Straße, packt Maria am Arm und fordert sie auf, ihn zum Wagen zu begleiten. Die Panik steht ihr ins Gesicht geschrieben, als sie ruckartig ihren Arm losreißt und den Polizisten mit beiden Händen heftig von sich wegstößt.

Der Polizist fällt beinahe zu Boden, mühsam hält er die Balance. Sein Tonfall verrät, dass seine Stimmung umgeschlagen ist.

»Okay, das war's!« Schnell hält er Maria erneut fest.

Auf der anderen Straßenseite drängt sich der Umzug um den Streifenwagen herum. Einigen der Kostümierten macht es Spaß, die Anweisungen der Polizei zu ignorieren, andere zögern und gehen langsamer. Maria, die nicht will, dass der Umzug sein Ziel, den Kai, aus den Augen verliert, ruft ihren Freunden noch laut Anweisungen zu, während sie wieder versucht, sich aus dem Griff des Polizisten zu befreien.

»Nicht stehen bleiben! Geht um den Wagen herum!«

In diesem Moment hat der größte Teil des Umzugs aufgeholt. Aus der Ferne kann Carlo gerade noch seine Frau zwischen zwei Polizisten erkennen. Ihr Gesicht ist dunkelrot, und ihre Schultern heben und senken sich schnell, ein Anblick, der Carlo wohlvertraut ist: Maria hyperventiliert. Verzweifelt drängt er sich durch die Menge nach vorn.

Der Griff der Polizisten ist nicht besonders fest, aber Maria wehrt sich mit aller Kraft. Doch je mehr sie kämpft, desto härter packen die Männer zu. Auf der anderen Straßenseite kommt der Verkehr unter ständigem Hupen zum Erliegen, unterbrochen nur von lautem Rufen und der Musik der Blaskapelle.

Auch Martha und Kate haben sich bis nach ganz vorne gedrängt und laufen jetzt eilig an den Musikern vorbei zu Carlo.

In diesem Augenblick scheint alles um sie herum zu erstarren, Kate und Martha bleiben stocksteif stehen. Sie beide können den Schrei hören.

Über die Musik, den Verkehr, über das Rufen der Leute und das Hupen hinweg dringen die schrillen Laute an ihr Ohr.

Ein Schrei, den keiner von ihnen je vergessen wird.

Carlo ruft nach Maria, aber sie ist zu weit weg von ihm.

»Maria! *Ma no,* Maria! *No!*«, schreit er, als sie plötzlich auf dem Boden zusammenbricht.

41

Im Krankenhaus versetzen Carlos gute Manieren alle Besucher, Ärzte, Pfleger und Schwestern in Erstaunen.

Martha, die Carlo genau beobachtet, kann seine Höflichkeit kaum ertragen. Jeden, der an ihm vorbeiläuft, grüßt er so freundlich, als handele es sich um einen neuen Gast im Café, als wäre Maria nur kurz draußen hinter dem Haus und hätte ihn für ein paar Minuten allein im Café gelassen.

»Was kann ich euch denn bringen? Kaffee? Tee? Eine Zeitung?«

Vier Betten gibt es auf der Intensivstation, die nur durch papierdünne Wände voneinander getrennt sind. Die anderen Familien, die still und mit ernster Miene am Bett des Kranken sitzen, drehen sich immer wieder erstaunt um, wenn Carlo ständig rein- und rausläuft, weil er die Stille nicht ertragen kann. Er ist daran gewöhnt, dass Maria ständig redet.

Marias Familie ist gekommen, und abwechselnd wachen ihre Geschwister und ihre Kinder an ihrem Bett. Zwischendrin läuft Carlo aufgeregt den Krankenhausflur auf und ab und nimmt Genesungswünsche entgegen; die Luft ist stickig und seine Kehle brennt, während er verzweifelt gegen die feindliche Stille ankämpft. Maria liegt die ganze Zeit über unbeweglich in dem großen Krankenhausbett, ein Tropf wurde angelegt, und in ihrem rechten Arm steckt eine Kanüle. Carlos andauerndes Gemurmel wird nur von dem Piepen der Monitore an ihrer Seite unterbrochen.

Eines Tages werden wir zusammen darüber lachen, denkt Carlo. Wie Maria in ihrem elisabethanischen Kostüm auf dieser Tragbahre lag. Die Ärzte sagen, sie hat einen Schlaganfall erlitten, aber sie könnte jeden Moment das Bewusstsein wiedererlangen. Dann werden wir mehr wissen.

»Entschuldigung, habe ich Sie schon gefragt, ob Sie etwas trinken möchten? Kaffee oder Tee? Ihre Schwester ist gerade bei ihr.«

Zunächst dürfen nur die engsten Verwandten zu Maria auf die Intensivstation, aber später lassen die Schwestern auch Wendy zu ihr, sie bringt einen kleinen gestrickten Blumenstrauß mit weißen und rosafarbenen Blättern mit, passend zu Marias Baum.

»Aber bitte nicht länger als fünf Minuten«, mahnt die Schwester, bevor sie die Tür hinter Wendy schließt.

Martha will all ihren Mut zusammennehmen, für Maria, aber es fällt ihr schwerer, als sie gedacht hat.

Am Ende ist sie nicht stark genug, es ist zu viel für sie.

Auf dem Krankenhausflur wird ihr schwindelig, in der Ecke erblickt sie Marias jüngste Tochter zusammen mit dem Kind, für das sie die Taufdecke gestrickt hat.

»Martha, du siehst aus, als könntest du etwas frische Luft gebrauchen.« Kate sieht ihr in die Augen.

Martha rührt sich nicht, wie hypnotisiert schaut sie zu der jungen Frau, die ihr Kind im Arm wiegt. Das Baby saugt am Finger seiner Mutter. Besorgt runzelt Kate die Stirn.

Martha fühlt nur noch, wie die Luft immer stickiger wird, es ist drückend heiß.

»Ich kann jetzt nicht weg hier, Kate.«

»Doch, du musst nach draußen. Du siehst nicht gut aus. Komm schon. Wir gehen ein wenig spazieren und kommen später wieder. Die frische Luft wird dir guttun.«

Schweigend verlassen sie schließlich das Krankenhausgebäude, schlängeln sich zwischen den parkenden Autos hindurch, gehen über eine Rasenfläche hinweg den Hügel hinauf bis zum Grat. Dort fühlt sich Martha langsam wieder besser, tief atmet sie die klare Luft ein, geht mit entschlossenen Schritten voran.

Es ist einer dieser Wintertage, an denen der Himmel vollkommen klar ist, im Grunde viel zu schön für die schrecklichen Ereignisse. Noch hat es nicht geschneit, aber während sie höher steigen, zeichnet sich die Umgebung im Dezemberlicht gestochen scharf ab und der Wind frischt auf.

Sie wandern vorbei an wunderschönen Grundstücken mit eindrucksvollen Villen, die inzwischen Büros beherbergen; aus den Vorgärten wurden Parkplätze voller Schilder, die Unbefugte vor dem Betreten des Geländes, vor Hunden und Geldstrafen warnen.

Selbst als Martha Kate zu der Straße hinführt, ist sie noch nicht sicher, ob sie ihr ihre Geschichte anvertrauen wird.

»Hast du etwas dagegen, wenn wir eine kurze Pause machen?«

Auf Marthas Vorschlag hin setzen sie sich auf eine nahe Parkbank. Martha hat den Platz nicht zufällig gewählt, von hier aus hat man einen guten Blick auf das Haus. Plötzlich spürt sie, dass die Entscheidung nicht mehr in ihren Händen liegt.

Sie starrt auf das weiße Gebäude und wundert sich, wie wenig sich in all den Jahren verändert hat. Immer noch dieselben Fenster, dieselben Säulen am Eingang.

Kate hat eine Zeit lang in die andere Richtung gesehen, hat das Meer und die Wellen beobachtet, nun entdeckt auch sie das Haus.

»Oh, Martha, was ist denn los mit dir? Ich mache mir wirklich Sorgen um dich. Du siehst ...«

»Dort habe ich mein Kind bekommen, Kate. Also, die Geburt war im Krankenhaus, denn es gab Komplikationen. Aber sonst war ich dort, in diesem weißen Haus. Es sieht immer noch genauso aus wie früher.« Einen Moment lang schaut sie zur Seite, aber dann heftet sich ihr Blick wieder auf das Gebäude. »Dort war ich mit ihm zusammen, das Fenster ganz rechts im zweiten Stock. Wir waren zu viert auf dem Zimmer.«

Eine Weile lächelt sie abwesend vor sich hin, als befände sie sich an einem ganz anderen Ort. Kate sitzt regungslos da, die Bestürzung macht sie sprachlos.

»Entschuldige bitte, Kate. Ich habe das nicht geplant. Aber als ich in das Krankenhaus kam, wo Maria ist, das war solch ein Schock. Es war das erste Mal, seit ...«

»O Gott, Martha!«

»Dieses weiße Haus war ein Heim für alleinstehende Mütter, eine Einrichtung der Kirche. Man hatte sechs Wochen mit seinem Kind.« Ganz leise wiederholt sie diese beiden Wörter – sechs Wochen –, schließt die Augen und atmet tief durch. »Niemand sagt einem, wie gut Babys riechen, hab ich recht?«

Kate bringt immer noch kein Wort heraus.

»Damals war ich noch sehr jung, und mein Vater wollte mich nicht mit dem Kind bei sich zu Hause haben, Kate. Er war vollkommen entsetzt, er meinte, ich hätte Schande über die Familie gebracht. Ich konnte nirgends hin. Ich bat das Heim um mehr Zeit für mich und Kind, aber sechs Wochen waren die Regel. Die Heimleiterin war strenggläubig und lehnte meine Bitte ab. Sie sagte, es gebe noch mehr Mädchen, die auf ein freies Bett warteten.« Marthas Stimme klingt monoton, ihr Lächeln ist verschwunden, fast scheint sie noch an diesem anderen Ort zu sein.

»Jeden Tag kamen die Leute von der Adoptionsvermittlung und erklärten den Ablauf. Die meisten jungen Mütter waren erleichtert, sie wollten alles so schnell wie möglich hinter sich bringen und in ihr altes Leben zurückkehren. Ich konnte das nicht verstehen.« Sie zieht den Mantel eng um sich. »Ich habe meinen Vater angefleht, Kate. Angebettelt habe ich ihn. Ich dachte, er wollte mich nur hinhalten und mich leiden sehen. Weil ich Schande über die Familie gebracht hatte. Aber er war ein sehr zorniger Mensch. Eines Morgens schlief ich länger als üblich. Es muss an dem häufigen Stillen, den durchwachten Nächten gelegen haben. Als ich wieder aufwachte …«

Jetzt schlägt sich Kate entsetzt die Hand vor den Mund.

***

Auch Wesley Clarke und Schwester Sarah hielten damals den Atem an, als Martha die Wahrheit zum ersten Mal laut aussprach, während sie durch die vergitterten Fenster den Vögeln draußen zusah. Sarah öffnete den Mund, als wollte sie etwas sagen, aber Wesley hob seine Hand zum Zeichen, dass sie lieber schweigen und zuerst Martha ihre Geschichte zu Ende erzählen lassen sollte.

***

»Ich drehte mich um und sah zu dem Kinderbettchen, aber es war leer. Sie hatten meinen kleinen Sohn fortgebracht, während ich schlief. Anscheinend war das die Idee meines Vaters gewesen, damit ich mich an den Gedanken einer Adoption gewöhne. Er hatte der Heimleiterin gesagt, ich bräuchte nur einen Schubs, um meine Meinung zu ändern.«

Kate ist immer noch tief bestürzt und sieht die Freundin mit starrem Blick an.

»Heute weiß ich natürlich, dass sie im Heim kein Recht hatten, so zu handeln.« Martha liest Schock und Entsetzen in Kates Gesicht. »Ich hätte ruhig bleiben und sie auffordern sollen, ihn zu mir zurückzubringen. Manchmal träume ich, dass ich genau das tue. Ich schreibe meine Geschichte neu. Ich bleibe gelassen, und ich zwinge die Heimleitung, mir meinen Sohn zurückzubringen.«

Martha schließt die Augen, als ob sie sich jetzt diese andere Geschichte ausmalt. Damit sie wahr wird. Mit geschlossenen Augen spricht sie weiter. »Aber ich war erst achtzehn Jahre alt. Und es ist anders gekommen.«

***

Im Millrose Mount Hospital stand Sarah immer noch erschrocken da, Wesley Clarke blieb regungslos, und auch die beiden Vögel draußen im Baum schienen aufmerksam zuzuhören. Marthas Atem ging schwer, sie konnte sich kaum noch aufrecht halten, so dass Sarah einen Stuhl hinter sie schob, ihr behutsam half, sich zu setzen, und ihr die Hand hielt.

***

»Ich hab's vermasselt, Kate. Ich habe ihnen geradezu in die Hände gespielt. Ich bin vollkommen ausgerastet, ich schrie, ich schleuderte Sachen durch die Gegend. Da haben die Betreuerinnen mich eingesperrt. Durch die Tür riefen sie, ich solle mich beruhigen. Ich glaube, sie waren ebenfalls in Panik geraten. Sie hatten nicht damit gerechnet, dass ich dermaßen ausflippen würde. Eine Krankenschwester kam und murmelte etwas von einem Beruhigungsmittel. Ich hatte Angst, dass sie mich außer Gefecht setzen würde, deshalb schlug ich der Krankenschwester ins Gesicht und versuchte zu fliehen. Mit der Faust schlug ich die Fensterscheibe ein und schnitt mich. Die ganze Zeit über hatte ich nur einen einzigen Gedanken: Wo ist mein Baby? Als ich meinen blutüberströmten Arm und die erschrockenen Gesichter der Schwestern sah, fuhr ich noch einmal mit dem Arm über die zerbrochene Scheibe. Und ich sagte ihnen, dass ich springen würde, wenn sie mir nicht mein Kind zurückbrächten.«

***

Sarahs Hand, die immer noch die von Martha hielt, zitterte, und Wesley Clarke stand mit kreidebleichem Gesicht daneben. So einen Fall hatte er noch nie erlebt, und er schwor sich, dieser Patientin zu helfen, das Millrose Mount Hospital zu verlassen. Er dachte noch darüber nach, als Martha flüsterte: »Ich wünschte, ich hätte es getan.«

Denn hätte sie gewusst, was dann kam, wäre sie lieber gestorben.

***

»Deshalb bist du also ins Millrose Mount Hospital gekommen …«

»In die psychiatrische Klinik, ja. Die Betreuer und die Heimleitung haben alle gelogen, Kate. Sie haben die Tatsachen einfach verdreht und behauptet, ich hätte versucht, mich aus dem Fenster zu stürzen, deshalb hätten sie mir das Baby weggenommen. Um es in Sicherheit zu bringen. Sie haben alles so hingedreht, dass sie selbst eine weiße Weste hatten. Sie haben gesagt, ich sei krank, eine Gefahr für mich selbst und das Kind.« Martha hat wieder die Augen geschlossen. »Und mein Vater …«, mit der rechten Hand fasst sie an ihren Mantelkragen und zieht ihn mit aller Kraft zu. Ihre Fingerknöchel sind kalkweiß. Sie macht eine Pause, atmet hörbar tief ein und aus. Ihr Kinn zuckt kurz, als ob sie selbst nicht glauben kann, was sie jetzt sagt: »Mein Vater hat die Lügen der Heimleitung gedeckt. Er hat gesagt, es wäre zu meinem Besten. Eine zeitweilige Einweisung … Ein Krankenwagen hat mich dann ins Millrose Mount Hospital gebracht … Ich kann mich nicht mehr genau daran erinnern. Aber ich weiß noch, dass mein Vater gesagt hat, ich könne nach Hause kommen, wenn es mir wieder besserginge und ich alles hinter mir gelassen hätte.«

Jetzt beugt Kate sich vor, ihr Gesicht liegt in ihren Händen, ihr Blick ist auf den Boden gerichtet. »Mein Gott, Martha. Solche Dinge sind in den dreißiger Jahren geschehen, vor dem Krieg. Aber doch nicht heutzutage, das kann unserer Generation doch nicht mehr passieren. Es gibt doch Sozialhilfe, seit den Fünfzigern. Ich bin mir sicher …« Hektisch rechnet sie Daten und Zahlen im Kopf nach und versucht herauszufinden, welche Möglichkeiten es für Martha gegeben hätte. »Die Heimleitung hätte dich über deine Rechte aufklären müssen. Sie hätten dir helfen müssen. Was ist überhaupt mit dem Vater des Kindes? Wo zum Teufel war der damals?«

Martha rutscht nervös auf der Bank hin und her, dann sieht sie Kate direkt an.

»Ich glaube nicht, dass Maria es schaffen wird. Was meinst du?«

Kates Gesicht verdüstert sich.

»Der Vater weiß nichts von dem Kind. Er war Musiker und hatte damals die Chance, im Ausland berühmt zu werden. Er wollte nicht weg, er wollte bei mir bleiben. Aber er war ein phantastischer Mensch, mit einem außergewöhnlichen Talent. Ich wollte ihm nicht im Weg stehen. Ich hätte es nicht ertragen, wenn er mir irgendwann die Schuld gegeben hätte, diese eine Chance seines Lebens verpasst zu haben ... Also habe ich ihm nichts von der Schwangerschaft erzählt. Als er weggehen musste, war ich auch noch nicht hundertprozentig sicher, dass ich schwanger war. Ich dachte, ich würde ihm später von dem Kind erzählen. Und wenn er sich einen Namen gemacht hätte, würde ich ihm mit dem Kind ins Ausland folgen.« Sie wischt sich eine Haarsträhne aus dem Gesicht. »Ich habe die Situation falsch eingeschätzt. Es war ein großer Fehler. Mein allergrößter.«

Kate steht auf und blickt wieder aufs Meer hinaus.

»Ich weiß wirklich nicht, was ich sagen soll, Martha. Das ist so ein schreckliches Erlebnis, so vollkommen ...«

»Hast du mit Toby gesprochen? Über die Angst, schwanger zu sein, die du in den letzten Wochen hattest? Und wie du wirklich über ein Kind denkst?«

»Deshalb also hast du mich gedrängt, mit ihm zu sprechen?«

»Ja. Denn ich wünsche mir nichts mehr, als dass ich die Zeit zurückdrehen und alles anders machen könnte. Weil ich davon überzeugt bin, dass es besser ist, die Wahrheit zu kennen, so schmerzhaft und schrecklich sie auch sein mag. Leider habe ich das viel zu spät erkannt.«

»Also ich habe ihm alles gesagt, und jetzt steht es noch

schlechter zwischen uns. Er ist vorübergehend zu seinen Eltern gezogen. Aber hier geht es nicht um mich, Martha.«

Beide haben ihre Augen auf das weiße zweistöckige Haus gerichtet.

»Wie kann ich dir helfen, Martha? Du musst mir sagen, was ich für dich tun kann.«

»Genau das ist das Problem, Kate. Niemand kann mir helfen. Weder jetzt noch früher. Ich saß im Millrose Mount Hospital fest, und das war zum Teil sogar meine eigene Schuld. Jetzt habe ich nicht die geringste Ahnung, wo mein Sohn hingekommen ist ... Und keine Möglichkeit, es herauszufinden.«

42

»Noch etwas Eis?«

Josef Karpati schaut in den Edelstahlbehälter, wo noch drei Eiswürfelchen zusammen mit einer Erdnuss in einer Wasserpfütze schwimmen. Der Barkeeper ist der Inhaber dieses billigen Bed & Breakfast zwei Straßenecken hinter der Strandpromenade von Brighton, er wedelt ungeduldig mit der Chromzange.

»Ähm … ja, bitte.«

Der Barkeeper gibt ein Würfelchen in Josefs Scotchglas, wo es augenblicklich schmilzt. Josef lächelt ihn an, froh, dass ihm wenigstens die Erdnuss erspart geblieben ist.

Er kann sich nicht beklagen, im Grunde hat er es hier gut getroffen. Das ruhige, etwas heruntergekommene Haus wird von einem Mann geführt, der anscheinend niemals Nachrichten schaut, Zeitung liest oder sich auch nur im Geringsten für Musik interessiert. Wahrscheinlich weiß der Besitzer gar nicht, dass es Zeitungen gibt, die ein kleines Vermögen für einen Hinweis auf einen abgetauchten Starcellisten bieten.

»Also, wo kommen Sie her? Diesen Akzent kenne ich gar nicht.«

»Aus Jugoslawien.«

»Ich wollte immer so gern reisen.«

Wieder lächelt Josef.

»Aber die Frau war nie scharf drauf, meinte immer nur, genau das sei unser Glück, dass alle Leute in den Ferien wegfahren.« Er wischt sich die Hände an seinem Pullover ab, und Josef wird klar, woher die seltsamen Streifen auf dem Kleidungsstück stammen. »Und was machen Sie hier?«

»Ich besuche nur ein paar alte Freunde.«

»Ach so.« Der Mann sieht nicht sehr überzeugt aus, und Josef wird kurz unsicher. Sein Agent hat ihn am Telefon vor dem Aufruhr gewarnt, für den er gerade sorgt. »Wirklich, Josef, was soll dieses Theater?«, hatte er mit kaum unterdrückter Wut in der Stimme gefaucht. »Beweg deinen Hintern hierher, und zwar schnell. Die Zeitungen drehen völlig durch.«

Mit Fünftagebart, den Hut tief in die Stirn gezogen, und einer großen Brille fühlt er sich draußen auf der Straße sicher, aber drinnen kann er jederzeit auffliegen.

»Wissen Sie vielleicht, wo ich gute Fish and Chips bekomme?«

»Fish and Chips?« Der Pensionsinhaber sieht überrascht aus.

»Ja, ich erinnere mich, dass ich vor vielen Jahren in Brighton mal sehr leckere Fish and Chips gegessen habe.«

»Also, da ist ein Laden gegenüber vom alten Pier. Der ist gut, aber ein bisschen teuer. Dann gibt es noch ein Lokal zum Hinsetzen in West Street, das ganz nett ist.«

Josef trinkt den letzten Schluck Scotch.

»Haben Sie Ihren Schlüssel?«

»Habe ich, danke, dass Sie fragen.«

»Dann sehe ich Sie beim Frühstück?«

»Ja, sehr schön.«

Der Mann wischt die Theke mit einem Bierdeckel ab, an dem eine Menge Schmutz hängenbleibt.

»Hören Sie mal, ich will ja nicht unhöflich sein, aber können Sie mir sagen, wann Sie frühstücken wollen? Wir bieten es von acht bis zehn Uhr an, aber da Sie der einzige Gast sind, wäre es einfacher, wenn wir es genau wüssten.«

»O ja, natürlich. Also, wann es Ihnen am besten passt.«

»Neun Uhr? Wie wäre das?«

Josef nickt freundlich, schiebt sein leeres Glas über die Theke und steht auf.

»Neun Uhr passt mir ausgezeichnet.«

Er hat vergessen, wie schön Brighton ist. Seine letzte, sinnlose und deprimierende Fahrt hierher kurz nach seiner Flucht liegt schon viele Jahre zurück. Damals suchte er Charles Ellis auf, der ihn aber ganz offensichtlich anlog, als er nach Martha fragte und ob sie die Briefe bekommen habe, die er ihr geschrieben hatte.

»Wir sind uns fremd geworden«, behauptete er. »Sie ist mit einem Arzt verheiratet, Josef, und lebt irgendwo in Brighton. Tut mir leid, aber sie meldet sich nicht mehr bei mir. Und ich weiß auch nicht, was für Briefe du meinst. Warum solltest du Martha überhaupt schreiben?«

Charles' Augen huschten unruhig über die Tür und verrieten, dass er log. Josef hätte ihn zwingen sollen, die Wahrheit über Martha zu sagen, aber der Dirigent war anscheinend sehr betrunken.

Vor einigen Jahren hat er Charles' Nachruf in der *Times* gelesen, darin wurde angedeutet, dass er dem Alkohol verfallen war. Ein häufiges Schicksal von Musikern, deren Karriere scheiterte.

Josef starrt aufs Meer, und wie damals bei seinem ersten Aufenthalt hier überlegt er, was er zu ihr sagen würde, wenn sie jetzt vor ihm stünde.

Hallo, Martha, wie geht es dir? Ich habe gehört, du hast einen Arzt geheiratet? Oder war das mal wieder eine Lüge deines Vaters?

Er zieht den Hut ins Gesicht und bindet sich den Schal um. Der Wind bläst ihm entgegen, während er zur Strandpromenade marschiert, um den Fish-and-Chips-Laden gegenüber vom alten Pier zu suchen. Der breite alte Holzsteg ist schäbig und heruntergekommen, dabei muss es hier zu Brightons Blütezeit beeindruckend ausgesehen haben. Einen Moment lang stellt er sich vor, wie wunderbar es wäre, an diesem Ort unter freiem Himmel ein Konzert zu geben.

Josef seufzt. Er liebt Freiluftkonzerte, hat aber nur noch selten Gelegenheit dazu. Sein Agent behauptet, das finanzielle Risiko sei bei Freiluftkonzerten zu hoch, in großen Konzerthallen ließe sich sehr viel mehr Geld verdienen, und auch die Veranstalter drängten darauf.

Für einen Moment gibt er sich seiner Sehnsucht nach der Vergangenheit hin und stellt sich vor, er würde hier auf dem alten Pier spielen. Martha tanzt auf den Holzbohlen. Der Wind bläst ihr ins Gesicht, sie wirft den Kopf in den Nacken und lacht. Dann sieht man den kleinen Leberfleck unter ihrem Kinn.

Der Fisch ist angebrannt, aber die Pommes frites sind perfekt. Außen knusprig, aber innen weich und so heiß, dass er sich beinahe die Lippen verbrennt.

Josef sucht sich eine Parkbank und isst die Pommes frites nachdenklich auf. Zwei Jahre noch, hat sein Agent gesagt, könne er in der obersten Liga mitspielen und so viel Geld wie jetzt verdienen.

Diesen Superstar-Status, Josef, kannst du höchstens noch zwei Jahre halten, dann ist deine Karriere vorbei, dann kennt dich keiner mehr.

Ist dieser Moment schon gekommen? Hat er genug von seiner internationalen Karriere? Eigentlich gefällt es ihm gut, viel Geld zu verdienen. Im Augenblick hat er nur das

Problem, dass ihm keine Zeit bleibt, es auszugeben oder etwas damit anzufangen. Er hat nicht einmal mehr die Zeit, seine Musik zu genießen. Welchen Grund gibt es da noch, weiterzumachen?

Inzwischen weiß er, dass er schon damals in den Westen hätte flüchten sollen, als er die Einladung nach Moskau bekam. Er hätte nicht auf Martha hören, sondern einfach bei ihr bleiben sollen. Sicherlich hätte es die Behörden nicht sonderlich gekümmert, wenn jemand wie er sich abgesetzt hätte. Er wäre einer dieser armen Möchtegernmusiker gewesen. Vielleicht hat sein Therapeut recht, wenn er sagt, dass seine Beziehung mit Martha nicht lange gehalten hätte, wenn sie beide für sich allein verantwortlich gewesen wären. Dennoch wünscht er sich, er hätte es probiert, hätte ihr nicht geglaubt, als sie versprach, ihm zu folgen. Er wünscht sich, er wäre nicht zum Moskauer Staatsorchester gegangen, sondern bei der Frau geblieben, die er immer noch liebt.

Wieder hört er die Stimme seines Agenten.

Das ist Einbildung, Josef. Tut mir echt leid, aber du leidest an einem Hirngespinst.

Er sollte zum Bed & Breakfast zurückgehen. Aber der Gedanke an sein trostloses Zimmer dort ist nicht sehr verlockend. Außerdem waren die Pommes frites sehr salzig. Er hat Durst und macht sich auf die Suche nach einer Bar.

Er behält seinen Hut auf. Das ist wahrscheinlich sein größter Fehler, denn es wirkt verdächtig. Da die meisten Gäste bereits recht betrunken sind, wäre er vielleicht unbemerkt geblieben, aber in der Ecke sitzt ein junger Mann und lauert auf einen Knüller. Josef kennt ihn nicht, aber er hat den gesamten letzten Monat Frühschichten in der hiesigen Abendzeitung und Spätschichten bei einem Boulevardblatt in London geschoben, um den Chefredakteur zu beeindrucken.

»Du brauchst einen Knüller, Alan«, hatte der Chef an seinem letzten Tag zu ihm gesagt. »Wenn du eine wirklich gute Story anbringst, können wir vielleicht über einen Vertrag reden. Aber ich kann dir nichts versprechen, deine Story müsste schon wirklich sensationell sein.«

Der ehrgeizige Journalist hat gerade sein erstes Bier ausgetrunken, als seine Story zur Tür hereinspaziert.

»Ganz schön stürmisch draußen, nicht wahr?«

Josef nickt, zieht den Hut tiefer ins Gesicht und dreht sich fort. Er hätte lieber gleich zum Bed & Breakfast zurückgehen sollen.

»Wohnen Sie hier in Brighton, oder sind Sie nur zu Besuch?«

»Nur zu Besuch.« Josef nimmt einen großen Schluck aus seinem Glas. Wenn er zu schnell austrinkt, wirkt er erst recht verdächtig.

»Ich bin Alan.« Der Mann streckt ihm die Hand hin.

»Paulo.«

»Sie kommen aus dem Ausland?«

»Ja, aus Jugoslawien.«

Josef trinkt wieder und nickt dann höflich. »Entschuldigen Sie mich bitte, ich muss los.«

Draußen auf der Straße kommt er sich vor wie in einem schlechten Film. Die Verfolgungskünste des Mannes aus der Bar sind miserabel, Josef kann gut erkennen, wie er in Hauseingängen, hinter Straßenlaternen und Briefkästen verschwindet. Schließlich dreht Josef sich auf offener Straße nach ihm um. Zurück auf seinem Zimmer, ruft er sofort seinen Agenten an.

»Ich glaube, die Presse weiß, wo ich bin. Was soll ich tun?«

»Mist, Josef.« Es herrscht Schweigen. »Okay, als Erstes sagst du mir, wo du bist.«

Josef schaut aus dem Fenster, wo der Mann aus der Bar gerade zu einem anderen Mann mit einer großen Kameratasche ins Auto steigt. Dann blickt er in den Nachthimmel, seine Augen suchen den Großen Wagen und den Polarstern.

»Brighton.« Er findet, dass es total lächerlich klingt. Dann entdeckt er den Polarstern.

»Brighton Beach?«

»Nein.« Josefs Blick ist auf den Polarstern geheftet. »Brighton in England.«

43

Anscheinend ist Josef Karpati wieder aufgetaucht.« Kate geht mit einem Tablett in den Händen, die Zeitung unter den Arm geklemmt, in den Wintergarten, wo Martha sitzt und in den Garten hinausblickt. Es ist wieder einer dieser klaren, kühlen Wintertage, aber sehr windig – ein Lorbeerbaumzweig schlägt regelmäßig gegen das Glasdach.

»Ich kann diese Künstler einfach nicht verstehen. Sie haben so viel Geld, so viel Talent, und dennoch sind sie nicht glücklich. Die sollten mal ein paar von den Leuten treffen, mit denen ich in meinem Job zu tun habe. Das würde ihnen die Augen öffnen.«

Martha dreht sich um und sieht sie abwesend an. »Was hast du gesagt?«

»Josef Karpati wurde in Brighton gesehen, aber man weiß immer noch nicht, warum er überhaupt abgehauen ist. Echt merkwürdig.«

Martha schweigt.

»Entschuldige bitte. Ich habe einfach nur drauflosgequasselt. Belangloses Zeug.« Kate nimmt die Keksdose mit den Ingwer-Nuss-Plätzchen und Vollkornkeksen in die Hände und hält sie sich vor den Körper. Es erfordert Kraft, den Deckel abzubekommen, und wenn man nicht aufpasst, purzeln die Kekse alle heraus. Nach drei Versuchen ist es Kate gelungen, die Dose zu öffnen, aber Martha lehnt nur kopfschüttelnd ab und schaut wieder hinaus in den Garten.

»Der Garten sieht schon sehr schön aus. Ich meine, was du da an Arbeit reingesteckt hast.«

»Ja, der Garten wird sehr schön aussehen, wenn erst alles fertig ist und blüht.«

Eine Zeit lang schweigen sie, Kate nippt an ihrem Tee, und Martha gibt löffelweise Zucker in ihren Becher.

Ich kann Tee leider nur mit einer Unmenge Zucker trinken. Plötzlich muss Kate an den Tag denken, an dem sie mit Martha zwischen unzähligen Taschen auf der Parkbank am Kai saß.

»Martha, glaubst du, es war Schicksal, dass ich aus dem Bus ausgestiegen bin? Ich denke immerzu darüber nach. Du weißt schon, was ist Schicksal …«

»Es war das Stricken.«

»Wie bitte?«

»Die Babykleidung, die ich für Maria gemacht habe. Hätte ich an einer Strickjacke gearbeitet, wärst du nicht ausgestiegen. Also war es kein Schicksal. Es war einfach Zufall. Ich meine, ich bin wirklich sehr froh, dass wir uns kennengelernt haben, aber das ist halt so passiert, wie so vieles im Leben.«

»Das leuchtet ein.«

Martha wirkt plötzlich wieder sehr abwesend.

»Obwohl ich nicht sicher bin, ob du recht hast. Ich kann einfach nicht glauben, dass unsere Begegnung purer Zufall sein soll. Wir haben beide so viel durchgemacht, so ähnliche Erfahrungen …«

Martha zuckt nur die Achseln. »Schicksal, Bestimmung. Das ist alles Unsinn, Kate, das gibt es gar nicht. Das ist einfach das Leben.«

»Aber du hast mir wirklich geholfen, Martha. Und irgendwie denke ich die ganze Zeit, ich sollte dasselbe für dich tun. Deshalb sind wir uns begegnet.«

»Du hast mich bei dir wohnen lassen, Kate, als ich noch quasi eine Fremde für dich war. Meinst du nicht, damit hast du mir genug geholfen?«

»Das finde ich nicht. Und jetzt bist du ja keine Fremde mehr, du bist eine gute Freundin, Martha. Ich weiß, wir kennen uns noch nicht lange, aber für mich bist du eine echte Freundin. Und ich bin einfach so furchtbar wütend wegen all der Ungerechtigkeiten, die dir passiert sind. Man muss doch etwas dagegen unternehmen können. Es muss doch einen Weg geben, wie ich dir helfen kann.«

Martha atmet tief durch, ihre Augen haben einen milden Ausdruck, und Kate findet den Mut, weiterzusprechen.

»Also, ich hoffe, du bist nicht sauer, aber ich habe mit ein paar Leuten geredet. Natürlich habe ich deinen Namen nicht genannt, auch keine Details verraten. Ohne dein Einverständnis würde ich das nie tun. Aber ich habe meine Fühler ausgestreckt und etwas über diesen Journalisten herausbekommen, der vor ein paar Jahren in einer Fernsehdokumentation die skandalösen Zustände im Millrose Mount Hospital aufgedeckt hat. Ich bin sicher, er würde sich für deine Geschichte interessieren. Nicht nur für das, was im Millrose Mount Hospital passiert ist, sondern auch die Vorkommnisse im Heim für junge Mütter und was die Leute von der Adoptionsvermittlung gemacht haben. Ich meine, das ist eine echte Schande. Gutmenschen, die Gott spielen. Die Öffentlichkeit sollte davon erfahren. Es gibt ja auch den Europäischen Gerichtshof für Menschenrechte in Den Haag. Wirklich, es gibt mehr solche Fälle, als du glaubst. Und dieser Journalist, Martha, also, ich habe gehört, er würde dir mit Sicherheit glauben und alles gründlich recherchieren. Ich bin sicher, wenn …«

»Und es gäbe einen Riesenzirkus.«

Kate holt ein Taschentuch hervor und putzt sich die Nase.

»Ja, klar, natürlich will die Presse immer eine gute Story, das kann ich nicht leugnen. Aber Martha, diese Leute haben die Möglichkeit, die Wahrheit herauszufinden. Sie haben die nötigen Kontakte, den Einfluss, sie kennen Politiker und so weiter. Wir beide wissen ja im Grunde nicht einmal, ob das Heim bei der Adoption gegen das Gesetz verstoßen hat.«

Sosehr Martha sich auch bemüht, sie kann sich nicht mehr erinnern, ob sie damals, kurz bevor man ihr den kleinen Sohn wegnahm, etwas unterschrieben hat. Sie weiß beim besten Willen nicht mehr, ob sie Formulare ausgefüllt oder Papiere unterzeichnet hat. Nach so vielen Jahren ist es schwer, festzustellen, ob die Bestimmungen damals missachtet wurden oder ob Martha sich wegen der Antidepressiva nicht mehr an eine Einwilligung erinnern kann.

»Auf jeden Fall müssen alle Anhaltspunkte noch einmal gründlich untersucht werden, Martha. Und wir beide können da wenig machen. Deshalb habe ich gedacht …«

Kate schaut schweigend zu ihr herüber und steckt das Taschentuch wieder ein, während Martha nur verständnislos den Kopf schüttelt.

»Du weißt, Kate, dass die Gesetzgebung gerade geändert wurde, oder? Adoptierte Kinder dürfen jetzt nach ihren leiblichen Eltern suchen.«

»Ja, natürlich, davon habe ich gehört. Weißt du, ob uns das helfen kann, etwas über die Adoption herauszufinden?«

»Soweit ich weiß, nein. Das neue Gesetz ermöglicht jetzt den Kindern, ihre Akten einzusehen und ihre leiblichen Eltern zu suchen, für die Mütter gilt das aber nicht.«

»Die leiblichen Mütter zählen also nicht, oder?«

Kate steht auf und geht zur Glasfront hinüber, die Hände auf die Hüften gestützt.

»Ich habe nur eine einzige Hoffnung, Kate, und zwar, dass mein Sohn sich jetzt auf die Suche nach mir macht. All diese Jahre lang ist das immer meine einzige Hoffnung gewesen. Deshalb komme ich auch jeden Winter nach Aylesborough. Ich bilde mir ein, dass er etwas über seine Herkunft erfährt und hierherkommt.«

»Wir müssen noch mehr unternehmen. Das ist doch wirklich lächerlich, so unglaublich unfair. Kannst du denn nicht zumindest irgendwo deine Adresse hinterlassen?«

»Das tue ich. Jedes Jahr teile ich der Wohltätigkeitsorganisation, die die Adoptionsakten führt, meine Adresse mit. Jedes Jahr kurz vor seinem Geburtstag.« Martha blickt wieder hinaus in den Garten. »Soweit ich weiß, landen die Briefe direkt im Papierkorb. Aber ich schreibe trotzdem«, sie streicht ihren Rock glatt. »Im Winter komme ich dann hierher, nur für den Fall. Ich gebe Wendys Wollladen als Kontaktadresse an.«

Endlich versteht Kate, warum Wendy damals, an dem Tag, als sie Martha kennenlernte, Martha mitteilte, es gäbe keine Post für sie.

»Dann weiß Wendy also Bescheid?«

»Nein, natürlich nicht. Ich habe ihr nur gesagt, ich bräuchte eine Adresse. Für Familienangelegenheiten, Anwälte, Banken, solche Sachen. Sie hat nie nachgefragt.«

»Martha, ich hoffe, es stört dich nicht, aber ich muss dich noch einmal nach dem Vater fragen. Warum hast du nie nach ihm gesucht? Ich meine, nachdem du Millrose Mount Hospital verlassen hast. Er könnte dir doch bei der Suche nach dem Kind helfen.«

Martha sieht plötzlich nervös aus. »Doch, manchmal

habe ich schon daran gedacht, Kontakt zu ihm aufzunehmen. Aber ich weiß einfach nicht, was ich ihm sagen soll. ›Übrigens, wir haben einen Sohn, aber ich weiß nicht, wo er ist.‹ Nein, Kate, das ist sinnlos, denn dann würden nur noch mehr Menschen leiden.«

»Und du hast nie mehr etwas von ihm gehört?«

»Nie mehr.«

»Und auf deinen Reisen, Martha ... ich hoffe, du hast nichts dagegen, dass ich frage. Aber hattest du da nie eine Beziehung mit jemand anderem? Hast du nie daran gedacht, irgendwo zu bleiben?«

»Ich bin die ganzen Jahre gereist, Kate, weil ich die Freiheit gebraucht habe. Weil ich seit meiner Zeit im Millrose Mount Hospital Angst hatte, an einem Ort zu bleiben. Und es stimmt schon, ich hatte ein paar Beziehungen, aber die waren nie sehr eng, und ich wollte auch nirgendwo bleiben. Vielleicht klingt es lächerlich, aber als junges Mädchen war ich mit dem Vater meines Kindes zusammen. Und tatsächlich habe ich niemanden mehr so geliebt wie ihn ...«

Martha schaut erstaunt auf ihre Armbanduhr. »Himmel, es kann doch nicht schon so spät sein!« Sie eilt in den Flur, nimmt ihren Mantel und den Schal von der Garderobe. Kate folgt ihr. Martha teilt sich mit einigen Freunden und Verwandten von Maria und Carlo die Arbeit im Café, damit Carlo bei Maria im Krankenhaus bleiben kann, bis es ihr wieder bessergeht. Seit den Vorkommnissen während des elisabethanischen Umzugs hat der Gemeinderat noch nicht wieder offiziell Stellung bezogen, aber ein Anwalt konnte für Maria und Carlo zumindest eine Aufschiebung der Kündigung des Mietvertrags heraushandeln.

»Du weißt, ich springe jederzeit gern ein, wenn ihr mich

braucht.« Auch Kate hat angeboten, einige Schichten im Café zu übernehmen, aber da so viele Verwandte und Freunde von Maria und Carlo mithelfen, wurde ihre Hilfe noch nicht benötigt.

»Sollten wir zu wenige sein, rufe ich dich an. Versprochen.« Martha wickelt sich den Schal zweimal um den Hals. »Kate, bitte denk nicht, ich wäre undankbar und würde dein Angebot, mir zu helfen, nicht schätzen. Aber – ich weiß, das klingt seltsam –, aber wenn ich meinen Sohn je finde«, sie atmet langsam tief durch. »Ich möchte nicht, dass er glaubt, ich würde irgendetwas von ihm erwarten. Er soll nicht denken, es ginge um die Story eines Journalisten, um irgendeinen Plan. Verstehst du das?«

Und bevor Kate sagen kann, dass sie Martha sehr gut versteht, winkt diese ihr kurz zu und ist schon aus der Tür, die der Wind laut hinter ihr zuschlägt. Ein Notizblock flattert zu Boden.

Kate setzt sich auf die unterste Treppenstufe und schließt die Augen. Vor wenigen Augenblicken noch war Martha hier bei ihr. Dieses Gefühl, dass etwas zurückbleibt, wenn jemand, den man mag, den Raum verlässt, hat Kate schon immer fasziniert – und beruhigt.

Sie hat einmal gelesen, dass die menschliche Energie von der Umgebung aufgenommen wird und eine Art Schatten zurückbleibt, dass etwas im Raum nachhallt. Vielleicht ist es auch einfach der Gegensatz zu der Stille, die jetzt herrscht, die sich für sie so seltsam anfühlt. Dennoch mag sie es, still sitzen zu bleiben und zu warten, bis das Gefühl vergangen ist.

Während sie wartet, denkt sie an Martha. Dann wandern ihre Gedanken zu Toby, den sie mit jedem Tag mehr vermisst.

44

Am nächsten Morgen findet Kate einen Brief vor ihrer Tür.

Erschrocken zuckt sie zusammen, als sie seine Handschrift auf dem Umschlag erkennt.

Seit sie verheiratet sind, waren Kate und Toby nur selten getrennt. Als sie jetzt auf die Adresse starrt, fällt ihr ein, dass sie sich zu Beginn ihrer Beziehung häufig geschrieben haben. Als sie noch studierte, war Kate ein paar Monate in Frankreich, und Toby vermisste sie ebenso sehr wie sie ihn. Damals schickten sie sich ständig Postkarten und schrieben Briefe. Kate machte gern Fotos, von dem guten französischen Essen, dem schönen Wolkenhimmel, der interessanten Auslage in einem Geschäft, und legte diese häufig den Briefen an Toby bei.

Als Studentin besaß Kate nicht sehr viel Selbstvertrauen, aber Toby fühlte sie sich sehr nah und vertraute ihm in den Briefen ihre Ängste und Unsicherheiten an. Sie hat vollkommen vergessen, wie offenherzig und mitteilsam, ja beinahe geschwätzig sie in ihren Briefen war. Sie machte sich Gedanken darüber, was die Leute von ihrem Französisch hielten, von ihrer Kleidung, von ihren verrückten Haaren. Sie hingegen war vollauf begeistert von Land und Leuten. Die Französinnen sahen stets elegant aus und traten selbstbewusst auf. Kate wäre auch gern so gewesen, auch wenn sie sich an manchen Tagen fragte, ob dieses Selbstvertrauen nicht nur gespielt war. War die Selbstsicherheit der Französinnen in Wahrheit doch nur eine

Maske? In ihren Briefen fragte Kate Toby immer wieder nach seiner Meinung.

Ein Schauer läuft ihr über den Rücken, als sie in Tobys Brief liest, dass auch er sich beim Schreiben dieser Zeilen an ihre Briefe aus Frankreich erinnert. Sie ist überrascht, aber das Gefühl der Verbundenheit ist sofort wieder da.

Kannst du dich noch an die Briefe erinnern, die du mir aus Frankreich geschrieben hast, Kate? An deine begeisterten und ausführlichen Schilderungen der französischen Lebensart? Wie habe ich diese Briefe geliebt! Die meisten habe ich noch, aber einige sind leider verlorengegangen. Es macht mich wütend, dass ich nicht jeden einzelnen deiner Briefe sorgfältig aufbewahrt habe …

Auf der zweiten Seite seines Briefes gesteht er ihr, wie sehr ihn ihr Geständnis verletzt hat. Die Tatsache, dass sie mit einem anderen Mann zusammen war, kam für ihn vollkommen überraschend. Er bedauert, dass er an dem Tag im Streit gegangen ist, anstatt mit ihr zu reden, denn er weiß, dass er nicht mit zweierlei Maß messen darf. Sie haben beide betrogen. Toby möchte in Verbindung bleiben, deshalb hat er ihr diesen Brief geschrieben.

Du musst mir nicht antworten, wenn du nicht magst. Aber ich musste dir einfach schreiben …

Der Tonfall seiner Zeilen ist liebevoll und heiter. Toby erzählt, dass sein Vater jetzt Briefmarken sammelt, und da er meint, etwas Ablenkung würde ihm guttun, schleppt er den Sohn mit zu Antikmärkten und Auktionen. Seine Mutter kocht jeden Tag riesige Mahlzeiten und ermahnt ihn, mehr zu essen.

Der Brief schließt mit den Worten, wie leid es ihm tut, dass sie nicht beide zusammen über den Verlust von Daniel trauern konnten. Dass sie nicht einmal richtig darüber gesprochen haben.

Gibt es eine richtige Art zu trauern, und ist eine andere dann falsch? Ich kann es nicht sagen, Kate. Aus irgendeinem Grund konnte ich nicht weinen, als das mit Daniel passiert ist, und das hat dich furchtbar aufgeregt. Vielleicht habe ich gespürt, dass ich, wenn ich einmal anfangen würde zu weinen, nie mehr aufhören könnte. Ich habe geglaubt, ich müsste stark sein, für dich. Aber ich habe meine eigene Art zu trauern, Kate. Jeden Tag stelle ich mir vor, Daniel wäre noch bei uns. Ich schließe die Augen und sehe ihn vor mir, wie er an dem kleinen roten Kindertisch malt, wie er uns mit dieser Kindertrommel wahnsinnig macht.

Daniels Bild ist immer in meinem Kopf, so klar und deutlich, als wäre er noch da, Kate. Das ist meine Art, um ihn zu trauern.

Kate, du musst wissen, dass ich die Schuld für das, was passiert ist, niemals bei dir gesucht habe. Ich habe Gott die Schuld gegeben, auch der Fährgesellschaft wegen der kaputten Schranke. Manchmal habe ich das Schicksal angeklagt. Aber dich – niemals.

Das musst du mir glauben.

Ein ums andere Mal liest Kate diesen ersten Brief von Toby. Als sie ins Bett geht, ist sie immer noch schockiert, geradezu benommen von der Erkenntnis, dass sie beide sich erst trennen mussten, damit er ihr seine wahren Gedanken und Gefühle anvertraut.

Heute weiß Kate, wie ungerecht es von ihr war, Toby dafür zu verurteilen, dass er in den ersten Tagen nach Daniels Tod nicht weinte. Damals konnte sie sein Verhalten einfach nicht verstehen.

Von dieser schrecklichen ersten Zeit hat sie nur verschwommene Bilder zurückbehalten, konkrete Erinnerungen gibt es wenige. Sie weiß noch, wie sie Daniels

Lieblingsschlafanzug in der Waschmaschine fand; wie man ihr half, ins Auto zu steigen, nachdem sie die Bestatter auf dem Friedhof daran hatte hindern wollen, den Sarg ins Grab hinabzulassen.

Toby, unternimm etwas, sie dürfen den Sarg nicht … Toby, hörst du mich! Du musst sie daran hindern!

Ihre Erinnerung an diesen Tag ist brüchig, was wahrscheinlich an den Medikamenten lag, die sie damals einnahm. Anfangs empfand sie die Tabletten als Segen, aber dann war sie immerzu müde und schlief sehr viel. Nach einigen Wochen verweigerte ihr Körper den Schlaf, als ob er genügend Ruhe bekommen hätte. Dann lag sie wach im Bett und konnte sich gegen die schrecklichen Bilder in ihrem Kopf nicht mehr wehren.

Sie stand auf und begann zu putzen. Zuerst machte sie einfach einmal gründlich sauber, um den Tag auszufüllen. Am nächsten Tag machte sie weiter. Putzen wurde zu einer Obsession, sie schrubbte, bis ihre Hände rauh und rot waren.

Toby schaute Kate bei ihrem Tun hilflos zu. Wenn Freunde oder Verwandte mit Kuchen, Beileidskarten oder einer warmen Mahlzeit vorbeikamen, rieten sie ihm, Kate weiter putzen zu lassen, solange sie das ablenkte.

Aber Kate hat eine sehr klare Erinnerung daran, dass Toby nicht weinte. Manchmal hatte er geschwollene Augen, aber er kämpfte dagegen an und hielt die Tränen stets zurück.

»Warum weinst du nicht? Was ist mit dir los? Wie kann das sein, dass du nicht weinen musst?« Voller Verzweiflung hatte sie ihm die Worte eines Abends entgegengeschleudert und ihn immer wieder auf den Arm geschlagen, als wollte sie sich seiner Tränen vergewissern.

Kate hatte ein tiefes Bedürfnis nach Strafe. Sie wollte,

dass Toby wütend auf sie war. Sie erwartete, dass er sie hasste, so sehr, wie sie sich selbst hasste. Aber Toby blieb stark. Er hielt die Tränen zurück und liebte sie so wie immer. Mit dieser Standhaftigkeit konnte Kate nicht umgehen. Sie verstand nicht, wie er weiterhin freundlich und liebevoll zu ihr sein konnte, nachdem sie etwas so unfassbar Schreckliches getan hatte.

Toby richtete seinen ganzen Zorn gegen die Fährgesellschaft und die Autovermietung. Er engagierte einen Anwalt und sammelte alle Unterlagen in einem blauen Aktenordner, den er auf dem Kleiderschrank in ihrem Schlafzimmer aufbewahrte.

So etwas darf niemals mehr vorkommen, Kate. Ich werde dafür sorgen, dass so ein Unglück nie wieder passiert.

Um zwei Uhr morgens schaltet Kate die Nachttischlampe an und liest noch einmal Tobys Brief. Sanft streicht sie über das Papier und erkennt sofort, dass sie das tiefe Bedürfnis hat, diesen Brief zu beantworten …

Sie weiß, dass sie das nicht tun darf. Denn Toby wünscht sich noch ein Kind, und ein Brief von ihr würde ihm Hoffnung machen. Sie möchte, dass Toby wieder glücklich wird, aber sie glaubt nicht, dass sie beide das noch zusammen sein können.

Einige Tage später kommt ein weiterer Brief von Toby, den auch Martha bemerkt.

»Schon wieder ein Brief von Toby? Das ist schön.«

»Ja, findest du?«

»Warum antwortest du ihm nicht?«

»Ich möchte ihm keine Hoffnung machen.«

»Und warum in aller Welt nicht, Kate?«

Fast jeden Tag erhält Kate nun einen Brief von Toby. Sie weiß nicht mehr, was sie fühlt. Martha erzählt sie, dass sie die Situation zwischen Toby und ihr immer noch für aussichtslos halte, es sei einfach zu kompliziert. Martha hört zu und strickt.

»Aber Kate, du liebst Toby doch noch? Was ist daran so kompliziert?«

Eines Montags liegt kein Brief von Toby vor der Haustür, und Kate ist fassungslos. Sie hat sich an das Ritual gewöhnt, es gibt ihr Trost. Freitags schreibt Toby einen Brief, bringt ihn am Samstag zur Post, und am Montag hält sie ihn in den Händen.

Kate weiß nicht, was das Fehlen des Briefs bedeutet.

Sie ist verwirrt. Aber hat sie nicht gewollt, dass er aufhört, ihr zu schreiben?

Will sie wirklich, dass auch er nicht mehr an ihre Beziehung glaubt?

45

Matthew hat abgelehnt, sich mit Emily Adams im Gemeindeamt zu treffen, zum Zeichen der Solidarität mit Maria, Geoffrey, Wendy und den anderen, die ihn so freundlich in Aylesborough aufgenommen haben.

Bis jetzt war er noch nicht bei Maria im Krankenhaus. Er kennt sie nicht sonderlich gut, weiß nicht genau, wie er mit der Situation umgehen soll. Matthew ist scheu und traut sich nicht, Geoffrey oder Carlo zu fragen. Plötzlich ist seine Wut noch viel größer, die Welt erscheint ihm furchtbar unfair. Es bestürzt ihn, zu sehen, wie unglücklich Geoffrey, Wendy und ihre Freunde sind.

Es wird viel hinter vorgehaltener Hand geflüstert, denn niemand wagt es, laut auszusprechen, dass Maria sich vielleicht nicht mehr erholen wird, vielleicht noch einen weiteren, schlimmeren Schlaganfall erleiden könnte. Matthew beunruhigt das sehr, ein paarmal hat er seine Mutter angerufen, um ihre Stimme zu hören, und sogar vorgeschlagen, dass sie ihn noch einmal besuchen kommt. Plötzlich ist ihm bewusst geworden, dass man im Leben nicht immer die Gelegenheit bekommt, sich auszusöhnen, egal, wie sehr man es sich wünscht.

Seine Mutter kommt ganz gut zurecht, sie ist bei ihrer Schwester eingezogen und hat einen neuen Job als Schneiderin bei einer Reinigung, der ihr sehr gut gefällt. Sie erwähnt auch, dass sie sich scheiden lassen wird. Matthew solle sich keine Sorgen machen, sagt sie, sie hätte diesen Schritt schon vor vielen Jahren tun sollen.

»Tut mir leid, aber ich komme nicht ins Gemeindeamt«, hat Matthew mit entschlossener Stimme am Telefon zu Emily gesagt.

Sie schien überrascht, aber als er ihr erklärte, dass er Maria und die anderen Ladenbesitzer vom Kai gut kenne, zeigte sie sofort Verständnis für seine Haltung.

»O Matthew, das ist wirklich eine traurige Sache. Ich habe nicht gewusst, dass du befreundet bist mit der Frau, die während des Umzugs zusammengebrochen ist. Ich darf doch du sagen, oder?«

Seinen Vorschlag, sich im Café am Kai zu treffen, lehnt Emily ab. Sie sagt, sie bräuchten Ruhe für dieses nächste Gespräch, und er bietet ihr an, sich während der Mittagspause im Musikgeschäft zu unterhalten. Da Geoffrey außer Haus ein Klavier stimmt, haben sie das Büro für sich allein.

Emily wirkt fehl am Platz, wie sie da in ihrem schicken Kostüm auf dem Klavierhocker zwischen den Pappkartons hockt, und Matthew schlägt vor, sich an den Schreibtisch vorne im Laden zu setzen, denn dort wäre es bequemer. Aber Emily lehnt ab und meint, hier seien sie wenigstens ungestört. Als sie seine Unterlagen aus ihrer Aktentasche holt, atmen beide hörbar ein und aus. Emily lächelt Matthew aufmunternd an.

»Ich habe ja schon am Telefon erwähnt, dass wir die Geburtenregister überprüft haben, und ich habe auch einige Erkundigungen eingezogen. Aber eins nach dem anderen. Das hier, Matthew, ist deine offizielle Geburtsurkunde.«

Sie legt ein Blatt Papier auf den kleinen Tisch zwischen ihnen und dreht es so, dass Matthew die Schrift lesen kann.

»Nimm dir alle Zeit, die du brauchst«, sagt sie und lächelt wieder aufmunternd.

Matthew überfliegt mit schnellem Blick das Dokument, dann nimmt er es in die Hand und liest es mehrmals sorgfältig durch. Sein Herz pocht laut, er ist hochkonzentriert.

Schließlich sieht er zu Emily.

»Richard? Ich heiße Richard?« Er hat nicht erwartet, dass sein Geburtsname vielleicht nicht Matthew lauten könnte. Er kommt sich dumm vor, denn schließlich liegt es auf der Hand, dass eine neue Mutter einen neuen Namen wählt.

»Den Namen hat dir deine leibliche Mutter gegeben. Es kommt oft vor, dass die Adoptiveltern den Namen des Kindes ändern. Du hattest das nicht erwartet, oder? Tut mir leid, ich hätte es vielleicht vorher sagen sollen.«

»Ich habe einfach nicht daran gedacht.«

Richard. Richard? Immer wieder wälzt er in Gedanken den Namen und überlegt, ob er zu seinem Gesicht passt, aber er findet keine Übereinstimmung.

Auch den Namen seiner leiblichen Mutter, Jessica, spricht er laut aus. Jessica Martha Ellis. Ledig.

Das Feld für den Namen des Vaters ist leer. Emily, die ihn die ganze Zeit genau beobachtet, erklärt, dass der Name des Vaters häufig fehlt. »Dein Vater hätte der Adoption zustimmen müssen. Vielleicht war der Kontakt abgebrochen, offiziell war sie ledig. Über deinen Vater wissen wir leider gar nichts.«

Als sie das sagt, fühlt sich Matthew auf einmal, als würde er schweben. Er bemüht sich, langsam und tief zu atmen, aber die Benommenheit wird stärker, bis ihm regelrecht schwindelig ist. Matthew hat weder Emily noch Geoffrey von seinen Nachforschungen zum Millrose Mount Hospital und dem Treffen mit dem Journalisten erzählt. Denn jetzt fürchtet er sich nicht nur vor einer erblichen Geisteskrankheit, jetzt verfolgt ihn unablässig der düstere Gedanke, er könnte das Produkt eines scheußlichen Verbrechens sein. Hat seine leibliche Mutter ihn zur Adoption freigegeben, weil sie im Millrose Mount Hospital Opfer eines Missbrauchs geworden war?

Emily runzelt die Stirn. »Matthew, ist alles in Ordnung? Ich hole dir ein Glas Wasser, ja? Ich weiß, du musst jetzt eine Menge verarbeiten. Wo ist der Wasserhahn?«

»Geradeaus, in der kleinen Küche.«

Er hört Wasser fließen. Richard Ellis. Matthew schüttelt den Kopf, um die merkwürdigen Punkte am Rande seines Sehfeldes zu vertreiben. Emily reicht ihm ein Glas Wasser. »Also, Matthew, es gibt noch mehr Neuigkeiten, aber wir machen ganz langsam. Bitte trink einen Schluck, und atme tief durch.«

Gehorsam nippt Matthew mit geschlossenen Augen an dem Wasserglas. Noch mehr Neuigkeiten, fährt es ihm durch den Kopf. Der Eingang vom Millrose Mount Hospital erscheint vor seinem geistigen Auge. Eine Frau und ein Mann zusammen an einem Fenster im ersten Stock. Er versucht, das Bild aus seinem Kopf zu löschen.

»Geht es dir besser?«

»Ja, alles in Ordnung. Wirklich, mir geht's gut. Machen wir weiter.«

»Die Adresse, die beim Eintrag deiner Geburt im Register angegeben wurde, war hier in Aylesborough. Das ist dir sicher aufgefallen.«

Matthew blickt noch einmal auf die Geburtsurkunde, aber es fällt ihm schwer, die Adresse richtig zu lesen.

»Millrose Mount? Hat diese Adresse etwas mit der psychiatrischen Klinik zu tun?«

»Nein, zumindest nicht, soweit wir das sagen können. Heute befindet sich dort das Büro eines Steuerberaters, aber in den fünfziger Jahren war es ein Heim für alleinstehende Mütter.«

»Dann war meine Mutter nicht im Millrose Mount Hospital, als ich geboren wurde?«

»Wie es aussieht, nein, Matthew. Aber ganz sicher wissen wir das nicht. Hat deine Adoptivmutter dir etwas dazu erzählt?«

»Sie meinte, man hätte ihr und meinem Vater damals gesagt, dass meine Mutter in dieser Klinik war und dass ich aus diesem Grund zur Adoption freigegeben wurde.«

»Okay, es bleibt also ein Rätsel. Ich weiß nicht, ich kann dir nur sagen ...« Sie hält inne, als wollte sie erst abschätzen, wie er ihre Worte aufnimmt.

»Bitte, ich will alles wissen.«

»Na gut. Ich habe Kontakt zu der Adoptionsvermittlung aufgenommen, mit der die Heimleitung damals zusammengearbeitet hat. Die Vermittlung gibt es nicht mehr, aber die Akten befinden sich in der Zentrale in Hertfordshire.« Emily greift wieder in die Unterlagenmappe. »Leider wurden viele alte Akten bei einem Brand vor einigen Jahren vernichtet, aber in der Zentrale haben sie deinen Namen überprüft und ...«, sie zieht zwei kleine, blaue Briefumschläge aus der Mappe, »... dabei haben sie das hier gefunden.« Emily holt tief Luft, bevor sie weiterspricht. »Das sind Briefe deiner leiblichen Mutter, Matthew, in denen sie um Informationen über dich bittet.«

Matthew spürt das Blut in den Schläfen pochen und nicht nur dort. Im ganzen Körper, bis in die Fingerspitzen. Langsam streckt er den Arm vor, beobachtet die Bewegung, als würde nicht er sie ausführen, sondern ein Fremder. Emily versucht, ihm Mut zuzusprechen.

»Der letzte Brief kam vor zwei Jahren, die anderen

Briefe sind älter. Der Inhalt ist fast immer derselbe. Möchtest du, dass ich dir die Briefe vorlese?«

»Nein danke. Ich lese allein.«

Matthews Hand zittert, als er den ersten Brief aus dem Umschlag nimmt, der schon einmal sehr säuberlich geöffnet wurde, wahrscheinlich mit einem echten Brieföffner.

In dem Umschlag befindet sich ein einzelnes Blatt. Die Handschrift ist sehr ordentlich, gerade und mit langen, schwungvollen Bögen zwischen den Zeilen. Der Brief wurde mit einem Füllfederhalter in königsblauer Tinte geschrieben.

»Das Überraschendste aber, das wirst du gleich sehen, Matthew, ist die Nachsendeadresse.«

Matthew hört gar nicht hin. Er überfliegt eilig die wenigen Zeilen und liest den Text dann noch einmal genau durch. Ein kalter Schauer läuft ihm über den Rücken.

Ich schreibe Ihnen mit der Bitte um Information zu meinem Sohn Richard Ellis, dessen Adoption Sie 1957 durchgeführt haben. Sehr gern würde ich erfahren, ob Richard eine liebevolle Familie gefunden hat und es ihm gutgeht. In den vergangenen Jahren habe ich Ihnen schon häufig vergeblich geschrieben, hoffe aber jetzt sehr, dass ich dieses Mal eine Antwort erhalten werde. Sie können mich über die obenstehende Adresse erreichen. Ich wäre Ihnen sehr verbunden, wenn Sie meinen Namen und die genannte Adresse an Richard und/oder seine neue Familie weiterleiten könnten – sofern das möglich ist.

»Warum habe ich diese Briefe nicht früher bekommen?« Matthew ist sehr blass im Gesicht.

»Weil es nicht erlaubt war. Früher galt bei Adoptionen die strikte Bedingung, dass jeglicher Kontakt zu den leiblichen Eltern abgebrochen wird. Man hat gedacht, das sei das Beste für alle Beteiligten.«

»Ich verstehe das nicht.« Matthew schaut auf die angegebene Adresse.

Auch Emily schüttelt erstaunt den Kopf.

»Ich weiß, das mit der Adresse ist seltsam. Ich war auch sehr überrascht. Kennst du diese Wendy Clarke vom Wollladen?«

»Ja, ich kenne sie tatsächlich. Sie ist eine gute Freundin von Maria, der Cafébesitzerin, die jetzt im Krankenhaus liegt.« Matthews Augen wandern unruhig im Raum hin und her, als ob er irgendwo an der Wand eine Erklärung für diese Verbindung entdecken könnte.

»Also kennt Wendy meine leibliche Mutter?«

»Na ja, zumindest sieht es danach aus, wenn deine Mutter die Adresse von Wendys Laden angibt. Aber wir wissen nicht, wie die beiden genau zueinander stehen.«

Matthew steht auf, faltet den Brief zusammen und steckt ihn zurück in den Umschlag.

»Also gut, dann gehen wir jetzt bei Wendy vorbei und fragen sie. Der Laden ist ja gleich nebenan.«

»Matthew, bitte, setz dich wieder hin.« Emily klingt plötzlich sehr ernst. »Das ist eine sehr persönliche und delikate Angelegenheit. Vielleicht weiß Wendy Clarke nichts von der Adoption und lässt deine Mutter nur ihre Adresse benutzen. Wir können nicht einfach so in den Laden platzen. Ich muss dich dringend bitten, den nächsten Schritt mir zu überlassen. Denn ich bin nicht nur dafür verantwortlich, dass deine Privatsphäre gewahrt wird, sondern auch die von Jessica. Ich schlage vor, wir beide setzen zusammen einen Brief auf, den ich für dich in den Wollladen bringe, um sicherzugehen, dass das noch Jessicas Kontaktadresse ist. Bei der Gelegenheit kann ich auch ein paar Fragen stellen, ohne jemandem zu nahe zu treten. Dich wühlt das alles zu sehr auf, Matthew.

Und es steht viel auf dem Spiel. Was meinst du dazu, Matthew?«

Nervös beginnt Matthew, mit Daumen und Zeigefinger seine Unterlippe zu bearbeiten. Schließlich setzt er sich wieder hin.

Er ist also tatsächlich in Aylesborough-on-sea geboren. Aber was hat Wendy mit seiner leiblichen Mutter zu tun? Und was ist damals im Millrose Mount Hospital geschehen? Warum sind die Akten auf unerklärliche Weise vernichtet worden? Das war doch nur Vertuschung. Die Agentur hat die ganze Zeit etwas vertuscht, aber was steckte dahinter?

»Wie wäre es, wenn du heute Abend mal in Ruhe überlegst, was du Jessica in diesem ersten Brief schreiben möchtest. Nimm dir Zeit, denk in Ruhe darüber nach, was du ihr sagen willst. Vielleicht sprichst du auch mit deinem Freund Geoffrey darüber, ja? Wenn du Hilfe benötigst, kannst du die Psychologin anrufen. Wir treffen uns dann morgen wieder, okay? Dann gebe ich den Brief für dich im Wollladen ab. Bist du damit einverstanden?«

»Ja, ja, natürlich.« Seine Augen sind immer noch glasig, und er sieht sie nicht an.

»Kannst du den Inhalt des Briefs mit Geoffrey durchsprechen? Oder soll ich jetzt für dich die Psychologin anrufen und einen Termin ausmachen?«

»Nein danke. Ich werde mit Geoffrey reden. Er ist mir eine große Hilfe.«

Emily steht auf und bereitet in der kleinen Küche eine Tasse Tee mit extraviel Zucker für Matthew zu. Sie bleibt noch einige Minuten bei ihm, bevor sie sagt, dass sie gehen müsse.

»Bist du sicher, dass es dir gutgeht?«

»Ja, alles bestens, danke.«

»Das sind viele Neuigkeiten, mehr, als wir erwartet haben. Du musst das alles erst einmal verarbeiten. Dann sehen wir uns also morgen zur selben Zeit wieder?«

Matthew nickt, während Emily beginnt, ihre Sachen zusammenzusuchen. Als sie fort ist, wartet er noch sechs oder sieben scheinbar endlose Minuten – die Zeit, die sie braucht, um zu ihrem Auto zu gelangen, das in einer Nebenstraße parkt. Dann geht er direkt zu Wendys Wollladen.

Als er das Schild liest, dass der Laden geschlossen sei, tritt er vor Wut gegen die Tür. Er geht ums Haus herum und klingelt bei Wendys Wohnung, aber niemand öffnet.

Mit den zwei Briefumschlägen in der Hand geht er zu Marias Café. Am Vormittag hat er sich dort ein Schinkensandwich geholt und Martha gesehen. Vielleicht kann sie ihm sagen, wo Wendy ist.

Der Ansturm zur Mittagszeit ist vorüber, und die letzten beiden Gäste verlassen gerade das Café. Martha müht sich gerade mit einem riesigen Behälter ab, in dem sich offenbar Käsemakkaroni befinden, und macht Matthew ein Zeichen, dass sie gleich zu ihm käme. Matthew, der sich immer noch zittrig fühlt, lässt sich auf einer Bank in der Mitte des Raumes nieder und fängt an, nervös mit dem Fuß gegen das Tischbein zu klopfen.

Inzwischen findet Matthew Martha ganz in Ordnung. Als sie sich im Gemeindeamt nackt ausgezogen hat, wusste er nicht, was er von ihr halten sollte, und fühlte sich in ihrer Nähe stets unwohl. Er hat immer noch Herzklopfen. Mit einer Hand umklammert er unter dem Tisch die zwei Briefe, mit der anderen kneift er wieder in seine Unterlippe.

»Martha, weißt du, wo Wendy ist? Ich muss sie dringend sprechen.«

»Oh, ich weiß leider nicht, wo Wendy ist. Sie hat den halben Tag frei. Ist sie nicht in ihrer Wohnung?«

»Nein, da habe ich es schon probiert.«

Martha sieht ihn erst überrascht und dann besorgt an. »Ich hole dir etwas zu trinken. Und auch etwas zu essen, okay?«

»Nein danke, ich brauche nichts. Ich muss zurück ins Geschäft.«

»Doch, Matthew, ich bestehe darauf. Das geht aufs Haus. Du kannst das Musikgeschäft auch zehn Minuten später aufmachen. Vielleicht ist Wendy dann schon wieder da. Wahrscheinlich ist sie im Krankenhaus.«

Martha deponiert die Käsemakkaroni im Ofen und gibt eine große Portion Lasagne und Salat, die vom Mittagessen übrig geblieben sind, auf einen Teller. Matthew ist immer noch sehr durcheinander und überhaupt nicht hungrig, aber er möchte nicht unhöflich oder undankbar scheinen.

Martha lächelt aufmunternd, als sie den Teller vor ihm abstellt. Unwillkürlich zieht Matthew die Hand mit den zwei Briefen unter dem Tisch hervor, um das Besteck entgegenzunehmen.

Im selben Moment erkennt Martha ihre eigene Handschrift. Sie kann auch die Adresse von der Zentrale der Adoptionsvermittlung entziffern. Ihre Reaktion kommt überraschend.

Später, nachdem sie begriffen hat, dass sie einen gravierenden Fehler begangen hat, wird sie sich immer wieder fragen, warum sie in diesem Moment so aggressiv reagiert hat. Sie wird kreidebleich im Gesicht, denkt aber keine Sekunde lang daran, dass Matthew der rechtmäßige Empfänger der Briefe sein könnte, über die sie vor kurzem noch mit Kate gesprochen hat.

»Wo hast du die her?«, stößt sie hervor und streckt beide Arme vor, um ihm die blauen Umschläge zu entreißen. Matthew zieht instinktiv die Hand weg. Fassungslos blickt er Martha an.

Als Martha später mit Kate über diese Situation spricht, wird ihr klar, dass sie die ganze Zeit von falschen Voraussetzungen ausgegangen ist. Sie kann sich nur vorstellen, dass Matthew ihre Briefe abgefangen hat und deshalb jetzt ihr intimstes Geheimnis kennt.

»Tut mir leid, Matthew, aber das sind meine Briefe. Du hast wirklich kein Recht …«

Matthew wirft einen Blick auf die Briefe, die er so weit wie möglich von Martha fernhält, dann sieht er sie eindringlich an.

»*Meine?* Du kennst diese Briefe?«

Er blickt wieder auf die Handschrift und kneift die Augen zusammen, als würde er jetzt noch etwas anderes in diesen sauberen, ordentlichen Buchstaben lesen.

Erst in diesem Moment zieht Martha ihre Hand zurück.

Das kann nicht sein.

Sie schließt die Augen. Das ist völlig unmöglich, denn sie hätte es sofort gewusst. Diese ganzen Jahre über war sie sich vollkommen sicher, dass sie ihren Sohn sofort wiedererkennen würde.

Sie öffnet die Augen wieder. Matthew sieht sie wie erstarrt an, er blinzelt nicht einmal. Sein Gesicht ist plötzlich sehr weiß.

»Jessica *Martha* Ellis.« Matthew spricht sehr leise, ohne den Blick von ihr zu wenden.

»Du bist Jessica Martha Ellis?«

Er schiebt den Teller von sich weg und steht auf. Plötzlich scheint der Raum zu klein für sie beide.

Martha tritt einen Schritt zurück, auch sie braucht Platz

für sich und Luft zum Atmen. Matthew richtet sich kerzengerade auf und sieht Martha weiterhin an, wartet auf eine Antwort. Er weiß nicht, dass sie diese Worte tausend Mal an tausend verschiedenen Orten eingeübt hat, aber jetzt fehlen sie ihr.

Sie bleibt stumm.

»Also?« Er wirkt verstört.

Sie öffnet den Mund, bringt aber kein Wort heraus. Sie denkt daran, wie oft sie ihn in letzter Zeit im Musikgeschäft, auf dem Kai, im Café gesehen hat. Wieso hat sie ihn nicht erkannt? Nein …

Matthew ballt die freie Hand zur Faust. »So viele Jahre, und du hast mir nichts zu sagen?«

Martha wendet den Kopf zur Seite und runzelt die Stirn. Eine gelbe Tapete. Ihre Mutter, die ihr mit einer Butterblume sanft über das Kinn streicht. Sie hat immer noch seinen Babygeruch in der Nase und meint, seine Haare auf ihren Fingerspitzen zu fühlen. Das leere Kinderbettchen.

Plötzlich wird ihr schwindelig, und sie schließt die Augen.

Nein, sie würde ihn erkennen.

»Tut mir leid, Matthew. Aber du musst dich irren.«

46

Beim fünften Klingeln nimmt Kate den Hörer ab. Es dauert einige Minuten, bis sie versteht, was Martha ihr erzählen will. Fünfzehn Minuten später findet sie einen Parkplatz in der Nähe des Kais.

Die Stühle, die Matthew umgeworfen hat, als er aus dem Café flüchtete, liegen noch am Boden, dazwischen der Teller und die Lasagne. Martha sitzt auf der Bank in der Nähe der Theke und starrt ins Leere.

»Ich konnte nichts sagen, Kate. Ich konnte einfach nicht mit ihm sprechen.«

Kate geht hinter die Theke, holt ein Glas Wasser und besteht darauf, dass Martha einen Schluck trinkt, bevor sie weitererzählt. Martha nippt an dem Glas und steht dann auf.

»Uns bleibt keine Zeit, Kate. Wir müssen ihn finden.«

Zuerst gehen sie zum Musikgeschäft. Es ist geschlossen. Sie steigen in Kates Auto und fahren ziellos durch Aylesborough, vom Park zum Grat auf dem Hügel, dann zum Bed & Breakfast. Kate versucht, Martha zu trösten, und versichert ihr, dass sie sich nicht die Schuld an dem missglückten Wiedersehen geben soll, denn sie stand unter Schock.

»Ein Schock kann Körper und Geist lähmen, Martha. Der Körper kann sehr eigenwillig sein.«

Nach vierzig Minuten besteht Kate darauf, dass sie zum Kai zurückfahren, um nachzusehen, ob Geoffrey wieder in seinem Geschäft ist. Er wird am besten wissen, wo sie Matthew finden können.

»Also, was genau hat Matthew gesagt?«

Martha, die benommen den Kopf hin- und herschüttelt, hört ihre Worte gar nicht. »O Gott, ich habe alles falsch gemacht, Kate. Ich habe diese Begegnung wirklich vermasselt …«

»Martha, hör mir zu. Du hast gerade einen schweren Schock erlitten. Aber du musst mich jetzt ansehen. Und mir zuhören. Wir müssen Matthew finden und uns vergewissern, dass es ihm gutgeht, ja? Bitte atme tief durch, und denk noch einmal nach. Was genau hat er gesagt, als er davongelaufen ist? Warum war er so wütend?«

Sie schüttelt immer noch den Kopf.

»Ich habe gesagt, dass er sich irrt. Warum nur habe ich das gesagt? Das hätte ich niemals tun dürfen.«

Kate findet keinen Parkplatz, deshalb lässt sie den Wagen im Halteverbot stehen. Sie hilft Martha beim Aussteigen, nimmt ihren Arm und geht mit ihr zurück zum Café. Dann schaut Kate schnell nach, ob Geoffrey wieder da ist. Einige Minuten später kommt Kate mit dem leichenblassen Geoffrey zu Martha ins Café.

»Martha, ich habe Geoffrey alles über Matthew und dich erzählt.« Kate wendet sich an Geoffrey. »Hast du irgendeine Idee, wo er hin sein könnte?«

»Wart ihr schon beim Bed & Breakfast?«

»Ja, aber da ist er nicht.«

»Wir könnten bei mir zu Hause nachschauen. Vielleicht ist er dort.«

Kate, Geoffrey und Martha gehen zu Kates Auto. Auf der Fahrt fragt Kate Martha noch einmal behutsam, was genau zwischen ihr und Matthew schiefgelaufen ist.

»Er wollte wissen, wer sein Vater ist. Er war sehr aufgebracht, regelrecht außer sich.«

»Und du hast es ihm gesagt?«

»Nein.« Ihr Tonfall ist ungläubig, erst später, als sie Matthews Zorn versteht, wünscht sie sich, sie hätte ihm den Namen seines Vaters verraten.

Marthas Atmung geht schwer, keuchend spricht sie weiter.

»Seine Augen, Kate. Er sah so … Ich weiß nicht …«

»Tief ein- und ausatmen, Martha. Langsam, atme langsam.«

»O Gott, er ist mein Sohn, Kate. Wir müssen ihn finden. …« Tränen laufen ihr über die Wangen. Kate legt ihre rechte Hand besänftigend auf Marthas Arm.

Zwanzig Minuten später erreichen sie Geoffreys Haus. Erst verwirrt, dann erschrocken schaut Geoffrey sich um, als Kate den Wagen anhält.

»Mein Auto ist weg.«

Eine unaussprechliche Angst breitet sich aus, als Geoffrey nach den Hausschlüsseln sucht. Drinnen laufen alle drei von Zimmer zu Zimmer, bis sie wieder aufeinandertreffen. Das Haus ist leer, von Matthew keine Spur.

Während Kate der zittrigen Martha draußen auf der Straße wieder ins Auto hilft, kommt ein Nachbar von Geoffrey auf sie zugelaufen.

»Ihr Auto ist liegengeblieben, nicht wahr?«

»Was haben Sie gesagt?« Geoffrey bleibt an der Fahrertür stehen.

»Ich habe Ihren Freund gesehen, er hat Benzinkanister in den Kofferraum geladen. Sie sind mit dem Transporter liegengeblieben, oder? Ich hätte gern geholfen, aber ich warte auf den Reparaturdienst. Die Waschmaschine ist kaputt.« Er verdreht die Augen. »Ist bei Ihnen jetzt wieder alles in Ordnung?«

»Ja, danke, alles okay. Sagen Sie bitte, wann haben Sie meinen Freund wegfahren gesehen?«

Der Nachbar blickt auf seine Armbanduhr und verzieht das Gesicht. »Ungefähr vor einer Stunde.«

Im Auto lässt Martha erschüttert den Kopf in die Hände sinken.

»Wir sollten die Polizei rufen.« Kate sieht Geoffrey fragend an. Geoffrey wirkt nachdenklich, als versuchte er die Gefahr, in der Matthew schwebt, gegen den Ärger, den er mit der Polizei bekommen könnte, abzuwägen.

»Er muss meine Hausschlüssel aus dem Geschäft mitgenommen haben.«

»Und die Benzinkanister? Was zum Teufel will er damit?«

»Weiß der Himmel. Ich hätte sie niemals in der Garage stehen lassen dürfen. Das Benzin war für einen alten Generator.«

»Ach du lieber Himmel ...«

Kate dreht sich zu Martha und hebt sanft ihren Kopf hoch.

»Du hast gesagt, dass er schrecklich aufgewühlt war, als er nach seinem Vater gefragt hat. Stimmt das?«

»Ja, das stimmt.«

»Martha, du musst jetzt scharf nachdenken. Was genau hat er gesagt?«

»Er hat sich plötzlich furchtbar aufgeregt, über das Millrose Mount Hospital.« Ihr Gesichtsausdruck verrät Verständnislosigkeit. »Woher hat er überhaupt gewusst, dass ich im Millrose Mount Hospital war? Das habt ihr ihm doch nicht gesagt, oder?«

»Nein, natürlich haben wir ihm das nicht gesagt.«

Martha hält inne. Ihr Blick wandert im Wagen umher, als versuchte sie, sich an etwas zu erinnern. »Er hat etwas sehr Merkwürdiges gesagt. Er hat mich gefragt, ob sein leiblicher Vater auch im Millrose Mount Hospital war.«

Dann sieht sie stirnrunzelnd zu Kate. »Warum in aller Welt hat er mich das gefragt?«

An guten Tagen erreicht man das Millrose Mount Hospital mit dem Auto in weniger als zehn Minuten, aber heute ist jede Ampel auf der Strecke rot. Weder Geoffrey noch Kate und Martha können sich wirklich vorstellen, Matthew dort zu finden. Zwar hat Geoffrey mitbekommen, wie Matthew über den Zeitungsmeldungen saß und nach Marias Zusammenbruch den Ort, die Baufirma, das gesamte Projekt verfluchte. Aber keiner der drei kennt die dunkle Angst, die Matthew umtreibt, die irrige Annahme über seinen Vater, die seit seinem Treffen mit dem Journalisten Ross Tyler seine Gedanken beherrscht.

Als sie um die Ecke biegen, sehen sie Geoffreys Auto vor dem großen Haus stehen. Dunkler Rauch dringt aus den Fenstern im ersten Stock des leerstehenden Gebäudes, aber sie denken immer noch nicht daran, dass Matthew etwas mit diesem Brand zu tun haben könnte. Das können sie sich einfach nicht vorstellen.

Kate parkt den Wagen neben der Telefonzelle, aus der Matthew, als er das erste Mal hier oben war, seine Mutter angerufen hat. Geoffrey steigt aus, um die Feuerwehr zu alarmieren, während Kate und Martha am Haupteingang vorfahren.

Bevor Kate sie aufhalten kann, läuft Martha bereits in Windeseile die Treppe hinauf. Sie nimmt immer zwei Stufen auf einmal, doch plötzlich kommt sie aus dem Tritt und verstaucht sich den rechten Knöchel. Sofort steht sie wieder auf und versucht, weiterzulaufen, aber der Fuß schmerzt so sehr, dass sie zusammensinkt.

»Mist ...«

Gerade als Kate sich zu Martha hinunterbeugt, um ihr aufzuhelfen, ertönt lautes Krachen aus dem Inneren des

Gebäudes. Fensterglas zerbirst in tausend Stücke auf dem Rasen vor dem Haus.

Noch einmal versucht Martha aufzustehen, aber der Schmerz ist zu heftig. Kate schaut zu dem zerbrochenen Fenster rechts außen hinauf, im Inneren glüht es rot auf. In diesem Moment kommt Geoffrey atemlos angelaufen.

»Gütiger Himmel!« Ungläubig starrt er auf das von dunklem Rauch umgebene Gebäude. »Die Feuerwehr ist schon auf dem Weg. Aber ihr müsst weg von hier. Auf dieser Seite des Hauses ist es zu gefährlich. Ich sehe mal nach, ob man hinten noch reinkommt.«

»Das geht nicht, auf der Rückseite ist alles mit Brettern vernagelt. Wenn wir noch länger warten, ist es zu spät.« Martha hält ihren schmerzenden Knöchel fest umschlossen. Als Kate sich umdreht, sieht sie ihr Spiegelbild und das von Martha und Geoffrey in der Fensterscheibe über dem Haupteingang.

Dann schaut sie wieder den Hügel hinunter. Es wird fünf, vielleicht auch zehn Minuten dauern, bis die Feuerwehr kommt. Kate trifft keine bewusste Entscheidung, sie reagiert instinktiv. Geoffrey will sie aufhalten und packt ihren Arm: »Das ist Wahnsinn, Kate!«

Aber Kate schiebt ihn einfach nur zur Seite und stürmt die Treppe hinauf.

47

Kate lügt, als sie eine Stunde später nach ihren Erlebnissen in dem alten Gebäude gefragt wird. Weder der Polizei noch der Feuerwehr und auch nicht Martha oder Geoffrey erzählt sie, dass sie die Situation falsch eingeschätzt hat. Sie sagt nichts darüber, wie es wirklich war.

Da drinnen in dem brennenden Haus.

Geoffrey hat recht, sie handelt wie eine Wahnsinnige. Auf der anderen Seite der großen Flügeltür herrscht schwarze Nacht, der Rauch ist so dicht, dass sie den Raum, in dem sie steht, kaum erkennen kann. Sie weiß nicht, wo die Halle endet und der Flur beginnt. In dem Rauch verliert sie die Orientierung und weiß nicht, in welche Richtung sie sich wenden soll. Dann wird die Sicht für einen Moment wieder besser, und während sie nach rechts geht, zieht sie sich ihren Pullover über den Mund. Plötzlich ist der Raum, in dem sie sich befindet, größer, sie erkennt zwei Rundfenster. Zwischen den Fenstern hängt das stolze Porträt eines fremden, hart wirkenden Mannes in einem dunklen Umhang und Hut; das wenige Licht spiegelt sich in dem protzigen Goldrahmen. Der Mann hat einen unheimlichen Blick, der Kate überallhin zu folgen scheint.

Sie geht weiter nach rechts einen langen Flur entlang. Alle Türen sind geschlossen. Einen Moment lang bleibt sie hustend stehen und überlegt, umzukehren. Das hier ist Wahnsinn. Aber dann hört sie dieses Geräusch.

Ein Klopfen.

Metall schlägt gegen Metall, aber so schwach, dass Kate nicht sicher ist, woher das Geräusch kommt. Gerade als sie endlich glaubt, die Richtung ausgemacht zu haben, hat das Klopfen aufgehört. Sie steht in einem großen Raum, hier ist es noch heißer als im Flur, der Rauch noch dicker, und zum ersten Mal nimmt sie eine Art roten Rand an der gegenüberliegenden Tür wahr. Kate befindet sich im Speisesaal, an den Wänden sind Stühle aufeinandergestapelt, Tische zusammengeschoben; in der Mitte führt eine schmale Treppe nach oben auf eine Galerie. Dieses Zwischengeschoss ist schon eingestürzt, die zersplitterten Holzteile sehen aus wie ein Scheiterhaufen. Kate fühlt sich beobachtet und muss wieder an das Porträt in der Eingangshalle denken.

Dann hört sie erneut das Klopfen. Nah am Boden kauernd folgt sie dem metallischen Schlagen, dann entdeckt sie unter den Holztrümmern der Treppe Matthew, der mit der Rückseite seiner Armbanduhr gegen das Heizungsrohr klopft, um auf sich aufmerksam zu machen.

»Matthew, Gott sei Dank, du lebst! Ich bin's, Kate. Ich werde dich hier rausholen.«

Das Gefühl der Erleichterung verschwindet, sobald sie in sein Gesicht sieht, das von einem Holzbrett verdeckt wird. Das hier ist nicht der junge Mann, den sie kennt, sondern ein kleines, weinendes Kind, und Kate wird augenblicklich bewusst, wie jung Matthew noch ist.

»Kate, es tut mir so leid. So furchtbar leid. Ich wollte doch nicht ...«

»Alles okay, Matthew. Ich hole dich jetzt hier raus.«

Schnell, beinahe zornig beginnt Kate, Holzteile zur Seite zu werfen. Da sie mit beiden Händen arbeitet, kann sie den Pullover nicht mehr schützend vor den Mund halten und fängt heftig an zu husten. Einige Holztrümmer sind sehr schwer und ineinander verkantet, es knallt und knackt, als der brennende Haufen von neuem auflodert.

»Ich wollte die Treppe hinauf zum Fenster, um dort rauszukommen. Aber gerade in dem Moment ist alles zusammengebrochen.« Matthew versucht zu helfen, aber er kann sich kaum bewegen; erst als Kate näher kommt, sieht sie, dass ihm ein langes, scharfes Stück Holz tief im Oberschenkel steckt. Seine Hose ist voller Blut. Jetzt bekommt Kate richtig Angst.

»Ich kann mich nicht bewegen, hab's schon versucht. Du solltest lieber abhauen.« Anscheinend weiß er, ein Erwachsener würde das jetzt sagen, aber sein Tonfall verrät, dass er hofft, sie bleibt da.

Kate arbeitet sich langsam vor, sorgfältig räumt sie ein Holzstück nach dem anderen aus dem Weg. Das rote Glühen hinter der Tür wird immer stärker, und Matthew und sie müssen stark husten.

Dann hält sie inne. Ein paar Holzbalken lassen sich nicht bewegen, Kate ist müde und bekommt kaum noch Luft. Sie beschließt, sich kurz auszuruhen.

Behutsam legt sie ihren Arm um seine Schulter. Sie streicht ihm übers Haar, während er weint und immer wieder beteuert, wie sehr er sein Tun bedauert.

Sie wird niemandem je von diesen Augenblicken erzählen, auch Martha nicht.

Der Rauch nimmt ihr die Luft zum Atmen und vernebelt ihre Gedanken. Wie lange sie beide dort kauern, weiß sie nicht. Kate wartet darauf, dass Matthew und sie einschlafen. Zuerst ist es sehr warm, sie treiben dahin. Sie flüstert, dass sie beide schlafen müssten, während sie ihm weiter über die Haare streicht.

Dann ist es plötzlich nicht länger warm.

Der Rauch wird zu Wasser, und auf einmal ist ihr bitterkalt. Sie öffnet die Augen und schaut zu der Frau auf dem Hügel auf, aber nicht durch Rauch, sondern durch Wasser. Zuerst begreift Kate nicht, dass sie diese Frau ist. Die Haare der Frau auf dem Hügel sind lang und nass. Mit aller Kraft versucht sie, sich aus dem festen Griff eines uniformierten Mannes zu lösen, aber es gelingt ihr nicht, zu fliehen. Die Frau ruft, dass sie wieder zurück ins Wasser muss, und sie verflucht die Menschen, die sie herausgezogen haben. Den uniformierten Mann schreit sie an, er solle sie loslassen.

Weiter unten bei der Fähre tauchen zwei weitere Männer aus dem Fluss auf und schütteln die Köpfe. Ein Transporter mit noch mehr Tauchern kommt angefahren, eine Menschenmenge schaut schweigend zu. Eine Frau im roten Mantel dreht das Gesicht ihrer kleinen Tochter zu ihrem Bauch, damit das Kind das Geschehen nicht mitbekommt.

Am Ufer schreit die Frau die Männer an, sie sollen weitersuchen.

Daniel. Daniel. Daniel. Sie fällt auf die Knie und bittet flehentlich. Daniels Sicherheitsgurt klemmt, sie sollen noch einmal hinabtauchen. *Bitte …*

Kate schaut genauer hin, und jetzt erkennt sie, dass sie die Frau auf dem Hügel ist. Urplötzlich ist sie wieder wach.

Und begreift …

»Komm, Matthew, ich muss dich hier rauskriegen.«

… warum sie hier ist.

»Komm.«

Sie tut dies für eine Frau, die auf einer Parkbank strickt. Und für die Frau auf dem Hügel.

»Ich kann mich nicht bewegen.«

»Du musst, Matthew. Komm schon. Wir müssen dich freibekommen.«

Sie braucht noch eine Weile, bis sie genügend Platz geschaffen hat. Dann greift sie ihm von hinten unter die Arme und zieht seinen Oberkörper mit all ihrer Kraft hoch. Matthew stöhnt vor Schmerzen, aber sie achtet gar nicht auf ihn.

Sie ermahnt ihn, ihr zu helfen. Er soll mit Po und Beinen auf dem Boden rutschen und sich mit dem gesunden Bein so gut es geht abstoßen. »Komm schon, Matthew. Komm, du musst mithelfen.«

Sie kommen nur sehr langsam vorwärts, Matthew hat furchtbare Schmerzen. Kate schleift ihn weiter und bittet ihn inständig, sein gesundes Bein zu bewegen, damit es schneller vorangeht.

»Komm schon, Matthew. Bitte, versuch es.«

Die Vorhänge des Fensters am Ende des Saals leuchten jetzt glutrot, ein roter Rahmen umschließt das Fenster, gerade als Kate und Matthew aus dem Speisesaal in den Flur robben. Schnell schließt Kate die Flügeltüren, dann blickt sie sich verwirrt um. Sie weiß nicht, aus welcher Richtung sie gekommen ist. Sie schiebt und zieht Matthew über den Boden. Wo liegt der Ausgang?

Sie hat es vergessen. Sie kann kaum noch etwas sehen, überall ist Rauch.

Sie schließt die Augen, die vom beißenden Rauch brennen, und zählt langsam im Geist, achtundzwanzig, neunundzwanzig, dreißig … ich komme! Als sie die Augen wieder öffnet, sieht sie den mysteriösen Mann wieder durch das Grau in der Ferne glitzern. Samuel Cribbs mit seinem großen schwarzen Umhang im Goldrahmen beobachtet, wie sie sich durch den Raum schieben und ziehen. Kate hält auf das Gemälde zu, jetzt weiß sie den Weg wieder.

Als sie endlich vollkommen erschöpft an dem Porträt angelangt sind und gerade um die Ecke biegen, sehen sie zwei Männer in Uniform mit Atemmasken.

»Hier! Kommt her, hier sind sie!«

Taschenlampen leuchten ihr den Weg, mehrere kräftige Arme stützen und führen sie, andere Helfer tragen Matthew aus dem Haus. Draußen auf dem Rasen ist die Luft so wunderbar klar und rein, dass Kate noch mehr husten muss als in dem verrauchten Gebäude. Ein Feuerwehrmann legt ihr eine Decke über die Schulter, Sanitäter heben Matthew auf eine Tragbahre, da sagt sie ganz leise, nur zu sich selbst, dass sie ihn da rausgeholt hat …

Sie spricht diese Worte leise zu den Grashalmen, zu den Ameisen, die eine Straße gebildet haben. Dann blickt sie in den blauen Himmel, der von grauen Streifen durchzogen ist. Sie sagt die Worte zu dem Porträt von Samuel Cribbs. Und zu der Frau, die auf einer Parkbank strickt.

Und sie flüstert die Worte der Frau mit den nassen Haaren auf dem Hügel zu.

Dieses Mal …

… hat sie ihn gerettet.

48

Dezember 1977

Glaubst du, es wird dieses Jahr an Weihnachten schneien?«

Kate schaut zu Martha, die an dem losen Faden eines Knopfes an ihrer Jacke herumspielt und so tut, als wäre es nichts Außergewöhnliches, ihren Sohn im Gefängnis zu besuchen.

»Ich weiß es nicht, Martha. Vielleicht.«

Heute sind sie früher gekommen als sonst, denn inzwischen kennt Kate alle Abkürzungen. In der Haft hat Matthew dem Gefängnischor viel Zeit gewidmet und durfte wegen dieses außerordentlichen Engagements vor kurzem in den offenen Vollzug wechseln. Martha, Glenda und die anderen sind darüber sehr erleichtert. Im Gefängnis hat die Musik für Matthew noch einmal an Bedeutung gewonnen, er begleitet nicht nur den Chor auf dem Klavier, sondern gibt den Insassen auch Unterricht. Musik ist seine Art, mit der Situation zurechtzukommen.

»Ich liebe Schnee. Früher wollte ich unbedingt mal auf einer Berghütte arbeiten. Als ich so viel gereist bin. In der Schweiz werden im Winter immer Leute gesucht, die für die Skifahrer kochen. Aber wie zu so vielen anderen Dingen …«, Martha wendet sich lächelnd zu Kate, »… bin ich auch dazu nie gekommen.«

Kate streckt den Arm vor und drückt mitfühlend Marthas Hand. Sie hat alles versucht, um ihre Freunde auf Matthews Schicksal vorzubereiten. Vom ersten Moment an hatte sie befürchtet, Matthew könnte zu einer Gefängnisstrafe verurteilt werden, aber Martha und Geoffrey konnten sich das nicht vorstellen. Sie waren überzeugt, dass der Richter für Matthew mildernde Umstände gelten lassen würde, schließlich war er noch nie straffällig geworden.

»Meine Güte, er ist praktisch noch ein Kind.« Am Ende musste Geoffrey ein gutes Klavier verkaufen, um den besten Anwalt zu bezahlen, den er finden konnte.

Aber der Tatbestand war Brandstiftung, daran änderten auch die Umstände nichts. Vor dem Gesetz war Matthew kein Kind mehr, außerdem war an jenem Tag ein Wachmann im Millrose Mount Hospital gewesen. Als das Feuer ausbrach, befand sich der Mann am anderen Ende des Gebäudes und konnte es unverletzt verlassen, aber der glückliche Ausgang war für das Gericht nicht ausschlaggebend, sondern nur, dass Menschen gefährdet worden waren.

Es dauerte eine ganze Weile, bis sich Glenda, Martha und ihre Freunde an die Gefängnisvorschriften gewöhnt hatten. Martha und Glenda hatten sich entscheiden müssen, ob sie Matthew jede Woche einmal für dreißig Minuten besuchen wollten oder nur einmal im Monat zwei Stunden lang. Die beiden Frauen wählten die wöchentlichen Besuche, so konnten sie sich besser abwechseln. In der neuen Anstalt sind die Vorschriften weniger streng. Wenn der Rest der Strafe auf Bewährung ausgesetzt wird, sollte das sein einziges Weihnachtsfest hinter Gittern sein.

Da es an den Weihnachtsfeiertagen selbst keine Besuchszeit gibt, dürfen Martha und Glenda Matthew heute eine Stunde lang sehen. Und es ist ihnen gestattet worden, sich diese Zeit zu teilen, Glenda besucht ihn die erste halbe Stunde, Martha danach.

Kate lässt den Motor laufen, damit die Heizung im Auto nicht ausgeht. Sie reicht Martha die Tageszeitung, doch deren Blick wandert nervös zwischen ihrer Armbanduhr und der Gruppe wartender Besucherinnen vor dem Eingang hin und her. Sechs Frauen, die reden, rauchen und laut fluchen.

Plötzlich steht sie dort, und wie Martha und Kate schaut sie sich verloren um. Sie wirkt vollkommen fehl am Platz und hat sich ein Stück von den anderen Frauen entfernt. In ihrem schicken Mantel mit Taillengürtel, der schwarzen Handtasche, den glänzenden Schuhen und den unpassenden Lederhandschuhen scheint sie sich sichtlich unwohl zu fühlen.

Kate fängt Marthas Blick auf, als Glenda sich umdreht. Sie haben sie beide sofort erkannt, von den Fotos, die Matthew ihnen gezeigt hat. Aber heute treffen sie sich zum ersten Mal persönlich.

»Was meinst du, Kate. Gehen Glenda und ich da zusammen rein, oder soll ich warten, bis sie fertig ist?«

»Das weiß ich wirklich nicht, Martha.«

»Wahrscheinlich sollte ich zu ihr gehen und mit ihr darüber sprechen, wie wir uns am besten abwechseln. Hätte ich sie anrufen sollen? Meinst du, es ist besser, ich warte hier draußen auf sie?«

Martha lässt die Zeitung auf ihre Füße fallen und ballt ihre Hände zur Faust, bis die Knöchel weiß hervortreten.

»Martha, es war von Anfang an klar, dass diese Begegnung heute schwierig wird. Es ist völlig normal, wenn du aufgeregt bist.«

»Sicher.« Sie kneift die Augen zusammen. »Sie sieht hübsch aus, findest du nicht? So habe ich sie mir gar nicht vorgestellt. Meine Güte, ist das ein komisches Gefühl.«

Matthew und Martha haben sich Zeit genommen, einander kennenzulernen. Nachdem sie intensiv über die Vergangenheit gesprochen haben, kommen sie sehr gut miteinander aus. Da dieses Kennenlernen im Gefängnis unter extrem außergewöhnlichen Umständen stattfindet, konzentrieren sie sich auf die wesentlichen Dinge. Jedes Gespräch ist ein Wettlauf gegen die Zeit. Inzwischen haben sie eine tiefe Beziehung zueinander entwickelt, die nur noch von den kalten Gefängnismauern getrübt wird.

Der Anwalt geht davon aus, dass Matthews Strafe in drei Monaten zur Bewährung ausgesetzt wird.

Kate sagt kein Wort, aber sie ist nicht besonders überrascht, als Martha plötzlich tief durchatmet und aus dem Auto steigt.

»Glenda?«

Sie blickt sich um, bei der schwungvollen Drehung rutscht ihr der Riemen der Handtasche von der Schulter.

»Ich bin Martha.«

Glenda und Martha haben schon Fotos voneinander gesehen, aber die waren nicht sonderlich gut. Daher sind beide überrascht, als sie sich zum ersten Mal gegenüberstehen.

Sie erkennen, dass sie sich getäuscht haben. Glenda ist warmherziger und freundlicher, als Martha erwartet hat. Und Glenda hat sich Martha nicht so jung und schön vorgestellt.

»Es ist wirklich schön, dass es diesen Sonderbesuchstermin an Weihnachten gibt.« Glenda streift sich den Riemen schnell wieder über die Schulter. Ihre Hand zittert.

»Ja, das ist wahr.«

Plötzlich ertönt Geschrei aus der Menge der wartenden Frauen, eine große Frau, die ihre Haare auf der Kopfmitte zum Pferdeschwanz zusammengenommen hat, lacht laut auf. Glenda lächelt, ihre Hand hält immer noch den Taschenriemen umklammert.

»Sie sieht aus wie eine Modepuppe.«

Martha lacht. Glenda lächelt sie an.

»Ich bin froh, dass du mir geschrieben hast, Martha. Es tut mir leid, dass ich nicht geantwortet habe. Ich habe überlegt, ob ich mal anrufen soll. Aber dann wusste ich einfach nicht, was ich sagen sollte.« Sie wendet den Blick zum Gefängniseingang, wo jetzt ein Wachmann ein Schild mit den Besucherregeln in der Hand hält.

Martha steckt eine Hand in ihre Manteltasche und sucht nach einem Taschentuch. Als sie keines finden kann, wendet sie sich ab und hält sich verlegen die Hand vor die Nase. Glenda begreift ihre Not und beginnt sogleich, in ihrer Handtasche zu wühlen.

»Danke.« Martha nimmt erleichtert das Taschentuch entgegen. »Ich habe auch nicht mit einer Antwort auf meinen Brief gerechnet. Ich habe mich nur so schrecklich verantwortlich gefühlt, für den Brand und für Matthews Kummer. Er hat sich eine ganze falsche Vorstellung von meiner Zeit im Millrose Mount Hospital gemacht und sich da so reingesteigert … Ich hatte das Gefühl, das wäre alles meine Schuld. Ich kann gut verstehen, wenn du wütend auf mich bist.«

»Ja, also natürlich war das eine sehr schwierige Situation für uns alle.«

Maria putzt sich die Nase, und eine Zeit lang stehen die beiden Frauen verlegen voreinander.

»Heute ist es viel kälter als in den vergangenen Tagen.«

»Ja, Kate – das ist die Freundin, die mich hergefahren hat – macht sich Sorgen, die Straßen könnten auf der Rückfahrt sehr glatt sein. Aber ich glaube, es wird nicht so schlimm, wenn …«

»Ich hätte es ihm sagen sollen, als er noch ein Kind war.« Glenda zieht an den Enden der schicken Lederhandschuhe.

»Wie bitte?«

»Ich hätte ihm von der Adoption erzählen sollen.«

Martha sieht Glenda sehr aufmerksam an. Ihre Augen blicken warm und freundlich.

»Das hätte ich dir gesagt, Martha. Das hätte ich dir sagen sollen – als Antwort auf deinen Brief.«

Dann beobachten sie schweigend die rauchende Gruppe. Einige Frauen stampfen gegen die Kälte mit den Füßen auf, eine Frau trägt trotz der eisigen Temperaturen goldene Riemchensandalen. Sie hat nicht einmal eine Strumpfhose an, und ihre Füße sind blaugefroren.

»Bist du mit dem Auto hergekommen?«

»Nein, ich habe erst den Zug genommen und dann ein Taxi. Ich kann nicht Auto fahren. Früher ist immer Matthews Vater gefahren, aber wir haben uns getrennt.«

»Ja, das habe ich gehört. Tut mir leid.«

»Muss es nicht.« Wieder schiebt Glenda den Taschenriemen die Schulter hinauf. »So ist es besser. Ich hätte mich schon vor langem von ihm trennen sollen. Auch für Matthew ist das gut – wenn er hier rauskommt, meine ich.«

Glenda betrachtet genau Marthas Gesicht. »Es ist gut, dass du dich mit Matthew ausgesprochen hast, Martha. Das freut mich für dich.« Sie reckt das Kinn in die Höhe und deutet auf die Tasche, die sie bei sich trägt. »Ich habe ihm einen Schokoladenkuchen gebacken. Das ist sein Lieblingskuchen. Glaubst du, ich darf ihm den geben?«

Die Worte formen sich in ihrem Kopf, aber Martha sagt sie nicht. Wenn sie Matthew schon verlieren musste, dann lieber an Glenda als an irgendjemanden sonst. Aber sie ist noch nicht so weit, dass sie diesen Gedanken laut aussprechen kann. So meint sie nur, sie hoffe, dass das Gefängnis ihr erlaube, Matthew den Kuchen zu geben. Martha besteht darauf, dass Glenda ihn als Erste sieht, so wie sie es verabredet haben. »Wirklich, Glenda, das ist auch Matthews Wunsch. Und vollkommen in Ordnung …«

Später, nachdem auch Martha Matthew besucht hat und gerade dabei ist, das Gefängnis zu verlassen, gibt ein Wärter ihr eine kurze Nachricht von Glenda.

Danke, dass Kate mich zum Bahnhof bringen wollte, aber ich teile mir mit einer anderen Besucherin ein Taxi. Ich bin sehr froh, dass wir uns getroffen haben, Martha. Ich wünsche dir eine schöne Zeit mit Matthew.

Während sie im Auto nach Hause fahren, denkt Martha über ihren Besuch bei Matthew nach. Sie freut sich, dass er gut in der neuen Anstalt zurechtkommt, seine zahlreichen Ideen und Pläne für das Weihnachtskonzert lenken ihn von seinen persönlichen Sorgen ab.

Zufrieden lehnt Martha sich zurück und lauscht dem Brummen des Motors und der klassischen Musik aus dem Radio. Die allerersten Begegnungen zwischen Matthew und ihr waren schwierig, sie hatten sich so viel zu sagen, aber im Gefängnis war die Zeit immer viel zu kurz.

Nachdem Matthew verurteilt worden war, begann Martha, ihm alles über die Vergangenheit zu erzählen.

»Man hat mich dir weggenommen? Als ich noch ein Baby war?«

»Ja, Matthew. Ich habe geschlafen. Ich hatte keine Ahnung, dass die Heimleitung so weit gehen würde …«

Martha erzählte Matthew von ihrer Zeit im Millrose Mount Hospital, davon, wie lange es dauerte, bis sie dort entlassen wurde und die Suche nach ihm in Angriff nehmen konnte. Damals wurde ihr schnell klar, dass sie keine

Rechte hatte und auch keine Möglichkeit, ihn ausfindig zu machen. In ihrer Verzweiflung begann sie, in Europa umherzureisen und sich mit Gelegenheitsjobs über Wasser zu halten. Seit sie ihn verloren hatte, lebte sie in der Hoffnung, ihn eines Tages wiederzusehen. Vor allem aber versicherte Martha Matthew, dass sie sich sehr über die Schwangerschaft gefreut hatte und er aus Liebe geboren war. Niemals hätte sie ihn freiwillig aufgegeben.

Sobald sie diese schwierigen Dinge ausgesprochen hatten, fasste Matthew langsam Vertrauen und erzählte ihr von seinem eigenen Leben, von seiner Liebe zur Musik und seinem Traum, die Musikakademie zu besuchen. Einmal erzählte sie ihm von den kostbaren Momenten mitten in der Nacht, als sie mit ihm im Heim im Bett gelegen hatte, den Blick auf den Sternenhimmel gerichtet, und er an ihrer Brust getrunken hatte. In diesem Augenblick streckte Matthew plötzlich seine Hand zur Tischmitte vor. Martha war wie erstarrt, dann verstand sie die Geste und legte nervös, aber langsam ihre Hand auf seine. Sie spürte, wie ihr die Tränen die Wangen hinunterliefen. Unwillkürlich stand sie auf, um ihn in die Arme zu schließen, aber ein Gefängniswärter schoss auf sie zu und bat sie, sich wieder zu setzen. Dann umschloss Matthew ihre Hand noch fester und hielt sie, so lange er durfte.

Bei ihrem nächsten Besuch verriet Martha Matthew endlich, wer sein Vater war – Josef Karpati. Matthew starrte sie minutenlang fassungslos an. Sein Gesicht war leichenblass.

»Josef Karpati? Ist das wahr? Der weltberühmte Cellist?«

»Damals war er noch nicht berühmt. Wir waren beide noch sehr jung, aber wir waren sehr verliebt …«

Nachdem Martha alles über Josef berichtet hatte, mussten sie entscheiden, wann und wie sie Kontakt zu ihm aufnehmen wollten.

Martha blickt aus dem Seitenfenster, karge Felder und kahle Bäume verschwimmen vor ihren Augen. Sie weiß immer noch nicht, wie sie Matthew und Josef zusammenbringen soll.

Matthew besteht darauf, dass sie Josef erst kontaktieren, wenn er aus dem Gefängnis kommt und in Ruhe über alles nachgedacht hat. Er macht sich Sorgen, dass Josef denken könnte, er sei nur hinter seinem Geld her.

»Wahrscheinlich will er gar nichts von mir wissen. Er wird auf einem Vaterschaftsgutachten bestehen. Das wird eine grausame Angelegenheit …«

Martha hat eingewilligt zu warten. Im Augenblick genügt es ihr, dass sie ihren Sohn wiedergefunden hat. Sie wagt nicht, den Traum weiterzuspinnen. Und sie erzählt niemandem, nicht einmal Kate, von der neuen, gefährlichen Hoffnung, die mit den Erinnerungen und Gedanken an Josef tief in ihr wächst.

Martha weiß, dass sie Josef noch immer liebt. Sie hat niemals aufgehört, ihn zu lieben. Wenn sie sich, umgeben von vollkommener nächtlicher Stille, in Kates Gästezimmer unruhig im Bett hin und her wälzt, kommt ihr immer wieder derselbe Gedanke. Und sie grübelt, ob sie noch einmal in ihrem Leben die Kraft aufbringen wird, sich dieser Frage zu stellen.

Diesen Traum zuzulassen.

Der Hoffnung Ausdruck zu geben, dass, nach all diesen Jahren, nicht nur Matthew einen Platz in Josefs Herz findet, sondern dass da auch noch ein Platz für sie selbst ist.

Epilog

Dezember 1979

Wieder einmal ist Wind aufgekommen, eine sanfte Brise, und die letzten Herbstblätter rascheln leicht.

Dieser milde Wind streicht über das Gesicht und zupft an losen Strähnen. Aber es ist nicht störend, denn die frische Brise bringt die Menschen zum Lächeln, und sie rufen überrascht aus: »Meine Güte, was für ein schöner Tag!«

Der Wind wirbelt den Kai entlang, wo Geoffrey steht und auf seine Armbanduhr blickt, dann winkt er Wendy im Wollladen zu.

Die Fassaden ihrer Geschäfte sind frisch gestrichen, sie haben Cremefarben und schlichtes Weiß gewählt. Die Wintersonne spiegelt sich glitzernd in den Fensterscheiben. Der Gemeinderat hat die Mietverträge für die Geschäfte um fünf Jahre verlängert, es gibt keine Möglichkeit, davon zurückzutreten.

Die Luft ist kalt, aber der Himmel klar und heiter. Carlo wischt bereits die neuen Terrassentische und -stühle ab, denn später werden die Gäste dort im Wintermantel, den Schal fest um den Hals gebunden, den Booten zuschauen, die auf dem Wasser schaukeln. Früh am Morgen fahren die Fischer hinaus, Stunden später legen sie wieder an. War der Fang gut, lachen sie und erzählen Anekdoten.

Zwei Männer steigen, in ein angeregtes Gespräch vertieft, den Hügel hinauf. Sie sind beide groß und schlank und haben die gleichen faszinierenden Augen. Als sie Geoffrey lächelnd in der Tür seines Musikgeschäfts stehen sehen, winken sie ihm zu.

Ein Mann und eine Frau, die darauf warten, dass das Café öffnet, bleiben mit offenem Mund stehen.

»Das kann nicht sein. War das etwa Josef Karpati?«

»Ich hab's dir doch schon gesagt – er war's. Bestimmt.«

»Nein, das kann nicht sein. Auf keinen Fall …«

Eine Zeit lang treibt der Wind ein Bonbonpapier vor sich her, das Marias Enkeltochter fallen gelassen hat. Das kleine Mädchen ist süß und pummelig, lacht meist übers ganze Gesicht, kann aber auch heftig trotzen und hat lauter Unfug im Kopf. Das Foto von ihr als Baby in der Taufdecke, die Martha gestrickt hat, hat immer noch einen Ehrenplatz auf dem Kaminsims in Marias Wohnung.

Das Bonbonpapier segelt die Straße entlang, dann bleibt es liegen. Schwebt weiter durch die Luft, landet wieder auf dem Boden.

Die Brise steigt nach oben, bis zu den Hausdächern, wirbelt die Federn der Vögel auf, die aus der Höhe die Terrassentische des Cafés beäugen.

Der Wind streift den Baum mit den Wollblättern, den gerade einige Touristen bewundern.

»Das ist wirklich ganz hübsch … aber warum sind die Blätter aus Wolle? Wir sollten mal in dem Wollladen da drüben nachfragen. Dort weiß man bestimmt mehr.«

Der Wind steigt höher und höher, zieht über Aylesborough hinweg zu dem Hügel, auf dem früher das Millrose Mount Hospital stand. Das Gebäude gibt es nicht mehr, es wurde abgerissen.

Der hässliche Zaun und die gesamte Anlage sind inzwischen verschwunden.

Stattdessen wurde dort ein Park angelegt, gepflegte Rasenflächen umsäumt von Bäumen. In der Mitte steht ein Musikpavillon, der einen wunderschönen Blick aufs Meer freigibt. Josef Karpati wird dort ein Konzert für ganz Aylesborough geben.

Das Grundstück gehört jetzt Josef. Die Baufirma, die an dem Projekt gearbeitet hat, ist schon vor längerem pleitegegangen. Aber Josef möchte, dass der Millrose Mount sein Geheimnis bleibt. Er will keine Anerkennung für den Kauf, niemand soll ihm zu Dank verpflichtet sein. Er wollte einzig und allein für Gerechtigkeit sorgen. Dieses Stück Land ist ein Geschenk für die Menschen, die er liebt.

Martha steht im Wohnzimmer.

»Glaubst du, es wird noch was?«

»Was soll noch was werden?«

»Mit dem Schnee.« Martha spricht mit lauter Stimme, denn Kate arbeitet nebenan in der Küche, während sie selbst eifrig den Weihnachtsbaum schmückt.

Den ganzen Vormittag über hat Martha ununterbrochen geredet. Sie ist furchtbar nervös. Das erste Weihnachtsfest nach seiner Entlassung hat Matthew mit Glenda verbracht, dieses Mal wird er mit ihr in Aylesborough feiern, deshalb soll alles perfekt sein.

Kate hat genug von dem lauten Rufen und kommt mit weißen Händen voller Mehl ins Wohnzimmer.

»Wenn du noch mehr Zeugs an den Baum hängst, fällt er um.« Sie neigt den Kopf zur Seite, um den schiefen Winkel des Baums anzudeuten. »Und zum letzten Mal: nein. Ich glaube nicht, dass es schneien wird.«

»Du glaubst, ich habe zu viel Schmuck an den Baum gehängt?« Martha klingt jetzt unsicher, sie tritt einen Schritt zurück und betrachtet ihr Werk.

»Ja, ich denke, es sind zu viele Kugeln. Aber offen gestanden wolltest du doch genau das erreichen, oder?«

»Wusstest du, dass die Buchmacher in New York einen Mann mit einem Teller auf das Dach der Metropolitan Opera schicken, um zu prüfen, wann Schnee fällt?« Martha nimmt eine Kugel vom Baum und fängt an, das verstreute Seidenpapier in einen großen Pappkarton zu stopfen. »Anscheinend genügt eine einzige Flocke, dann müssen sie die Gewinner auszahlen.«

»Ich dachte, der Schnee müsste liegen bleiben.«

»Nein. Eine Flocke genügt. Zumindest habe ich das irgendwo gelesen.«

Es klingelt an der Tür, und Kate kann sehen, wie sich der Ausdruck in Marthas Augen verändert. Das müssen Josef und Matthew sein, die einen Spaziergang zum Kai gemacht haben. Mit hoch erhobenen, mehlbestäubten Händen und einem Lächeln auf den Lippen verschwindet Kate wieder in der Küche.

Wenn sie die drei zusammen in diesen Tagen beobachtet, wie sie sich liebevoll necken, kommt ihr dieses Glück immer noch unwirklich vor. Als wäre die ganze Vergangenheit nur ein böser Traum gewesen, eine dunkle Erinnerung aus einer fernen Welt.

»Großer Gott, Martha! Was hast du mit dem Baum gemacht?« Matthew fängt als Erster an, sie in diesem liebevollen Tonfall aufzuziehen. Dabei nennt er sie aber immer Martha. Vielleicht wird das immer so bleiben. »Man sieht ja kaum noch etwas Grünes. Und der Baum steht ganz schief. Wir sollten einiges von dem Schmuck wieder abnehmen, sonst kippt er gleich aus dem Fenster.«

»Auf keinen Fall. Ich habe Stunden damit zugebracht, den Baum so zu schmücken. Josef, mach ihm klar, dass er nicht schief steht, sondern so gewachsen ist.«

»Deine Mutter hat immer recht, Matthew, in allem. Das solltest du inzwischen wissen. Diese Schieflage entspringt einzig und allein deiner Phantasie.« Josef zwinkert und lehnt sich mit dem ganzen Körper zur Seite, um zu zeigen, in welchem Winkel der Baum steht. Dann gibt er Martha als Entschuldigung einen Kuss auf die Stirn und greift nach ihrer Hand.

Kate strahlt vor Freude, als Matthew in die Küche kommt und ihr eine Tupperware-Dose überreicht. »Maria hat Mince Pies für uns gemacht.«

»Das ist ein Witz, oder? Sie soll sich doch schonen«, sagt Kate kopfschüttelnd.

»Dieses Wort kennt sie nicht. Die Fischer haben ihr zu Weihnachten einen elektrischen Rollstuhl geschenkt. Jetzt macht sie mit den Kindern auf dem Kai Wettrennen. Carlo wird noch vollkommen verrückt. Er sagt – ich zitiere –«, Matthew versucht, Carlos italienischen Akzent nachzumachen. »Er sagt: ›Jeder andere Mensch, Maria, der teilweise gelähmt ist, hätte die Güte, auch nur ein klein wenig bewegungsunfähig zu sein.‹«

Kate lacht laut auf, dann scheucht sie Matthew aus der Küche, weil sie weiter in Ruhe Plätzchen backen will.

Auf der Arbeitsplatte liegen drei verschiedene Ausstechförmchen. Ein Baum, ein Engel und ein Stechpalmenblatt. Ein Blech mit Engeln ist schon fertig gebacken, aber statt zarter Flügelwesen sehen die Figuren aus wie bucklige Alte.

Kate sticht noch sechs weitere Blätter aus und wirft einen Blick auf Marthas To-do-Liste, die am Kühlschrank hängt. Unwillkürlich wandern ihre Gedanken zu der Liste, die sie damals zusammen mit Martha für das erste Abendessen mit Josef geschrieben hat.

Sie lächelt bei dem Gedanken daran, denn sie konnte es

damals kaum glauben, dass Josef Karpati zum Abendessen in ihr Haus kommen würde.

Den Brief an Josef hatte Kate geschrieben, da der Gedanke an ein Wiedersehen Martha und Matthew so nervös machte, dass sie die Einladung immer wieder aufschoben.

»Gut«, hatte Kate gesagt, »ich schreibe jetzt einen Brief an Josefs Agenten, und dann werden wir schon sehen, oder? Wenn er nichts von euch wissen will, können wir das nicht ändern. Aber wir müssen es zumindest erst einmal herausfinden.«

Nur vierundzwanzig Stunden nachdem der Brief bei Josefs Agenten eingetroffen war, rief er selbst an und sagte, dass er sich auf dem Weg zu ihnen befände und gerade ins Flugzeug steige.

Jedes Mal, wenn Kate sich an dieses Telefonat erinnert, macht ihr Herz einen Freudenhüpfer.

Der Blick seiner Augen, als er in ihrer Haustür stand. Seine ungläubige Stimme, die leise ihren Namen ausspricht.

Martha …

Kate hört, wie der Schlüssel in der Tür umgedreht wird, und trocknet sich schnell die Hände an einem Geschirrhandtuch. Toby, der noch zum Zeitungskiosk gefahren war, kommt nach Hause.

Aus dem ersten Stock ertönen Freudenschreie. Molly hat letzte Nacht nicht viel geschlafen und sollte eigentlich ein Nickerchen machen, aber von ihrem Kinderbett aus kann sie nach draußen sehen. Kate ist froh, dass Molly nicht ohne Hilfe aus dem Bett herauskann. Sie hat auch daran gedacht, das Schutzgitter oben an der Treppe zu schließen.

Eigentlich kann Molly schon gut die Treppe hinunterlaufen, aber Kate befürchtet immer, dass sie doch irgendwie aus ihrem Bettchen entwischt und dann vor lauter Aufregung ein Unglück passiert.

Immer zwei Stufen auf einmal nehmend, läuft Kate nach oben, hebt ihre Tochter aus dem Bett und setzt sie sich auf die Hüfte. Dann schlängelt sie sich zwischen dem Spielzeug am Boden – ein Buch, eine Puppe, ein halb fertiges Puzzle – hindurch und eilt wieder nach unten.

»Papiiiiii.«

Das kleine Mädchen mit dem lockigen Haar streckt liebevoll die Ärmchen vor und windet sich aus dem Griff der Mutter, bis es in Tobys Armen gelandet ist.

Toby hat keine Zeitung mitgebracht, aber einen neuen Drachen für Molly. Die Kleine strahlt übers ganze Gesicht, ihre Drachensammlung ist schon sehr groß.

Kate lächelt ihren Mann an. »Warte noch einen Moment, Toby. Ich hole Molly noch schnell einen warmen Pullover und eine Jacke. Sie braucht auch eine Mütze, es ist wirklich kalt draußen.«

»So kalt, dass es bald schneit?«, ruft Martha dazwischen.

»Nein!« Kate schüttelt lachend den Kopf.

»Kommst du mit zum Strand, den Drachen steigen lassen? Der Wolkenhimmel ist phantastisch, und auch der Wind ist gut.« Toby schaut Kate liebevoll an.

»Ja, natürlich. Geht ihr schon vor. Ich muss noch ein paar Dinge erledigen, dann komme ich gleich nach. Wenn ich die Kekse fertig gebacken habe.«

»In Ordnung.« Er lächelt und sieht sie immer noch unverwandt an. Dann küsst er sie auf die Nasenspitze, während sie ihre Hand auf seine Wange legt und ihn schließlich auf den Mund küsst.

Sobald Kate die Tür geschlossen hat, fangen Josef und Matthew zu proben an. Seit Tagen schon arbeiten sie beide an einem neuen Stück für das Konzert. Eine sehnsuchtsvolle, wunderschöne Melodie erklingt.

Den Steinway-Flügel hat Geoffrey Matthew geliehen, damit er sich auf die Musikhochschule vorbereiten kann. Zumindest behauptet Geoffrey das, doch es gibt keine Anzeichen, dass er das Instrument zurückhaben möchte.

Kate hält inne und steht vollkommen still da; inzwischen kennt sie dieses Gefühl und weiß, was ihr jetzt guttut.

Martha sieht ihr zu, wie sie nach Mantel und Mütze greift, eilig die langen, wilden Locken in den Kragen steckt und in den Garten hinausläuft, bis zu der Bank am anderen Ende des Grundstücks. Marthas Garten hat sich wunderbar entwickelt. Immergrüne Sträucher und silbrige Blätter glänzen in der sanften Dezembersonne.

Kate zieht den Mantel fest um die Taille und schließt die Augen.

»Störe ich dich?« Martha steht neben ihr am Zaun. Auch sie trägt einen Mantel und Mütze, in der Hand hält sie ihr Strickzeug.

Kate schüttelt den Kopf und lächelt leicht.

»Manchmal frage ich mich, Martha, was in aller Welt aus mir geworden wäre, wenn du mich nicht überredet hättest, Tobys Briefe zu beantworten. Kannst du dir das vorstellen?«

Martha setzt sich auf die Bank, wickelt das letzte Stück des neuen Wollknäuels nochmals ordentlich auf und steckt es dann in ihre Tasche. Dann klappern die Nadeln …

»Vielleicht hätte es ohne mich etwas länger gedauert. Aber Toby hätte dich niemals aufgegeben, Kate. Das habe auch ich gerade erlebt – die guten Männer geben nicht auf.«

Kate lächelt. Sie kuschelt sich tiefer in ihren Mantel und schließt wieder die Augen.

Letztlich war es diese Gegenwärtigkeit, mit der Toby in seinen Briefen von Daniel schrieb, die sie beide einander wieder nähergebracht hat. Toby war der einzige Mensch, der von Daniel sprach, als würde er noch leben …

Niemand bekommt noch ein Kind, weil er aufhören will, das erste zu lieben …

Ganz plötzlich hatten ihr seine Worte eingeleuchtet.

»Ich habe ihn an den falschen Orten gesucht.«

»Wie bitte?«

»Daniel. Ich habe ihn an den falschen Orten gesucht, Martha.« Kate denkt an ihr imaginäres Schwimmen. Die Busfahrten und die dunklen Schatten über ihr. Unwillkürlich muss sie an eine andere Parkbank denken, auf der eine andere Kate sitzt.

»Ich weiß, liebe Kate.« Martha drückt sanft ihren Arm. »Aber jetzt tust du das nicht mehr, oder?«

»Nein, jetzt mache ich das nicht mehr.«

Dann sitzen sie beide sehr still da, und Kate hält die Augen fest geschlossen.

»Ich bin so furchtbar froh, dass ich aus diesem Bus gestiegen bin, Martha.« Kate hakt sich bei Martha unter.

Während sie der Musik und dem Klappern der Nadeln lauscht, wird sie ruhiger; sie fühlt sich sicher, für einen Augenblick fast schwerelos. Wie eine Schneeflocke, die morgen vielleicht, vielleicht auch nicht, auf einen großen Teller fällt.

Wenn sie jetzt an Daniel denkt, weiß sie, wo sie ihn finden kann.

Heute ist er am See. Er lacht und winkt ihr zu, während er den Enten zuschaut – das Wasser kräuselt sich wie die

Schallwellen des Steinway-Flügels, die sich auf dem ganzen See verbreiten.

Kate gibt diesem See keinen Namen. Es genügt ihr, dass sie diesen Ort gefunden hat. Dort kann sie Daniel besuchen. Dieser Ort wird immer da sein, genau wie der Platz in ihrem Herzen und in der Gegenwart, wo ihr die Augen ihres Sohnes jetzt versichern, dass er in Sicherheit ist – und glücklich.

Das Schönste aber ist, dass er …

– genau wie die süße Molly am Strand –

… auf sie wartet.

ENDE

Ein Brief von Teresa Driscoll

Ich freue mich sehr, dass Sie meinen zweiten Roman gelesen haben. Viele Menschen haben mich gefragt, woher die Idee für dieses Buch stammt. Tatsächlich war es eine Begebenheit, die schon lange zurückliegt.

Während meiner Zeit als Fernsehreporterin in London sollte ich einmal über den Start einer Kampagne vor dem britischen Unterhaus berichten. Eine Gruppe Frauen ließ Luftballons in den Himmel steigen. Jeder einzelne, so erzählten mir die Frauen, symbolisiere ein Kind, das nicht mehr gefunden werden könne. Für die Entfremdung von Mutter und Kind gab es unterschiedliche Gründe, die meisten Geschichten waren herzzerreißend. Seit diesem Tag verfolgt mich das Bild all dieser Luftballons am Himmel.

Was Marthas schreckliche Erfahrungen in der psychiatrischen Klinik anbelangt – ich wünschte, ich könnte sagen, das wäre nie passiert. Aber mein Ehemann, der ebenfalls Journalist ist, hat einmal eine Frau interviewt, die ihre leibliche Mutter nach jahrzehntelanger Suche in einer Nervenklinik fand. Leider litt die Frau unter starkem Hospitalismus und konnte nicht mehr entlassen werden, obwohl sie niemals wirklich psychisch erkrankt gewesen war.

Ich bin froh, dass die Geschichte von Martha im Roman ein glückliches Ende findet.

Mein Debütroman hat sehr viele schöne Rezensionen bekommen, dieses positive Feedback hat mich tief berührt. Sollte Ihnen auch mein zweiter Roman gefallen haben, wäre ich Ihnen für einen kurzen Kommentar zu Ihrem Leseeindruck im Internet sehr dankbar. Die Rezensionen helfen anderen Leserinnen und Lesern, meine Bücher zu entdecken.

Ich freue mich immer über Kontakt zu meinen Leserinnen und Lesern. Sie erreichen mich über Twitter oder über meine Autorenseite bei Facebook.

Herzliche Grüße

Teresa Driscoll

www.teresadriscoll.com
@teresadriscoll
https://www.facebook.com/teresadriscollauthor

Danksagung

Ich möchte mich bei allen Menschen bedanken, die mich bei der Arbeit an meinem zweiten Roman, während des Schreibens und Überarbeitens, unterstützt haben.

Mir war immer klar, dass es eine große Herausforderung sein würde, dieses bewegende und schwierige Thema als Roman zu erzählen. Mein ganz besonderer Dank gilt daher meiner Lektorin Claire Bord, deren Ratschläge zum Aufbau des Romans für mich von unschätzbarem Wert waren.

Natürlich danke ich auch meinem wunderbaren Ehemann Peter und meinen Söhnen James und Edward, vor allem für ihre Geduld, als es in der Überarbeitungsphase zu Hause etwas chaotisch wurde. Sehr gefreut habe ich mich über den tollen Zusammenhalt der Autorenkollegen bei Bookouture, und auch über die wertvollen Ratschläge befreundeter Autorinnen und Autoren aus Devon.

Ich möchte auch der phantastischen Blogger-Community danken, meinem wunderbaren Buchklub und ganz besonders einigen alten Schulfreundinnen, die so viel für meinen Debütroman getan haben. Neulich haben sie für ein Treffen sogar ein paar Rezepte aus dem Buch nachgekocht. Das hat mich sehr gerührt.

Wie immer gilt mein abschließender Dank meiner Agentin Madeleine Milburn, die mir dabei geholfen hat, meinen Traum vom Schreiben eines Romans Wirklichkeit werden zu lassen.

Für alle Mütter und Töchter. Und für die Liebe.

Teresa Driscoll

Für alle Tage, die noch kommen

Roman

Wie fühlt es sich an, wenn die Mutter ohne Abschied geht? Auch 17 Jahre nach deren Tod ist Melissa zutiefst verunsichert. Gerade hat sie den Heiratsantrag ihres Freundes Sam abgelehnt, obwohl sie ihn innig liebt. Da bekommt sie ein Buch zugestellt. Von ihrer Mutter. Ein Buch, das Melissa lehren kann, sich selbst zu vertrauen und den Menschen, die sie liebt.

KNAUR